中公文庫

誘　爆

刑事の挑戦・一之瀬拓真

堂場瞬一

中央公論新社

目次

登場人物紹介

一之瀬《いちのせ》拓真《たくま》…………千代田署刑事課の刑事
藤島《ふじしま》一成《かずなり》……………千代田署刑事課の刑事。一之瀬の教育係
宇佐美《うさみ》………………千代田署刑事課長
今井《いまい》 重《じゅう》 吾《ご》 …………千代田署警備課の警官
若杉《わかすぎ》…………………半蔵門署刑事課の刑事。一之瀬の同期

秋山《あきやま》…………………極東物流の社員。総務課長
石本《いしもと》…………………極東物流の社員。総務課
春日《かすが》 俊《しゅん》 介《すけ》 …………極東物流の社員。失踪中
田沢《たざわ》友美《ともみ》……………極東物流の社員。総務課
朽木《くちき》貴史《たかし》……………殺人事件の被害者
赤城《あかぎ》牧郎《まきお》……………朽木の高校時代の先輩
古河《こが》大吾《だいご》……………朽木の知人

深雪《みゆき》…………………一之瀬の恋人
城田《しろた》…………………一之瀬の同期。福島県警の警察官
Q…………………謎の情報提供者

誘爆

刑事の挑戦・一之瀬拓真

〈1〉


「……聞いてる？」

「え？」

顔を上げると、目の前に深雪《みゆき》のふくれっ面があった。そういう表情を浮かべると、二十七歳という実年齢よりもずいぶん幼く見える。

「ごめん、何？」一之瀬拓真《いちのせたくま》は、反射的に謝りつつ訊ねた。

「大した話じゃないけど、スマホに夢中になり過ぎじゃない？」

「いや、使い方がよく分からないからさ」

深雪が溜息《ためいき》をついた。一之瀬にすれば、それがちょっと気にくわない。一年ほど前から、スマートフォンを買えと強く勧めていたのは深雪本人なのだ。これからは絶対、スマートフォンじゃないと駄目だから……仕事にも使えるし、と。いつもさらりとしている深雪が、この件に関しては妙にしつこかった。理系の人間だから、この手の新しいガジェットには人一倍興味があるのだろう……と思っていたのだが、実際、電車の中で見るのもいつの間にかスマートフォンばかりになっていた。今やガラケーは少数派なのだと実感してはいたが、一之瀬には生来、面倒臭がりなところがあり、何かを変えるには相当の決断が必要だ。それに、皆が使っているならむしろ使いたくない……へそ曲《ま》がりなところもある。

「絶対買い替えないんじゃないかと思ってたわ」焼き鳥の串をぶらぶらさせながら、深雪が言った。

「どうして」

「一之瀬拓真は、少しへそ曲がりだから」

「違うよ。ちゃんと言われた通りに買ったじゃないか」

「私が言ったからじゃなくて、いいことがあったから、その記念でしょう?」

いいこと、というのは正確ではない。単に真面目に頑張った結果だ。しかし深雪に指摘されると、つい表情が緩《ゆる》んでしまう。スマートフォンをテーブルに置き、そそくさと砂肝を頬張《ほおば》った。

互いに忙しい中、ふっと空いた時間。二人は有楽町《ゆうらくちょう》で待ち合わせ、焼き鳥屋で食事をしていた。とはいえ、店内に煙が充満してしまうような、昔ながらのガード下の焼き鳥屋ではない。店名の「焼き鳥ダイニング」が象徴するように、焼き鳥以外にも様々な鶏肉料理を出す店で、清潔なせいもあって女性でも入りやすい。深雪とは何度か一緒に来ていた。

「二十七歳で試験に合格するのは、早い方?」

「まあ、早いかな」自慢に聞こえないだろうな、と心配しながら一之瀬は答えた。深雪に対しては、自慢したり見栄を張ったりする必要はないのだ。いつでも自然体の女性だから、こちらもそれに合わせる必要がある。

「頑張ってたもんね」深雪が柔らかい笑みを浮かべた。

「まあ……しばらく暇だったからね。時間潰しにもよかった」

答えて、一之瀬はつくねに手を伸ばした。粗く叩《たた》いた鶏肉に軟骨が入り、ぷちぷちした歯ごたえが心地好い。紫蘇《しそ》を混ぜこんでいるのがこの店の特徴で、濃厚な卵の黄身をつけて食べるのに、どこか爽《さわ》やかな味わいがある。

「少しぐらいの暇で、そんなに簡単に合格しちゃうわけ？」

「昔から本番には強いんだ」

巡査部長の試験は、一次試験がゴールデンウィーク前の四月下旬に行われた。これはマークシート。論文や書類作成などについても問われる二次試験、面接などが中心の三次試験を経《へ》て、合格を知らされたのが今月——七月になってからである。

「それでも、よく勉強してる暇があったわね」

「何とかなるもんだよ。今は昔に比べて、それほど試験は難しくないっていうし。昭和の頃は、この巡査部長……最初のステップの試験が一番難関だったそうだけど、今は違うみたいだね」

「そうなんだ」

団塊《だんかい》の世代の大量退職の影響だ。将来の幹部不足を見越して、試験はだいぶ緩くなっている、と一之瀬は噂《うわさ》で聞いていた。少し嫌な気分になったものだが、合格は合格である。九月には関東管区警察学校で研修があり、それが終わると異動になるはずだ。おそらく本部の捜査一課……正式な内示はまだ先だが、噂は既《すで》に広まり始めている。

スマートフォンを買ったのは、深雪の言う通り、昇任試験に合格したからだ。思い切って自分にご褒美《ほうび》。つくねをゆっくり噛《か》みながら、一之瀬はまたスマートフォンを取り上げた。

「グーグルマップがそのまま使えるのはいいね」

「プリントアウトしなくなるわよ」

「そうなのか？」

「地図って、プリントアウトして持ってくことが多いでしょう？　スマホがあれば、それで済んじゃうから」

「紙が無駄にならなくていいね」

「でも、LINEはやめておいた方がいいかも」

LINEに関する話はいろいろと聞いていた。去年——二〇一二年辺《あた》りから爆発的に広がり始めたメッセンジャーサービスで、スマートフォンと相性がいいせいもあってブームになっているようだ。

「ＬＩＮＥは、時間ばかり取られるから。若い子なんて、メッセージを読んだ読まない、返事したしないで、すぐに人間関係がおかしくなるみたいよ」

「まさか」一之瀬は鼻で笑った。「そんな、四六時中スマホを持ってるわけじゃないだろうし」

「ところが、若い人の感覚はそうじゃないのよね。スマホはあって当たり前、いつも一緒にいるみたいな感じで。だから返信がないと、無視されているように思うみたい。相手がお風呂に入ってるとか、寝ているっていう考えはないんでしょうね」

「分かるけど……若い人って……」

一之瀬が苦笑すると、深雪も困ったように表情を歪《ゆが》めた。

「そういう言い方、嫌よね……でもＬＩＮＥって、大学生や高校生のユーザーが圧倒的に多いみたいだから。私はもう、ちょっとついていけないかな。部署で、連絡用にＬＩＮＥを使おうかっていう話があったんだけど、反対してやめさせたのよ」

「理系の人らしくないね。そういうのには、真っ先に飛びつくかと思ったけど」

「うちの研究所、そんなに広くないから。声を上げれば、同じ部の人には必ず声が届くのに、メッセンジャーサービスは必要ないでしょう……流行に乗りたい人はどこにでもいるっていう話よ」

一之瀬はうなずいた。そもそも深雪も、「理系」と言ってもIT系企業に勤めているわけではない。総合食品メーカーで、バイオ関係の研究を担当しているのだ。スマートフォンが必需品というわけではないだろう。

もっとも彼女の台詞《せりふ》を、そのまま受け取るわけにはいかなかった。確か、深雪がスマートフォンを最初に手に入れたのは、五年も前の二〇〇八年である。iPhone 3G——日本に入ってきた初代モデルだと深雪は説明していた——を見せびらかし、その便利さを滔々《とうとう》と説明したものだ。その時から何度か買い換えて、現在は去年発売されたiPhone 5。結局深雪の勧めのまま、一之瀬も同じモデルを買った。まだ使い方にも慣れていないが、分からなければ深雪に聞けばいいだろう。身近にいい先生がいると助かる……。

「内示はまだなんでしょう？」深雪が話を変えた。

「でも、決まってると思うけどね」

深雪が人差し指を立て、首を傾《かし》げて見せた。捜査一課？　一之瀬は黙ってうなずき、無言の問いに答えた。

「大丈夫なの？」深雪が急に顔をしかめる。「仕事、今より大変になるんじゃない？」

「忙しい時は滅茶苦茶忙しいけど……むしろ今の方が大変かもしれない。何にでも対応しなくちゃいけないから。でも向こうでは、基本的に『待ち』の状態だからね。順番に出動するから、仕事がない時はむしろ暇らしいよ」

「かなり特殊な感じね」「ああ。詳しいことは、先輩たちに聞けば分かるんだけど、あまり先走ってもね……」深雪が頰杖《ほおづえ》をついた。「私も最初は、ついていけるかどうか心配だったけど、いつの間にか中堅だから」

「仕事って、いつの間にか慣れちゃうのよね」

「もう五年だからね」一之瀬はうなずいた。「異動の話なんかは?」

「今のところはないみたい。同期でも、営業や総務系の人なんかは、もう異動も経験しているけど、研究部門はちょっと変わってるのよ。できるだけ長く同じ場所に置いて、ゆっくり成果を出せばいいって……贅沢《ぜいたく》な話だけどね」

ということは、彼女の方は生活が安定しているわけだ。仕事が変わると生活も変わる。落ち着くには意外に時間がかかるもので……今がチャンスなんだよな、と一之瀬は唾《つば》を呑《の》んだ。プロポーズするなら、このタイミングしかない。長くつき合ってきて、その緩い感じが心地よくもあるのだが、自分も彼女ももう二十七歳だ。最近の平均結婚年齢はもう少し上のはずだが、早過ぎるわけでもない。コンビを組んでいる千代田《ちよだ》署の先輩、「イッセイ」こと藤島一成《ふじしまかずなり》などはいつも、「さっさと結婚しろ」と小姑《こじゅうと》のようなことを言うし。しかし実際一之瀬は、そういう言葉に背中を押されていた。結婚してこそ一人前……昔ながらのそういう考えは、警察の中に未《いま》だに根強くある。そんなことより何より、深雪と暮らしたい、という気持ちは強い。

だが、果たしてどうしたものか。つき合いも長いのだし、「流れで何となく」は避けたい。ここは一つ、びしっと決め台詞を考え、いいシチュエーションを演出して、深雪の心に残るものにしたい。そうだ、せっかくスマートフォンを手に入れたのだから、「プロポーズ」「方法」などで検索してみればいいのではないか？　わざとらしくならず、しかし感動的な方法とは……。

「どうしたの、ぼうっとして？」

「いや、何でもない」慌てて顔を上げる。深雪は相変わらず、穏やかな笑みを浮かべていた。一之瀬の狙《ねら》いなど、とうに見透かされているような気がする。

「ぼうっとするなよ」

「え？　いや……」藤島に指摘され、一之瀬は間抜けな声を上げてしまった。

「仕事中だぞ」

そう言う藤島の声は、非常にぶっきらぼうだった。淡々とこなしているように見えて、彼も乗り気でないのは明らかだ。何しろ、音声なしの映像である。夕べＪＲ有楽町駅の近くで起きた強盗事件で、現場近くの防犯カメラに映っていた映像を確認しているのだ。白黒の暗い画像で、見にくいことこの上ない。眺めているだけで眠気《ねむけ》を催すような作業で、しかもまだ何本か残っている。現場近くには四台の防犯カメラがあり、そのどれかに犯人が映りこんでいるのでは、と推測されたのだ。

「これ、我々の仕事なんですかね」一之瀬は思わずぼやいた。

「我々がやらなくて誰がやるんだ」

「鑑識とか……」

「鑑識さんだけに、こんな面倒な仕事を押しつけられるか」藤島が一喝した。「今は、こういうのだって刑事の仕事なんだから。きっちり見ろ」

「分かってますよ」一之瀬は小さな画面に意識を集中しようとした。

「今日はちゃんと仕事しろ。昨夜《ゆうべ》は呼ばなかったんだからな」

「それは……感謝してますけど」事件の発生は、昨日の午後十一時。食事の後、自宅で深雪と一緒にいた時間だ。藤島は、一之瀬がデートしていると予想して、気を遣ってくれたようだ。もっとも藤島自身も、現場には出ていなかった。強盗とはいっても、被害者のサラリーマンの怪我《けが》は軽傷である。全治二週間ということで、当直の連中が現場で処理していた。その代わりというわけではないだろうが……翌日になってこういう面倒な作業が回ってきた。

　防犯カメラはどれも、大事なポイントを微妙に外しているようだった。一つだけ、被害者がフレームの外からふらふらと入って来て倒れる様子を映し出していたが、犯人の姿は映っていない。

「映ってないですね……」一之瀬は溜息をつき、背中をぐっと伸ばした。

「もう一回、最初から」藤島が冷たく言い放つ。

「いや、ちゃんと見ましたよ」

「ほう……ずいぶん偉くなったもんだな、一之瀬部長」

一之瀬は思わず頬が赤らむのを感じた。巡査部長を「部長」と呼ぶのは警察の通例だが、まだ実際には拝命していないわけで、明らかにからかわれているのだと意識する。

「とにかく、見逃しているかもしれないんだから、もう一度見るんだ」

「分かりました」一つ溜息をついて、今見ていた動画を最初に戻す。もしかしたら、被害者に意識が集中していた余り、犯人を見落としていたかもしれない……。

その時、藤島の携帯が鳴った。鬱陶《うっとう》しそうな目で見つめてから取り上げる。

「はい、藤島……ああ、課長」藤島が一之瀬にうなずきかけ、両足をテーブルの下で伸ばした。「ええ、極東《きょくとう》物流……知ってますよ。本社は丸《まる》の内《うち》ですよね？　そこが……え？　爆破？」

一之瀬は思わず立ち上がり、狭い会議室の窓辺に駆け寄った。千代田署は晴海《はるみ》通りと日《ひ》比谷《びや》通りの交差点にあり、住所「丸の内」はすぐ近くだ。爆発があれば、直接見えるのではないか……いや、この窓は丸の内方面ではなく、反対側の新橋《しんばし》を向いている。

「……脅迫ですか」藤島が声を低くして言った。

実際に爆発したわけではないのか。ほっとして、一之瀬は自分で想像したよりも鼓動が激しくなっていたのに気づいた。刑事になって三年目とはいえ、爆破事件ともなればさすがに緊張する。そもそも官公庁と企業のビルばかりが立ち並ぶ千代田署管内では、荒っぽい事件は少ないのだし……。

「分かりました。すぐ現場に向かいます」電話を切った藤島が、すぐに立ち上がった。

「極東物流だ」

「何なんですか」

「爆破予告があったらしい。制服組が出て避難誘導しているが、俺たちも手伝う」

「……本物ですかね」にわかには信じられなかった。

「千回に一回ぐらいは当たるんだよ……急ごう」

藤島は署を出ると、日比谷通りを歩き始めた。すぐにスピードが上がり、小走りになってしまう。一之瀬も後を追い始めたが、途端に汗が額を流れ落ちるのを感じた。何しろ今日も、最高気温三十五度……梅雨はどこへ行ってしまったのか、七月に入ってずっと晴れて猛暑日が続いている。毎年「暑い」と文句を言っているが、今年はさらに文句が多くなりそうだ。

しかも爆破……いや、爆破の予告。本当とは思えなかったが、藤島がいう通り、千回に一回は本当かもしれない。何しろ千代田署は、かつて連続企業爆破事件の特捜本部を抱えていたことがある。一之瀬が生まれるずっと前、七〇年代のことだが……それに去年も同じような事件があった。管内にある企業に爆弾が仕かけられたという通報で、早朝から現場に駆り出されたのだ。実際に爆弾はあったが爆発せず、後に現金の受け渡し現場にも犯人が現れなかったので、悪質な悪戯《いたずら》と判断されたのだが……。

企業というのは、そんなに頻繁に犯行のターゲットになるのだろうか。悪戯だとしても、そういうことをする人間の心理が理解できない。人が右往左往するのを見て喜ぶ愉快犯なのか。

悪戯なら、何も問題はないが。会社の人たちには大迷惑だが、警察はこういうことに対処するのも仕事である。少なくとも、強盗事件の犯人を捜してビデオを観ているよりはいい。たとえ、三十五度の猛暑の中、ワイシャツがびしょ濡《ぬ》れになるにしても。

現場は既に大混乱に陥《おちい》っていた。東京メトロ有楽町駅の真上に当たる場所で、ＪＲ有楽町駅へ向かう一方通行の道路に面した一角。古いオフィスビルが立ち並び、「表通り」である丸の内仲通りが高級ブティック街として再生されたのと対照的に、昭和のオフィス街の雰囲気《ふんいき》が色濃く残っている。千代田署からは、直線距離にして二百メートルほどだろうか。一之瀬もよく歩く通りだが、「極東物流」という会社は記憶になかった。実際、この辺りにある会社の名前を全て記憶するのは不可能だろう。

道路は、約百メートルにわたって封鎖されている。黄色い規制線のすぐ外で制服警官が避難を誘導していたが、規制線の内側にもまだ人が多くいる。これは……警察的には最悪の状況だ、と一之瀬は顔から血の気が引くのを感じた。これだけ大きなビル――八階建てだった――内の全員を退避させるだけでも大変だろうし、実際には両隣、それに向かいのビルにいる人も避難させなければならない。現場で右往左往する人の表情は様々だった。どうせ悪戯だろうと笑っている人、顔を蒼《あお》くして、真面目に心配している人、仕事を中断させられたのを迷惑がっている人……しかも誘導がなっていない。トランジスタメガフォンさえなく、制服警官たちが大声で怒鳴っているのだが、声は十分に届いていない。ビルから出て来た人たちは、自分勝手《かって》に判断してあちこちに散っており、中には極東物流から出て来て、そのまま向かいのビルに避難して行く人もいる。

まずい……一之瀬は、自分の無力さを感じるばかりだった。この場にはいったい、何百人いるのだろう。一人の警官としてできることはほとんどない。ここで本当に爆発が起きたら、と考えると、暑さとは関係なく汗が顔を滑り落ちる。

「イッセイさん、どうするんですか、これ」一之瀬は思わず先輩に助けを求めた。だが藤島も答えをくれない。彼も顔を強張《こわば》らせて、好き勝手な方向へ歩く避難者を見つめるぐらいしかできなかった。

そこへ援軍が到着した。一瞬、耳に痛いハウリングが響いた直後、「落ち着いて行動して下さい」とよく通る声で忠告が飛ぶ。ギター好きの一之瀬に言わせれば、ミドルの下の方がぐっと突出した声色。ドラムやベースの低い音に紛《まぎ》れず、ライブでも前に出てくる感じだ。

振り返ると、機動隊の青い警備指揮車の上に、一人の機動隊員が立っていた。自分とさほど年齢が変わらないように見えるが、堂々とした態度で、長さ百メートル、幅二十メートルほどの空間をしっかり見渡している。ハンドマイクを手に、「日比谷通り方面へ避難して下さい。ＪＲ有楽町駅へは行かないで下さい」と指示した。なるほど……駅の方へ人が殺到すると、乗降客と混じり合って混乱が増幅する可能性もある。日比谷通り――一之瀬たちの背後だ――の方には、さらに機動隊の車両が待機していて、避難した人たちを誘導している。

「落ち着いて行動して下さい。ＪＲ有楽町駅方面ではなく、日比谷通り方面へ避難して下さい」

繰り返される指示に、煙の分子の動きさながらにばらばらだった人々の動きが、あっという間に整い始めた。既に有楽町駅方面へ近づいていた人たちはそのまま駅へ向かったが、指示通りに途中で引き返して日比谷通りへ向かう人も出てくる。人の流れが整然とし始めれば、あとは簡単だ。一之瀬と藤島も、声を張り上げながら人々を皇居方面へ誘導した。

それにしても暑い……一段落して、通りの人気《ひとけ》が消えたタイミングで、一之瀬は手首で額を拭《ぬぐ》った。べっとりとした汗がまた、暑さを強く意識させる。この辺りは、東京でも特に暑いのではないだろうか。ビルの谷間で滞留した空気を、エアコンの室外機が吐《は》き出《だ》す熱気がさらに加熱する。

ようやく完全に人気がなくなった。平日、真昼の丸の内で、この静けさは異常である。通りのはるか向こうには、山手線《やまのて》のホームが見えており、その辺りでは普段通りに人が行き来しているのが何だか奇妙だった。自分たちがいるこの空間だけが日常生活から切り離され、異界に飛ばされてしまったような感じである。駅に近い側の規制線の向こうには人が集まっていて——多くは極東物流の社員だろう——不安そうにこちらの様子を窺《うかが》っていた。

静かだった。もちろん、遠くからは車が通る音、塊《かたまり》になった人の話し声が聞こえてくるが、普段の喧騒《けんそう》から考えると、まるで死んだ街のようだ。

「これからどうするんですか?」一息ついて、一之瀬は藤島に訊ねた。

「爆対がブツを検索することになっているが……こっちは特に指示を受けていないんだ」

藤島が耳に突っ込んだイヤフォンを弄《いじ》った。

「じゃあ、動きようがないですね」

「ここはプロに任せた方がいいだろうな」

傍《かたわ》らを、装備に身を包んだ爆対の隊員が駆け抜けて行く。見ると、爆捜犬を連れていた。

爆発物の臭いを嗅《か》ぎつけるように訓練された警察犬で、広範囲な場所を捜索するには、人の目よりもよほど役に立つ。

今回、爆発物の捜索は一階部分が中心になるようだった。ビルの警備が厳重で、犯人が内部へ入りこむのは難しい、という判断だろう。一方で、一階にはテナントとして複数の店が入っており、その付近に爆発物を置くのは比較的容易《たやす》そうだ。ただし、何も見当たらないが……三匹の爆捜犬が動員され、すぐに捜索が始まった。じりじりと、静かに時が過ぎ、一之瀬は時折額の汗を拭いながらそれを見守るしかなかった。突然、二人連れの男が極東物流のビルから出て来る。周囲を見回して、慌てた様子で有楽町駅の方へ走り出した。一之瀬は慌てて一歩を踏み出し、両手でメガフォンを作って「こっちです！」と叫んだ。逃げ遅れた二人は慌てて踵《きびす》を返し、一之瀬の方へ走って来る。一之瀬はさらに「日比谷通りに逃げて下さい！」と指示したが、その瞬間、「退避！」の声が鳴り響く。

退避？　逃げろって？　何のことか分からず、一之瀬はその場で固まってしまった。

「退避！」もう一度声が響く。ビルの谷間で木霊《こだま》し、短い間に何度も耳を襲ってくるようだった。

「行くぞ！」藤島に腕を引っ張られ、一之瀬はようやく再起動した。爆捜犬と爆対の隊員が、こちらへ向かって全力で走って来る。おいおい、逃げる気かよ……爆弾を処理するのが、爆対の仕事じゃないのか。

何だか、全てが夢のようだった。まさか、本当に爆弾が仕かけられているなんて……いや、これは何かの間違いではないか。こんなに往来が激しい場所で、簡単に爆弾を仕かけられるわけがない。爆捜犬の鼻だって、百パーセント当てになるわけではあるまいに……。

「急げ！」

藤島の声で再び我に返った。踵を返して走り出す——その瞬間、背後で爆発音が鳴り響いた。

〈2〉

「何ですか？」一之瀬は、思わず大声を張り上げた。いや、大声なのかどうか——自分の声は頭の中でうつろに響くだけで、ボリュームの針がどの辺りを示しているか、まったく分からなかった。

「怪我はないか、と聞いてるんだ」

刑事課長の宇佐美《うさみ》が、顔をしかめて一歩下がった。どうやら、思い切り大きな声を出してしまったらしい。

「無事です」幾分声を抑えてみたつもりだったが、それでもまだ宇佐美は渋い顔をしている。参ったな……これじゃとても、無事とは言えない。耳の奥でずっと、「キーン」という金属音が鳴り響いている。爆音バンドのライブで、限界を超える音量に二時間晒《さら》された後のような感じ。痛みこそないが、これは立派に怪我と言えるのではないか。試しに唾を呑みこんでみたが、一向によくならなかった。

「それは平気なのか？」

宇佐美の声は遠くから聞こえる。それ？ 何のことか分からず首を傾げると、宇佐美が自分の肘《ひじ》を指さした。改めて体を見下ろすと、右肘が擦《す》り剝《む》けて出血している。半袖《はんそで》のシャツには被害はないものの、言われるとじわじわと痛みが襲ってきた。先ほど、前方に身を投げ出して爆風から逃れた時にやってしまったに違いない。クソ、元々柔道は苦手だけど、受け身ぐらいはちゃんと取らないと。

「大丈夫です」痛くとも、ここは痛くないふりをしなければいけないところだ。

「とにかくまず、現場保存だ」宇佐美が振り返り、自分の背後を見渡した。

今のところ、怪我人はいない――一之瀬を怪我人に勘定しなければ、だが。避難が間に合ってよかった、と胸を撫《な》で下《お》ろす。

「課長、仕切りはどうするんですかね」

藤島が近づいて来た。自分のすぐ近くで爆風を受けたのに、何故か平気な顔をしている。

宇佐美に話しかける態度も普通だった。クソ、何で自分ばかりが、と憮然《ぶぜん》とする。それより、このまま耳が聞こえなくなってしまったらどうすればいいのか。昇進も、深雪との結婚も、ついでに言えばギターも、全て白紙に戻ってしまうのでは……しかし唐突に、藤島の声がクリアに聞こえるようになった。

「——公安の案件じゃないんですか？」

「そうかもしれませんが……」宇佐美が言い淀《よど》む。年上の部下に遠慮《えんりょ》しているわけではなく、実際に事態を把握《はあく》しかねている様子だった。

「連続企業爆破の続き……ってわけでもないでしょうね」藤島が自信なさげに言った。

「それ、何十年も前の話ですよ」

「しかし、悪戯じゃないわけで……素人《しろうと》にはできないと思いますが」

「それはそうですけどね」

「あの、すみません」一之瀬は二人の話に割って入った。「先ほど課長がおっしゃられた通りに、まずは現場保存が先決かと思いますが。鑑識を動かすスペースを作らないと」

「おお、一之瀬部長」宇佐美が皮肉っぽく言った。「幹部への道一直線の若者の言う通りだな」

「別に、そういうつもりじゃ……」何でからかわれなくてはいけないのだ？　普通に試験を受けて、普通に合格しただけなのに。

「ま、とにかくそこからだ。どこが仕切るかは、うちが心配することじゃない」

「私は、公安マターだと思いますがねえ」藤島が不満そうに言った。「でも、まあ、現場保存は誰がやっても同じですか……」

「そういうことです。それと、会社の方にもきちんと話を聴かなくてはいけない」

「聴いてないんですか？」一之瀬は思わず言ってしまってから後悔した。会社への爆破予告、警察への連絡——それから実際に爆発するまでは、三十分ぐらいしか時間がなかっただろう。会社に詳しく事情聴取できる時間があったはずがない。

「それはこれからだ。まず、現場保存から。会社の人間はいつでも摑《つか》まえられる。それは、所轄としてうちがやらなくちゃいけないことですよ」宇佐美が珍しくはっきりと、藤島に釘を刺した。

「まあ、そうなんでしょうね……」藤島は歯切れが悪い。

何だかいつもと逆のようだ、と一之瀬は不思議に思った。宇佐美は、面倒を避けたがる癖《くせ》がある。一方藤島は、どんな仕事でも淡々とこなすタイプだ。選り好みはしないし、少なくとも仕事をしている間は、愚痴《ぐち》をこぼすこともない——一仕事が終わって、呑みながら文句を言うことはあるのだが。

一之瀬は制服警官を手伝って、爆発した現場付近を封鎖した。三角コーンを使い、規制線を張って人が入れないようにする。既に鑑識、それに爆対の隊員が、現場を舐《な》めるように捜索を始めていた。

それにしても……避難が間に合ったのは不幸中の幸いだった、と一之瀬は冷や汗をかいていた。爆発があったのは、ビルの一階にあるブティック付近。爆風は高く吹き上がり、三階までの窓ガラスの多くが割れていた。細かい破片がアスファルトの上に散らばり、歩くたびにじゃりじゃりと硬い音を立てる。あれを頭から浴びていたら……と想像するとぞっとした。

ブティックのすぐ横が地下駐車場への入り口になっており、コンクリートの柱が黒く染まっている。どうやら爆発物は、この柱の陰に仕かけられていたようだ。歩行者の振りをして爆発物を置けば、目立たないだろう。

「藤島さん、何でこの件、やりたくないんですか？」

「苦手なんだよ」藤島があっさり認めた。「先入観もあるかもしれないが……この手の爆弾事件は、だいたい過激派の犯行と決まってるし」

「まさか、イスラム過激派とかじゃないでしょうね」ヨーロッパで頻発するテロを思い描きながら、一之瀬は言った。

「可能性はないとは言えないが……日本だと、やっぱり起こりにくいだろうな」

「外国人は目立つし……」

「というより、日本を攻撃する意味がないんじゃないか？　中東の人から見れば、日本な

ん て単なる東の島国だろう」

「そんなものですかね」

「……とにかく、政治的な話が絡むのは苦手なんだ」

テロを「政治的な話」と言ってしまっていいのか……よく分からなかったが、藤島が及び腰になっているのは間違いない。もちろん、過激派の犯行と分かれば、公安部が引き取るのだろうが、その可能性は薄いのでは、と一之瀬は読んでいた。日本で過激派が盛んにテロ——当時はゲリラ事件と呼んでいた——を行っていたのは、九〇年代初頭までである。一年に二十回も迫撃弾が飛んだりして、かなり物騒な時期だったようだ。しかしオウム事件以降、そういう事件の存在感はかすんでしまった……オウム事件に関しては、「テロ」ではなく「内戦」と言った方がいいかもしれない。一之瀬にとっては全てが「歴史上の事件」だが、警察学校でも当時の捜査については教わった。これから行われる研修では、その辺のことをさらに詳しく学ぶだろう。警察では、過去の事件分析は大事なのだ。

「まあ、いずれにせよ、早急には判断できないだろうな。会社に事情を聴いてからだ」藤島が何となく嫌そうに言った。

「会社を調べるの、嫌なんですか？」

「好きじゃないね」藤島が認める。「極東物流もでかい会社だ。そういう会社っていうのは、ぬえみたいなものでね……正体が摑めない。どこに突っこんでも、ちゃんとした答えが返ってこないことが多いんだよ。千代田署にいると、そういう捜査をする機会も多かっただろう？」

「そう、ですね」

「俺はどうにも苦手だね」

とはいえ、仕事は仕事だ。宇佐美からはすぐに、会社に対する事情聴取を行うように、との指示が入った。道路を塞《ふさ》いだ規制線の向こうに集まっている野次馬の群に突っこみ、極東物流の社員を探す。大声を上げるとすぐに何人かが手を挙げたので、総務関係の責任者を探してもらった。一一〇番通報してきたのが、総務の人間だということは分かっている。あちこちに電話を回してもらい、五分ほどで総務課長を摑まえることができた。

秋山《あきやま》と名乗った総務課長は、長身瘦軀《そうく》の男で、困り切ったような表情を浮かべていた。しきりに額の汗をハンカチで拭っていたが、汗は止まらない。一之瀬は藤島に目くばせした——署に連れていきますか？　藤島が首を横に振り、秋山を道路の向かいのビルに誘った。広いホールは当然無人で、エアコンの涼風が満ちている。ほっとして、一之瀬はベンチに腰を下ろすよう、秋山に促した。秋山が遠慮がちに、浅く腰を下ろす。一之瀬と藤島は、彼を挟む格好で座った。藤島が目で合図する——お前が話を聴け。一之瀬はうなずいて、手帳を広げた。体を少し斜めにして、それなりに話ができる姿勢を取る。

「脅迫は電話で、でしたね？」

「そうです」

「受けたのは総務課なんですか？」

「代表電話の受付の人間が、最初に話を聞いたんですが、判断できないと思ってこっちに回してきたんです」秋山がまた顔の汗を拭った。身に染みるほど冷たい冷房も効果がないようだ。

「内容は？　できるだけ具体的に教えて下さい」

「私が受けたわけではないんですが……爆弾を仕かけたから、すぐにビルを出るように、という感じだったそうです」

「何か、要求は？」

「いや、何も」秋山が短く否定した。

「いつ爆発するとか、そういうことも言っていなかったんですか？」

「なかったはずです」

「一一〇番通報したのは、どうしてですか？」

「はい？」秋山が怪訝《けげん》そうな表情を浮かべてまくし立てた。「何かおかしいですか？　爆弾なんて話になったら、警察に通報するのが普通でしょう。実際爆発したんだし……放っておいたら、怪我人が出たかもしれないじゃないですか」

秋山が身を震わせた。そうか……彼が座っている位置は、ちょうど爆発が起きた場所の正面なのだ。見ないで下さいとも言えず、一之瀬はそのまま話を続けた。

「相手の声の調子はどうだったんですか？　真剣に聞こえたから、警察に通報しようと思ったんじゃないですか？」

「いや、そういうことは分からないんですけど……」

一之瀬はなおも質問をぶつけたが、やはり直接犯人の声を聞いていないのが痛かった。話は曖昧《あいまい》で、どうにもはっきりしない。結局、藤島が話の腰を折った。

「直接電話を受けた人がいるんですよね？　紹介してもらえませんか。その人からも話を聴きたいので」

「分かりました……」自分はこれで解放されると思ったのか、秋山が露骨にほっとした表情を浮かべる。スマートフォンを取り出し、すぐに呼び出すべき相手を見つけ出したようだ。藤島に向かって軽く頭を下げ、立ち上がる。「ああ、秋山です……犯人からの電話を受けたの、君だよね？　そうそう……それで、警察に話をしてくれないか？　今、向かいのビルの一階にいるから、そこまで来てくれ……何だって？　ああ、ちょっと待ってくれ」

秋山がスマホを顔から離し、「規制線の内側にどうやって入ればいいか、聞いてるんですが」と言った。

「迎えに行きます」一之瀬は立ち上がった。「その人、お名前は？」

「石本《いしもと》と言います。すぐ分かると思いますよ。でかい男なので」

「今、どこにいるんでしょう？」

秋山がまた、石本と一言二言話した。すぐに「日比谷通り側の規制線のすぐ外だそうです」と告げる。

「分かりました」藤島に向かってうなずきかけ――相変わらず不機嫌そうだった――ビルを飛び出す。

秋山が言った通り、石本は「でかい」男だった。野次馬の塊の中で、頭一つ抜け出している。おそらく、百八十五センチはあるだろう。長身に見合うだけの体格で、横にも大きかった。

「石本さん」

一之瀬が呼びかけると、石本が他の人をかき分けて一番前に出て来る。クジラが小魚の群の中を突っ切る、と一之瀬は想像した。その場を警戒していた制服警官に一言伝え、石本を連れて戻る。しかし……だいぶ怯《おび》えているようだ。図体がでかい割にだらしないとも思ったが、自分が受けた電話が本物の脅迫だと分かったのだから、平常心ではいられないだろう。

「犯人からの電話を受けたんですよね？」歩きながら一之瀬は訊ねた。

「ええ……」石本の声はかすかに震えていた。

「これから、その時の話をお伺いしますので、よく思い出して下さい」

「分かりました」そう言ったものの、いかにも自信なさげだった。

まあ、いい……事件直後にはショックもある。今思い出せなくても、後から思い出すこともあるだろう。もしもこの事件を本部の捜査一課——ひいては千代田署刑事課が引き取るとしたら、この男からは何度でも話を聴く機会があるはずだ。

ビルに入って冷房に当たっても、石本はまったくリラックスできない様子だった。秋山が座っているベンチとは別のベンチに座らせたのだが、背筋はぴんと伸びたままで、表情も強張っている。

「肩を上下させましょうか」

一之瀬が切り出すと、石本が不思議そうな表情を浮かべる。

「いや……少しリラックスしましょう。だいぶ緊張してますよ。肩に力が入っている」

石本が、言われるままに肩を二度、上下させた。それでは足りないと思ったのか、もう一度。ふっと息を漏《も》らし、「すみません」と頭を下げた。

「これで緊張しない方がおかしいですよ。びっくりしたでしょう？」

「それは、もちろん……」

「私は、少し耳がおかしくなりました」一之瀬は右の耳を掌《てのひら》で覆った。「怪我はなかったですか？」

「それは大丈夫ですけど……ショックでしたね」

「分かります。一刻も早く犯人を見つけ出さないといけないので、大変なところ申し訳ありませんが、ご協力下さい」

こういう台詞がすらすら出てくるようになったんだな、と自分に驚きながら、一之瀬は手帳を広げた。

「電話の相手が何を言っていたか、できるだけ正確に教えて下さい」

「はい、あの……」石本がグローブ並みに大きな手を揉《も》み合《あ》わせた。「いきなり『爆弾を仕かけた』と言ってきて」

「男でしたか？」

「男です」

「年齢は分かりますか？」

「たぶん若いと思いますけど……」慌てて石本が言葉を濁《にご》した。「はっきりとは言えません」

「分かりました」一之瀬はボールペンの先で手帳のページを突《つつ》いた。「まさか、会話を全部録音している、なんていうことはないですよね」

「さすがにそこまでは……」石本が唇を嚙む。

「分かりました。電話の内容に戻ります。爆弾を仕かけたと言った後に、どんな話になりましたか？」

「ええと……確か、『すぐに逃げないと怪我人が出る』と」

「いつ爆発するかは、言ってなかったんですか？」

「そういう具体的な話はありませんでした」

「それで、あなたはどう反応したんですか？」

「もう一度言って下さいって……ぴんとこなかったんです」

それはそうだろう。いきなり「爆弾を仕かけた」と言われて、即座に状況が呑みこめる人などいないはずだ。

「それに対して、相手はどう反応しましたか？」

「同じ言葉を繰り返しました。今度はもう少しゆっくりで……こっちが日本語を理解していないんじゃないかって思ったみたいな感じでした」

「その後は？」

「ええと……」石本が顎《あご》に拳《こぶし》を当てる。「確か『分かってるだろうな』って」

「分かってる？」一之瀬は眉《まゆ》を寄せた。「どういう意味ですか？」

「それはちょっと……」石本が言い淀んだ。

「その後の話をさせていただいていいですか？」

いつの間にか近づいて来ていた秋山が声をかけてきた。上司を前にして、石本が弾《はじ》かれたように立ち上がる。何となく「割りこまれた」感じがあるが、一之瀬は仕方なく秋山の話を聴くことにした。自分も立ち上がり、結局立ち話のような格好で事情聴取を再開する。

「石本から報告を受けまして、すぐに警察に連絡することにしました。それと同時に、社内にいる全社員に避難するよう、館内放送を流すように指示しました」

「すぐに判断したんですね？　悪戯だとは思わなかったんですか？」一之瀬は突っこんだ。

「こういうご時世ですから、何があるか分からないでしょう」秋山は、それが当然だろうといった様子で答えた。「万が一、ですよ。実際、中に社員がいる状態で爆発していたら、怪我人だけでは済まなかったかもしれない」

「何か、実際に避難しなければいけない事情でもあったんですか？」

「すみません、意味がよく分からないんですが」秋山が顔をしかめる。

「いや、いい判断でしたよ」藤島が割って入る。「何かあってからでは遅いですからね。警察としても、怪我人がなくて感謝しています」

さらりと褒めておいて、一之瀬に目くばせする。藤島も一之瀬と同じ疑問を抱いていたのだ、と気づいた。

会社は敏感過ぎるのではないか？　もちろん、用心するに越したことはないが、何となく事前に予想していて、避難も想定していた感じがする。もしかしたら今回の件には、事前の動きがあったのではないか……会社が執拗《しつよう》に脅《おど》されていて、それが「爆破」という形で結実したとか。

「普段、避難訓練とかはしているんですか?」藤島が訊ねた。

「もちろん、やってますよ。東日本大震災以降は、特にきちんと、定期的にやっています。社員の意識も徹底していますので」

「大事なことですよねえ」藤島が話を合わせた。「とにかく、怪我人が出なくて何よりでした」

「おかげ様で……」秋山が頭を下げた。「警察に連絡するかどうか、一瞬は迷ったんですけどね」

「そうなんですか?」

「もしも間違いだったら、申し訳ないでしょう」

「いやいや、何かあるよりは、我々の動きが無駄になった方がいいですからね」

二人の会話を聴きながら、一之瀬はさらに違和感を覚えていた。突然言い淀んだ石本。話を妨害するように割って入ってきた秋山――この会社は、何か隠しているのではないだろうか。

〈3〉

一度署に引き上げたが、まだ捜査の方針は定まっていなかった。刑事課はてんやわんやで、電話も鳴りっ放しである。一之瀬は、鳴り始めた近くの電話に反射的に飛びついた。先輩刑事からの報告で、受けた内容をすぐにメモに落とす。宇佐美はこういうやり方を好むのだ。状況が混乱している時には、口頭ではなくメモで報告——というわけだ。確かにこれなら、手元に確実に証拠が残る。

宇佐美への報告を終え、一之瀬は立ち上がった。腹が減った……もう、午後三時である。このままでは、今日は昼飯を抜くことになりそうだ。一瞬、署を抜け出して素早く昼食を済ませてこようか、と考える。頭には、JRのガード下の向かいにある行きつけのつけ麺《めん》店が浮かんでいた。もっともあそこは麺が太いから、出てくるのに時間がかかるし……仕方ない。こういう時は、甘い缶コーヒーで空腹をしのぐしかない。

一度外へ出て、近くのコンビニエンスストアでコーヒーを買った。つい、握り飯の棚にも目が行って、梅干しと鮭も……そうなるとコーヒーというよりお茶が必要になるわけで、結構な荷物になってしまった。

　署に戻り、エレベーターに乗ってドアが閉まるのを待っている時に、いきなり誰かが飛びこんできた。閉じかけた扉に挟まれそうになり、軽いうめき声を上げて身をよじると、重い音を立てて扉が開く。

「何やってるんだ、お前」一之瀬は思わず、呆《あき》れて言ってしまった。

「いや、これ、エレベーターが悪いんですよ」相手は、いきなり機械のせいにした。

「危ないだろうが」

「しょうがないですよ、急いでるんで」

　相手——警備課の今井重吾《いまいじゅうご》が悪びれもせずに言った。一之瀬より年次は一つ下。交番勤務から、去年警備課に上がってきた。これも珍しい……若手で公安・警備畑を希望している人間は、よく最初に機動隊に押しこまれたりするものなのだ。そうでなければ、早々と本部に引き上げられて、若い頃からみっちり鍛《きた》えられる。特に公安部門に関しては、所轄にいるとなかなか経験が積めないのだ。基本的に公安事件は本部が対応するもので、捜査では、所轄は完全な手足となる。

「そっちはどうなんだ？」

「どうもこうも」今井が肩をすくめる。「滅茶苦茶ですよ。こんな現場、初めてですから」

「そりゃそうだ」一之瀬はうなずいた。

「今から飯ですか？」今井が、一之瀬がぶら下げたビニール袋にちらりと目をやった。恨めしそうな表情を浮かべている。

「いや……食べられれば、だけど」食べられないこともあるまいが、やはり先輩たちの目が気になる。この握り飯は、夜までお預けかもしれない。

「そんな余裕ないですよ、こっちは」今井が溜息をついた。ああ、何か……最近の学生たちはこういうのを「リア充アピール」と呼ぶらしい。「寝る暇もないわ」と愚痴を零《こぼ》して、自分が忙しくて充実していると周りに言いふらす——その実態が、下らないゲームで徹夜であっても、だ。

「じゃあ……」一之瀬はビニール袋に手を突っこみ、握り飯を一つ取り出して差し出した。「奢《おご》るよ」

「どうもです」にやりと笑って、今井が遠慮なく握り飯を受け取る。

エレベーターの扉が開き、一之瀬が外に出ると、今井もついて来た。

「ここに用事があるのか？」警備課の部屋は、刑事課の二階上の六階にある。

「いや、ちょっと話しませんか？」素早く左右を見渡しながら、今井が言った。「情報交換しましょうよ。今のところ、何が何だか分からないんで……自分も、こんな状況で適当に動かされるのはたまらないですよ」

「情報交換って言っても、交換するほどの情報はないよ」それは事実だった。

「またまた」今井が食い下がる。「公安とは関係するな、とか言われてるんじゃないですか」

「そんなことはないけど」

「じゃあ、いいじゃないですか」

今井が先に立ってさっさと歩き出す。無視して刑事課に行こうかとも考えたが、一之瀬は結局彼の背中を追った。まあ……こちらの方で上手《うま》く情報を引き出せれば、それはそれでいいだろう。別に先輩たちからも「公安とは話すな」と忠告されているわけではないし。

今井は普段このフロアに来ることはないはずだが、迷わず歩いて、階段の近くにある小部屋に入った。いつもは使われておらず、実質的に物置になっている。周囲を見回してから、今井がすばやくドアを引いて体を室内へ滑りこませた。一之瀬も後に続く……途端に、埃《ほこり》の臭いが鼻を突いた。

「うわ、ひどいですね、ここ」今井がくしゃみをした。「普段使ってるんですかね」

「何でここを知ってるんだよ」

「ああ、当直の時に」今井がにやりと笑った。「署内のあちこちを探検してますんで。いざという時に、自分の仕事場以外の場所を知らないのもまずいでしょう？　だけど、こんなに埃臭《ほこりくさ》いとは思わなかったな」

そういう発想は自分にはなかった。小柄で童顔のこの後輩が、意外としたたか、というか目端が利《き》く一面を持っていることに、一之瀬は初めて気づいた。夜中に署内を歩き回っていても、誰かに文句を言われるわけではないし、いざという時に「隠れ家」を知っていれば役に立つかもしれない。

今井が、埃だらけの折り畳み椅子《いす》をどこからか見つけてきて、座った。すぐに握り飯のパッケージを破いて噛りつく。一之瀬も椅子を探したが、すぐには見つからない。仕方なく、立ったまま侘《わび》しく食事を始めた。それにしても……この小部屋には空調も入っておらず、小さな窓からは真夏の日差しが遠慮なく入りこんでくるために、やたらと暑い。握り飯を噛むために顎を動かしているだけで、頬を汗が滴り落ちた。

「さて、と……」さっさと握り飯を食べ終えた今井が、両手を軽く叩き合わせた。「何なんすかね、これ」

「そっちはどう見てるんだ」まだ握り飯が半分残っていたが、一之瀬も話に乗ることにした。

「どうですかねえ……うちの事件じゃないと思うけど」

「どうして？」

「最近、この手のことをする極左はいないからですよ。企業爆破なんて、四十年も前の流行なんだから。それに極東物流は、ターゲットにもなってませんよ」

「何で分かるんだ？」

「それは、いろいろ」今井が肩をすくめる。「連中は、ターゲットを定めると、ホームページや機関誌で攻撃を始めますから。集会で喋《しゃべ》るとかね。そういうところで、極東物流が攻撃対象になったことはないですよ」

「日帝によるアジア侵略とか……」

「お、公安用語ですね」今井がにやりと笑う。「その辺、昇任試験で出ました？」

「いや、出てないけど、常識として」内心憤然としながら、一之瀬は言った。巡査部長の試験に合格してから、何故かからかわれることが増えている。多くの人が通る道で、あれこれ言われることはないと思うのだが。

「その辺はチェック済みなんですけど、極東物流を批判しているセクトなんかないんですよ」

「そうか……」

因縁《いんねん》をつける気になれば、できるだろう。極東物流は、東南アジア各地で物流事業を展開している。地元との摩擦があってもおかしくはなく、極左がそこに目をつけるのは不思議でも何でもないと思ったのだが……。

「何か、上もやる気ないみたいですよ」

「公安は、人の事件を持っていくのが好きかと思ってたけど」

「いや、それは思いこみですって」今井が少しだけむきになって否定した。「極左絡みじゃなければ、そんなにむきになりませんよ。専門外の事件に手を出しても、痛い目に遭《あ》うだけですから」

「そんなものかな」一之瀬のイメージとはだいぶ違う。

「昔のイメージで言ってません？　公安が裏であれこれ動いてなんて、今時流行《はや》りませんよ。特に極左関係は予算も減らされて、本部は結構苦戦してるんですから」

「そうなのか？」

「頼みますよ、先輩」今井が苦笑した。「幹部への道一直線なんですから、いろいろ部署の情報を知ってないとまずいでしょう？　そのうち、公安で俺の上司になる可能性だってあるし」

「それは――それだけはないな」一之瀬は即座に否定した。やはり「公安は訳が分からないセクション」というイメージは強い。そもそも、普段一緒に仕事をすることもないし、顔が見えないというか……それも古い考え方かもしれないが。

「分からないですよ。出世する人ほど、いろいろな部署を経験するものですから」

「そうなのか？」

「だって、そうしないと組織のことが分からないでしょう？　その道一筋で課長になれるなんて、捜査一課長ぐらいじゃないですか。それとも一之瀬さん、目指してるのはそこなんですか？」

考えたこともなかった。確かに、捜査一課の刑事の「上がり」ポジションは、捜査一課長である。しかし仮に自分がそこへ辿《たど》りつけるとしても、三十年後だろう。二〇四三年、自分はその時五十七歳だ……想像もできないほど遠い未来の話である。

「そんな先のこと、考えられないよ」苦笑しながら一之瀬は答えた。

「もしかしたら、外事あたりで一緒になったりして」

「お前、外事を目指しているのか？」

「一課や三課よりは、いいんじゃないですかねえ」今井が渋い表情を浮かべる。「今時は、そっちでしょう」

公安部の仕事は多岐《たき》にわたるが、その中で公安一課はいわゆる新左翼＝過激派を、公安三課は右翼を監視・捜査するのが役目だ。長年、公安といえばこの二つの課が代表格だったのだが、極左の活動が衰《おとろ》えるに連れ、一課のウェイトは落ちているはずである。一方外事は、ここ二十年ほどでより重要視されるようになってきた。冷戦終了後、国際関係は複雑化の一途を辿り、海外ではテロも頻発している。今注目されているのは、テロリスト関係の捜査や、イスラム圏の動向をチェックする外事第三課だろう。今井は、これから花形部署になるはずのこの辺りの部署を狙っているのだろうか。一之瀬にすれば、責任が重過ぎて、とてもできそうにない。テロを水際でどう食い止めるか——食い止められなければ、悲惨なテロが国内でも発生する。海外のテロのニュースを見る度に、この手の事件の捜査だけはしたくない、と暗い気分になるのだった。

「それより、刑事部の方ではどうなんですか？」今井が訊ねる。

「あ、ああ……どうかな」一之瀬ははっと我に返った。「まだ上と話してないし、いい情報はないと思うけど……」あの会社が何か隠しているという予感はある。だがまだ、それを裏づける材料は何もない。

「本当にいきなりだったんですかね」今井が疑問を口にした。

「と言うと？」

「突然爆破予告して、本当に爆発させるなんて、ちょっと考えられないんですけどね。あまりにも乱暴でしょう」

「そもそも乱暴だから、爆発させるんじゃないかな」

「だけど普通は、こうなる前に一悶着《ひともんちゃく》あって、それから犯行に及ぶ、という感じじゃないんですか？」

「ああ、確かに」

仮にこれが悪戯だとしたら、実際には爆破はしないはずだ。ビルから避難してくる人が右往左往するのを見て、犯人は満足するはずである。実際に爆破したとなると、一段悪質……というか、単なる悪戯で爆弾を破裂させる人間はいないだろう。

「マジで何か知らないんですか？」探りを入れるように今井が言った。

「そこまでの情報はないな」

「そこまでじゃなくても、入り口まででも」

結構しつこいな、と一之瀬は顔をしかめた。こういうのが公安のやり方なのか、今井の個人的な性癖なのかは分からないが。

「だいたい、対象が大き過ぎるじゃないか。会社っていうのは、どこに突っこんで話を聴けば正しい答えが出てくる組織なのか、よく分からない」

「まあ、そうですよね。でもとにかく、うちの仕事じゃないと思うんで」

「そっちの読みは——事件自体の読みはどうなんだよ」

「悪質な悪戯じゃないんですか?」

「実際に爆発してるのに『悪戯』はないんじゃないか?」少しむきになって一之瀬は反論した。

「いや、だから『悪質』って」

「それを言うなら『超悪質』じゃないか」

「今時『超』なんて言葉を使う人はいないですよ」今井がにやりと笑った。「だったら何だって言われると困りますけど、まあ……とにかく悪戯でしょう」あくまで今井はそこにこだわるつもりのようだった。

「去年の一件との絡みは? 公安はどう見てるんだ?」

「ああ、あれとは全然違うんじゃないですかね。あの時は、実際には爆発しなかったわけでしょう、それこそ悪戯ですよ。公安では、関連性を疑う声も出ていませんから」

「それは……そうだろうな」一之瀬は少しだけほっとしていた。あの時、脅迫者が父親ではないか、と一瞬疑ったのだ。犯人のメールアドレスが、昔父親が使っていたのと似通っていたからなのだが……一応は、関係ないという結論が出ている。そもそも大袈裟《おおげさ》な事件にはならなかったわけだし。今更気にしても仕方ないだろう。

「まあ、たぶん刑事部さんが引き取って――」今井の言葉は、鳴りだした携帯の呼び出し音に遮《さえぎ》られた。ワイシャツのポケットから携帯を引っ張り出すと、一之瀬に一礼してから電話に出る。「はい、今井です――ええ、近くにいますよ……会議ですね？　六時から……え？　刑事部と一緒ですか？　ええ、はい……分かりました。了解です」

てきぱきと、かつ愛想よく喋って電話を切り、一つ溜息をつく。

「午後六時から捜査会議で、刑事部と公安部合同になるみたいですよ。面倒臭くなりそうだなあ……」

「しょうがない。それは上が決めることだから」

「でも、心配ですよね」今井が肩をすくめる。「船頭多くして何とやら……ですから。混乱しないといいんですが」

今井の心配は当たった。混乱はしていなかったが、会議はどこか引き気味というか、何となく遠慮がちな雰囲気の中で始まったのだ。

千代田署で一番大きな会議室でも入り切れないほど人が集まったようで、捜査会議は道場で開かれた。柔道場、剣道場をぶち抜けば、百人ぐらいは楽に入れる。取《と》り敢《あ》えずの会議ということで、椅子も用意されず、全員が直《じか》に床に腰を下ろした。せめて柔道場の方なら畳《たたみ》があるから腰に優しいのだが……剣道場の堅い床に座った一之瀬は、早くも尻が痛くなるのを感じた。せめてもの救いは、ひんやりとした感触が伝わってくることである。もっとも、七十人ほどの人間が詰めこまれた部屋は熱気で溢《あふ》れ、エアコンの冷風が何の役にも立たない状況なので、床の冷たさも慰めにしかなっていなかった。

道場の一番前には長机が置かれ、捜査一課長の坂元《さかもと》が既に着席している。横には千代田署長。しかし会議はまだ始まらない。どうやら公安一課長待ちのようだ。会議室の中が次第にざわつき始める。まさか、もったいぶってわざと登場を遅らせているわけではあるまいが……六時十分になり、千代田署長が眉間《みけん》に皺《しわ》を寄せて立ち上がる。その瞬間、公安一課長が入って来て、署長はまた腰を落ち着けた。

「どうも、遅れまして」

公安一課長の宮下《みやした》は、一見腰が低く見える男だった。綺麗《きれい》に七三に分けた髪、髭《ひげ》剃《そ》り痕も見当たらないつるつるした顔、やけに大きな耳。半袖のワイシャツ一枚という格好で、すっきりとした感じだった。署長を間に挟んで腰を下ろし、一つ咳払《せきばら》いをする。

この場は坂元が仕切ることになったようで、刑事たちの顔を一睨《ひとにら》みしてから立ち上がる。鋭い目つきに薄い唇、太く角張った顎と、いかにも力強さを感じさせる顔立ちで、実際に大変な強硬派である。

「一課長、機嫌悪いな」横に座る藤島がぼそりと言った。

「そうですか?」

「よく見ろ。いつもより眉毛《まゆげ》が吊り上がってる。機嫌が悪いとああなるんだ」

と言われても、普段頻繁に会うわけではないので、「いつも」との違いが分からない。

一之瀬は手帳を広げ、坂元の第一声を待った。

「諸君らがご存じの通り、本日昼前、千代田区丸の内の極東物流本社ビルに爆発物が仕かけられた。会社からの連絡が早く、社員全員、それに近隣の会社の人たちも避難を完了したので、爆発したものの、幸いなことに人的被害はなかった」

自分は計算に入っていないわけだ、と一之瀬は皮肉に思った。擦りむいた肘は、もちろん重傷ではないが、ちくちくと痛んでいるのに。

「犠牲者、負傷者はいないにしても、重要事件であることに変わりはない。今回は捜査一課、公安一課が共同で捜査を行うことにした。異例だが、事態の重要性に鑑《かんが》み、この体制で捜査に臨む」

「おいおい」藤島が小声で悪態をついた。「大丈夫なのかね」

「大丈夫って……」一之瀬は今井の顔を思い出していた。「船頭多くして」――まさにそういう状態になるかもしれない。

「上が上手く仕切ってくれればいいけどな。捜査一課長と公安一課長、仲が良くないんだ」

「そうなんですか？」

「捜査一課長が所轄の先輩でね。公安一課長は駆け出しの頃、だいぶ絞《しぼ》られたらしい」

「そんな……何十年も前の話じゃないですか」

「現役でいるうちは、そういう関係はずっと続くんだよ」

「まさか」

「警察っていうのは、そういうところだ。いい加減、覚えろ」うなずき、藤島が前方に意識を集中した。

坂元が声を張り上げる。

「現在のところ、犯行声明等はない。極東物流に対しても、その後の連絡はなし。犯人逮捕の目処《めど》はたっていないが、一刻も早く特定して解決を目指す」

坂元が座ると同時に、宮下が立ち上がる。こちらは、硬派の坂元とは正反対の、ソフトな話しぶりだった。

「現時点で、極左各派からの犯行声明はないが……捜査一課の諸君らにも参考のために知っておいて欲しいが、犯行声明は事件の翌日、ないし二日後に発表されることが多い。しかも、マスコミに対して送付されるパターンがほとんどだ。ただし今回、犯行声明が届くかどうかは分からない。極左の犯行らしくない一面もあるので、今のところは両面睨みで捜査を進めたい」

「極左じゃない方の『面』って、何なんですか？」一之瀬は小声で藤島に訊ねた。

「極左以外の全ての可能性のことだ」

「それじゃ広過ぎますよ」

「俺たちの相手は、いつでも広いじゃないか」

「まあ、そうですけど」

何となく不満を抱えたまま、一之瀬は宮下の指示に意識を集中させた。淡々とした口調だが、事の重要性は伝わってくる。

「気をつけなければならないのは、第二の事件だ。一度成功した犯人は、同じことを繰り返す可能性が高い。二度目の犯行は、絶対に阻止しなければならない。今回は、部の垣根を越えて、確実に犯人に辿りつくのが肝心だ」

両課長による演説はそこで終わり、具体的な現場の説明に入った。報告するのは、それぞれの課の管理官。この二人は特に何の因縁もないようで、皮肉な言葉の応酬をするわけでもなく、淡々とした説明なので自然に頭に入ってきた。

極東物流に「爆弾を仕かけた」という電話がかかってきたのは、午前十一時十二分。これは会社の記録から正確に確認できている。警察に届け出たのが十一時二十五分だった。自分たちが現場に到着したのは、十一時四十分頃だっただろうか……その数分後に爆発が起きたのだが、正確な時間はその時には分からなかった。普段は何かあると時計を見る癖がついているのだが、あの時ばかりは一瞬パニックになったとしか言いようがない。実際には、爆発は十一時五十分に起きていた。

爆発物は、ダイナマイトか何かを使ったものらしいが、詳細は未だに不明。時限式で、タイマーの部品などが現場に残っていた。あれだけの爆発で、よく証拠が残るものだと一之瀬は不思議に思ったが、これで捜査が前進するのは間違いない。爆弾のパーツとなれば、そう簡単に手に入るものでもないだろうし、犯人につながる手がかりになるはずだ。

目撃証言はなし……それはそうだろう。あの辺は人も車も忙しく行きかい、他人の動きを気にしている人などいない。ちょっと駐車場の柱の陰に入って爆発物を置いても、誰にも気づかれないだろう。ほんの一瞬で済むだろうし。

会社側への事情聴取は不調だった。まだ組織立って話が聴けていないせいもあるが、情報が錯綜している。ただ、「事前に脅迫はなかった」という点だけは間違いないようだった。

しかし、気にはなる……一之瀬の頭の中には、石本の曖昧な言い回しと、会話をシャットアウトした秋山の不自然な態度がまだ鮮明に残っていた。何か言いにくい事情を石本が抱えていて、秋山もそれを知っていて止めた——そんな風に想像してしまう。

翌日以降の捜査が割り振られた。会社への事情聴取を継続すると同時に、現場の詳細な検証を進めること、目撃者探しなどの方針が決まる。一之瀬は、会社への事情聴取班に割り振られた。よし、何とかもう一度石本を摑まえて話を聴こう。今度は上司がいない場所で……誰にも邪魔されず、じっくりと話を聴き出したかった。念のため、今夜は制服組、それに機動隊員が、一晩中現場を警戒することになった。

「それと」会議が終わりかけ、その場の空気が緩んだところで、また坂元が立ち上がった。「人的被害はないが、物的被害は甚大《じんだい》だ。極東物流のビル自体の損害は算定中だが、一階に入っていたブティックの洋服と靴が、五百万円分、駄目になっている」

服で五百万円というのはどういうことか……よほどの高級ブティックなのだろうか。後で調べてみようと、一之瀬は頭の中にメモした。

捜査会議が終わりになると、一之瀬たち千代田署刑事課の面々は部屋に戻った。何となく、自分の「巣」に戻って来た感じがして、ほっとする。しかしこれで終わりではなく、今度は宇佐美が訓示を始めた。

「今の会議で分かった通り、当面は捜査一課と公安一課が合同で指揮を執ることになる。

我々現場の人間は、淡々と捜査を進めることにしよう。何か現場で揉め事が起きたら、すぐに連絡してくれ。調整する」そう言う宇佐美の表情は渋かった。今からもう、合同捜査のトラブルを予想している様子である。

「まあ、普通にやるしかないですね」藤島がぼそりと言った。

「無駄に喧嘩《けんか》する必要もないので」宇佐美も同調した。「とにかく、普段通りだ。気負わず、しかし気合いを入れて捜査を進めてくれ」

訓示が終わると、一之瀬はスマートフォンを取り出し、被害に遭ったブティックのことを調べ始めた。こういう時、パソコンを使わずに済むのは便利だ……どこでも調べ物ができる。

やはり「高級」の冠がつくブティックらしく、ブランド品ばかりを扱っていた。特に靴は、クリスチャン・ルブタン……一之瀬は知らないブランドだったが、一足十万円もするようなハイヒールもある。どれもヒールが錐のように細い。女性は、歩くだけでも大変なのだ、と同情した。そう言えば深雪は、こういう高いヒールの靴には縁がない。好みではないだろうし、仕事柄、そういう靴を履く機会もないのだろう。研究室では、いつもクロックスのサンダルだと言っていた。

まあ、都会の真ん中で爆弾が破裂すれば、被害ゼロというわけにもいかない。犯人を逮捕して、店側が損害賠償請求する——そんな場面を一之瀬は想像していた。そう、一般人の負傷者がいなかったとはいえ、それで罪が軽くなるわけではないのだ。そんなことも想像できないほど、犯罪者というのは馬鹿なのだろう。

一之瀬は、大きな絆創膏《ばんそうこう》を貼《は》った肘の傷に触れ、絶対にこの犯人は見つけ出してやる、と心に決めた。負傷者ゼロは、あくまで自分を除いてのことだし。

〈4〉

「しかしお前、よく事件に巻きこまれるよなあ」

電話の向こうで、城田《しろた》が感心したように言った。警視庁の同期だが、今は福島県にいる。東日本大震災後に自ら手を挙げて福島県警に特別派遣され、その期限が切れた今年三月、本人の希望で完全移籍してしまったのだ。浅草《あさくさ》生まれの浅草育ち、外の人間から見れば絵に描いたような「江戸《えど》っ子」の城田が福島県警に……一之瀬にすれば、微妙に納得できないことだった。

もちろん彼の口から、理由はちゃんと聞いている。「現地を見たら放っておけなくなる」「とにかく人手が足りない」「自分でも役に立っている実感がある」――理屈では分かるが、感情的には首を傾げざるを得なかった。せっかくの警視庁でのキャリアを途中で頓挫《とんざ》させ、あまり将来がない方向へ自分から足を踏み入れてしまった感じではないか。もちろん面と向かって、「何で未来を捨てた」とは言えないのだが。彼にすれば、福島に新しい未来を見つけたのだろう。

この件に関しては、とやかく言うのはやめにした。一之瀬は「考え直せ」と何度か説得したのだが、結局城田は聞く耳を持たなかったのだ。特別派遣されている間に、向こうで彼女でもできたのではないか、と一之瀬は疑っている。それならそれで、福島に根づいてしまうのも仕方がないし、他人が口出しできる話でもない。

もちろん、彼との友情は継続している。主に電話やメールでのやり取りが中心で、会う機会はほとんどないのだが、つながっている実感はあった。それこそ、彼とはＬＩＮＥでも始めてみようか、とも思う。

「事件の神様に好かれてるんだろうな」一之瀬はぼやいた。

「あるいは嫌われてるか」城田が即座に混ぜっ返した。「神は試練を与えたもう、とかいうことじゃないのか」

「よせよ、冗談じゃない」

一之瀬は無意識に肘の傷に触れた。ちくちくと嫌な痛み――意識すると鬱陶しくなる類《たぐい》の傷だ――を感じ、先ほど風呂で悪戦苦闘したのを思い出す。この程度の傷だったら濡らして大丈夫だろうとシャワーを浴びたのだが、途端に刺すような痛みに襲われ、しばらく歯を食いしばることになった。

「怪我の写真、後で写メしてやるよ」

「そんなもん、見たくないって……それで、どうなんだよ。企業爆破なんて、大事件じゃないか」

「まあ、そうなんだけど」釈然としない。「まだ状況が分からないんだ。悪戯にしては悪質だし、犯人に他の狙いがあるとしても、まだ想像もつかない――それより、そっちはどうなんだよ」

「ぼちぼちかな……秋に本部に異動になると思うけど」

「マジで？」城田は、郡山《こおりやま》市の所轄勤務で、現在も外勤警察官――制服姿で交番勤務をしている。

「お前みたいに、昇進して異動じゃないけどな。一応俺、福島県警ではまだ新入りだから。昇任試験を受けるにしても、もう少し時間がかかるそうだ」

「そうか……それで、どこへ？」

「捜査一課」

「お前が？」少し意外だった。城田が、捜査一課の刑事として力不足というわけではない。ただ、街をくまなく歩き回って、地域の守護神となる交番勤務の方が、明らかに向いていると思う。人当たりがよく、初対面の人も簡単に信用させる能力は、一之瀬にはとても真似できない。そして、外勤警察官が好きだというのは、本人も認めているのだ。外勤だって悲惨な事件の現場には行くけど、それよりジイサンバアサンを助けたりする方が性に合ってるんだよな……それに、子どもが憧れの職業で「警察官」って言うのは、制服組のことなんだぜ、というのが彼の言い分だ。

「まあ、いろいろ経験を積ませようってことなんだろうけどさ」

「所轄の刑事課をスルーして本部の捜査一課っていうのは、大抜擢《だいばってき》じゃないのか」所轄というのは、若手警察官にとって「研修」「選抜」の意味もあるのだ。いろいろな仕事をやらせてみて、適性を見極める。

「その辺の事情は、俺には分からないけど」城田の声には戸惑いが感じられた。「お前も捜査一課なんだろう?」

「まだ内示もないよ。どうなるか、分からない」噂で聞いているだけで……警察官という人種は人事の話が大好きだが、必ずしも正確な情報が流れてくるわけではない。

「だけど、人は結構変わるよな」

「そうか?」

「お前が捜査一課に行くとは思ってなかったよ。何て言うかさ……もっと安定志向だったじゃないか」

「まあな」それは認めざるを得ない。何しろ一之瀬たちが大学生だったのは、大変な就職不況の時期だったのである。しかも「雇用の流動化」が盛んに言われ、一生安定した仕事を得るなど無理ではないか、という不安感もあった。その点、公務員なら安心、という計算があったのは事実である。父親の失踪を経験している一之瀬は、何より安定した仕事と生活を望んできた。一家の大黒柱が突然消えて、母親がどれだけ苦労してきたか、見てきたが故に。しかし、確かに自分は変わったと思う。警察官になりたての頃は、嫌なこともずいぶん経験してきたのだが、今はかなり図太くなったし、仕事の面白みも何となく分かるようになってきた。猟犬——犯人を追う時の興奮は、他の何にも代えられないものだと思う。

「やっぱり、経験を積んだ……年を取ったってことかな」

城田の言い方に、一之瀬は一抹の不安を嗅ぎ取った。それはそうだろう。所轄での経験もなく、いきなり本部の捜査一課に抜擢というのは異例なのだ。警視庁からわざわざ福島県警に完全転籍したということで、周りもどう扱っていいか分からないのかもしれない。ただ……もしも城田がどうしようもない警察官だったら、福島県警も受け入れなかったはずだ。将来性がある、これから何十年も復興に苦労しなければならない中で戦力になると確信したからこそ、受け入れたのだろう。

「もうちょっと自信を持ってもいいんじゃないかな」一之瀬は遠慮がちに言った。あまり強く言うと、城田が不安になっていることを意識させてしまうから。

「それは分かってるし、周りもそう言ってるんだけど、こればかりは分からないよな。現場に出てみないと、ちゃんとできるかどうか……」

「人に話を聴くのは、お前の一番の得意技じゃないか」一之瀬は励ました。「刑事の仕事も人に話を聴くのが基本なんだから、俺なんかより、よほど上手くできると思うよ」

「そうかねえ」城田が自信なさそうに溜息をつく。「まあ、呼ばれたらちゃんとやってみるよ」

「お前は真面目だから、大丈夫だろう」

「そうであることを祈るけどさ——それで、昇任する気分はどうなんだ、一之瀬部長？」

またそれか……いい加減にしろよ、と抗議しようと思ったが、馬鹿馬鹿しくなってやめた。実際に辞令を受け取って異動したら、誰もこんなことは言わなくなるだろう。その後は、刑事としての日常が待っているだけだ。

刑事としての日常か……電話を切って、一之瀬は部屋の片隅にあるギターとアンプに目をやった。このところ、まったく弾いていない。そんなに忙しかったわけではないのだが、何となく手が伸びなかった。刑事が趣味でギターを弾いても何の問題もないのだが、意識はそこから次第に遠ざかりつつある。

今考えているのは、これから自分がどうなっていくのか、どうしたいのかだった。まだ三十歳までには間があるが、そろそろ将来を真面目に考えなければならない。そのためにはまず身を固めて……一之瀬は、スマートフォンで婚約指輪について検索を始めた。今時こういうのは流行らないかもしれないが、深雪の意向が分からない。もしかしたら結婚に関して昔ながらの一連の流れ——両家顔合わせ、結納、きっちりとしたホテルでの結婚式の後にすぐ新婚旅行——を望んでいるかもしれないし、もしもそういう流れになったら、それなりの値段の婚約指輪は絶対に必要だ。そういえば、結納返しというのもあるんだな……検索すると、腕時計が一般的、という情報が出てきた。仮に五十万円の婚約指輪を贈ったとして、お返しに貰《もら》う時計はいくらぐらいが適当なのか。さすがにいつまでも、G-SHOCKを使い続けるわけにはいかないし。タフで狂いのないこの時計は、仕事でも役に立つのだが、スーツの袖口でごつごつとした存在感を発揮し過ぎてしまい、明らかに浮いている。そろそろ「大人の時計」に替えてもいいのではないか。

ふと気づくと、日付が変わっていた。まずい、まずい……明日は朝八時から捜査会議があるのだ。その前に、藤島に根回ししておかないといけない。自分がやるべきこと——やりたいことを押し通すのだ。

そういえば、こんなことは以前にはなかったな、と思い出す。やはり自分は、間違いなく変わってきているようだ。

〈5〉

「お前がやりたいなら、やればいい」藤島はあっさり一之瀬の願いを容認した。

「ありがとうございます」少し拍子抜けしながら、一之瀬は頭を下げた。

「ただし、自分でちゃんと言えよ。会社への聞き込み班のキャップは、捜査一課の稲崎《いなざき》係長だから、ちゃんと報告して」

「え？」一之瀬は一瞬戸惑った。「イッセイさんが話してくれるんじゃないんですか？」藤島に話したのだから、こちらの希望を通してくれると思っていたのに……。

「あのな、俺に甘えるのもいい加減にしろ。やりたい仕事があるなら、自分できっちり手を挙げて、上を納得させてみろよ。お前さんもすぐに巡査部長になるんだから、もうヒラの警官の意識じゃ駄目だぞ。自分の面倒ぐらい自分で見られなくてどうするんだ」

「はあ」

「もう少し成長していると思ったけどねえ……」藤島がうんざりした表情を浮かべる。

「俺ももう、五十になったんだからさ、いつまでも面倒かけるなよ」

「……分かりました」五十歳という言葉が引き金になって、一之瀬は覚悟を決めた。そうだよな……藤島にはずいぶん叱られたが、何かと助けてもらったのは間違いない。どうしても頼りにしてしまうが、とにかく今朝の藤島はどこか機嫌が悪い。一人でやるしかないだろう。

全体の捜査会議は十五分で終わり——夜の間に新しい展開はなかった——すぐに班ごとの打ち合わせに入った。

一之瀬は、特殊班の稲崎係長をちらちらと観察した。小柄で童顔だが、どこか芯《しん》の強さを感じさせる顔つきである。こういう人の方が扱いにくいんだよな……と気を引き締めた。若くして出世した人間には、それなりの理由がある。やはりできるからなのだ。あるいは周りから、早く試験を受けるように勧められたのかもしれない。つまり、抜擢された「幹部候補生」だ。

一之瀬は意識して背筋を伸ばし、稲崎に希望を述べた。

「——つまり、その石本という総務課の社員が、何か隠しているのか？」

「それは分かりませんが、何となく言動が不自然な感じがします」

「それは、君の勘なんだな？」

「……ええ」そんなものが当てになるか、と言外に指摘されているようで、背筋が寒くなる。

「その勘は、どれぐらい当てになる?」

こういう突っこみをする人か、と一之瀬は居心地の悪さを噛み締めた。勘など、理論化、数値化できないもので、「どれぐらい」と言われても答えに窮する。

「それは……」

「まあ、いい」稲崎がいきなり話を打ち切った。「どうせ、総務課の人間には話を聴かなくちゃいけないからな。お前が担当してくれ」

「ありがとうございます」立ったまま話をしていた一之瀬は、頭を深く下げた。取り敢えず希望が通ってほっとしたが、冷や汗をかいているのを感じる。いや、冷や汗ではないかもしれない。何しろ今日も、予想最高気温は三十度を超えているのだ。それに道場には人が多く、熱気も籠《こも》っている。

一之瀬はちらりと藤島を見た。彼は無言で素早くうなずくだけで、笑顔も見せなかった。それぐらい、当然ということか……。

「では、一之瀬はうちの谷田《たにだ》と組んでくれ。谷田、一之瀬の指導をよろしく」

「オス」

谷田が低い声で応じたが、目は笑っている。見た目はかなりごつい感じだが、話が分からないタイプではなさそうだと一之瀬はほっとした。打ち合わせが終わると、谷田がすっと近づいて来た。

「それで？　どう攻める？」

「取り敢えず電話を入れてみようと思いますが」昨日、名刺は受け取っている。直通番号らしき記載もあった。

「あー、ダメダメ」谷田がいきなりダメ出しをした。「いきなり行かないと。事前の通告はなしだ」

「でもそれだと、失礼にならないですかね」

「この男は何だ？　目撃者か？　参考人か？　容疑者か？」谷田がまくし立てる。小柄なのだが、非常にエネルギッシュなタイプらしい。「君はどう見てるんだ？」

「それは……会社の関係者ですよね」

「でも、何らかの疑いを抱いているから、また話を聴きたい。そういうことだろう？」

「そうですけど、その疑いが何なのか、自分でもはっきり分からないんです」

「ふうん」谷田が鼻を鳴らした。「経験不足ってわけだ。何度もこういうことを経験すれば、自然に分かるようになるはずだけどな。この状態で捜査一課に来られても困るぜ」

「正式に決まったわけでは……」戸惑いながら一之瀬は言った。

「ま、そうだな。内示もまだなんだから、余計なことは言うべきじゃないかもしれない」

　そう言いながら、谷田は結構な大声で喋っている。やはり既成事実なのかと思いながら周囲を見回すと、藤島がにやにや笑っているのに気づいた。

「いいか、所轄では動きながら仕事を覚える——オン・ザ・ジョブ・トレーニングでいいかもしれないけど、捜査一課ではそうはいかないんだ。現場に出れば、今度は地元の所轄の若い刑事をリードする立場になるんだから。今のうちからそういう意識でいないと、すぐに落ちこぼれるぞ」

ぞっとする話だ。特に強く捜査一課行きを希望しているわけではないが、行ったら必死にやらなくてはいけないと思っている。もしも失敗して見限られたら、その先の警察官人生はどうなるのだろう、と考えるといきなり不安になった。

「とにかく、突入だ。相手に準備させないで話を聴く——それが基本だぜ」

「分かりました」

とはいえ……会社の方で隠しておきたい事実があったら、夕べのうちに既に作戦会議を終えているだろう。組織に属する人間は、基本的に忠誠心が高いことを、一之瀬はよく知っている。一度決まったことは、命をかけても——それは大袈裟かもしれないが——守るはずだ。昨日のうちにもう一度、厳しく突っこんでおくべきだったと悔いたが、事件の直後にはいろいろとやるべきことも多く、自分の意思だけでは動けない。

「よし、行くぞ」

谷田に見えないロープで引っ張られるように、一之瀬は特捜本部を出た。捜査一課の刑事というのは、こんな風に張り切っていないとやれないものだろうかと、不安を抱く。

「張り切る」は、自分と一番縁遠い言葉なのに。

まずは、極東物流と千代田署を往復。一之瀬は、会社の中で話を聴くものとばかり思っていたのだが、極東物流までのわずか数百メートルの道のりを行く間、「署に引っ張ろう」と谷田が提案してきたのだ。

「いや、でも、現段階では容疑者というわけじゃないですし……」

一之瀬は躊躇《ためら》ったが、谷田は強硬だった。

「会社は、彼のホームグラウンドみたいなものだろう？　アウェーの環境を用意すれば、精神的に追いこまれる。ましてや普通の人は、『警察まで来て下さい』と言われただけでビビる。その弱気を利用したいんだ」

「それはそうでしょうけど……」

「何も違法なことじゃない」谷田がぴしりと言った。「これは単なる作戦、テクニックなんだ。こういうのを自由に使いこなせないと駄目なんだよ」

はあ、と気の抜けた相槌《あいづち》を打つ気にもなれず、一之瀬は唇を引き結んだ。それから会社に到着するまで、谷田は事細かに指示を出した。今のうちに署に電話して取調室を押さえておくこと、事情聴取が始まる前に、冷たい飲み物を用意すること——取調室を確保しておくのは、署に入ってから待たせないため。冷たい飲み物を用意しておくのは、こちらが

「敵」ではないと態度で示すためだ。一々うなずける方針であり、谷田が結構細かく仕事をするタイプなのだと分かった。マニュアル派の一之瀬にはありがたいやり方だ。

署に連れて来られた石本は、可哀相なほど緊張していた。額には汗が浮かんでいる。目の前に置かれた冷たいミネラルウォーターにすぐにも手を伸ばしたいはずなのに、両手を膝《ひざ》に置いたまま微動だにしない。

狭い取調室の中で、一之瀬が石本の正面に、谷田が右斜め前に座った。逃げ場は一方だけ——小さな窓だが、かなり高い位置にあり、そこから逃げ出すのは不可能だ。

「しかしあなた、でかいですね」谷田がいきなり、事件と関係ない話題を持ち出した。

「身長、どれぐらいあるんですか？」

「……百八十六です」

自分の見立てと一センチしか変わらなかったわけか、と一之瀬はぼんやりと考えた。刑事になって、観察眼だけは養われたようである。

「何かスポーツでもやってたんですか？」

「ああ……学生時代にアメフトを」

「それはすごい。身長、少し分けて欲しいですね」

おちゃらけた調子で話を転がしながら、谷田が一之瀬に目くばせした。ほら、場を温めてやったから、後は自分で頑張れ、とでも言いたげに。一之瀬は一つ咳払いし、まず「水をどうぞ」と勧めた。しかし石本は手を伸ばそうとしない。表情は引き攣《つ》ったままで、この調子では、本題に入るまでにどれだけ時間がかかることか……。

「ちょっと煙草《たばこ》が吸いたくないですか」谷田が突然切り出した。

「え？」石本が驚いたように顔を上げた。

「今朝は忙しくてですね……煙草を吸ってる暇もなかったんです。一之瀬、署内に吸えるところは……ないよな？」

「ないです。喫煙場所は、署の裏手なんですが」

「了解。ちょっと待っててくれ。喫煙者は、少し煙を入れておかないと、安心して話もできないんでね」

谷田が立ち上がる。躊躇っていた石本も、結局は立ち上がった。石本のために取調室のドアを押さえながら、谷田は自分のワイシャツのポケットを指さした。そうか、相手のポケットを見て、煙草を吸うかどうか確かめろ、ということか……役にたつ情報かどうかは分からないが、知らないよりは知っていた方がいい。事実、谷田は石本をリラックスさせるために引っ張り出したのだから。もしかしたら、煙草を吸いながら、肝心の話を聴き出してしまうかもしれない。

それでは自分の存在価値がなくなる。

十分後に二人が帰って来るまで、一之瀬はずっとやきもきしていた。様子を見に行こうかと何度思ったか知れない。戻って来た石本が明らかにリラックスしているのを見て、一之瀬はまたがっかりした。「楽にして下さい」と言葉をかけるよりも、煙草一本の方がどれほど気持ちを落ちかせるのに効果的なのか……。

「いやあ、しかしそろそろ禁煙ですよ」

石本が椅子に落ち着くと、谷田が気さくな調子で語りかけた。石本が真剣な表情でうなずく。

「こんなに何度も値上がりしちゃあ、やってられません」

「本当ですよ」石本も気楽に答える。「簡単にはやめられないとは思いますけど」

「いつも、値上がりしたらやめよう……と思うんですけど、結局値上げの前にカートン買いして。馬鹿馬鹿しいとは思うんですけどね」

話に入っていけない。自分も煙草を吸うべきだろうか、と一之瀬は真剣に考えた。会話が途切れたタイミングを狙い、一之瀬はまた水を勧めてみた。今度は石本は素直にボトルを取り上げ、キャップを捻《ね》じり取《と》った。

「昨日、お話を伺った中で、ちょっと気になることがありまして」一之瀬はいきなり本題から入った。

「――はい」水を一口飲んだ石本の表情に、緊張感が戻る。しかし先ほどまでとは違い、取り敢えず話す気にはなっているようだった。

一之瀬は頭の中で、昨日の会話を再現した。犯人からの電話について聞いている最中で……。


「ええと……確か『分かってるだろうな』って」

「分かってる？　どういう意味ですか？」

「それはちょっと……」


そう、いかにも「言えない」という感じで石本は言い淀んだのだ。一之瀬はすかさず、その件を指摘した。

「あなたは何か、言いにくそうにしていたと思います。何があったんですか？」

「いや、そういうわけではないんですけど」また歯切れが悪くなる。

「昨日は話が途中だったんですけど、犯人はその後何か言ったんですか？　『分かってるだろうな』って言った後ですけど」

「いや、それで終わりで……」

「電話が切れた？」

「はい」

「いきなり？」

「そうです」

「それで……」一之瀬は一度言葉を切った。「あなたは分かっていたんですか？」

「はい？」石本が顔を歪める。

「犯人の言葉に、何か思い当たる節でもあったんですか？」

「いや、そういうわけでは……」

「あなたは昨日、この話題が出た時に『ちょっと』と言いました。あれはどういう意味ですか？　ちょっと言えない、ということだったんじゃないんですか？」

「別に、そういう意味ではないですけど」

「だったらどういう意味でしょうか？」追いこみ過ぎかもしれないと思いながら、一之瀬は畳みかけざるを得なかった。やはりこの男は何か隠している、と確信する。「何か思い当たる節があって、それは警察には言えない、という意味だったんじゃないんですか」

「いや、それは……」石本が口籠《くちごも》った。何か頼る物が欲しかったようで、ペットボトルをきつく握りしめる。水滴がついたボトルがたわんだ。

「去年、御社の近くで爆弾騒ぎがあったのを覚えていますか？」一之瀬は話題を変えた。

「すぐ近くの商社のビルに爆弾がしかけられていました。早朝で、爆発もしなかったので、被害は出ませんでしたが……」

「ああ、ありましたね」

「御社とは、目と鼻の先で起きた事件です」一之瀬は一度呼吸を整え、話を続けた。ここから先のことは、言っていいのかどうか分からない。本当は、谷田と入念に打ち合わせをしてからにしたかったのだが、アドリブで行くしかない……。

「ええ、でも、朝早くの事件だったので……出勤してきた時には、もう騒ぎは収まっていましたから、よく知りません」

「報道はされませんでしたが、あの時、爆弾を仕かけられた商社は脅迫されていたんです」

石本の眉がぴくりと動いた。ペットボトルを握る手に力が入り、震えて、水が零れる。何だか分からないが当たった、と一之瀬は心の中でガッツポーズを作った。ちらりと谷田の顔を見やる。秘密をばらして……と激怒しているのではないかと思ったが、平然とした表情だった。やはり、一課の中でも「悪質な悪戯」と解釈されているのだろう――実際に爆弾を仕かけた犯人は捕まっていないのだが。とにかく、谷田が気にしていないらしいのに気を良くして続ける。

「実際には、金のやり取りはありませんでした。だから警察では、爆発物取締罰則違反事件として調べているだけで、恐喝事件にはなっていません」実際にはもう、捜査はしていないはずだ。「どうなんでしょうね、同じ丸の内の会社が狙われて、片方では実際に爆弾が爆発した……何となく、共通点があると思いませんか？」

「いや、それは私に言われても」石本が唇を舐める。額を一筋、汗が伝った。

「事前に、会社に対する脅迫はなかったんですか？」

沈黙。石本は嘘をつけない人間だ、と想像する。だから黙りこむことで、証言拒否したのだろう。今までの事情聴取では、そういうことはなかったが。

「例えば、何らかの条件を提示して金をよこすように要求してきたとか……それが今回の爆破事件につながっているんじゃないんですか？」

「石本さん、ここで出た話は表に出しませんよ」いきなり谷田が割って入った。「何を喋っても、あなたの名前がばれることはない。それに、もしも何かあったとしたら、もう他の人が喋ってるんじゃないんですか？　今日は一斉に事情聴取してますからね」

「そうなんですか？」石本がはっと顔を上げた。

「そりゃそうですよ」谷田がラフな口調で言った。「何しろ、あれだけの事件ですよ？　一刻も早く犯人を捕まえないと、社会不安もひどくなりますからね。警察は全力でねじを巻いてやってますよ。ご協力いただけませんかねえ」

「いや、私は……」石本がまた口をつぐんでしまった。

一之瀬は手を替え品を替え、質問を続けた。時折谷田も口を挟んで石本を刺激したが、それでも彼は口を割らない。ただ、何か隠しているという一之瀬の勘は揺るがなかった――それどころか、さらに強くなる。そうでなければ、こんなに汗をかくわけがないのだ。

この取調室は冷房が効き過ぎで、一之瀬の汗はすっかり引いてしまっているのに。

「もう一度確認します」始まってから既に一時間……この辺が限界だろうと、一之瀬は念押しで質問をぶつけた。「極東物流は、何らかの形で脅迫を受けていませんでしたか？今回の爆破事件は、それに関係するものではなかったんですか？」

「……言えません」

「言えません、というのは？」一之瀬はさらに突っこんだ。「知らないのではなく、言えない理由があるんですよね？」

「すみません、勘弁して下さい。ちゃんと全部、喋ってますので」テーブルに額をぶつけそうな勢いで、石本が頭を下げる。そこまでしなくても……と思った。もはや一之瀬の疑念は、確信に変わっているのだ。あとはどんな内容の脅迫があったのかを探り出すだけである。

しかし結局、石本は口を割らなかった。これは相当、根が深い……脅迫事件は、会社の根幹を揺るがすほどのものに違いない。一総務課員が、簡単に説明できるものではないというような——ようやく解放した時、石本は疲れ切って見えたが、逆に一之瀬は彼からエネルギーを吸い取ったように元気満々になっていた。

署の正面玄関で石本を見送ると、一之瀬はちらりと谷田の顔を見た。

「どう……でしたか？」

「今のままだと、何とも言えないなあ。ただ、彼が何か隠しているのは間違いない。君の勘は正しいと思うよ」

「ですよね？　他の人にももう少し突っこんでみれば、絶対に何か出てくると思います」勢いこんで一之瀬は言った。

「それは、どうかなあ」谷田がズボンの左右の尻ポケットに両手を突っこみ、胸を張った。

「いずれにせよ、君はまだ甘い」

「そうですか？」

「もっと強く揺さぶってやってもよかったんだ。取調室の中で起きたことは、表には出ないからな」

「でも、あまり乱暴なことは……」

「その辺の見極めも、しっかりしないと。君、のんびりし過ぎなんだよ」

「結構必死にやったと思いますけど」一之瀬は唇を尖《とが》らせて反論した。

「もっと必死に、だ。警察官が死にもの狂いになっているのを見ると、一般市民は焦るんだよ。それなら、脅したりすかしたりしなくても、相手は喋る。焦って汗を流すぐらいの演技はしないと」

まさか……涙と違って、汗は自在に流せるものではない。だいたい、あの取調室は冷房が効き過ぎていたし。ただ、そこで石本が冷や汗を流していたことこそが、彼が秘密を腹に呑みこんでいた証拠である。

「他の社員への事情聴取の結果と照合したいですね」

「それは当然やるよ。それより、君の次の一手は？」

「え？」

「何だよ、何も考えてないのか」谷田が呆れたように舌打ちした。「あのな、捜査は行き当たりばったりじゃ駄目なんだ。一つ終わったら、次にどう動くか、常に考えながら動かないと。仮に何か手がかりが摑めたら、そこからさらに話を広げる。駄目だった場合はすぐにプランBに移る。そうしないと、ちょっと行き詰まっただけでストップしちまうぞ。俺たちは回遊魚なんだから、動き回ってないと死ぬんだ」

「はあ」このエネルギッシュな感じは、谷田に特有なのか、それとも捜査一課の刑事は全員こうなのか……一之瀬はにわかに不安になってきた。果たして自分は、捜査一課に行って先輩たちについていけるのだろうか。


特捜本部に戻ると、藤島がパソコンに向かっていた。背中を丸め、首を伸ばすようにして画面を覗《のぞ》きこみながら、慎重にキーを打っている。ブラインドタッチなど夢のまた夢のようで、一つ一つ、キーを確認していた。この年代は、ITに対して真っ二つに分かれるからな……と一之瀬は思った。新し物好きで、次々と登場するガジェットやサービスに飛びつく人と、嫌々ながら仕事で使う人。藤島は明らかに後者のタイプである。

藤島が顔を上げ、一之瀬を見つけると、助けを求めるような表情を浮かべた。一之瀬はすかさず椅子を引いて、彼の横に座った。

「どうしたんですか?」

「いや、エクセルなんだけど……セルの中の字が隠れて見えなくなるんだ。これ、どうしたらいいかね」

「ああ」セルの折り返し設定をしていないだけだった。基本の基本だし、こういうのは講習でしっかり教わっているはずなのだが……藤島は、いい居眠りタイムだと思っていたのかもしれない。一之瀬はさっと手を伸ばし、藤島が作っていたファイルのセルを設定し直した。

「悪いな」

言いながら、藤島が少しだけ不貞腐《ふてくさ》れたような表情を浮かべる。部下に助けを借りたくないなら、もっときちんと覚えればいいのに。そんなに面倒なことではないのだ。何かの事情があって、喋ろうとしない人間の口を割らせる——それに比べれば、朝飯前のはずである。

「これ、何のデータなんですか?」

「極東物流の最近の仕事をまとめたんだが……多過ぎてね」

「それはそうでしょうね」

「何しろ、社員数六千人だぞ」

「そんなに？」一之瀬は思わず目を剝いた。本社ビルは比較的古くてこぢんまりとしており、とてもそんなに大きな会社には見えなかったのだが……。

「こういう会社は、本社の方が人が少ないんじゃないかね。国内、それと東南アジアの物流拠点が、合計三十か所ぐらいある。外で働いている人の方が多いかもしれないな」

「そうですね」

「しかし、最近の仕事と言ってもねえ……」藤島が額を揉んだ。「これだけ大きい会社だと、とんでもない量の仕事を抱えてるもんだな」

「ですよね……」

「これを見ろよ」藤島が、傍らに置いたプリントアウトの山——実際に三センチほどあった——を平手で叩いた。「会社の方でデータを出してくれたんだけど、これを全部読んで、必要な情報を抜き出すのに、どれだけ時間がかかると思う？」

「一日がかりですよね」言いながら、一日では終わらないだろうと一之瀬は思った。さすがに少し同情する。いくら何でも、ベテランの刑事にやらせる仕事ではないだろう。「手伝いましょうか？　手分けしてやれば、すぐに終わるんじゃないですかね」

「お前さんは、事情聴取」藤島がぴしりと言った。「割り振られた仕事はきっちりやれよ」

「やってますよ。今もちゃんと、事情聴取してきました」

「……昨日の石本か？」藤島が書類を肘で押しのけ、身を乗り出した。

「ええ」

「どうだった？　やっぱり何か隠してる様子だったか？」

「それは間違いないんですけど……何なのかまでは割り出せませんでした」

「突っこみが甘いんじゃないか」藤島が厳しく指摘した。

「いや、ちゃんとやってますけど……イッセイさんはどう思いました？　昨日の石本、やっぱり態度がおかしかったですよね？」

「ああ、ついでに言えば秋山課長も、だな」

「急に話に割りこんで、石本さんを黙らせた感じですよね」

「お前さんもそう思うんだったら、秋山課長にも話を聴くべきだな。今日はまだ誰も、接触してないんじゃないか？」

「だと思います」

「だったら自分で手を挙げて」藤島がうなずいた。「石本の事情聴取が不調だったら、すぐに切り替えろよ」

「プランBっていうやつですね？」

「何だ、それ？」

「いや……何でもないです」

一之瀬は笑みを浮かべて見せた。藤島が不審そうな表情を浮かべるが、無視して立ち上がる。さらに秋山に事情聴取するとしたら、稲崎係長の許可を得なければならない。その際、また谷田と一緒になるのだろうか……鍛えてくれている感じはするが、少し突っこみがきつ過ぎる。しかし、特捜本部の中を見回しても、谷田の姿は見つからない。これ幸いとばかりに、一之瀬は部屋の一番前に座っていた稲崎に近づいた。

「どうした」

「石本への事情聴取は終わったんですが……」手早くまとめて状況を説明する。その際、稲崎はほとんど瞬《まばた》きもせずに、一之瀬の顔を凝視していた。「……そういうわけで、石本の上司の秋山にも話を聴きたいんです。特に誰も割り振られていないと思いますが」

「そうだな」稲崎がようやく視線を落とし、手帳に目をやった。「今すぐか?」

「できれば」午前も半《なか》ばを過ぎている。できれば、昼食前には秋山を摑まえたい。

「分かった。谷田は……ああ、今、他の仕事を振ったんだ。しょうがないな……」

「一人でも大丈夫ですが」もしかしたら数か月後には上司になるかもしれない男である。やる気を見せておこうと、一之瀬はぐっと身を乗り出した。

「そういうわけにはいかないんだよ……藤島さん」

声をかけられ、藤島が大儀そうに立ち上がる。拳で腰を叩きながら、ゆっくりと近づいて来た。

「極東物流の総務課長への事情聴取、一之瀬と一緒にお願いできませんか」

「まとめ作業の方、放置でいいんですか」藤島がちらりと、先ほどまで自分が座っていた席を見やる。

「後にしましょう。できるだけ多くの人から一気に話を聴いておきたい」

「分かりました。とはいっても、基本的に一之瀬に任せますけどね。今後のことを考えると……」

「ああ」稲崎が素早くうなずく。「それでいいと思います」

「じゃあ、私はオブザーバーということで」

おいおい……やっぱり、捜査一課行きはもう決まっているのか？　となるとこれも実地訓練になる。しっかりしろよ、と一之瀬は自分に気合いを入れた。


〈6〉

午前十一時半、再び極東物流の本社を訪ねる。受付はてんてこ舞いの様子だった。通常業務に加え、刑事がひっきりなしに事情聴取に訪れている。その対応もあるのだろう、受付では間断なく電話が鳴り、一之瀬たちはなかなか相手をしてもらえなかった。

電話が途切れた瞬間を狙い、一之瀬は受付の女性にバッジを示した。朝も顔を合わせたのだが、もう一之瀬を覚えていない様子である。印象が薄い顔なのかな、とも思う。刑事はその方が、目立たなくていいのかもしれないが。

「総務課の秋山課長をお願いします」

「はい……少々お待ち下さい」

疲れた表情を浮かべ、受話器を取り上げる。その瞬間、エレベーターの扉が開き、受付の女性の視線はそちらに吸い寄せられた。何というタイミングか、ちょうど秋山が出て来たところだった。秋山は一之瀬を覚えていた様子で、少しばかり顔を引き攣らせて立ち止まる。手ぶらなので、どこかへ仕事で出かけるわけではないようだった。一之瀬は素早く彼に歩み寄り、「お忙しいところ申し訳ないですが、また話を聴かせていただけますか」と切り出した。

「今からですか?」秋山がわざとらしく左腕を持ち上げて、腕時計に目をやる。

「何か、お仕事でも?」

「いや、今日はちょっと早めに食事を済ませようと思いまして……午後からずっと会議が入っているんですよ」

「申し訳ないですが、会議はキャンセルでお願いします」少しきつい言い方かな、と思いながら一之瀬は告げた。「こちらの事情聴取を優先して下さい。昨日の今日ですから」

「……分かりました」秋山が溜息をついた。「でも、会議はキャンセルできません。一時までに解放してもらえますか？　一時から夕方まで立て続けなので……昼飯は諦《あきら》めます」

一之瀬はうなずいた。早く喋ってもらえば、早く終わる。署までの五分を短縮しようと、一之瀬は秋山を急《せ》かして早足にさせた。嫌な汗がシャツの下を流れ落ちたが、今はそんなことを言っている場合ではない。

谷田に言われたことを思い出し、早足で歩きながら刑事課に電話を入れて、取調室を確保しておいてもらうように頼む。あとはリラックスして率直に喋ってもらう方法を考えなければ……煙草を誘い水にしようにも、秋山は喫煙者ではない。それはシャツのポケットを見て既に確認していた。手ぶらなので、他に煙草を入れる場所もないだろう。

しかし石本と違い、秋山はそれほど焦りを見せなかった。取調室に座っても涼しい表情で、汗一つかいていない。それどころか、「少し冷房がきつ過ぎませんか」と言うぐらいだった。藤島が黙って立ち上がり、エアコンの温度を調整する。風の勢いが少し弱まり、秋山がほっとした表情を見せた。一之瀬はゆっくりと息を吐いて気持ちを落ち着かせ、事情聴取を始めた。

「昨日なんですが……私が石本さんと話している時に、急に割って入りましたよね」

「そう……でしたかね」自信なさげな口調だった。

「そうだったんです」一之瀬はうなずいて続けた。「何故急に、そんなことをしたんですか？」

「はっきり覚えていないですね」

「石本さんに喋られると、まずいことがあったんじゃないですか？」

「いや、まさか」秋山が真剣な面持ちで否定した。「普通に話していただけで、どうしてまずいんですか？」

「その理由は、そちらから教えていただけると思っていたんですが」

「いやあ……」秋山が苦笑した。「そう言われましても、そんなつもりで言った訳ではないので」

とぼけるつもりか……このまま同じペースで続けてもよかったが、一之瀬は一気に話題を変えた。

「去年の爆弾騒ぎのことは、覚えておられますか？」

「え？」

「二月でした。朝方、ビルに爆弾が仕かけられていたことが分かって、大騒ぎになったんですが」

「ああ……そんなこと、ありましたね。でも確か、普通に会社の業務が始まる前じゃないですか？　後でニュースで見て、初めて知ったぐらいですよ」

「その後、会社に対して脅迫があったんです」

「そうなんですか？」秋山が目を見開いた。

「一之瀬……」藤島が遠慮がちに割りこんだ。

「大丈夫です」

一之瀬はすぐに藤島の言葉を押さえこんだ。谷田も何も言わなかったのだから、今言っても問題にならないだろう。藤島が疑わしげな視線を向けてきたが、一之瀬は強気に首を横に振った。

「金を払えという脅迫があったんですが、結局犯人は出てきませんでした。受け渡し場所に現れなかったんです。その後は脅迫はなかったんですが……ご存じですか？」

「いえ、全然」秋山の顔を見る限り、本当に初耳のようだった。「そんなことがあったんですか」

「ありました」無反応なのが、むしろ気になる。石本は、同じ話を聞いてかなり慌てた様子だったのだが。

「悪戯にしては、大袈裟な話ですね。爆弾は本物だったんですか？」

「ええ」

「どうして爆発しなかったんですかね？」

「私は、その辺については詳しく捜査しなかったので、よく分かりません」

「会社の方は、どういう反応だったんですか？」

「どうもこうも……相当緊迫した様子にはなりましたけど、結果的に何もなかったので、気が抜けたんじゃないでしょうか。私たち——私も気が抜けました。現金受け渡しの現場に張りこんでいたんですけど、結局空振《からぶ》りでしたからね」

「現金の受け渡しですか……直接、だったんですね？」

「犯人の要求は、そういうことでした」

会話は上手く転がっているが、一之瀬はかすかな違和感を覚えた。どうして秋山は、他社が巻きこまれた事件をそんなに気にするのだろう？

参考にしたいからだ、と思い至った。

「会社を脅そうとする人間は、どういうメンタリティを持っているんでしょうね」一之瀬は、世間話のように気楽な口調で言った。「ばれやすいし、組織を相手にしても不利でしょう。それに日本の会社は、そんなに弱みを握られるようなことはないと思いますが……警察との連携も良好ですしね」

「そう、ですねえ」急に秋山の口調は歯切れが悪くなった。

「どうして、去年の事件にそんなに興味を持つんですか？」

「いや、知らなかったもので……身近で、そんな脅迫事件があったとは意外でした」

「それだけですか？」

「ええ……それだけですけど」秋山が首を傾げる。

「何か、気になるんじゃないですか？」一之瀬は突っこんだ。「ご自分の会社と共通することがあるとか」

「いや、ないですよ」秋山は目を合わせようとしなかった。

「秋山さん」一之瀬はすっと背筋を伸ばした。「総務課は、会社に何かあった時には、矢面に立って守る立場ですよね。大変な職場だと思います。いろいろと、守らなければならない秘密もあるでしょうし」

「それは……どこの会社でも同じでしょうね」

「危機管理の場合も、矢面に立つんですか？」

「どういう意味ですか？」

脅されているかどうか、オブラートに包んで聴いているんだ……しかし一之瀬は本音《ほんね》を呑みこんだ。

「例えば御社の場合、東南アジア一帯で物流基地を展開していますよね？　ああいうところでは、いろいろとトラブルも多そうじゃないですか。そういう時にも、総務課が対応するんですか？」

「ああ、それは……海外に関しては、海外事業本部が直接担当します。専門的な問題も多いですからね」

一之瀬は、いつの間にか秋山の額に汗が浮いているのに気づいた。おかしい……先ほど藤島はエアコンの温度設定を上げはしたが、取調室の温度は「快適」だろう。どんなに暑がりな人でも、汗をかくような温度ではない。

「国内的な問題があったら……」

「基本は、当該部署で対応しますよ」

「例えば、犯罪に巻きこまれたらどうなるんですか？　それこそ、いろいろなケースがあると思いますけど……社員が何か問題を起こすこともあるでしょうし、会社が被害者になることもあるでしょう」

「まあ……一般論としてはそういうこともあるでしょうね。弊社《へいしゃ》としては、コンプライアンス重視に関しては徹底していますが」

「秋山さん」一之瀬はさらに意識して背中を伸ばした。「警察はいつでも相談に乗ります。ご自分たちで解決しようと無理をしなくてもいいんですよ。我々は、困った人を助けるためにいるんですから。人じゃなくて、組織でも同じです。何か困っていることがあるなら、教えて下さい。できる限り――いや、できる以上に頑張りますから」

「そういうことがありましたら、ご相談させていただきますが……」秋山の言葉が中途半端に消える。

「ないんですか？　その割に、爆弾を仕かけたという通報に対しては、反応が早かったですね」

「それは、なにぶんにも爆弾ですから。用心に越したことはないでしょう」

「そういう時でも、警察にまったく通報しない会社もあるんです。冗談か悪戯だと判断するんでしょうね。実際、そういうケースは多いですし……何か、本当だと思い当たる節があるからこそ、連絡が早かったんじゃないんですか？」

「いや、何かあってからでは遅いでしょう。危機管理に関しては、敏感なぐらいでいい、というのが当社の判断ですから」秋山が言い張った。

「犯人から電話があって、警察へ通報するまでの時間も早かったですよね」

「私が判断しました」秋山がぐっと胸を張る。「上に報告する時間ももったいなかったので、取り敢えず一一〇番通報したんです。上には事後承諾でした」

それにしても早過ぎないだろうか。犯人から電話があったのが十一時十二分、一一〇番通報が十一時二十五分である。この時間は確定しているから、通報を判断するまでの時間は十三分しかなかったとすぐに計算できる。仮に上への報告を飛ばしたとしても、あまりにも短過ぎる……石本から電話の内容を詳しく聞き取るだけでも、五分はかかったのではないだろうか。いや、昨日の石本の動揺ぶりを考えると、五分で済んだとは思えない。それに、果たして電話だけで「本物だ」と判断したとしたら……どうしても不自然さが感じられた。最近は、何でもないのに救急車を呼んで消防に迷惑をかける人もいるが、依然として、日本人は遠慮がちだと思う。もしも何でもなかったら——そう考えて、一一〇番通報を躊躇うのが自然な感覚ではないだろうか。

「社内では、どんな風に言われているんですか？　その、爆発が起きた後ですけど」

「判断は正しかった、ということです。別に、私が褒められることではないですが」

「一瞬で判断したんですね？」

「いや、多少は迷いましたが……判断は早かったと思います」

「……それで、今までに何かトラブルはなかったんですか？」

「そんなことはありません」秋山の表情が強張る。

「何も、御社が問題を起こしていた、と言っているわけではないんです。被害者ではないかと想像しているんですが」

「すみません、意味が分からないんですが」秋山が首を横に振った。

「今までに脅迫されていた事実はありませんか？　犯人側の要求を蹴ったので、向こうが業を煮やして爆弾を仕かけた——」

「いや、それは」秋山が、一之瀬の言葉を遮った。「こういうことを言うのは申し訳ないんですが、少し想像が過ぎるんじゃないでしょうか」

「ええ、まったくの想像です」一之瀬は認めて念押しした。「では、これまで脅迫などはまったくなかったということなんですね？」

「お話しするまでもないですね」

「なかったんですね？」秋山の返事に違和感を覚えながら、一之瀬は再度確認した。

「そういうことは、お話しする必要はないと思います」

一之瀬は、斜め前の位置に座る藤島に目くばせした。藤島が、一瞬だけ頭を下げる。やはり彼も違和感を抱いたのだと、一之瀬は気持ちを強くした。

「話せない、という意味ですか？」念押しする。

「お話しする必要はないという判断です」秋山の口調が頑《かたく》なになる。

「それは、警察の方で判断しますが……」

「一々、お手を煩《わずら》わせるわけにはいきませんので」

「警察は、こういう面倒なことに対処するために存在してるんですけどね」

秋山はうなずくだけだった。汗はますますひどくなり、今や額はすっかり濡れて光っている。白いシャツなので目立たないが、おそらく脇の下も濡れているだろう。

「警察にご面倒をおかけする訳にはいきませんので」

「そうですか……」一之瀬はまた、藤島にちらりと目をやった。藤島がうなずき返す。渋い表情だった。「では、これで終わります。今後、いつでも連絡が取れるようにしておいていただけますか」

「午後からずっと会議なんですけどね」秋山が腕時計をちらりと見た。「夕方まで続きます」

「我々が連絡したら、中座して下さい。こちら優先で」

「いや、それは――」

「重要な要件なんです。犯罪捜査のためですから、ご協力お願いします」

秋山の頰が引き攣る。

間違いなく何かある、と一之瀬は確信をさらに強めた。


「何かあるな」秋山を見送った後、藤島がぼそりとつぶやいた。

「絶対に隠してますよ」

「ああ……たぶん、あの会社は脅迫されてる。お前さんの見方が正しいだろうな。警察に言えない事情があるんだよ」

「でも、本社ビルに爆弾まで仕かけられているんですよ？　しかも実際に爆発した。それなのに、どうして言えないんですか？　明らかに被害者じゃないですか」

「そこは、掘っていくしかないだろうな」藤島がうなずき、左手の時計を見た。「一時か……飯にするか」

「いいんですか？　稲崎さんに先に報告しないとまずいでしょう」

「三十分ぐらい遅れても大丈夫だよ」

藤島の言葉に、一之瀬は首を傾げた。基本的にホウレンソウ＝報告・相談・連絡を大事にする人で、タイムラグを嫌っていると思っていたのだが。

「本当にいいんですか?」一之瀬は念押しした。

「腹が減っては何とやら、じゃないか。中華でもどうだ?」

「構いませんけど……」この辺で中華なら、有楽町のガード下の向かいにある店だな、と分かった。昭和の時代からサラリーマン御用達という感じの店で、とにかく早く安く食べられるので、千代田署の署員も行きつけである。

「じゃあ、行こうか」

藤島がさっさと晴海通りに出て歩き出した。一之瀬はすぐに追いつき、「何で今回の件に乗り気じゃないんですか?」と思い切って訊ねた。

「そんなの、自分では説明できないな」

藤島が不機嫌に答える。この事件の捜査に乗り気でないことは間違いないわけだ……本来「ノリ」で仕事をする人ではないのだが、この件では最初からやる気が見えなかった。

「でも、重大事件じゃないですか」

「お前さんにとっては重大だ。この事件をきっちり仕上げて、手土産《てみやげ》代わりに本部へ上がればいい」

「それ、まだ決まったわけじゃないと思いますけど……」

「もう分かってるんだろう？」藤島がちらりと一之瀬の顔を見た。

「いや、全然聞いてません。だいたい、藤島さんから聞くのが普通じゃないんですか？」

「そういうのは、俺じゃなくて課長から内示がある……とにかく俺は、この件は気に食わないね」

「それは分かりますけど……」

これ以上突っこんでも仕方がない。藤島が「自分でも説明できない」と言っているのだから、いくら聞いても答えは出てこないだろう。本当に、単なる公安嫌いなのか。

二人は、JRの高架にぶつかる直前で交差点を渡り、道路の右側を急ぎ足で歩いた。この辺りには、ガード下だけでなく、その向かいにも安く手軽な飲食店が立ち並んでいる。一之瀬が贔屓《ひいき》にしているつけ麺の店も、その一軒だ。もう昼食タイムは過ぎているのに、店の前にはまだ行列ができている。このまま歩けばほどなく帝国ホテルにぶつかり、さらに南進すれば新橋の駅が見えてくる。まさにサラリーマンの街だ。ここを間もなく離れるわけで……そう考えると、惜別の念を感じないわけではない。千代田署の管轄面積は狭く、しかも管内にはほとんど会社か飲食店しかないから、「愛着」を覚える「街」という感じではないのだが、実際には結構馴染《なじ》んでいたようだ。警視庁の本部は、ここから歩いて行ける距離なのだが、いつかふと、懐かしさに胸が詰まるかもしれない。

入った店は、狭い中に無理やりテーブルを詰めこんでいるせいで、常にごちゃごちゃしている。しかしランチのピークタイムは外れており、客は数人しかいなかった。席に着くなり、藤島がサービス定食の「肉野菜」を頼む……それで一之瀬は、仰天してしまった。肉野菜？　要するに野菜炒《いた》め定食なのだが、藤島はとにかく野菜が嫌いなのだ。基本的に肉一辺倒で、ラーメン屋に入っても絶対にタンメンを頼まないタイプである。それで一之瀬は、不安を覚えた。

「イッセイさん、どうかしたんですか？」

「何が」水を一啜《ひとすす》りして、藤島が不機嫌そうに言った。

「野菜炒めなんて、普段は食べないでしょう。野菜、嫌いじゃないですか」

「嫌いだよ。だけど、そうも言ってられないんだよ」

「もしかしたら、体調、悪いんですか？」そういえば一か月ほど前、藤島は健康診断を受けていたはずだ。

「致命的じゃないけど、数値が色々な……嫁が心配して、最近家でも野菜しか食わせてもらえないんだ。今日もサラダだけだぞ？　朝から葉っぱなんか食っても、力が入らない」

「じゃあ……昼ぐらいは他の物でもいいじゃないですか」要するに腹が減って機嫌が悪かったのか、と一之瀬は考えた。「カルビ丼《どん》でも、生姜《しょうが》焼き定食でも」

「昼に食べたものを、一々報告しないといけないんでね」藤島が渋い表情で言った。「それでちゃんと、嫁がカロリーと栄養の計算をしてるんだ」

「適当に言っておけばいいじゃないですか。家に帰れば、また野菜攻めなんでしょう？昼は好きな物を食べても……」

「俺は嘘がつけない性格なんでね」

それはそうだ……藤島は警察官生活三十年近いベテランだが、「狡猾《こうかつ》さ」はない。どちらかと言えばクソ真面目なタイプで、似合う言葉は「真摯《しんし》」だ。同時に「皮肉屋」でもあるのだが。

「イッセイさんも、分かりやすいですよね」

「何が」

「奥さんにあれこれ言われて、機嫌が悪くなるんだから。でも、心配しているからなんですよ。そうじゃなければ、何も言わないでしょう」

「分かったようなことを言うな」

藤島がぶつぶつと文句を言った。運ばれてきた肉野菜炒めを、いかにも嫌そうに食べ始める。一之瀬は麻婆豆腐《マーボーどうふ》にしたのだが、すぐに失敗を悟った。暑い中を歩いて来て、かなり辛みの強い麻婆豆腐。シャワーでも浴びられるならともかく、午後は自分の汗の臭いに悩まされそうだ。

「これから、どう攻めますかね」

「連中は、いつかぼろを出すと思うよ」藤島がさらりと言った。「いや、喋らざるを得なくなるだろうな。実際に被害が出ているんだから、これから要求もエスカレートする可能性がある」

「これで手を引くかもしれませんよ」

「そうは思えないな」

「いや……」一之瀬はひりひりし始めた唇を手の甲で擦《こす》った。「ちょっと考えたんですが、もしかしたらもう、取り引きは終わってるんじゃないですかね」

「どういう意味だ?」藤島が皿から顔を上げた。

「だから、もう金は払っていて……ただ、それが一度で済まなかったとか。二度目を会社側が拒否して交渉決裂、それであんなことになった——そういう可能性はないですかね」

「推理としては上手くつながっているけど、証拠は一つもないな」

「そりゃそうですけど」やりこめられ、一之瀬はいきなり凹《へこ》んだ。調子に乗って喋り過ぎることがあるのが自分の弱点だとは分かっている。だいたいそこで藤島に弱点を指摘され、いつも話は終わる……しかし今日は、まだ終わらなかった。

「勘としては悪くないんだよ」藤島が、大きなキャベツを嫌そうに引きずり出しながら言った。「俺も明らかに変だと思った。隠し事があるのは間違いないからな……でも、それが何なのか分からない。引っ張り出せなかったのは、こっちのミスだな」

「あれでミスですか？」一之瀬は思わず目を見開いた。自分としては、第一ラウンドが終わった、ぐらいにしか思っていなかったのだが。

「具体的な発言は引き出せなかっただろう」

「それはそうですけど……」確かに、いつまでも「感触」だけでは話は進まない。

「ま、午後はもう少し粘《ねば》るんだな」

「イッセイさんは……」

「俺は書類仕事に戻る」藤島が溜息をついた。「野菜ばかり食ってたんじゃ、動き回る力も出ないよ」

そう言いながら、藤島は皿の片隅に野菜を積み上げ始めた。

〈7〉

「何ですか、今の話は？」

「え？」極東物流総務課の社員、榛名卓《はるなたく》がはっと顔を上げた。

「その、春日俊介《かすがしゅんすけ》さんという人の話ですよ」

「いや、それは……」

榛名が口をつぐみ、急に場の空気が凍りつく。話がスムーズに流れていたのは、榛名のスマートフォンのケースがきっかけであるものだ。ギターがデザインされたもので、一之瀬はそれをきっかけに、榛名が自分でもギターを弾くことを聞き出した。一之瀬とほぼ同年代の二十九歳。今も週末には、ステージに立つことがあるという。ガレージロック系のバンドでギターを担当し、愛器はエピフォンのセミアコモデル。ギブソンのコピーのようなものだが、昔から——それこそビートルズの時代から、根強い人気がある。ガレージ系はパンクの源流のようなジャンルで、ブルースやジャズ向けのこのギターが似合うとは思えなかったが……一之瀬は自分が学生時代から愛用しているストラトキャスターの話をし、しばらくはギター自慢で話が進んだ。しかし突然榛名が社内の異変を打ち明けて、会話の流れがストップしてしまったのだ。

「春日さんという人が行方《ゆくえ》不明なんですか？」

「それは、まあ……会社にいない、ということです」

「捜索願は出したんですか？」

「まだだと思いますけど……そういうの、家族が出すものじゃないんですか？」

「だったら家族に連絡は？」

「してないんじゃないかな」

「それは……早く連絡した方がいいんじゃないですか？　万が一事件にでも巻きこまれたら、面倒なことになりますよ」

「そうですかねえ」

「いや、呑気《のんき》に構えてる場合じゃないです。本当に、何が起きるか分からない世の中ですから。上に相談してみたらどうですか？」秋山の顔を思い浮かべる。何となく、協力してもらえないような気がしたが。

「話してみます。確かに、心配は心配ですよね」

「その、春日さんという方なんですが……」一之瀬は手帳のページを繰った。「所属はどこなんですか？」

「アジア第一課です」

「それは、海外事業本部の下にぶら下がっている部署ですか？」

「そうです、そうです」榛名が勢いよくうなずく。「タイ、カンボジア、ベトナム、ラオスの四か国を統括する部署です。現地の物流基地のまとめ役ですね」

「内勤ですね」

「そんな感じです」

「よく知っている人なんですか」

「いや、個人的には……向こうがちょっと先輩なんで。確か、三十二歳です」

「なるほど」

データを手帳に書き留めながら、一之瀬は素早く頭の中で考えを巡《めぐ》らせた。爆破事件の被害者になった会社の社員が行方不明……直接二つの事件がつながっているわけではないが、何かが引っかかる。またも証拠のない「勘」だが、無視していいとは思えなかった。

「今日が木曜日ですね……行方不明になったのはいつなんですか」

「確か、連休明けの火曜日の朝に『立ち寄り』の連絡があって、それ以来連絡が取れないんじゃなかったかな」

「今日で三日目になるんですね……捜しているんですか?」

「電話を入れたり、家にも行ってみましたけど、まだ見つかってないです。電話にもメールにも反応がなくて」

三日目か……何とも言えない微妙な時間だ。失踪から四十八時間が大事、というのはよく言われる。何か証拠を探すつもりなら、四十八時間以内に必死にやるべき、というのが一つの指標なのだ。それを過ぎると、急に手がかりが少なくなる。

「総務課にも、当然情報は入っているわけですね?」

「ええ。基本的に、社内の問題は何でもここに入ってきますから」

「トラブルバスターみたいなものですか?」

「そう、ですね」榛名が苦笑する。

適当に話を合わせながら、一之瀬は頭の中でアラームが鳴り響くのを感じた。短い間隔で二つのトラブル……極東物流は、大きな問題に巻きこまれているとしか思えない。

「その件につきましては、警察のお世話になるようなことはないと思いますが」

この日二度目の事情聴取に応じた秋山は、露骨に迷惑そうな表情を浮かべ、官僚的な発言に終始した。

「どうしてですか？」一之瀬は突っこんだ。「社員が一人、行方不明になっているんですよ？　無視していい話じゃないでしょう」

「個人的な問題だと判断していますので」

「何かトラブルがあったか……摑んでいるんですか？」

「個人的な問題ですので」秋山の二度目の言葉は、より頑なだった。「プライベートなこともありますし、会社としては介入したくないんです」

「個人的な問題だと分かっているんですか？」

「ええ、まあ……」

どうにも曖昧な言い方に、一之瀬は苛立《いらだ》った。秘密主義にもほどがある。

「つまり、ある程度事前に問題が分かっていたか、行方不明になってからきちんと調べた、ということですね？」

「まあ、そういう風に解釈していただいて結構です」秋山の言葉は、他人事《ひとごと》のようだった。

「放っておいていいんですか？　独身だと聞いていますけど、実家に連絡はしたんですか？」

「それは、まだです」

「どうしてですか？」

秋山が溜息をついた。何となく図々しいというか、図太い態度だ。会社というホームグラウンドで話を聴いており、しかも今回はコンビではなく一之瀬一人だから、強気に出られると思っているのかもしれない。

「個人的な事情だからですよ」

「意味が分かりません。社員が行方不明になったら、会社としてはもう少し面倒を見るものじゃないですか」

「そこの線引きが難しいんですけどね……例えば、社員が離婚問題に直面しているとして、会社が仲裁したりしますか？　しないでしょう。たとえ同僚同士の夫婦だったとしても」

「春日さんは独身じゃないですか」

「ですから喩《たと》えですよ、喩え」秋山の声が尖る。「表沙汰にできない――しない方がいい話も、世の中にはあるでしょう？」

「それは分かりますが、ことは失踪なんですよ？　放っておいていいとは思えません」

「とにかく、警察にご面倒をおかけするようなことではないですから」秋山はあくまで強硬だった。

気に食わない……またも隠し事をされ、しかも本音を見抜けない自分にも腹が立っていた。この状態では、誰にも報告を上げられない。どうしたものかと悩んだ末、一之瀬は千代田署に入っている失踪課一方面分室に足を運んだ。失踪課は都内三か所に分室を設けており、できるだけ現場に近い場所で家族の相談を受けることになっている。

一方面分室の室長・高城賢吾《たかしろけんご》とは、何度か会っている。一緒に仕事をしたことはないが、失踪課の分室は所轄の一部を「間借り」しているので、顔を合わせる機会もあるのだ。

夕方で、失踪課の部屋は閑散としていた。もう、通常の業務は終わる時間なのだと実感する。何もなければ、失踪課は残業するような部署でもないだろうし……しかし高城は、眉間に皺を寄せたまま、何か書類に目を通している。

「すみません……」

声をかけると、高城がすっと顔を上げる。確か、藤島と同い年ぐらいなのだが、藤島よりもずっと疲れて、老けて見えた。

「ああ」高城がうなずく。「刑事課の一之瀬君だったな」

覚えていてくれたのか、とほっとして、一之瀬はうなずいた。自己紹介から始まると、話が長くなる……「庁内外交も大事だ」と藤島が言っていたのを思い出した。警視庁には四万人も職員がいるので、全員と顔見知りになるのは不可能だが、知った顔がいれば、何かあった時に話の通りが早くなる。

「どうした。特捜でいじめられて、泣く場所が欲しくなったのか。俺の胸でも貸してやろうか？」

いきなり強烈なパンチを浴びせられ、一之瀬は苦笑するしかなかった。

「ちょっとご相談というか、知恵を貸していただきたいというか……時間を貰ってもいいですか？」

「いいよ。どうせこっちはまだ帰らないし」

「残業なんですか？」一之瀬は、高城の斜め向かいの椅子を引いて座った。

「残業というか……まあ、ここに住んでるようなものだから」

まさか。警察でも残業を減らすように煩《うるさ》く言われている今、そんなことは不可能だろう。しかし、高城の後ろにあるソファに、小さな枕が置いてあるのを見つけ、冗談ではないらしいと分かった。しかし、その辺の事情に突っこみ始めると話が長くなりそうなので、さっそく本題に入る。

「爆破事件があった極東物流の件なんです」

一之瀬は、春日という社員が行方不明になっていることを説明した。高城は黙って聞いていたが、一之瀬が話し終えると唸《うな》った。

「そうですか？　捜索願が出ていないと、人捜しができないわけじゃないでしょう」

「それは……難しいな」

「この件は、特捜本部の仕事と関係あるのか？」

「いや、それは……今のところはまだ、分かりませんけど」

「特捜っていうのは、面倒なもんだよ。個人の意見が言いにくくなる」

高城が煙草をくわえた。遠慮なしに火を点け、煙を噴き上げる。一之瀬は思わず眉を吊り上げたが、高城は気にする様子もない。さすがに一言言わざるを得なくなった。

「あの……署内は全面禁煙なんですけど」

「分かってるよ」

「だったら……」

高城が引き出しを開け、灰皿を取り出した。既に吸殻で一杯になっている。

「俺がここの責任者だから。責任者がいいと言えば、ＯＫなんだ」

「皆、ここで吸ってるんですか？」

「いや」途端に高城が情けなさそうな表情になる。「そもそも俺以外、誰も吸わないから。昼間は喫煙所を使ってるよ。ただ、夜ぐらいは、ね」

平然と煙草をふかしながら言う。何というか……だらしない人だ。これで警視なんだから、警察も結構いい加減なのではないか。

「さっきの件ですが、失踪課として、捜してもらうわけにはいかないんですか?」

「捜索願がないと、うちとしては動けない」

「そんな、お役所的な……」

「何か変か? ここは役所なんだよ」高城が平然と言った。「というか、役所の中の役所だ。もっとも、抜け道もあるんだけどな」

「それ、教えて下さい」

「図々しいな、青年」高城がにやりと笑った。「タダでってわけにはいかない。人に教えを乞う時は、酒の一本もぶら下げてこいよ。一升瓶じゃなくて、サントリーの『角』がいい。そんなに高い物じゃないから、君の懐も痛まないだろう」

「勘弁して下さいよ。結構焦ってるんですから」

一之瀬は思わず泣きついた。課の「壁」を理由に断られるならまだ分かる。警察は間違いなく、典型的な縦割り組織だから。しかし、教えてやるから賄賂《わいろ》を寄越せというのはない。

……高城が突然声を上げて笑った。

「冗談だよ。真に受けるな……それより、我々も、捜索願が出なくて困ることはある。失踪したのは分かっているけど、家族が捜して欲しがらないパターンだってあるんだ。たいてい、裏に何か事情があるんだけどな」

「そういう時はどうするんですか?」

「捜索願を出してくれるように、家族を粘り強く説得する。俺たちが動く理由は、それしかないんだから。もう一つは周辺捜査だ。関係者が捜索願を出したがらない時は、事件に関係しているのが分かっていて、それを警察に隠しているパターンが多いんだよ。今回の件は、家族はまだ知らないんだろう？　だったら、家族を説得するのが一番手っ取り早い。どこにいるんだ？」

「栃木、だそうです」

「東京じゃないのか。ちょいと面倒だな……」高城が、無精髭《ぶしょうひげ》の目立つ顎を撫でた。「本人の家はどこなんだ？」

「経堂《きょうどう》——世田谷《せたがや》です」

「だったら、三方面分室だな。独身か？」

「ええ」

「となると、実家に頼むしかないわけか……会社の方は、問題にしたくないと言ってるわけだな」

「そうです。それがいかにも怪しいんですよ」

「まあ、実際会社は犯罪被害には遭ってるわけだけど、それとこの失踪に何の関係があるか、だな。家族の説得と周辺捜査を徹底するしかない。東京で一人暮らしをしているからといって、勤務先の人間としか関係していないということはない。どんな人でも、仕事以外の顔を持っているものだから、まずそこを探るんだな。恋人とか、趣味の仲間とか」

「そう……ですね」自分一人でやるのかと考えると、げっそりする。行方不明者の追跡は、人手をかけて一斉にやるべきではないのだろうか。しかし今、特捜本部では人を割く余裕はないはずだ。そもそも、この捜査を許してもらえるかどうか……事件と関係していると決まったわけでもないのだし。

「高城さん」

突然、冷たく硬い声が響いた。

「ヤバい」高城が慌てて煙草を灰皿に押しつけ、ぴしりと音を立てて引き出しを閉めた。右手を激しく振って煙を追い払おうとしたが、無駄な努力だった。

声がした方を見ると、小柄な女性が腰に両手を当てて立っていた。自分と同年配だろうか……と一之瀬は一見して思ったが、態度はベテランのそれである。単に童顔なだけかもしれない。

「また煙草吸ってるんですか？　いい加減にして下さい。室長がこんなことじゃ、示しがつかないじゃないですか。まったく、三方面分室にいる頃から、何も変わってないんですから」

一之瀬は、高城と女性の間に鋭い火花が散るのを感じた。とはいっても、高城の方が明らかに押されがちだったが。

「あの……どなたですか？」一之瀬は遠慮しながら高城に訊ねた。

「ああ、俺の嫁」

「高城さん」女性の声がさらに冷たく、硬くなった。「殺しますよ」

「早く逃げた方がいい」高城が頰を引き攣らせた。「うちの明神愛美《みょうじんめぐみ》だ。怒らせると怖いんだよ」

「怒らなくても怖いですよ」愛美がつかつかと近づいて来た。明らかに殺気をまき散らしている。「まったく、いい加減にして下さい。阿比留《あびる》課長に報告しますよ」

「早く逃げろ」高城が小声で繰り返した。先ほどよりも切迫した感じになっている。「殺されたくなかったら」

一之瀬は、言われるままにさっさと逃げ出した。


〈8〉

「弱いな」稲崎は、一之瀬の話に乗ってこなかった。「というより、今の段階では、関係あるかどうか、まったく分からないじゃないか」

「そうなんですけど、気になるんですよ」一之瀬は即座に反論した。「引っかかるところが違う感じがするけどね」稲崎が首を横に振った。「何というか……疑問を持つのはいいんだが、方向を間違うと修正が面倒だぞ」

「勘、なんですけど……」

「勘ねえ」稲崎はボールペンで耳の上を小突いた。「勘を馬鹿にしているわけじゃないけど、やっぱり、ちょっと弱いかな」

「係長、やらせてやってくれませんか」藤島が助け舟を出してくれた。「手がかりになるかどうかは分かりませんけど、会社が何か隠しているのは間違いないと思いますよ。とっかかりになるかもしれない」

「そうですかねえ」稲崎はなおも渋い表情を崩さなかった。

「若い奴《やつ》が話をひっかけてきたんですから、すくってやって下さい。ただし、こいつ一人でやらせますから」

「え?」一之瀬は思わず、まじまじと藤島の顔を見た。

「大丈夫ですか?」稲崎が心配そうに言った。

「もちろん、一人で大丈夫です。巡査部長の昇任試験に合格したんだから、それぐらいのことはできないと……自分で疑問に思ったことなんだし、自分で解決しないと駄目でしょう。なあ、一之瀬?」

「はあ、まあ」一之瀬は思わず間抜けな返事をしてしまった。この件は調べるべきだと確信してはいたが、一人で、というのは想定外だった。

「よし、そうと決まればさっさと先へ進もう」藤島が両手を叩き合わせる。「実家は栃木と言ったな？　そっちへの出張はどうする」

「ええと……」一之瀬は頭の中で、行動計画を組み立てた。「まず、東京の方で周辺捜査をするつもりです。できたら家の方も」

「それはちょっときついな」稲崎が釘を刺した。「捜索願が出ていない、事件性があるわけでもない——そういう条件で、家を調べるのは無理がある」

「だったら取り敢えず、会社の方で話してくれる人を捜します」

「大丈夫なのか？」藤島が目を細めた。「秋山はだめだったんだろう？」

「秋山さんだけが社員じゃないですから。やれるだけやってみます」

「やれるだけ、じゃ駄目だな」藤島が釘を刺した。「徹底してやれ。何か摑むまでは帰ってこないぐらいの覚悟で取り組むんだ」

それはさすがに大袈裟では、と思った。だが藤島の顔つきは極めて真剣であり、それを見た一之瀬は何も言えなくなってしまった。

「さっさく明日……いや、今日から動きます」一之瀬は二人に向かって頭を下げた。

「ああ、そうしろ」藤島がうなずき、稲崎に確認する。「今夜の捜査会議、こいつはパスでいいですよね？」

「そうですね。何かあったら連絡すればいいし。それは藤島さん、お願いしますよ」

「了解です……よし、さっさと動け。下まで送る」

何を言っているのだ……一之瀬は啞然《あぜん》とした。何も送ってもらわなくても、仕事ぐらいできる。この先輩はどうかしてしまったのだろうかと、むしろ心配になった。

一階まで降りて署から出ると、藤島が背伸びした。「いやあ、疲れるな」とぽつりと言うと、欠伸《あくび》を嚙み殺す。夕日が街を赤く染めつつあり、夕方のラッシュで桜田《さくらだ》通りは長大な駐車場になっていた。見慣れた光景だし、数か月するとこの光景を現在の「裏側」から見るようになるだけなのに、何故か今までの千代田署での仕事が、妙に懐かしく思い出されてしまう。巡査を拝命して五年。警察官としての最初の一歩がこの街でよかったのかどうかは未だに分からないが……何しろ千代田署は、管内居住人口がほぼゼロである。霞《かすみ》ヶ関《せき》の官庁街、丸の内のオフィス街、さらに東京駅や日比谷公園という東京の「顔」を守る署でもあるのだが、普通の所轄とはだいぶ様子が違う。何というか、生活に密着した仕事ではないのだ。今回のような企業爆破事件など、その最たるものだろう。逆に、他の所轄ではなかなかこういう事件は経験できないはずだ。

「俺も異動らしいんだ」

「え？」突然の藤島の台詞に、一之瀬は殴《なぐ》られたような勢いで振り返った。「そうなんですか？」

「九月……だろうな。お前さんと同時期だと思う」

「次はどこなんですか？」捜査一課で一緒になれるかもしれない、と思った。

「それは分からない。順番からして本部のどこかだと思うけど、まあ……五十になると、先も見えてくるからな。多摩《たま》地区の所轄でなければ、どこでもいいよ。通勤に時間がかかるのはきついから」

藤島が顔を擦った。今年になってから、「五十になると」「五十になったら」などという台詞をよく口にするようになった。やはり切りのいい年齢ということもあるのだろうし、定年まであと十年と考えると、いろいろ思うところがあるのかもしれない。

「ま、俺のことはともかく……さっきはちょっと嬉しかったな」

「何かあったんですか？」

「阿呆《あほ》」藤島が肘で一之瀬を小突いた。「お前さんがちゃんと自分でネタを取ってきて、やる気になってることが、だよ。刑事になりたての頃は、どうなるかと思ってたけどな」

「いや、それは……」一之瀬は思わず頬が赤くなるのを感じた。確かに刑事課に配属された頃は、将来についてもあまり深く考えておらず、どうしてもこの道でやっていこうという強い思いもなかった。あれこれ嫌なこともあったのだが、まあ……結局自分には、刑事の仕事が向いているのかもしれない。

「ただし、油断はするなよ」藤島が人差し指を立てた。「ここでヘマすると、今まで積み重ねてきたものが全部台無しになるからな。ついでに言えば、俺の指導の手腕も問われるわけだ。この先、後ろめたい思いをせずに生きていくためには、何とか上手くやってくれよな」

そんなに大袈裟なことなのか……自分で言いだして始めようとしている捜査なのに、一之瀬は異様に緊張するのを意識した。

石本は露骨にうんざりし、何度も電話の向こうで溜息をついた。今日二回目の事情聴取ともなると、さすがに態度も悪くなる。時間もよくなかった。どうせ昨日の今日で、後始末のために残業しているだろうという勘は当たったのだが、午後八時に「これから話を聴きたい」と警察に言われて、身軽に腰を上げる人間はいない。あまりよくないことだが、一之瀬は「食事を奢る」と切り出した。夕飯は食べていない様子だし、向こうが「警察に金を出してもらうのが嫌だ」というなら割り勘にすればいい。どうせ何があっても食事は摂《と》るのだ。

「そうでないと、署でお話を伺うことになります」軽く脅しをかけた。

「分かりました」石本が溜息とともに折れた。取調室は、彼に嫌な記憶を植えつけたようである。

「では、これからお迎えに上がりますので。その近くで何か食事ができる場所はありますか」

「いくらでも」石本の口調がようやく軽くなった。「ここ、丸の内ですよ？　我々サラリーマンの味方になってくれる店は、いくらでもあります」

石本が、高級な和食屋でなく丸ビルにあるハンバーガーショップに誘ってきたので、ほっとする。この店なら、一之瀬も何度か来たことがあった。ただし……夜に二人で食べると、アルコール抜きでも最低三千円は覚悟しなければならない。何しろ出てくるハンバーガーが巨大なのだ。ただし、高い金額を払うだけの価値がある味でもある。チェーン店なのだが、一つ一つ手作りしているので、店によって味も微妙に違うようだ。

二人とも、アボカドバーガーを頼む――この店の一番の「推《お》し」だ。アボカドが半個分ほども入って「高さ」も相当なものになり、食べにくいことこの上ないのだが、普通のハンバーガーよりも、何となく栄養学的に正しい感じがする。

「ここのフライドポテトが好きなんですよ」巨大なハンバーガーを前に、石本は元気を取り戻した。意外に扱いやすい人間なのかもしれない。腹一杯食べさせておけばいくらでも仕事をする――そんなタイプの人間は、警察にもたくさんいる。

「ああ、分かります。美味《うま》いですよね」

この店のフライドポテトは、ごく細く切って高温で一気に揚《あ》げるようで、サクサクしている。もっとほくほくした、ジャガイモらしい食感を残したフライドポテトが好きな人もいるだろうが、一之瀬もスナック感覚で食べられるこの店の物が好きだった。

話を上手く転がして石本の緊張を取り除こうと、一之瀬は丸の内界隈《かいわい》のレストランについて話した。石本は相当多くの店を食べ歩いており、一之瀬が知らない店も話題にしたが、結論としては「サラリーマンは丸の内で昼食を食べてはいけない」だった。この街は、むしろ買い物客や観光客を引きつける方向で再開発されており、その結果、客一人当たりの単価が上がってしまっている。日本のサラリーマンが、毎日ランチに千二百円も出し続けるのは不可能だ――そう結論づけた石本は、普段の食事は北上して大手町《おおてまち》界隈か、南下して新橋付近で済ませることが多いという。

「春日さんを知ってますか?」

あらかた食べ終えたところで春日の名前を持ち出すと、石本がびくりと体を震わせた。分かりやすいと言えば分かりやすい……要するに、機密を扱う部署で仕事をさせてはいけないタイプである。隠し事があると、すぐに態度や表情に出てしまう。一之瀬はそこにつけこむことにした。少し前の自分なら、何だか悪人になってしまったような気がしてそんなことはできなかったが、今は何とも思わない。

「ご存知ですよね?」知っている前提で話を進めた。「行方不明らしいじゃないですか」

「あ、ああ……」石本が間の抜けた声を上げた。

「火曜日から連絡が取れなくなっているとか……社内では問題になっているんじゃないですか?」

「ええと……それは、言ってはいけない話なので」

「つまり、そういうことがあるのは間違いないんですね?」

石本が「しまった」と言いたげに眉を顰《ひそ》める。腹が膨《ふく》れて集中力が途切れたのかもしれない。

「石本さん、人が一人行方不明になっているのは、大変なことですよ。会社として——総務課として、何もしなくていいんですか?」

「でも、個人的なことですからね」

これは秋山と同じ言い分だ。当然、一之瀬が探りを入れていることは分かっていて、課内で意思の統一をしたのだろうが。

「分かりますが、個人的な問題だったら、会社はまったく気にしないんですか? ご両親にも話をしないで?」

「いや、ですから、会社とは関係ない個人的な問題なので」石本の説明は、早くも堂々巡りになっていた。

「つまり、問題はあったんですよね」

石本が、いかにも舌打ちしたそうに口元を歪める。一之瀬は、意地悪な揚げ足取りをしているだけのような気分になってきた。しかし、質問を取り下げるわけにはいかない。

「表沙汰にできない問題なんですか？　まさか、今回の爆破事件に関係しているわけじゃないでしょうね」

「まさか」

石本が即座に否定する。これはさすがに話を広げ過ぎたか、と一之瀬は反省した。

「どうして話せないんですかね……いったい何を警戒しているんですか？」

「警戒というか、プライベートなことですから、言えないんですよ」

「それは個人的な問題、という意味なんですね」

「そうです」石本が顎に力をこめてうなずいた。「プライベートな問題にまで、警察は首を突っこむわけじゃないでしょう？」

「それが公のことに関係していれば、突っこみますよ」

「今回は……」

「分からなくても突っこむんです」一之瀬は言った。「分からないからこそ突っこむ、と言うべきかな。分からないままにしておきたくないんですよ」

石本が盛大に溜息をついた。冷たいウーロン茶の入った大きなプラスティック製のコップを引き寄せ、音を立ててストローを啜る。

「表に出ると困る話なんですけど……名誉の問題もありますから」

「もちろん、秘密は守ります」

「ちょっと鬱気味でして」

「春日さんが？」

「ええ。原因はよく分からないんですが、この半年ぐらい、会社も休みがちだったんですよ。最近、ちょっと上向いてきて普通に出勤していたんですけど、基本的にはあまり調子がよくないんじゃないですかね」

「だったらますます、捜索願を出してもらわないと」一之瀬は身を乗り出した。「そういう人が行方不明になったとしたら、危険じゃないですか」

「分かりますけど……警察がちゃんと捜してくれますか？　そういう人、いくらでもいるでしょう？　でも見つからない……警察は、これぐらいのことじゃ、一々捜さないんじゃないですか」

「時と場合によりますよ。詳しい事情が分からないと何とも言えません」

「春日を捜す理由は何なんですか？　個人的な事情でいなくなっただけのことですよ。わざわざ警察の人が必死に捜すのは……ちょっと変じゃないですかね」

気になるからだ、というのは理由にならないわけか……それはそうだろう。それでも気になる。気になったら、その理由を知りたくなるのは刑事の――人間の本能のようなもので、どうしようもないのではないか。

「社員が鬱状態になる……あまりいい話ではないですよね」

「それは……そうです」

「総務としても、問題じゃないんですか。社員のメンタルケアは、総務の仕事ですよね？」

「そうですが、あくまで社内的な問題ですから。労基署《ろうきしょ》ならともかく、警察には関係ないと思います」石本の態度は折れなかった。

「少し冷たくないですかね」一之瀬は泣き落としにかかった。「仮に、春日さんが自殺でもしたらどうするんですか？　今のうちに何か手を打っておかないと、後々後悔することになるかもしれませんよ」

「それはそうなんでしょうが、とにかく、社内の話ですから。どうぞご心配なく」

「会社としてきちんと捜す、ということですか？」

「その選択肢も含めて、ちゃんと対処しますから」

どうにもはっきりしない。不満ばかりが残る事情聴取だったが、ある程度の収穫はあった。春日は鬱状態だったらしい――実際に鬱病だったのか、「鬱的な状態」だったのかは分からないが、彼が精神的に追いこまれていた可能性はある。

それともう一つ、会社は、春日の存在を煙たがっていたのかもしれない。様々な事情があるのだろう。それこそ、社員が鬱状態になるなど、会社としてあってはいけないことだから、ひたすら隠したいとか……春日が会社と何かトラブルを起こしているとか。石本は全ての事情を知っているのだろうか。知っているとして、喋る権利を有しているのだろうか。

短い時間の面談では、一之瀬は全てを読み切れなかった。結局明日も、石本、そして他の社員に厳しく圧力をかけることになりそうだ。

業務用に支給された携帯を深雪に見られたくない理由の一つが「Q」の存在である。中には、女性の名前を男の名前や略号で登録して妻を騙《だま》すような亭主もいるらしいが、この「Q」はまったく別の意味である……というか、一之瀬も「Q」という名前でしかこの男のことを知らない。深雪が怪しんで突っこんでも、「名前はQ」としか説明しようのない人物なのだ。実に面倒臭い存在である。

携帯に浮かんだQの電話番号を見て、一之瀬は一瞬躊躇《ちゅうちょ》した。藤島にかけるつもりが、間違って自分にかけてしまったのではないだろうか。しかし無視することもできず、通話ボタンを押した。

「一之瀬です」

「やあ」こんな気さくな喋り方をする人だっただろうか、と一之瀬は首を傾げた。声は間違いなく、Qのそれなのだが。

「はい」

「ちょっと時間を貰えるかな。耳に入れておきたいことがあるんだ。ああ、今夜は『魔王』も甘味も抜きでいい」

なかなか手に入らない焼酎《しょうちゅう》、それに和菓子を愛するQと会う時は、だいたいパターンが決まっている。手みやげを持って居酒屋で、だ。だが今夜は、Q自らその暗黙の了解を破るつもりらしい。

「時間は大丈夫ですけど、場所はどこにしますか？」丸の内から千代田署に戻る途中、まだ時間もそんなに遅いわけではないし、どこへでも行くつもりだった。普段は、いい焼酎の置いてある居酒屋で落ち合うことが多いのだが。

「では、日比谷公園へ」

Qが場所を指示する。ここからだと、歩いて十五分ほどは見ておいた方がいいだろう。それを告げると、Qは鷹揚《おうよう》に「問題ないよ」と言った。

「ようやく涼しくなってきたし、少しぐらい待っても汗はかかない」

つまり、彼の方が日比谷公園に近い場所にいるわけだ——正体について詮索《せんさく》しないことが、Qとつき合う条件の一つなのだが、何かと裏読みしたくなる人物なのだ。企業情報などにやたら詳しく、政治関係にも顔が利くらしい。何となく「フィクサー」っぽいのだが、見た目は銀行の幹部か高級官僚といった感じである。

「では、十五分後に」

「あ、ちょっと待って下さい」

「何だね」途端にQが面倒臭そうな声を出した。この程度の「お願い」にすら慣れていないのは明らかであり、彼が若い頃から「出来上がった」タイプだったのは容易に想像できる。例えば、二十代にして警視になり、普通の警察官からは「殿様」呼ばわりされるキャリア官僚のように。ただ、Qがキャリアのはずはない。警察官が警察官にネタを提供するなど、考えられないからだ。

「どうして私に直接電話してきたんですか?」

「おや……警察というのは、ホウレンソウが大事なんじゃないのかな」

「それはそうですが」

「今後は直接あなたと連絡を取るように、と藤島さんから聞いているんだけどね」

「それはどういう意味ですか?」

「私に聞かれても困るな」Qの声には少し怒りが感じられた。「人事の話は、君たちの方の問題ではないのか?」

ごもっとも……しかしこれで、一つだけはっきりしたことがある。藤島は本当に異動するのだ。しかも本人は、どこに行くか分かっている——捜査部門ではない。だからこそ、一之瀬にネタ元を引き継ぎ、少しばかり感傷的になっているのだろう。

警察官でいる限り、異動は避けられない。いずれは、毎度恒例の儀式として、軽く受け流せるようになるだろう。

今夜のQは、一九三〇年代風のリゾートファッションで決めていた。ファッション誌で時々こういうスタイルを見る度に、いったい誰がこんな格好をするのだろうと一之瀬は鼻《はな》白《じろ》んでいたのだが……白に近いベージュのリネンのスーツ、紺と白が横縞になったウールタイ、足元は白茶コンビの靴。これでパナマ帽を被り、グローブトロッターの小型のスーツケースでも持てば、休暇中の南部紳士という感じだ。白茶コンビの靴など、いったいどこで買っているのだろう。まさか、ビスポークではないだろうな、と一之瀬は疑った。靴に何十万もかけることは、いくらキャリア官僚でも無理だ。となると、Qの正体はどこかの会社のオーナー社長で、金には困っていないとか……いやいや、それもリアリティがない。どうして会社の社長が、警察のネタ元にならなくてはいけないのだ。そういうことにスリルを覚えるとか？　考えられない。

「手短にいこう」Qがいきなり切り出した。

「はい」

「極東物流の件だが……今、爆破事件を捜査中だね？」

「はい」

「あれは政治絡みだ」

「政治？　政治って……」

「ポリティクス」やけに発音がいい。「それぐらいの英語は分かるだろう」

「ええ、もちろん分かりますけど」一之瀬は極左の線を考え始めた。あれはあまりにも極端なのだが、やはり「政治」問題であることに変わりはないのだから。

「とにかく、政治絡みだ。単なる悪戯や、劇場型犯罪ではない」

「汚職か何かに関係しているんですか？」

「……それは分からない」いきなりQの声のトーンが落ちた。一之瀬に背を向けて、ゆっくりと公園の中心部に向かって歩き出す。

この人は……一之瀬は苛立ちを何とか抑えながら、彼の後を追った。Qは何というか、非常にもったいぶっている。さっさと教えてくれればお互いに時間の無駄にならないのに、いつも十分過ぎるほど溜《た》めを作ってから話し始めるのが常だった。劇的な効果を狙っているのだろうが、一之瀬に言わせれば時間の無駄である。

「分からないって、政治絡みっていうことまではっきり言っているのに、そこから先が分からないんですか」

「ああ、分からない。まだ摑んでいないと言うべきかもしれないが……言葉が先走りしている感じかな。この件については、私も個人的に調べるつもりだが」

「それは……捜査という意味ですか?」

Qが突然立ち止まり、一之瀬の顔を見た。唐突に乾いた笑い声を上げる。

「何で私が警察の真似をしないといけないんだ? 私は私で、個人的な興味があって調べているだけだから。君が気にすることはない」

「いや、気にするなって言っても無理でしょう」

「不要な好奇心は、怪我の元だぞ」

一之瀬は思わず唾を呑んだ。こんな、脅迫めいたことを言う人だとは思ってもいなかったのだ。

「とにかく、政治絡みが今回の事件のキーワードだ。その筋を調べてみるといい」

「分かりました」あまりにも範囲が広過ぎて、どこから手をつけていいのか分からなかったが、そう言うしかない。「もう一つ、教えて下さい。極東物流で、春日という社員が行方不明になっています。その件について、何かご存知ないですか?」

「君ね、私のことを何だと思ってるんだ」Qが立ち止まり、露骨に呆れた表情を浮かべた。

「何だと言われましても、お名前も存じ上げていないんですから、何とも言えません」

「理屈が多い男だな、君は」

今のは理屈でも何でもなく事実だが、一之瀬は口をつぐんだ。どうも、この男と自分は相性が悪い。藤島とは上手くいっているのだが、あれは藤島がベテランの柔軟さで上手く合わせているだけなのか。

「……失礼しました」しばし間を置いて、一之瀬は素直に謝った。

「私は、そんな細かいことまで事情を知っているわけじゃない。全体を見るのが仕事だ」

「その『全体』は、事件の全体のことなんですか？」

「全体は全体だ」Qが言い張った。「君は、少し詮索が過ぎるようだな。情報とのつき合い方を、もう少し考えた方がいい」

「それは、どんな風に……」

「藤島さんにでも聞くんだな。私に聞くのは筋違いだ。泥棒に、盗みの方法について教えを乞うようなものだよ」

何だかずれた喩えだが……一之瀬は無言でうなずいた。この男と波長が合う日はくるのだろうか、と心配になってきた。

「ああ、彼の方から電話してきたのか」藤島が気楽な調子で言った。

「今、会ってきました」何だか釈然としないまま電話で藤島に報告した一之瀬は、自分でも声が不機嫌になっているのを意識した。

「結構、結構。で、何か情報は？」

「極東物流の事件は政治絡みだ、という話です」

「極左か？」

「そうじゃないみたいです」

「そうか」藤島が黙りこむ。しばらくして、「何とでも解釈できるな」と言った。

「それって、どういう意味ですか？」

「おいおい」藤島が呆れたように言った。「それぐらい、自分で考えろよ。解釈がたくさんあるということは、考える余地もあるということなんだから。お前さんの頭は、伊達にそこにくっついてるわけじゃないだろう」

「それはそうですけど……」一之瀬は、額を流れ落ちる汗を掌で拭った。まったく、どこまで暑いんだ。夜も更けてきたのに、熱気はまったく引く気配がない。一歩進む度に汗が一粒流れ落ちる。

「政治って言ったって幅は広いし、それこそいろいろな意味がある。企業と政治が絡んだ事件というと、まず何を思いつく？」

「……違法な政治献金とか汚職、ですかね」

「そうだな。企業から政治家へ金が流れる時は、だいたい違法な臭いがするもんだ」

「だけど、仮にそうだったとして、今回の爆破事件とどんな風に結びつくんですか？」

「彼は何か言っていたか？　具体的な話でなくても、解釈とか」

「いや、特には……本人も、詳しい事情が分かっている様子ではありませんでした。取り敢えずの一報、という感じだったんですが」

「嘘はつかない男だからな。あくまで親切心で教えてくれたんだから、そこは大事にしないと」

こんな中途半端——入り口だけで放置されたらたまらない。どうせなら、もっとはっきりした時点で教えてくれればいいのに、と一之瀬は自分勝手な理屈で考えた。

「政治絡みの事件だとしたら、どうやって調べたらいいんですかね。見当もつきませんけど……」

「そこは自分の頭で考えることだな」藤島がぴしりと言った。「いつまでも他人に頼っていないで、まず自分で考えて歩き出せ。どうしても分からない時だけ、アドバイスを求めるようにすればいい」

今がまさに「どうしても分からない時」なのだが……一之瀬は黙りこみ、歩くことに意識を集中した。

「自分の立場をよく考えないと。お前さんはもう、管理職の一員になるんだから。年齢は関係ない。人に聞くことは恥ずかしい、と思わないと」

「そうですけど……」

「はいはい、反論はいいから。試験に強いだけ、じゃ警察官は通用しないぞ。それだと、警部止まりだ」

藤島の指摘はもっともだ。警部までは、普通に試験に合格すれば昇進できる。しかしその上、警視以上への昇進は、仕事の内容で決まるのだ。本部の管理官以上——まさに警視庁の仕事の中核を担う立場になるには、やはり仕事の実績が必要になる。もっとも、自分がそこにたどり着くとしても、はるか先のことになるだろうし、今からそんなことまで考えていられなかったが。

「一つだけ、アドバイスしておこうか」

「はい」一之瀬は思わず立ち止まった。

「訳が分からないと思ったら、後回しにしろ。今、この件をすぐに調べなくても、誰も困らない。やれることを優先してやるんだな」

「それはつまり——」

「お前さんは、今何をやってるんだ？　行方不明の男を捜してたんだろうが。それを継続すべきだな。そっちの方が、手がかりを見つけやすいだろう」

とはいえ、こちらもまだまだこれからなのだが……しかも、極東物流の事件につながるかどうかは分からない。張り切って手を挙げ、自分から進んで動き出したものの、この件がどこへ行くかは想像もつかないのだった。

「ただ、この件は明日の朝の捜査会議で報告しろよ」藤島が言った。

「え？」

「抽象的な話だが、どこかにつながる可能性もある。情報は全員で共有しないと」

「そう……ですね」

「ただし、ネタ元は明かさないこと。あの人は絶対に守らなくちゃいけない」

「イッセイさん、あの人、いったい誰なんですか？　何でこんなに内部情報に詳しいんですかね……中央官庁の役人か何かなんですか？」

電話は既に切れていた。


〈9〉


「ギャンブル？」一之瀬は思わず目を見開いた。目の前の田沢友美《たざわともみ》は遠慮がちにもじもじしている。言いたくなかった情報なのは間違いない。それにしても……総務課というところには、噂も含めてあらゆる情報が集まるものだと感心する。

「あまり言いたくないんですけど……」

「分かりますけど、知っている限りで教えて下さい。大事なことなんです」

「パチスロとか競馬とか、カジノバーとか……いろいろ手を出していたみたいです」

「借金があったんですね？」

「そう聞いてますけど……」友美がハンカチを絞るように握った。「額までは分かりませんよ」

「でも、借金はあったんですよね」一之瀬は念押しした。

「……だと思います」友美が急に自信なさそうになった。

もしかしたら、「情報」ではなく単なる「噂」かもしれないと一之瀬は思った。総務課には確かに情報が集まるだろうが、面白おかしく噂話にしてしまう人もいるだろう。

「それが何か、社内で問題になったりしたんですか？」これが「個人的な事情」なのだろうと一之瀬はぴんときた。

「そういうわけではないですけど」友美がアイスティーを一口啜った。

春日の件に関しては、一之瀬一人が調べているだけであり、一々署に呼んで話をするような余裕はない。一人の人に話を聴いて、次の人を紹介してもらい、会社の受付近くのスペースで話をする……というパターンを繰り返してきた。友美に関しては、一之瀬の方で喋り過ぎて喉《のど》が渇いたのでお茶にした、という事情がある。普段はブラックのままで飲むアイスコーヒーに、今日はミルクと砂糖を加えていた。疲れた喉と頭には甘みが心地よい——と一休みのつもりでいたのが、いきなりギャンブルの話が飛び出してきたのである。

「あまりにも額が大きくなると、社内でもばれたりしますよね？　借金取りから電話がきたりして」

「ああ……ありました、そういうこと」友美の表情がわずかに引き攣る。

「春日さんに関して？」

「いえ、他の人なんですけど……十年ぐらい前ですかね。総務課に電話がかかってきて、私が受けたんですけど……怖かったです。丁寧に喋っているんですけど、明らかに脅しでしたからね」

彼女は十年前からこの会社にいるのか？　てっきりまだ二十代の半ばではないかと思っていたのだが、単なる童顔だったのか……人を見た目だけで判断してはいけない、と反省する。

「春日さんに関しては、そういうことはなかったんですね？」

「ないです。だいたい、ギャンブルをやりそうなタイプには見えないんですよ。基本的に真面目で……地味な人ですから」

うなずきながら、一之瀬は、ギャンブル依存に関してはあまり「タイプ」が存在しないのだろうと思った。真面目だろうがいい加減だろうが関係なく、ギャンブルにはまる人ははまるはずだ。むしろ真面目な人ほど、一度負けたのを取り戻さないといけないという強迫観念に駆られて、抜け出せなくなるのかもしれない。

「本人の口から事情を聞いたことはないですか？」

「ないですけど……お金を貸した人がいます。それは間違いないです」

「いくらですか?」

「十万円です。ちょっと多いですよね」友美が身を乗り出す。

「確かに多いですね。会社の中で十万円の貸し借りは、トラブルの元ですよね」

「お茶を奢ったりするのとは話が違いますよね」友美がうなずく。

「ええ。その、十万円を貸した人ですけど……名前を教えてもらえますか?」

切れていた鎖はつながりつつある、と一之瀬は確信していた。


市川信太《いちかわしんた》は、ひどく嫌そうな表情を浮かべた。せっかく忘れたことを、どうして思い出させてくれたのだ、と言わんばかりに。

「去年の年末だったかな」市川はほとんど聞こえないような小声で話し始めた。会社の一階ロビーなので、同僚たちに聞かれるのを恐れたのだろう。「いきなり、十万貸してくれって言ってきて……おかしいと思ったんですよ」

「どうしてですか?」

「何で十万も持ってないのかなって。だって俺たち、三十二歳ですよ? 入社十年も経つのに……普通、銀行にも少しは蓄えがあるでしょう。今はどこでもお金をおろせるんだし、それを何で借金なんか——ちょっとあり得ないと思ったんですよね」

「でも、貸したんですよね？」

「まあ……」市川が口をねじ曲げた。「同期だし、泣きつかれたらしょうがないですよね。貸しましたけど、ちゃんと説教したんですよ。事情を聞いて、ギャンブルで金が全然ないって分かって……あり得ないですよね、そういうの。ちゃんと自分を律しないと破滅しますよ」

本人もギャンブルで痛い目に遭った経験があるのだろうか、と一之瀬は想像した。あまりにも一気にまくしたて、しかも怒りが生々しいので、春日をというより、ギャンブルそのものを憎んでいる感じがする。

「泣かれて……あいつも申し訳ないって謝ったんですけど……話を聞いたら、あちこちに二百万ほど借金があるっていうことだったんです」

「小さくないですね」

「でかいですよ、二百万」大きくうなずき、市川がVサインを作って額を強調する。「うちの年収を考えると、すぐには返せない額ですね」

「物流は、給料がいい感じがしますけど」

「世間の想像と実態は違いますよ。結構皆、かつかつでやってるんだから……それはともかく、あいつが相当苦しんでいたのは間違いないです」

「それにしても、何でまた、二百万も借金を作ったんですかね」一之瀬は首を捻った。自身はギャンブルをしないので――父親のような人生は絶対に避けたかった――ギャンブラーの本当の心情は絶対に理解できないと思う。

「まあ、雪だるま式に……ということなんでしょうね」ようやく落ち着いたのか、市川の声はまた小さくなった。「それこそ競輪、競馬、競艇《きょうてい》……公営ギャンブルから、パチスロや麻雀にまで手を出していて。仕事をしていない時間は、だいたいそういうことで埋《う》まっていたんじゃないですかね。絶対に依存症だったと思いますよ。だから、医者へ行けって言ったんですけど……今は、ギャンブル依存症の治療もしてくれるでしょう？」

「そうですね」

「だけどさすがに、それは拒否されて……『俺は病気じゃない』って、マジ切れしてましたけど、俺に言わせれば絶対に病気ですよ」

「分かります」

「まあ、その十万を何の返済に使ったかは分からないけど……一週間後に返してはくれました。給料日だったんでね。ただ、うちの給料の中から、いきなり十万を返すっていうのは、結構大変なんですよね。手取りのうち、三分の一がなくなるわけだから」

「受け取ったんですよね」

「それは……当然でしょう。けじめですから。十万は、俺にとっても小さい額じゃないんで」

「それで、その後はどうしたんですか？」

「断絶しました——断絶っていう言い方は大袈裟かもしれないけど、社内で会っても目も合わせないようになって。後で調べたら、他の人からも少しずつ借金していたみたいなんですよ。あっちで一万、こっちで二万とか摘《つま》んで……一年ぐらい前から、そんなことを繰り返していたようです。それじゃ、いくらちゃんと仕事をしていても、社内で信用をなくしますよね」

「ええ」一之瀬は軽く相槌をうつに止《とど》めた。市川はよほど腹に据えかねているようで、放っておけばいくらでも喋りそうだ。こういう時は、下手《へた》に言葉を挟んで邪魔してはいけない。

「そういうことが続いて、あちこちでトラブルを起こして……そのうち鬱状態になって、会社を休みがちになったんです」

「それ、いつ頃のことですか？」

「半年ぐらい前なんですけど……一か月ぐらい、出たり出なかったりが続いたんですけど、まあ、今は一応元に戻ってますかね」

「彼が行方不明になっていることは、ご存知ですか？」一之瀬は彼の方へ身を乗り出し、小声で訊ねた。

「ええ。正式な話じゃなくて、噂で聞いただけだけど」

「会社は少し、冷た過ぎるような気がするんですけど」

「いや、まさか」市川が真顔になった。「だってこれ、個人の問題ですよ。ギャンブルにはまるのは、会社には関係ないでしょう。それを、会社に責任を取れっていわれても、筋が違うんじゃないですか？」

「警察の場合は、そうもいかないんですが」ギャンブルにはまり、借金を作ってしまう警察官もいる。最終的に、本人が立ち直る姿勢を見せなければ、放り出すこともあるのだが……もう少し手厚くフォローしている印象もあった。

「警察は、我々の税金で動いているんでしょう。別に……」市川が、手にした名刺に視線を落とした。「一之瀬さんに文句を言っても始まらないけど」

「今回の失踪も、ギャンブルが原因だと思いますか？」

「違うんじゃないかな……うん……違うと思いますけど」市川の口調が揺らぐ。「ギャンブルについては、一応足を洗ったって聞いてますよ。社内のあちこちで借金を作って、問題になったわけですから。上司からも相当きつく言われたみたいで、反省してたはずです。このご時世、馘《くび》になったら後がきついですからね。あいつも、そこまで馬鹿じゃないと思いますよ」

「だったら、今回は？」

「どう、ですかね……もしかしたら、ギャンブル癖が再発したのかもしれないし、前の借金がまだ残っていて、それが原因かもしれないし」

「それで追いこまれて、行方不明になるほどですか？」

「それはちょっと分からないけど」市川が首を傾げる。「でも、二百万って、小さくない額ですよ。そもそもサラリーマンが、それだけの金を一気に返せるわけもないし……一気に返そうと思って、またでかい額を賭けて借金が膨らんで——その繰り返しだったんじゃないんですかね」

「ギャンブル、嫌いなんですね」

「いや、特に否定はしないですよ。個人的にはニュートラルっていうか。やりたい人がいるのも理解できるし、それで世の中に金が回るっていうこともあるでしょう」市川が溜息をついた。「ただし、間近にそういう人間がいると、ちょっと考えちゃうじゃないですか。春日は、基本的に仕事は真面目にやる人間なんです。でも、そんなだらしない一面があったかと思うと、ぞっとしませんね。考えてみれば、ギャンブルの問題が分かってから、あいつの問題行動が目につくようになって。仕事のミスも、相当増えていたみたいです」

「気になることがあると、どうしても仕事に身が入らなくなるでしょうね」

「そうですけど、クソみたいな話ですよ」

一之瀬は全面的に賛成したかった。むしろ自分から積極的に、ギャンブルのマイナス面を罵《のの》りたかった。自分の父親が、まさにギャンブラー的性格故に会社を追い出され、姿を消さざるを得なかったから……父親がいなくなってからの一之瀬の家は、母親が働いて何とか支えてきたのだが、それでも苦しい暮らしに変わりはなかった。子ども時代に、もっと金があればできたことがいくらでもあるのに――と未だに恨みに思うことがある。

楽しみも想い出も、ある程度は金で買えるのだ。

「最近は、どういう様子だったんですか？」

「話してないから、よく分からないんですけどね」市川はどこか白けた口調で言ったが、すぐに一之瀬の方に体を倒し、小声になって続けた。「だいぶダメージを受けていたのは間違いなくて、鬱だって言う人もいたみたいですよ」

「ちょっと待って下さい」一之瀬は頭の中で、春日に関して分かっている情報を整理し直した。「一か月ぐらい、会社を休みがちだった時期があるとおっしゃってましたよね？」

「ええ」

「その頃が最悪の時期で、今は多少よくなったんじゃないんですか？　それがまた問題を抱えて、調子が悪くなったとか？」

「そうなんじゃないですかね」市川が自信なさげに言った。「それが借金によるものかどうかは、俺には分かりませんけど。あくまで想像だから」

「何で会社は隠したがるんでしょう。みっともない話かもしれませんけど、警察に隠すような話とも思えないんですよね」

「それは……よく分かりませんけど」市川が慌てて周囲を見回した。誰かに聞かれたのではないかと恐れているのか、顔色が悪くなっている。

「何か特別な事情でもあるんですか？」

「それは、知りませんけど……まあ、俺が何でも知っているわけじゃないので」

「この前の爆破事件と関係あるんじゃないですか？」

「まさか」市川が一言の下に否定した。

「どうしてまさか、なんですか？」一之瀬は突っこんだ。

「だって、春日は……小者じゃないですか。大したことはない話ですよ。それが、会社があんな目に遭ったことと結びつくとは思えないな。レベルというか、大きさが違い過ぎるでしょう」

それはその通りなのだ……そう考えると、自分がやっていることは無駄足だと思えてくる。ギャンブルによる借金を苦にして蒸発した社員。会社の爆破。これを同列で扱うには無理がある。想像をたくましくすれば、借金取りが業を煮やして会社に攻撃を仕かけたと考えられなくもないが、それはさすがにあり得ないだろう。たかだか数百万の金を返さない男に対する腹いせに、勤務先にここまでのことをするとは考えられない。

「会社側には、まったく連絡がないんですね」

「それは、私が知ることじゃないですけど……いや、知る立場でもないので。向こうも私のことは、友だちとも思っていないでしょうしね。金のトラブルは怖いですよ」

金によって、友情はかくもあっさり壊れる。いや、友情だけでなく家族も。

一之瀬は身を以てそれを知っていた。

密《ひそ》かな恐怖が忍びよってきているのを感じる。父親は本当に、去年の企業恐喝未遂には関係していないのだろうか。一抹の不安は残る。親が犯罪者になったら……子どもの犯罪に対して——仮に子どもが成人していても——親の責任が問われるのが日本という国である。しかし親の過《あやま》ちに対して、子どもが責任を取る必要はあるのだろうか。あるかもしれない。自分は警察官なのだから……仮に父親が犯罪に手を染めていたと分かったら、潔く辞めるべきかもしれない。それを避けるための方法は……。

自分の手で父親に手錠をかけることかもしれない。

〈10〉

少し緊張しながら、一之瀬は春日の両親の家に電話を入れた。父親が電話に出てくれたが、向こうもひどく緊張しているのが分かる。それがまた一之瀬の緊張を加速させ……最初の一言が上手く切り出せなかった。もごもごと話しているうちに、父親を混乱させてしまう。

「つまり、どういうことなんでしょうか」父親が、苛立ちを隠そうともしないで訊ねる。

「事件なのかどうなのか、まだ分かりません。それを調べるために、部屋を調べたいんです」

「そんなことを言われましてもねえ……」父親が渋った。

「できれば、捜索願を出して欲しいんですよ。そうすれば、我々もきちんと動けますから」

「いや、そんな、捜索願なんていう大袈裟なことは……警察に迷惑をかけるのも申し訳ないですから。それに、近所に知られたら大変だ」

何もしないでいるうちに、事件でも起きたら大変だ——一之瀬は説得を続けたが、父親は納得しなかった。田舎《いなか》に住む人の特徴なのか、体面をやたらと気にしている。

「最近、息子さんと連絡は取りましたか？」一之瀬はペースを変えた。

「いや、元々そんなに頻繁に電話もしないので」

「ギャンブルにはまっていたという話があるんですが……」

「まさか」父親が即座に否定した。「ギャンブルなんかするはずがないです。真面目なんですから」

「真面目な人でも、ギャンブルにはまる可能性はありますよ」

一之瀬はなおも食い下がったが、ギャンブルの話で父親は頑なになってしまった。結局捜索願は出してもらえず、都内に借りている部屋を調べる許可をもらっただけだった。

春日の家は、三十二歳独身男性の典型的な部屋、という感じだった。小田急《おだきゅう》の経堂駅から徒歩十分ほど。静かな住宅街の中にある小さなマンションで、家賃十万円程度、と一之瀬は想像した。

1LDKで、リビングルームの広さは十畳ほど。家具としては、ソファが二脚とローテーブル、AV関係の機器と小さなテーブルが置いてあるだけだった。テレビの周辺を観察して、特に音楽を聴いたり、ビデオを観たりする習慣はないのが分かった。家に帰っても、テレビは単なる暇潰しなのだろう。ローテーブルにはテレビとDVDのデッキ、それぞれのリモコンが置いてあった。DVDのコレクションは、サッカー中心。

キッチンを見れば、独身男性の部屋だとすぐに分かる。ガス台が奇麗なのだ。おそらく、お湯さえ沸かすことがないのだろう。一之瀬の部屋のキッチンは、時々深雪が使っており、奇麗に掃除してもやはり「使った」感じは残る。それに比して春日のキッチンには、まったく使われた形跡がなかった。実際、ガス台に指を這《は》わせてみると、埃がついてくる。

冷蔵庫を開けてみる。ビールとミネラルウォーターが入っているぐらいで、やはり料理はしていなかったのが分かる。封の開いた牛乳が一パック……まだ賞味期限は切れていない。手に取ってから、どうしていいものか迷い、結局中に戻した。ミネラルウォーターのボトルのうち一本だけが半分ほどなくなっており、封の開いたミルクと合わせて、辛うじて生活の痕跡が読み取れる感じだ。

何とも侘しいが、こんなものだろう。恋人もいない独身男性の部屋は、単に眠るためだけの場所だ。一之瀬だって、深雪がいなければ、部屋はもっと味気なくなっていただろう。ギターが置いてあるのが、わずかな潤いと言えないこともない。

残る一部屋──寝室に入る。こちらもベッドがあるだけの部屋で、かすかに男臭い臭いが籠っているが、他には特徴らしい特徴もない。ベッドはきちんとメークされておらず、今朝慌てて抜け出してそのまま、という感じで掛け布団がめくれていた。念のためにフローリングの床に這いつくばってベッドの下も覗いてみたが、丸まった埃がいくつか転がっているだけだった。

立ち上がって両手を叩き合わせる。「クローゼットは情報の宝庫だ」というのが藤島の教えだったな……思い出し、窓と反対側にあるクローゼットを開けてみた。それほど服持ちではないことがすぐに分かる。夏場とはいえ、背広は二着しかかかっていない。行方不明になった火曜日にもう一着を着ていたとしても、夏場の出勤服としては不十分なはずだ。夏のスーツは、何着も持って着回しするのが、長持ちさせるコツなのに。あるいは、七月から九月にかけては、ワイシャツだけで過ごしているのか。

スーツをめくって裏地を確認する。紳士服量販店のタグが見える……春日はスーツに金をかける趣味はないようだった。かといって、カジュアルな服がそれほどあるわけでもない。ジーンズとコットンパンツが何本かハンガーにかかっている他は、自分で洗濯できるようなシャツが数枚。チェスト代わりに使っているらしいプラスティック製のボックスにも、下着やTシャツが入っているだけだった。Tシャツは特徴的な丸め方をしてある……「ミリタリーロール」だとすぐに気づいた。軍隊式のTシャツの畳み方——丸め方で、とにかくコンパクトにまとめられるのだ。ただし、きっちり詰めこまなくてはならないほど、Tシャツがたくさんあるわけではなかったが。

一之瀬は、かすかな違和感を覚えながらクローゼットを閉めた。念のためもう一度開け、隅から隅まで調べてみたものの、特に怪しい物は見つからない。一番右端に立てかけてあった大型のスーツケースを引っ張りだす。相当年季が入っており、春日が出張の多いサラリーマン生活を送っていたのが分かる。施錠されていなかったので中も見てみたが、空だった。隠しポケットでもあるのでは、とあちこちをいじってみたが、何もない。

スーツケースをしまい、他にバッグがないかどうか、確認する。これも藤島の教えだった。家出する人間は、一番使い慣れたバッグを使いがちだ。何故なら、そこで「日常」とのつながりを感じられるから。逆に、家出のためにわざわざ新しいスーツケースを買うような人間は、絶対に帰って来ない。元の生活に対して「決別宣言」するようなものだ。

……なるほどね。しかし春日の場合のように、スーツケース以外にバッグが見つからない時は、どう判断したらいいのだろう。他に、着替えなどを入れる大きなバッグを持っていて、それを持って姿を消したのか、あるいはもっと別の理由があったのか……誰かによって自由を奪われたとか。

いや、それはないだろう。少なくとも春日本人から、「立ち寄りで遅れる」という連絡が入ったのだから……一度否定してみたものの、一之瀬はまた何かの犯罪に巻きこまれた可能性を頭の中で転がし始めた。そもそも、「立ち寄り」が本当だったかどうかも分からない。例えば、会社の仕事とは関係なく、誰かと会う予定があって、そのことを「立ち寄り」と連絡してきたとか。そして電話の後で拉致《らち》された——春日のギャンブル癖を知ってしまった今となっては、何があってもおかしくないと考えるようになった。

だが……一之瀬は、先ほどクローゼットを閉めた時に感じた違和感の源泉に気づいた。

この部屋は、整頓され過ぎている。もちろん、ギャンブルをする人間がだらしないというわけではない。むしろ、きちんとしているが故に、失敗を取り戻さないといけない、という強迫観念に駆られることもあるだろう。しかし、少なくとも多額の借金を作ってしまい、その返済に頭を悩まされている人間は、部屋の掃除にまで考えが及ばないはずだ。四隅に埃の塊が転がっていてもおかしくないのだが。

あるいは借金は返済し終えて、部屋をきちんと片づける余裕ができたのか——しかしそれなら、何故春日は失踪したのだろう。

考えが堂々巡りになり、一之瀬はきつく目を閉じて集中しようとした。しかし、様々な思いが頭の中を行き交い、気持ちが一点に向かっていかない。まだ「情報過多」の段階なのだと意識する。これから有益な情報だけに絞りこんで、チェックしていかなければならないのだが……一人でやることの不安はそこにある。誰も過ちを正してくれないから、全ての失敗は自分にかかってくるのだ。

目を開け、一つ深呼吸する。まだ調べていない場所は……ないが、リビングルームのデスクをもう一度見てみよう。

引き出しもない素《そ》っ気《け》ないデザインのデスクで、単なるパソコンの置き台になっているようだった。立ったまま電源を入れてみたが、パスワードを要求されたので諦める。中身を確認するには、専門家の力が必要だ。

パソコンの横には専門書が何冊か置いてあった。海運関係、物流関係のビジネス書で、付箋《ふせん》が大量に貼ってあるので、どれも大きく膨らんでいる。ギャンブルに手は出していても、元々仕事熱心なのは間違いないようだった。仕事と同等の熱心さを持って、ギャンブルにものめりこんでいたのだろうか……仕事には差し障りが出ていたようだが。

他には、大きめの付箋が置いてあるだけだった。七桁《けた》の数字が書きつけてあるが、何の数字なのかは見当もつかない。何となく、電話番号のようにも思えるのだが桁数が違う。

最初に戻って、ポイントポイントの写真を撮り始める。最近始めたやり方で、後で記憶の助けにするためだ。もちろん、何の役にもたたないことが多いのだが、デジカメのランニングコストはゼロに近い。撮らないよりは撮った方がいいだろう。

部屋を出て鍵を締めると、途端に春日の存在が遠のくような感じがした。一つ息を吐き、手の中で鍵を転がす。マンションの管理会社から借りた鍵……これを手に入れるのは結構大変だったのだ、と思い出す——親は了解してくれていると言ったのに。

「どうでしたか」管理会社の担当者、神野《じんの》が慎重に訊ねた。

「遺体はありませんでした」

神野がほっとしたように溜息をつき、その直後、疑わしげに一之瀬の顔を見た。そう、彼を説得するのに使った最終手段が「遺体が部屋にあったらどうするんですか」だった。

「取り敢えず、部屋では何もなかったんだから、よかったでしょう」何となく神野の態度が気に食わず、一之瀬は皮肉を言った。自分とほぼ同年輩だろうが、何だか妙に偉そうなのだ。

神野が無言で右手を差し出す。一之瀬はその手に、鍵を落とした。さっさと歩き出した神野の背中に声をかける。

「ちょっと話せませんか」

「話すようなこと、ないんですけど」

「こちらではあるんです」

神野がまた溜息をついた。何とも溜息が好きな男だ、と呆れてしまう。あるいはそうすれば、こちらが諦めるとでも思っているのだろうか。一之瀬は、神野が乗って来た営業車の助手席に許可なしに滑りこんだ。また溜息をつくのではないかと思ったが、さすがに今度は静かだった。

「契約の時に、春日さんと会った、とさっきおっしゃってましたよね」

「ええ」

これには少しだけ複雑な事情がある。神野の会社は、不動産仲介会社であると同時に、自社物件を持って管理もしているのだ。春日が家を捜していた時に、神野は仲介会社の経堂支店にいて、彼にこのマンションを紹介した。その後同じグループの管理会社に異動になり、今度は管理する立場でこのマンションにかかわるようになったのである。

「いつ頃ですか?」

「一年ぐらい前、ですかね」

「ここの家賃、いくらなんですか?」

「春日さんの部屋で……」神野がスマートフォンを取り出した。「十万五千円、プラス管理費が五千円です」

「高いですね」ほぼ予想通りか……。

「いや、経堂ですから。新宿《しんじゅく》へも近いですし、こんなものですよ。それに自社物件なので、相場よりも多少は安くなっているんです」

何だか、家を紹介する時の褒め台詞のようにも聞こえた。喋り終えて黙りこんだ神野に、すぐに質問をぶつける。

「ここの前は、春日さんはどこに住んでいたんですか?」

「ええと」神野がまたスマートフォンを見る。「港区、となってますね」

「その辺りのマンションの相場がどれぐらいか、分かりますか?」

「それは広さによって様々ですけど……ただ、港区内には、独身者用のワンルームマンションなんかはそれほど多くないんです。だから当然、それなりに広くてそれなりに家賃も高い物件、ということになるんじゃないですかね」

「住所、完全に分かってるんでしょう?」

「ええ」

「マンションの名前も?」

「分かりますよ。『フラットフロア東麻布《ひがしあざぶ》』」

「そこの家賃がどれぐらいか、分かりますよね? ちょっと調べて、教えて下さい」

「今ですか?」いかにも面倒臭そうに言った。

「スマホを持っているんだから、それぐらい簡単でしょう?」

神野が目を細める。何で自分が警察の言いなりにならなくてはいけないのかと、今にも文句を言い出しそうだった。しかし一之瀬が睨みを利かせると、結局画面に視線を落として、操作し始めた。もちろん一之瀬でもできることなのだが、専門家に任せたかった。

「いろいろなタイプがあるようですけど、仮に1LDKとすると、十四万八千円ですね」

都落ち、という言葉が脳裏に浮かぶ。何というか、多少交通の便が悪くなっても、少しでも家賃の安い方へ引っ越して金を浮かしたい……毎年四十万ほどの節約になる計算だ。そう考えると、やはりギャンブル絡みの引っ越しなのだろうか。いや、そうとは言い切れない。引っ越しには、一時的にかなりの金がかかるものだ。契約に関する金、引っ越し費用等々。それらが一気に懐から出ていくのは、二百万円も借金があった春日にはきつかったのではないだろうか。そんな金があるなら、返済に回す方が利口である。

「契約の時、何か言ってましたか？　引っ越す理由について、とか」

「いや、特に聞いてません。最初はインターネットで問い合わせがあって、その後実際に部屋にご案内して、その翌日にはもう判子を持って見えましたから。即断に近かったですね」

「それだけ急いでいたという感じだったんですか？」一之瀬は突っこんだ。

「うーん、どうかな……」神野がスマートフォンをこつこつと顎に当てる。「急いでいたと言えば急いでいた感じもするけど……そんなに詳しくは話しませんでしたから。あまり話したくなさそうな感じ……だったんじゃないかな」最後は自信なさげに、声が小さくなった。

「借金のこととか、言ってませんでしたか？」

「いいえ」驚いたように神野が声を張り上げる。「そんなことを聞いてたら、まず契約が成立しませんよ。ちゃんと家賃を払ってもらえるかどうか分からないですから。借金、あったんですか？」

逆に問われ、一之瀬はきちんと答えるべきかどうか迷った。しかしさらに話を引き出すために、「機密なので」と念押ししてから事情を打ち明けた。

「二百万？」ちらりと横を見ると、神野は目を大きく見開いていた。「それはきついなあ……何でまた、若いのにそんなに借金を作ったんですか？」

「それは、ちょっと」一之瀬は言葉を濁した。

「どうせ、ギャンブルか何かでしょう？　そうじゃなければドラッグとか」

「そんな様子、あったんですか？　言葉遣いがおかしかったりとか、意識が飛びそうになってたりとか」

「いやいや、今のは喩えですから、喩え」神野が慌てて否定する。「でも、借金なんて、本当なんですか？　今まで家賃はきちんと払ってもらいましたよ。口座引き落としですけど」

「なるほど」

どうも何かがおかしい……同僚たちから聞き出した情報だが、春日の年収は、税込みで四百五十万円から五百万円程度だったという。それぐらいの年収で、二百万の借金を背負ったら相当苦しいはずで、何か臨時収入でもない限り、返済に苦労するのは当然である。臨時収入……例えば、それこそギャンブルで一山当てたとか。ただし、そういう風に上手く行かないのが世の中である。

「何か、事件なんですか？　春日さんがこの部屋で亡くなっているかもしれないと思ってたわけでしょう？」

「捜査の内容については何も言えないんですが」一之瀬はやんわりと拒否した。「とにかく行方不明ですから。何でもいいから手がかりが欲しかったんです」

「はあ」神野は不満そうだったが、教えるわけにはいかない。余計なことを漏らせば、そこから情報が広がってしまう恐れもあるのだから。


夜十時……げっそり疲れて署を出た瞬間に、母親から電話がかかってきた。

「ちょっと急いでるんだけど」一刻も早く家に帰って、シャワーで汗を流したい。

「電話ぐらい、できるでしょう」母親は強硬だった。いつもそうだ……こちらの都合などおかまいなしに突っこんでくる。

「まあ、いいけど」一之瀬は立ち止まった。地下鉄の入り口は署のすぐ横なのだが、仕方がない。向こうが納得するまで話さなければ、電話を切ってもらえないだろう。いつものことだ。

「あなた、深雪ちゃんにちゃんと結婚の話はしたの？」

「ああ、いや……」ミスだ、と悔いる。以前——昇任試験の前に、母親に「合格したら結婚を申しこむ」と迂闊《うかつ》に言ってしまったのである。まったく母親という人種は、こういうことをよく覚えているものだ。「まだだけど」

「こういうのは、勢いが大事なのよ。あなた、いつも愚図愚図《ぐずぐず》してるんだから……こういうタイミングでもないと、ちゃんと話さないでしょう」

言い返せない。すっかり読まれている。一之瀬は既に、どうやって電話を切るかに意識を向け始めた。母親の性格から言って、「ちゃんとプロポーズする」と言っても、すぐには許してくれそうにない。いつどこで、方法は——と延々と突っこみ続けるに決まっている。時折一之瀬は、自分の母親というより、詮索好きな親戚のおばちゃん、という印象を抱いてしまう。色々面倒なことは棚上げにして、ただ話を面白くするために質問をぶつけ続けるような……。

「それは必ず、ちゃんとやるから」どんな返事がくるかは分からないが、これは言っておかなくてはならない。

「深雪ちゃんとのつき合いも長いんだから……それに甘えていると、痛い目に遭うわよ。ふられちゃうかもしれないし」

「深雪に限ってそれはないよ」

「読みが甘いわねえ」母親が呆れたように言った。

「甘いって言われても……」

「甘い、甘い。女は、そんなに我慢強くないのよ。それで？　いつプロポーズするの？」

「今はちょっと忙しくてね」

「そういう言い訳、女は一番嫌うのよ」母親が鼻を鳴らした。「忙しいのは皆同じなんだから。今時、暇な人なんかいる？　誰だって、忙しい合間を縫って、大事なことはきちんとやっているの。あなたも、そういうところ、ちゃんとしなさいね」

いきなり電話が切れた。まったく、何なんだ……軽く台風に巻きこまれたような気分になっている。毎度のことだが、いつまで経っても慣れない。

地下鉄の出入り口に向かって歩き出した瞬間、嫌な気分に襲われた。母親と深雪はツーカーの仲である。一之瀬を抜きにして、二人でよく電話で話したり、メールしたりしている。もしかしたら深雪が、母親に相談……いやいや、深雪はそんなことはしないだろう。結婚に関して心配になっても、まず自分にきちんと話をしてくれるのではないか。

しかし、もしかしたら、自分は彼女の気持ちを読み切れていないのかもしれない。やはり、一段落したら——いや、しなくてもプロポーズしよう。
少し前までは、どういうやり方をしようかとあれこれ考えるのが楽しかった。それが今や重圧になっている。
母親は、自分が息子にどれだけ圧力をかけたか、分かっているのだろうか。

〈11〉

深夜の電話——一之瀬は浅い眠りから強引に引きずり出され、怒りとも不快感ともつかない感情を抱えたまま携帯を摑んだ。支給の携帯が鳴ったということは、間違いなく仕事の連絡である。突発的な事件だ。クソ、何時なんだ……通話ボタンを押す前に、枕元の時計を確認する。午前二時半。今日は何曜日だっただろう？　もう月曜日になったのだ、とぼんやりと考える。土日も仕事で潰れた上に、週の始まりがこういう電話でスタートするのは最悪だ。
「一之瀬です」辛うじて寝ぼけていない声を出せた。誰が褒めてくれるわけでもないが、自分に気合いを入れる意味もある。

「ああ、寝てたよな？」

先輩刑事の岡本《おかもと》だった。どこか鈍いところがあるこの先輩に、一之瀬は時々苛々《いらいら》させられる。そんなことだから、いつまで経っても本部からお呼びがかからないんだよ……自分の内示もまだなのに、一之瀬は思わず腹の中で悪態をついた。

「殺しだ。出られるか？」

「行きます」一之瀬はすぐにベッドから抜け出した。「現場、どこですか？」

「内幸町《うちさいわいちょう》なんだが……行けばすぐに分かる」

「内幸町って、何でそんなところで？」

「それが分かったら、とうに犯人は捕まってるよ。じゃあ、現場でな」

やけに声がはっきりしているな、と疑わしく思ったが、彼は今日泊まり勤務だったと気づく。徹夜になるかもしれないが、家で寝ていて叩き起こされるよりはましだろう。

急いで着替え、部屋を飛び出す。電話を受けてから十分しか経っていなかった。まだ半分寝たような状態だが、それでも足は自然に、いつも通勤に使っている下北沢《しもきたざわ》駅ではなく、茶沢通《ちゃざわどお》りの方へ向かう。電車はなく、タクシーを摑まえるには広い通りへ出るしかない。何しろ下北沢駅の南口には、タクシーの溜まり場もないのだ。出入り口からすぐに商店街が始まっている上に道路も狭く、車が入っていくのさえ難しい。いっそのこと、ずっと歩行者天国にしておく方がいいぐらいだといつも思う。

この時間、流しのタクシーは案外摑まえやすいのを、一之瀬は経験で知っていた。それほど、夜中の出動も何回もあったわけだ……藤島は来ていないだろうと予測する。彼の家は松戸《まつど》で、タクシーを飛ばして駆けつけるには遠過ぎる。こういう時、勤務先からそれほど遠くないところに住んでいる若手は、優先的に現場要員として呼ばれる。

そういう状況を「不利」と考えてはいけない、と自分に言い聞かせた。ポイントを稼ぐチャンスと考えるべきではないか？　自分はさらに上を狙っていかなくてはならないのだし。

内幸町は、Ｌの字を左右逆にしたような形をした町で、帝国ホテル、日比谷シティなどが中に含まれる。見事にビルしかない一角で、いったいどこが現場なのかと一之瀬は訝《いぶか》ったのだが、確かに岡本の言った通り、行ったらすぐに分かった。外堀《そとぼり》通りと平行に走る細い道路で、おそらく日付が変わる頃には人通りがまったくなくなるだろう。今はそこを警察官が埋め尽くし、既に鑑識活動が始まっている。岡本は規制線の外側で、腕組みをして現場を見守っていた。いったい何で動いていないのかと呆れたが、考えてみれば聞き込みをしようにも相手がいない。付近のビルに勤める人たちは既に引き上げているだろうし、今は鑑識の邪魔をしない方がいいと判断したのだろう。

「お疲れ様です」

一之瀬が挨拶《あいさつ》すると、岡本が面倒臭そうに右手を上げてみせる。現場については、確かに聞かずとも分かった。ブルーシートをかけられた遺体がすぐに目につく。右側は緑色のタイルが特徴的な雑居ビルで、かなり古そうだ。左側は建物が取り壊されて、空き地になっている。

「何でこんなところで人を殺すかねえ」岡本が呆れたように言った。

「発見者は誰だったんですか?」

「酔っぱらい」

冗談だろうかと、一之瀬は岡本の顔をまじまじと見た。汗でてかってはいるが、真剣な表情である。

「酔っ払いって、月曜……日曜の夜に、こんなところで呑んでる人がいるんですか?」

「いたんだからしょうがないだろう。俺みたいに、土日に働いている人間だって少なくないんだぞ……とにかく、新橋で呑んでた人が、終電を逃したそうなんだ。で、会社に泊まってしまおうと思ってここまで戻って来たらしい。ちなみに会社は、このビルの中、な」岡本が緑色のビルを指差した。「血まみれで倒れている遺体を発見して、慌てて通報して、三千二百円分呑んだアルコールが全部飛んだそうだ」

「何で三千二百円分なんて分かるんですか」

「本人の申告だ。人生で一番早く酔いが醒《さ》めた、と言ってたよ」岡本が皮肉に笑う。「とにかく今、署の方で詳しく事情聴取している。ちょっと遺体を見ておけよ」

一之瀬はうなずき、ブルーシートで覆われた遺体の方へ近づいた。遺体は何度見てもなれない……吐き気をこらえるのに必死だった最初の頃に比べればましかもしれないが、精神的なダメージは、刑事になって三年目の今でも引きずる。

蹲踞《そんきょ》の姿勢を取って手を合わせ、しばらく目をつぶる。宗教的な意味があるわけではなく、単に恒例の儀式だ。遺体に犯人逮捕を誓う。

遺体は……若い男のようだった。まだ二十代だろうか。既に乾き始めた血溜りの中に、体の左側を下にして倒れている。長く伸ばした髪は乱れ、一部には血がついて固まっていた。グレーのTシャツにジーンズ、足元はニューバランスのランニングシューズという軽装で、近くに腕時計が落ちている。倒れたショックで外れたのだろうか。傷は見えなかったが、アスファルトが広範囲に黒くなるほどの出血量からすると、動脈を切られたのは間違いないようだ。襲われてから絶命するまで、さほど時間はかからなかっただろう。

立ち上がり、周囲を見回した。緑色のビルの窓は真っ暗。月曜日未明のこの時間なら、それも当たり前だが……目撃者を捜すのは不可能に思えた。とにかく日が悪い。オフィス街は、日曜の夜から月曜の朝にかけては、普段にも増して人が少ないのだ。

現場には、小さな黒い三角コーンが置いてある。ナンバーを振ってあるのだが、一つ……二つしかなかった。遺留品も極端に少ない感じで、捜査の困難さを感じさせる。一之瀬は鑑識の係官を摑まえ、遺留品について訊ねた。一つが本人の物と思われる財布、もう一つがバッグだったという。

「バッグを見たら、たまげるぞ」年配の係官が、面白そうに言った。

「何なんですか?」よほど高いブランドのバッグなのだろうか、と一之瀬は想像した。

「遺体が抱えこんでいたんだが」係官が、遺体の方に向かって顎をしゃくる。「何とまあ、中に一千万円ほど入っていた」

「マジですか?」一之瀬は思わず目を見開いた。眠気もいっぺんに吹き飛び、喉が渇くような感覚を覚える。

「正確に数えたわけじゃないが、それぐらいはありそうだったな。しかもビニール袋に札束をくるんだだけで、無造作にバッグに突っこんであった。あり得ないな」

「確かに、あり得ないですね」一之瀬は同調した。「バッグは、どんな感じだったんですか?」

「これ」

係官がデジカメを取り出し、撮影した画像を再生する。それを見て一之瀬は、また違和感を覚えた。「ブリーフィング」の黒いショルダーバッグ——黒地に赤いラインと赤いロゴですぐに分かった。物を持ち運ぶのに悪い選択ではない。容量は大きいし、とにかく軽くて頑丈なのだ。愛読している『ビギン』でも、しばらく前に盛んに紹介されていた。

「大金を持ち運ぶようなバッグには見えないだろう」係官が言った。

「そうですね……少なくとも、一千万円に見合うバッグとは思えません」

「大金だったら、それなりに頑丈なアルミのケースとかに入れて運ぶだろうな」

それもどうだろう……だいたい最近、これだけの額の現金を、一人で運ぶようなことは少ないはずだ。ウェブで決済してしまう方がはるかに安全ではないか。

「被害者の物なのは間違いないんですか？」

「おそらく。抱きかかえるようにしてたからな。犯人から必死に守ったんじゃないか？」

それも何となく違和感が……一之瀬は強盗の可能性を消去した。こんな人目につかない現場なら、相手を刺して抵抗しないようにしてから、楽々金を奪えたはずである。となると、金が目的の強盗ではなく、この被害者に恨みを持った人間の犯行か、単なる通り魔の可能性が高い。通り魔は勘弁してくれよ……と一之瀬は心の底から祈った。捜査は難しいし、見た限り、現場近くに防犯カメラもない。最近は、あちこちに防犯カメラがあるせいで、現場の映像が残っていないかとつい頼るようになってしまったのだが、ここではその手は使えないようだ。

「一之瀬！」岡本に呼ばれ、慌てて駆け出す。岡本はちょうど、携帯電話を閉じたところだった。

「目撃者が現れた」

「こんな時間にですか?」一之瀬は思わず腕時計を見た。午前三時二十五分。休日明けの街は、完全に眠りについている時間である。

「事情はよく分からないが、署の方に来ているみたいだ。ちょっと行って、話を聴いてきてくれ」

「分かりました」一之瀬は走り出した。署までは、走れば五分ぐらいだろう。眠気を完全に吹き飛ばすのにはちょうどいい。まだ惰眠《だみん》を求めている全身の筋肉を叱咤《しった》して、一之瀬は思い切りダッシュした。

目撃者は永島翔太《ながしましょうた》と名乗った。年齢、二十六歳。現場近くの会社に勤めるサラリーマンだった——そこまでを予《あらかじ》め制服警官から確認して、一之瀬は事情聴取を引き継いだ。小柄で童顔、不安そうな表情を隠そうともしない。狭い取調室で相対すると、アルコールの臭いがはっきりと漂ってきた。おいおい、大丈夫なのか……一之瀬は心配になった。酔っぱらいの言うことなど、どこまで信用できるのだろう。

「顔を洗いますか?」一之瀬は最初に切り出した。

「え?」

永島は一之瀬の言葉を理解していない様子だった。これはやはり、酔っぱらっているのだろうか……はっきり指摘することにした。

「結構呑んでますよね」

「あ、ああ……大丈夫です」

何が大丈夫なものか。一之瀬は彼の顔をまじまじと見つめた。顔が赤くなっているわけではないが、目は今にも閉じてしまいそうである。アルコールが入って午前三時ともなれば、意識がはっきりしないのも当然だ。永島はワイシャツの胸ポケットからタブレットを取り出し、二粒を口に放りこんだ。唇を細く開けて息を吸いこんだのは、口の中をさらに冷たくするためだろう。

「今日——昨日は仕事だったんですか?」

「ええ、休日出勤で夕方から」

「仕事が終わって、一杯?」

「そうです」永島がうなずく。「遅くから始めたもので……どうせ翌日は代休にしてありますし」

「事件の現場を目撃された、という話でしたね。詳しく教えて下さい」

「ええと……場所はうちの会社の前なんですけど」

「会社は、緑色のビルですか?」

「そうです、あそこに入ってます」

一之瀬は、制服警官が作ってくれたメモに視線を落とした。会社名、「国際プリントメディア」。何の会社かは分からないが、住所は確かに、千代田区内幸町だ。

「何時頃でした？」

「正確には分からないんですけど、一時半ぐらい……だったかな。酒を呑んでて帰りそびれて。会社に戻って来て、ソファで寝てたんです」

通報してきた人間と同じような話ではないか。あの辺りの会社に勤める人は、休日出勤も普通で、しかも皆、会社のソファをベッド代わりにしているのだろうか。

「それで？」

「声が聞こえたんですよ。うちの会社、二階にあるんで、外の物音も結構入ってくるんです。窓も開けてましたし」

「このクソ暑いのに？」

「夜はエアコンが止まるんですよ。少しでも風が入らないかと思って」

なるほど。二階で窓が開いていれば、不審な声などに気づいてもおかしくない。

「どんな声でした？」

「声というか、叫び？」自信なさげに永島が首を捻った。

「叫び？　会話ではないんですか？」

「いや、『うわー』って、結構大きな叫び声でした」永島が唾を呑む。「それで慌てて飛び起きて、窓から見てみたら、男が二人で揉めていて」

「男だったのは間違いないんですね」一之瀬は念のために確認した。

「間違いないです。それで、一人が倒れて……もう一人の男が、何か荷物を奪おうとしてたみたいですけど、相手が離さなかったようで」

「何か、会話は聞こえませんでしたか？」

「いえ」

殺された男は、必死でバッグを庇《かば》ったわけか。それはそうだ。一千万円もの現金が入ったバッグなら、死にそうになっても手放すわけにはいかなかっただろう。

「それで……」永島の声が震えだした。「男がバッグを盗ろうとしていたんですけど、刺された人の下敷きになっていてなかなか取れなくて——男が周りを見回した瞬間に、目が合ったんです」

「あなたと？」

永島が素早くうなずいた。それから大きく身を震わせる。

「顔、見られたかもしれないですね」

「距離はどれぐらい離れていたんですか？」

「どうですかね……三十メートルとか、それぐらい？」自信なさそうな言い方だった。

「夜中にそれだけ距離が離れていたら、そう簡単に相手の顔は見分けられませんよ」一之瀬は永島を励ました。「心配しないでいいと思います」

「そうですかね……でも私は、倒れた人がはっきり見えたけど……」

「顔も？」

「いや、顔は分かりませんけど」

「だったら、本当に心配しないで大丈夫ですよ」

一之瀬はちらりと壁の時計を見た。彼が現場を目撃してから、二時間以上経っている。警察に連絡してきたのは三十分ほど前だというが、その間一時間半も、何をしていたのだろう。その疑問をぶつけると、永島は「ビビってしまって」と情けない声で認めた。

「どうしていいか分からなくて、しばらく考えていて……パトカーも集まってきて、だんだん大騒ぎになって、怖かったんです。でもしょうがないから、会社の上司に電話したんですよ。そうしたら、すぐに一一〇番通報しろって」

上司のファインセーブだ、と一之瀬は見知らぬ相手に感謝した。朝になってからこの情報が上がってきても、出遅れた感は否めなかっただろう。後でその上司と話をする機会があったら礼を言おう、と決めた。

「それで連絡してくれたんですね」

「ビビりましたけど」永島が笑おうとして失敗した。表情が無惨に崩れる。

「逃げた男は、どっちへ行きましたか？」

「山手線のガード下の方、ですね」

それはそうだろう。逆側——西の方へ逃げると霞ヶ関になるが、この時間だとほぼ無人で、空車のタクシーすら摑まえにくい。逃げるとしたら、新橋や有楽町の繁華街がある東の方だろう——と思ったが、考え直して訊ねる。

「徒歩ですか？」

「はい、歩いて——走ってました」

「近くに車か何かを停めていた形跡はないですか？」

「分かりませんけど、車のエンジンがかかるような音はしませんでしたよ」

酔っぱらいの記憶がどこまで当てになるだろうか……一之瀬は危惧《きぐ》したが、今はこれを信じるしかない。酔いが完全に抜けていてくれることを祈りながら、一之瀬はさらに話を聴きだした。

逃げ出した男の特徴は——。

①身長百七十センチぐらい（？）
②がっしりした体形
③年齢不詳だが、動きは素早かった。足も速かった（若い男か？）
④言葉は一言も発していない
⑤荷物（バッグの類い等）はなし

自分のメモを読み返し、頼りない気持ちになってくる。これでは手配書さえ作れないだろう。

「顔の特徴なんかはどうですか？」

一瞬は目が合ったはずだと思いながら、一之瀬はさらに突っこんだ。何度目かの同じ質問……永島は力なく首を振るだけだった。

「男が上を見上げた時、顔を見たんじゃないんですか？」

「急いで目を伏せたんですよ」永島が嫌そうに言った。「いかにもやばそうな雰囲気だったから……顔を覚えられて、仕返しでもされたら、怖いじゃないですか」

「さっきも言いましたけど、暗いところで、そんなに距離が離れていたら、顔なんか見えませんよ」

しまった。これでは、永島の方からも犯人の顔が見えていないと指摘したも同然である。完全な矛盾《むじゅん》だった。

「本当に、顔は見えてなかった……一瞬は見たかもしれないけど、覚えてないです。いい加減なことは言いたくないので」

「怖くなるのも分かりますけど、そこを何とか。もう少し頑張って思い出して下さい。警察はあなたを守りますから。仕返しなんかさせませんよ」永島を二十四時間守る方法はあるだろうかと思いながら、一之瀬はまくしたてた。

「そう言わても、ねえ」永島が腕組みをした。脂汗《あぶらあせ》で濡れた額が、取調室の照明を受けてかてかと光る。「顔のことはどうしても……あ、いや……」

「何か思い出しましたか？」

「ここが」一掌で頭の天辺《てっぺん》を押さえる。「ちょっと薄かったですね」

「頭頂部が、ですか？」

「ええ。二階だと、それぐらいしか分からないですよ」

まあ……犯人が捕まったら、確認するための目印にはなるかもしれないが、髪が薄いことを手がかりに犯人を捜すのは不可能だろう。一之瀬はゆっくりと息を吐き、永島の顔をまじまじと見た。怖くなったのか、永島は顔をそらしてしまったが、嘘をついたり隠し事をしているようには見えない。目撃者として名乗り出てくれただけでもよしとしよう。

「明日以降もお話を聴かせてもらうことになると思いますが、都合は大丈夫ですか？　長期出張の予定なんかがあるなら、予め教えてもらいたいんですが」

「ずっと東京にいますよ。いなくて済むなら、どこかもっと涼しいところで仕事したいですけどね」

それはもっともだ。気持ちは同じでも、自分たち警察官は街を離れることはできない。この街にいてこその刑事なのだから。まあ……暑さに文句を言っても仕方がない。文句を言うなら、被害者を刺し殺した犯人に対してだ。

朝までに、事件の詳細が次第に明らかになってきた。何より、被害者の身元が割れたのが大きい。大事に抱えていたバッグに、免許証などが入っていたのである。免許証は三年前に更新されたもので、住所は栃木県佐野《さの》市になっていた。

「わざわざ栃木から東京に出て来て殺されたのかね」岡本が皮肉に鼻を鳴らした。

「もしかしたら、免許の住所変更をしていないだけかもしれませんよ。そういう人、少なくないでしょう」

「まあな」

若い人——被害者の朽木貴史《くちきたかし》は二十四歳だった。当該住所から家の電話番号を割り出して電話してみたが、誰も出ない。もしかしたら、この住所で一人暮らしをしているのかもしれない。

「夜が明けたらまた電話してみるんだな。単に、まだ寝ているだけかもしれない」遅れて出て来た藤島が、欠伸を嚙み殺しながら言った。とは言っても、外はもう明るくなっていたのだが。今日も暑くなるのを予感させる、ぎらついた朝の光が署内にも入ってきている。

「でも、栃木の人だったら変でしょう」岡本が不満を打ち明けるように藤島に言った。「何でわざわざ栃木くんだりから東京へ出て来て、殺されたんですかねえ。地元で大人しくしてればいいのに」

「そんなこと、被害者には選べないだろうが」藤島がたしなめた。

「そりゃそうですけど」岡本が欠伸を噛み殺す。「いい迷惑ですよ。爆破事件の特捜もあるのに……」

「それは確かに、な」

藤島も渋い顔になった。一つの署で二つの特捜事件か……と一之瀬も心配になる。一つだけでも手一杯なのに、さらに殺しの捜査を抱えたらどうなるのだろう。

結論は、朝の捜査会議——爆破事件の方の特捜だった——で出された。本題に入る前に、本部の捜査一課長が何人かの刑事たちの名前を挙げ、殺しの方の特捜にそのまま横滑りするよう、指示した。言われるまま、爆破事件の特捜本部を出て、道場の次に大きな会議室にぞろぞろと移動する。一之瀬と藤島も、新しい殺しの特捜本部に組み入れられた。

「春日の件は……」一之瀬は恐る恐る藤島に訊ねた。春日の実家も栃木だから、朽木を調べる出張ついでに家族と話ができるのでは、と想像していたのだ。

「棚上げだ」藤島がぴしゃりと言った。「人が一人殺されているんだぞ」

それはもっともなのだが、どうにも納得がいかない。自分で進んで調べ始めたこと故に、春日の行方に対するこだわりは薄れなかった。

殺しの特捜本部の方は、強行班の係長、相澤《あいざわ》が仕切ることになった。ベテランで、藤島よりも先輩だという。小柄で、ひどく疲れた表情を浮かべているが、これは夜中に叩き起こされたからだろう。相澤が一つ息を吐いて、指示を与え始める。

「まずは目撃者探しだ。一之瀬、夕べの目撃情報を報告してくれ」

あまり役に立たないのだが……と思いながら、一之瀬は永島に対する事情聴取の結果を報告した。相澤の表情はほとんど変わらない。

「よし。もしかしたら、まだ他にも目撃者がいるかもしれない。休日出勤していたり、呑み過ぎて帰れなくなった人間が他にもいる可能性がある。絨毯《じゅうたん》爆撃で捜してくれ。それと、被害者の身元の確認と周辺捜査。状況から、強盗か通り魔の可能性が高いが、恨みによる犯行の線も捨てられない。まず、免許証記載の住所に行って、家族や関係者からの聞き取り捜査を進める。そっちは一之瀬と藤島でやってくれないか」

「まだ家族と連絡が取れていませんが」藤島が指摘した。

「それはこっちでやっておく。二人はまず、栃木へ向かってくれ。佐野だから、それほど遠くないだろう。こっちで家族と連絡がついたら、取り敢えず自宅で待機するように言っておくから、まず家族から話を聴くように」

疲れた様子の割に、相澤の指示は的確でてきぱきしていた。確かに、家族をこちらに呼んでから遺体の確認、事情聴取となると時間がかかってしまう。こちらから向こうへ出向けば——車で一時間ほどだろうから、九時から事情聴取を始められる。東京へ呼ぶのに比べて一時間、いや二時間は早く仕事を進められるだろう。

「よし、すぐにかかってくれ。殺しの捜査はスピード第一だからな……それと一之瀬、家族に一千万円の話を聴くのを忘れないように」

「正確に一千万円だったんですか?」一之瀬は確認した。

「ああ。百万円の束がちょうど十」相澤がうなずいた。「どう考えても、まともな金とは思えないな」


〈12〉


首都高から東北道へ入り、佐野藤岡《ふじおか》インターチェンジを降りた時には、まだ午前九時だった。朝食抜きの一之瀬はようやく空腹を感じ始めていたが、藤島が何も言わないので、「食事にしましょう」とは言い出しにくい。まあ、被害者の両親と会うには、腹一杯の状態よりも空腹の方がましだろう、と自分を慰める。相手がどんな反応を示すか、神経を研ぎすませて観察するには、腹に何も入っていない状態の方がいいのだ。終わったら、名物だというラーメンでも食べればいい。実際、街道沿いは看板だらけなのだ。

それにしても……広々とした街だ。というより、高い建物がない。インターチェンジ近くには巨大なショッピングセンターがあるのだが、周辺には水田が広がり、のんびりとした雰囲気が漂っている。もう少し経てば、ショッピングセンターを訪れる人たちで賑《にぎ》わうのだろうが。

「ご両親、どう思ってますかね？」

「いい気分じゃないだろうな」藤島が不機嫌そうに答えた。先ほど、東北道を走っている時に「家族と連絡が取れた」と電話が入ったのだ。最初に電話した時にはどうやらまだ寝ていて、受話器を取り損ねたらしい。

一之瀬としては、多少は気が楽になった瞬間だった。第一報を伝える役目が一番大変で、それ以降はぐっと楽になる。失礼な言動さえなければ、たいていの家族は悲しみを押し殺して丁寧に接してくれる。日本人は実に我慢強いのだ、と一之瀬は刑事になってから実感していた。

「緊張してるな」

「まだ……入りこめていないのかもしれません」藤島の指摘に、一之瀬は答えた。「色々あり過ぎて」

「所轄はこんなもんだよ。本部に行けば、もっと集中して仕事できるようになる」

「そうですか？」

「俺たち所轄の人間は何でも屋だ。それに対して本部は、専門家集団だから。例えばお前が強行班に行ったとすると、少なくとも最初の爆破事件にはタッチしないだろうな」

「ああ、確かに……」それは、捜査一課では特殊班の仕事になるはずだ。

「自分の専門のことだけやっていればいいんだから、むしろ楽なもんだよ。特に捜査一課は、自分の班に事件が回ってこない時はひたすら待機だから、むしろ今より時間に余裕ができるかもしれない。ただし、一度捜査に巻きこまれると、それこそ寝る間もないけどな」

メリハリのついた仕事、ということになるのだろうか。それに慣れるには、また時間がかかりそうだ。

「よし……駅に車を停めよう」

藤島に言われ、駅の敷地内に車を乗り入れる。平屋の駅舎はひなびた雰囲気だった。東武佐野線とJR両毛《りょうもう》線が交差する佐野駅付近は、また雰囲気が違うのかもしれないが……駅の敷地内にある有料駐車場は、一日五百円。その値段を見て、一之瀬は田舎へ来た、という思いを強くした。地価の違いが一番身近に感じられるのが、駐車場の値段である。

久々に車を降りて体を伸ばした。むっとするような熱気が全身を包む。東京から数十キロ北へ来ても、暑さに変わりはないようだ。それにしても何もない……駅舎の隣にはスポーツクラブがあり、駅前には道路に沿って商店街が広がっているのだが、多くの店が閉まっていた。典型的な、北関東の小さな街。客は郊外のショッピングセンターへ流れ、駅前はシャッター商店街になる。

駅前には食堂があり、空腹を覚えた一之瀬は、店の外に出されたメニューをちらりと見た。揚げ物が得意な店のようで、カツライスに天重、エビフライ定食とヘビーな料理の写真がずらりと並んでいる。それほど安くない。競争の少ない田舎の方が、外食には金がかかったりするものだ。刑事になって出張が増えてから、身をもって実感している。

駅前の道を五分ほども歩くと、小さな食堂を見つけた。ここが朽木の実家である。田舎の食堂らしく、蕎麦《そば》からラーメンまで、何でも食べさせる店のようだ。店の前の狭い駐車スペースには、軽自動車が一台停まっている。すりガラスの窓の奥で、人影が動くのが見えた。

一之瀬は素早く深呼吸して肩を上下させた。気合いを入れ直し、藤島の前に立って店の扉に手をかける。その瞬間扉が開き、六十歳ぐらいの男性が姿を見せた……顔は真っ青で、目が潤んでいるのが分かった。白い半袖のTシャツにベージュのズボンという格好で、肩と腕は硬そうな筋肉が盛り上がり、よく日焼けしていた。開いた扉の隙間《すきま》から、ざわざわと話し声が漏れ伝わってくる。悲劇を知って、近所の人たちか、親戚が集まっているのだろう。田舎ならではのことで、これはありがたい。支えてくれる人がたくさんいるわけだ。

「朽木さんですか？」一之瀬は一歩前へ進み出て切り出した。「警視庁千代田署の一之瀬と言います。東京から来ました」

「わざわざご苦労様です」

深々と頭を下げる。しばらくそのままの姿勢を保ち続けたので、固まってしまったのではないかと一之瀬は不安になった。顔を上げると、細い目に涙が浮かんでいるのが見えた。警察官が来て、やっと悲劇を実感したのかもしれない。実質的には「死を伝える使者」の役割を負ってしまったのだ、と一之瀬は実感した。

「朽木貴史さんのお父さんでいらっしゃいますか？」念押しで確認する。

「はい」

「息子さんが亡くなった件について、連絡が入ったかと思いますが」

「はい……だけど、本当なんですか？」北関東ならではのイントネーションが、耳の中でうねるようだった。

「免許証等で身元は確認できました。ただ、ご両親には直接確認していただきたいので、東京までお出でいただけますか？　我々が同行してもいいですし、そちらで来やすい方法で来ていただいてかまわないんですが……」

「女房も一緒じゃないとまずいですか？」朽木の父親が、震える声で言った。

「いえ……お一人でも大丈夫ですけど、奥さん、どうかされたんですか？」

「話を聞いて、倒れてしまって。さっき、病院へ運んだんです」

「大変ですね……お察しします」一之瀬は軽く頭を下げた。「それなら、お一人でも大丈夫です。どうされますか？　我々は車で来ているんですが、ご一緒しましょうか？」

「それはちょっと……」朽木の父親の顔が歪んだ。「警察の車には……」

「分かりました。どうするかはお任せしますので……出かける前に、ちょっと話を聴かせていただけませんか？」

　父親が振り返って、店の中を見た。不安気に顔を歪ませ、「店の中はちょっと……」とやんわりと拒絶する。

「まずいですかね？」

「親戚や近所の人が、心配して集まっているので。静かに話せないと思います」

「では、外でも構いません」

「ちょっと話してきますので……少し待ってもらえますか」

　一之瀬はうなずき、一歩下がった。山は越えた……一番大変な場面は終わったと思う。倒れたという母親に話を聴くことになったら、この程度では済まなかっただろうが。藤島の顔をちらりと見ると、無表情に店の中を見つめていた。

「東京へは、父親一人で大丈夫ですかね」

「誰か一緒について来るんじゃないかな。田舎のことだから、親戚なり近所の人なりが、色々フォローしてくれるだろう」

　東京だとこうはいかない……圧倒的に「単身者の街」だから、何か問題が起きても、庇ってくれる人もいないのが普通だ。

「お待たせしまして……」朽木の父親がようやく家から出て来た。Tシャツ一枚では失礼だと思ったのだろうか、上に半袖の開襟《かいきん》シャツを着こんでいる。

店の前で立ったまま話すのは気が進まなかったので、車に乗ってもらうことにした。一之瀬と父親は後部座席。藤島が運転席に陣取った。

「改めてお悔やみ申し上げます」一之瀬は頭を下げた。

「いえ……どうも」

ぶっきらぼうな返事。父親はまだ、事態を完全に呑みこんでいないのでは、と一之瀬は思った。

「朽木さん——息子さんは、いつから東京で暮らしていたんですか？」

「もう二年ぐらいになりますか……東京で仕事があるからって、出ていったんです」

となると、二十二歳の頃か……それまで何をしていたのか、と一之瀬は確認した。

「高校を出て、ぶらぶらしていたんですが……たまにアルバイトなんかですね」

「お仕事は、この食堂ですよね？」

「ええ」

「手伝いはしていなかったんですか？」

「嫌がってね」父親が苦笑した。「繁盛しているわけじゃないし、基本的には肉体労働だし。無理強いはできませんよ。だいたい私も、隣の栃木市の親元を飛び出してきた口なので……まあ、東京でもどこでも、仕事があって自活してくれるなら、贅沢は言えません。家でぶらぶらされるよりは、ずっとましだ。近所の手前もあるし」

フリーター……いや、実質的には引きこもり状態だったのだろうか、と一之瀬は想像した。田舎なら、近所の目は当然気になるだろう。そんな人が何故、東京で仕事を見つけたのか。

「東京での仕事は、何だったんですか？」

「それはよく分からないんです。何も言わずに出ていったもので」

何となく怪しい。悪い仕事に手を出して、トラブルに巻きこまれたのでは、と一之瀬は想像した。それこそ、ドラッグ関係とか。今は特に、脱法ハーブが花盛りである。手軽に使えるこのドラッグは相当いい商売になるはずで、朽木が一千万円を持っていた理由も何となく想像できた。

「どうして東京での仕事が見つかったんですか？」

「ああ、高校時代の先輩に誘われたみたいなんですけど」父親の顔が歪む。その「先輩」を知っていて、しかも好ましく思っていないのは明らかだった。

「悪い先輩ですか？」

「高校時代は……今はどうか知りませんけど、仕事を紹介してくれるんだから、そんなに悪いことはないんじゃないですかねえ」

「ずっとつながっていたんですかね？」

「それはどうだか」父親が吐き捨てる。「携帯なんか持たせると、そればっかりで……どんな人間とつき合っているのか、こっちにはまったく分かりませんからね」

「でも、その高校の先輩とつき合いがあったのは分かってたんですね？」

「いや、そういえば……本当はどうなのか……」急に自信なさげに声が揺らぐ。「本人が、その先輩の紹介で仕事があるって言ってただけで、本当にそうだったかどうかは……」

「分かりました。それはこちらで確認します。その先輩の名前、分かりますか」

「確か、赤城《あかぎ》と言ってましたけど……すいませんけど、下の名前は分かりません」

「何年ぐらい先輩なんですか？」

「二年……かな」

朽木が一年生の時の三年生か。それほど昔のことではないから、高校へ当たればすぐに分かるだろう。

「その赤城という人、評判は悪かったんですか？」

「地元ではね。何度か警察の厄介になってるはずだし」

「逮捕されたりしたんですか？」

「それはないと思うけど、直接確かめたわけじゃないですからね。分からないなあ」

「分かりました。それもこちらで確認します」

悪い先輩に呼ばれて東京に出て、悪の道に引きずりこまれた——一之瀬は、そんな想像をしていた。その末路が、死体になって内幸町に転がることだとしたら、哀れ過ぎる。この街で大人しく、父親の手伝いをして食堂の仕事をしているべきだったのではないか。

「息子さんが東京へ出ていってから、連絡は取っていましたか？」

「いや……この二年で、電話が二回ぐらいあっただけですかね」父親が力なく首を横に振った。

「お父さんの方から電話するようなことはあったんですか？」

「電話したこともありましたけど、出ないんですよ。いつも留守電になってしまって……留守電だと、言いたいことも言えないですからねえ」

「分かります」この父親には、メールを使うという選択肢はないのだろう。「向こうから電話があった時は、どんな話だったんですか？」

「大したことはないです……一度、金を送ってきたことがあったけど」

「いつですか？」また金の臭いがし始めた。

「あれは……半年ぐらい前ですかね」

「いくらですか？」

「十万」

少し額が小さいような気がするが……ふと湿《しめ》った気配に気づいて横を向くと、父親が鼻をすり上げ始めていた。

「今まで、親に金を送ってくるような子じゃなかったんですけど、どういう風の吹き回しだったんですかねえ……その金は、手つかずのまま残してありますよ」

「何の仕事をしていたか、心当たりはないんですか？　息子さんは、大金を持っていたんです」

「大金？」

「ええ……相当な額です。まだ確認は終わっていませんが」一之瀬は小さな嘘をついた。一千万円という額は、ショックを受けた父親に追い打ちをかけるに十分な額である。

「大金と言われても……全然ぴんときません」

「そうですか」この辺が限界だろう、と一之瀬は判断した。この後父親は、もっとひどい経験をすることになるのだから、今はこれ以上、精神状態を乱したくなかった。バックミラーに映る藤島の顔をちらりと見てうなずく。一之瀬の目配せを読み取ったのか、藤島が無言で素早くうなずき返した。追加質問、なし。一之瀬は静かな声で父親に指示した。

「東京へ行く準備をしていただけますか。私の名刺の電話番号に電話していただければ、事情が分かる人間がいますので。必要なら、どこか近くまで迎えに行かせます」

「何とかしますので、大丈夫です」

深く溜息をついてから、父親が車から降りた。一之瀬もすぐに外に出て、店先まで送る。

扉が閉まった瞬間、ほっとしてしまった。こんなことではいけないと思いつつ、被害者遺族との面会という辛《つら》い場面を終えたので、気持ちが切り替わった。

これからいよいよ、普通の捜査が始まる。まずは、朽木の地元・佐野市内で聞き込みだ。赤城という男の連絡先を割り出すと同時に、昔の友だちに話を聴いてみる手はある。朽木は何をしていたのか、何をしようとしていたのか……その辺りに、彼が殺された原因があるような気がしていた。

〈13〉

一之瀬たちはまず、朽木が卒業した佐野中央高校に向かった。三年生当時の担任がたまたま部活で学校へ来ていて、話を聴くことができた——またも、「死亡通告」から話を始めることになってしまったが。

「朽木が死んだ……本当なんですか？」井元《いもと》と名乗った四十絡みの担任の顔は、瞬時に蒼褪めた。唇が一本の線になり、その横に深く皺が刻まれる。

「残念ながら本当です」一之瀬は言葉を切って間を置いた。前置きはさっさと終わりにして、事情聴取に入った方が効率がいいのだが、どうしてもそれができない。相手の辛い気持ちを、さらにささくれ立たせたくないのだ。非効率的なことこの上ないが、最近はこれが自分の性分なのだと分かってきている。

「今朝のニュースではやってなかったと思いますが」井元が食いつくように言った。

「深夜ですから、まだニュースにならなかったんでしょう」

「だけど、何でまたそんな……殺されたなんて……」

「詳しいことは、我々もまだ摑んでいないんです」またも小さな嘘。現場の様子や、どんな風に殺されていたかは、分かっていても詳しく説明できない。井元は、元教え子の悲劇を自分のことのように捉えられる男のようだ。一千万円もの金を抱えたまま刺し殺された、などと教えたら、卒倒してしまい、事情聴取はその場で打ち切りになりかねない。「一刻も早く犯人を見つけるために、協力していただきたいんですが……朽木さんの、在学時代の様子を教えて下さい。どんな生徒さんだったのか、とか……」

「どんな生徒と言っても、ごく普通の生徒でしたよ」

「そんなこともないと思います」一之瀬は即座に否定した。殺された生徒の悪口を言いたくないという気持ちは分かるが、それでは捜査は進まない。「彼は、卒業してから、まともに働いていなかったはずです。普通の生徒さんなら、きちんと働くか、進学するかしたはずではないんですか？」

偏見、決めつけだ、と自分でも思ったが、仕方がない。ここでは建前はいらない。本音で話をするには、少し強い言葉を叩きつける必要があった。

「まあ……確かに、ちょっといい加減なところはありました」井元が認めた。いつの間にか、青い開襟シャツの両脇には汗の染みができている。一之瀬は、冷房の効き過ぎで少し震えがきていたぐらいなのだが。

「どんな風にいい加減だったんですか？」

「無断欠席も多かったし、成績も……大学に行かなかったわけですから、そういう成績だったと思っていただければ」

「いわゆる不良だったんですか？」

「そういうわけではなかったですけど、その手のグループと近い位置にいたのは間違いないです」

暴力団で言えば、「準組員」のようなものだろうか。正式な構成員に数えられなくても、その周辺で同じような悪さをして、甘い汁を吸っている連中はいる。

「警察沙汰になるようなことはなかったんですか？」

「それはないです。絶対にないです。あれば、学校にも連絡が入りますから」

「学校で問題になったことはないんですか？　問題を起こして停学処分になったりとか」

「それは……ありました」渋々といった感じで、井元が認める。「校舎の屋上で煙草を吸っているのを見つかって、一週間の停学になりました。一年生の時ですね」

煙草くらいはよくある話……だが、そこから転落が始まることもままある。一之瀬はそこで、ぴんときた。

「一人で、ですか？」

「いや、その時は何人もいて……実際、火事じゃないかって騒ぎになったぐらいです。屋上で、大人数で煙草をふかしていれば、相当な煙になりますよね」

「それは……そうかもしれませんけど」いったい何人で煙草を吸っていたのだろう、と一之瀬は訝った。「その中に、三年生の赤城という生徒はいませんでしたか？　下の名前は分からないんですけど」

「どうしてその生徒の名前を知っているんですか？」井元が目を見開いた。

「それは……捜査ですので」一之瀬は言葉を濁した。「どうですか？　赤城という生徒はいたんですか？　いなかったんですか？」

「……いました」井元が低い声で認めた。

「彼は、相当悪かったんじゃないんですか？」

「まあ……そうですね」

「彼は、朽木さんと仲がよかったでしょう。というより赤城という生徒は、悪い先輩と言うべきかもしれないけど」

井元が顔を歪ませながらうなずいた。一枚ずつ薄皮を剝ぐような事情聴取だが、何とか核に近づいている、と自分を勇気づける。ただしタマネギのように、全部が皮で芯がない可能性もあるが。

「赤城という人が今どうしているか、ご存知ですか？」

「東京にいると聞いたことがあります」

これも「当たり」の情報だ。赤城が東京にいて、かつての「子分」の朽木を呼び寄せた可能性は十分にある。

「東京で何をしているんですか？」

「いや、そこまでは分かりませんが……」

「何か、悪い商売をしているとか――噂でもいいですけど、聞いたことはないですか？」

「私は、ないですね」

私は、という一言が気になった。他の人間は知っている、というようにも取れる。

「二人と仲が良かった人を教えてもらえますか」

一之瀬は、ここからが本気だと示すために、そこで初めて手帳を開いた。井元の喉仏《のどぼとけ》が上下する。

「先生、事は殺人事件なんですよ」藤島がようやく口を開いた。「朽木さんを殺した犯人を見つけるためには、彼の交遊関係をはっきりさせることが大事でしてね。ツッパリ連中はツッパリ連中で、つき合いがあるでしょう。先生がそれを知らなかったとは思えないんですけどねえ」

藤島特有のねっとりとした喋り方に、井元が顔をしかめた。

「卒業したからといって、悪い連中の噂が消えるものじゃないですよね。だいたいそういう連中の動きは、警察が把握しているものです。我々が直接地元の警察に確認してもいいんですけど、その手間を省いてもらえないですかねえ」

結局、藤島の粘っこい脅しが奏功して、井元は数人の元生徒の名前を教えてくれた。

少し前までだったら、一之瀬は、藤島のこういうやり方に反発していたかもしれない。だが今は、優先すべきことが何なのか、分かっていた。多少嫌な思いをする人がいても、殺しの捜査は何よりも大事なのだ。

「どうする？」車に戻ると、藤島が訊ねた。

「取り敢えず、赤城の連絡先は突き止めたいですね。名前が分かっているから、電話番号は割れると思いますが……その前に、こっちで少し聞き込みをしてみませんか？」

「結構だね」

ちらりと助手席の藤島を見ると、にやりと笑いを浮かべたのが分かった。何だか馬鹿にされたようで、思わず「何ですか？」と訊ねてしまう。

「いやいや、ここは一之瀬部長に判断してもらおうと思ってね。それでいいんじゃないか」

「部長はやめて下さいよ」

「巡査部長になるのは間違いないんだから、ちょっと前倒しするだけだ。それに今後、『これからどうするか』って聞かれることは多くなるぞ。後輩も増えてくるんだから……そんな時、すぐに答えられなかったらみっともないだろう」

「はあ」

「まあ、以前だったら……車に乗った瞬間に、お前さんの方から『どうしますか』って聞いてきたよな。それがなくなっただけで進歩だと思うよ」

そうだっただろうか……ハンドルを握ったまま、一之瀬は首を傾げた。自分はそんなに、指示待ちの情けない感じの人間だったのか。

そうかもしれない。しかし、人は変わる。変わらなければ、日々の仕事からも落ちこぼれていくだけだ。


「朽木ですか？　いい加減な奴っすよ」

高校時代に友人だったという福田《ふくだ》は、いきなり吐き捨てた。本当に友人だったのだろうか、と一之瀬は疑いの眼差《まなざ》しを向けたが、福田は気にする様子もない。まだらになった茶髪に、無精髭。本人も相当「いい加減な奴」に見えたが、そういう人間から「いい加減」

と言われる朽木とは……。

福田が、Tシャツの首元に突っこんだタオルを引き抜き、顔を拭った。気温は今日もぐんぐん上がっている。炎天下での大工仕事は消耗する体力との戦いだろう。外見は「いい加減」に見えるのだが、福田は高校卒業後、父親のところでずっと真面目に大工見習いをしているという。それも六年目になれば、もう「見習い」とは言えないかもしれない。

民家の新築現場で、無理に仕事を抜け出してきたので、進捗状況が気になるのか、時々後ろを向いて確認していた。

「いい加減というのは、どういう意味ですか？」一之瀬は質問で彼の意識を自分の方へ引き戻した。

「だって、高校を卒業してもふらふらして、仕事もしないで……たまにアルバイトするぐらいで、あとは親がかりの生活なんですから、いい加減でしょう」

勢いよくまくしたてる口調を聞いて、この二人は深刻な喧嘩でもしたのだろうか、と一之瀬は想像した。

「それで、何で警察があいつのことを聴きに来るんですか？」福田が疑わしげに一之瀬を見た。

「殺されたんです」一之瀬は単刀直入に切り出した。そういえば最初に「殺された朽木さん」という言い方で入らなかったな、と反省する。

「え？」煙草を口元に持っていこうとした福田の動きが止まる。「殺されたって……？　マジすか」

「本当です。昨日……今日の未明、東京で」

「うわ、冗談じゃないっすよ」何か情報が流れていないかと思ったのだろうか、福田がスマートフォンを取り出す。

「ニュースになっているかもしれないけど、確認は後にして下さい」一之瀬は素早く忠告した。

「いや、ＬＩＮＥで誰か連絡してくれてないかなって」

「それも後で確認して下さい」このままでは置き去りにされてしまうと思い、一之瀬は硬い口調で言った。「それより、朽木さんが最近どんな人とつき合っていたか、教えてもらえませんか？」

「それは……分からないけど。あいつ、東京に行ってたでしょう？」

「ええ」

「全然連絡なかったから。東京へ行った時に、『今日から東京で働いてるから』ってメールはきましたけど」

「そのメール、残ってますか？」

「いや」福田が首を横に振る。「古いメールなんで、もう削除しちゃいましたよ。でも、こっちが『何の仕事だ』って聞いても、返事がなかったな。だから、ヤバい……」

「ヤバい仕事だと思った？」

福田が素早く左右を見回し、うなずいた。友だちを告発するような気分なのかもしれない。

「その根拠は？」

「よく分かんないんすけど、勘かな？」福田が人差し指で頭をつついた。「元々いい加減な奴で、楽な金儲《かねもう》けが好きだったんでね」

「とすると、違法な商売だろうか」

「具体的な話は知らないけど、否定はしませんよ」

「ちょっとちょっと」藤島が割って入る。「真面目な話、根拠はあるのか？　印象だけで喋ってもらっちゃ困るんだけどね」

「奴、高校生の頃から、脱法ハーブに手を出してたんですよ。あの頃は合法ドラッグって言ってたかな。それは皆知ってる話なんで」福田があっさり打ち明けた。

「そうなんですか？」一之瀬は思わず目を見開いた。「特に警察とかかわり合いになるようなことはなかったと聞いてますけど」

「それは警察が無能なだけ……失礼」福田が咳払いする。

一之瀬は首を横に振った。事件を掘り起こせなかったら、警察が「無能」呼ばわりされても仕方がない。それにどうせ、地元の警察のことだ。自分たちが責められているわけではない。

「噂ですけど、週末とかに東京へ買いつけに行って、地元で売ってたって」

「高校生が？」にわかには信じがたかったが、実際には覚せい剤に手を出す高校生も少なくない。もっとカジュアルな脱法ハーブだったら、さらに垣根も低いはずだ。

「いや、最近はよくある話ですよ。俺らみたいに煙草を吸う人間の方が、今は珍しいぐらいでしょう」言って、福田がマルボロに素早く火を点けた。

「彼は、高校の時に煙草で停学を食らったらしいけど」

「だから、煙草よりハーブの方がましだと思ったんじゃないすか？　俺も売りつけられそうになったことがありますよ」

「買ったんですか？」

「冗談じゃないっすよ」福田が顔の前で激しく手を振った。漂い始めた煙が一気に消散する。「そんなヤバいもの、手を出しませんって。だいたいうちの親父《おやじ》、マジで怖いんで……ばれたら殺されますからね。未だに、仕事終わりに缶ビール一本呑むのに、親父の表情を窺ってるぐらいなんで」

一之瀬は、骨格が組み上がった家の下で、だみ声で指示を飛ばす男に視線を向けた。この男が福田の父親なのだろう。広い背中。声の調子を聞いている限り、確かにかなり怖そうだ。

「東京のどこで仕入れていたか、分かりますか？」

「北千住《きたせんじゅ》辺りじゃないかな。ここからだと、伊勢崎《いせさき》線に乗ればそんなに遠くないし……その辺にハーブの店があるって聞いたことがあります」

脱法ハーブを扱う店は、もう少し都心の方にあるものだと思っていたが……もしかしたら、違法ビジネスのドーナツ化が進んでいるのかもしれない。

「そんな話を、よくしたんですか？」

「奴は、いかにもこっそり教えます的な感じで言ったんだけど、俺は無視してましたよ。だって、馬鹿馬鹿しいでしょう」

「賢明な判断だったと思います……ところでそういう商売、一人で始めたわけじゃないですよね？　最初は誰かに誘われたんじゃないですか？」

「ああ……あの、赤城さんかな」居心地悪そうに体を揺すりながら福田が言った。

「二年先輩の」

「あの人は、相当なワルだったから。俺らは一年しか被ってなかったけど、いろいろ噂は聞きましたよ」

「例えば？」

「本当かどうか知らないけど、脱法ハーブだけじゃなくて覚せい剤も扱ってるとか、東京のヤクザと関係があるとか、女を何人もレイプしたとか……たぶん、ほとんど嘘でしょうけどね。いるじゃないすか、自分を大きく見せるために嘘をつく人。でもあの人は、本当に怖かったですよ。別に暴力を振るうわけじゃなかったけど、何かやりそうで」

「そういうタイプの人がいるのは分かりますよ。でも、たいていは、あなたが言うように虚勢なんですけどね」

「でも実際、あの人からハーブを買ってる人間もいたからなあ」

「同じ高校の生徒で？」

「いや、それは……」福田が目を逸《そ》らした。

「別に今は、その件を追及しようとは思ってませんから」一之瀬は言葉を添えた。あくまで「今」は。「とにかく朽木さんが、柄の悪い先輩とつき合っていたのは間違いないんですね？」

「ええ」

「朽木さんも脱法ハーブに手を出していたんですか？」

「それは、本人の口から聞いたことがあります。奴がハーブをやってたわけじゃなくて、『小遣い稼ぎだ』って言ってましたけど」

「最近も、赤城という人とつき合いはあったんですか？」

「たぶん。赤城さんも東京にいるみたいだし」

「朽木さんも、呼ばれて向こうに行ったらしい……そういう噂、聞いてますよね」

疑問ではなく確認。瞬時躊躇った後、福田が素早くうなずく。田舎ならではのネットワークというのもあるのだろう。誰が誰とつき合っているか、すぐに分かってしまう。それは男女の仲に限らないはずだ。

「赤城が何か、仕事を紹介したんですね」

「ええ、たぶん」

「それが何だか、分かりますか？」

「いや、そこまでは……でも、何となく想像がつくでしょう？」

「やっぱり、ヤバい商売ですか？」

一之瀬は声を潜めた。福田は認めなかったが、否定もしなかった。確実に分かっているわけではないので、はっきり言いたくないのだろう、と判断する。

「はっきりしていなくても、噂でいいから聞かせてもらえないですか」

「いや、仕事の中身までは知らないので。向こうで一緒に働いているらしいっていうことだけですよ」

「そうですか……ちなみにあなた、赤城という人の連絡先、分かりますか？」

「まさか」福田が激しく首を横に振った。そんなことを知っていたら、不幸になるとでもいうように。

「だったら誰か、知っている人を紹介して下さい」

「それは……ちょっと分からないですね。誰が知っているかいないかは」

「少し連絡を回して、分かったら教えてもらえますか」

一之瀬は自分の名刺の裏に、携帯電話の番号を書き加えて差し出した。福田が恐る恐る受け取る。

「私たちはしばらく、佐野にいます。いつでも誰にでも会いにいきますから、分かったら連絡して下さい。待ってます」

念押しして一礼し、その場を辞去する。車に向かって歩いて行く最中、背中に嫌な汗をかいているのに気づいた。明らかに、暑さのためではない汗……事件の筋が読めたような気がした。

「朽木ねえ……ろくなもんじゃないな」助手席に落ち着くなり、藤島が不機嫌そうに言った。

「そうですね」

「しかし、親も知らなかったのかね。高校生の息子がヤバい商売に手を出していたら、何となく分かりそうなものだけど」

「どうでしょうね……本人が脱法ハーブを使っていれば、様子がおかしいから分かるかもしれませんけど、売買していただけだとしたら……あの父親、息子のやることにあまり口出しできない感じがしましたよ」

一之瀬は、フロントガラス越しに工事現場に目を凝《こ》らした。福田がスマホを耳に当て、誰かと話している。空いている右手を盛んに動かしている様子を見ると、相手との会話は白熱している感じだった。情報を得るために話しているのか、単に朽木が死んだ事実に興奮して話題にしているだけなのか。

「親子のことは、そう簡単には決めつけられないぞ」藤島が忠告した。「だいたい息子は、東京に出てから十万円、親に送っているじゃないか。親子仲がぎすぎすしていたら、そんなことはしないと思うがね」

「罪滅ぼしのつもりだったとか」

「汚れた仕事で稼いだ金を送ってもらっても、ねえ」藤島が渋い表情になる。

「でも親は、そのことを知らないわけですから」

「まあ……そうか」不承不承といった感じで藤島が認めた。「いずれにせよ、気に食わないね」

「そうですね。ヤバい仕事に手を出して、それで殺されたとなったら……」

「事件のレベルは、二段階ぐらい下がるな」

一之瀬はうなずいた。もちろん、殺しにレベルがあるわけではない。人を殺すのは、どんな状況でも究極の犯罪だからだ。だがヤクザ同士が殺し合っても、市民生活に影響が出ない限り、はっきり言ってどうでもいい。自分たちが絶対に解決しなければならないのは、普通の人が犠牲になったケースだ。この手の事件だけはきっちり捜査して仕上げないと、被害者も加害者も浮かばれない。それに——これは刑事のわがままだが——難しい事件の方がやりがいがあるのだ。危険な商売絡みの事件は、案外解決が容易である。その商売の筋を辿っていけば、簡単に犯人にたどり着けるケースが多いのだ。

自分も少しは成長したのだろうか、と一之瀬は思った。やりがいのある難しい事件をより好む——それは、刑事としての能力がアップした何よりの証拠だと思いたかった。

〈14〉

クソ暑い夏に熱いラーメン……佐野名物だからと言って食べなくてもいいのだが、市内で一番手っ取り早く食事ができるのはやはりラーメンだった。とにかくあちこちに店がある。ほぼ透明に近い醤油《しょうゆ》味のスープと、手打ちの縮れ麺。最近は濃厚なつけ麺ばかり食べている一之瀬にすれば、あっさりの極致だったが、美味いものは美味い。遅い昼食で気合いを入れ直し、次の事情聴取へ向かった。

せる。

中崎《なかさき》は、目の中に蛇を飼っているような男だった。何というか……冷たい執念を感じさせる。チャンスがあれば、相手を一呑みにしてしまおうと狙っている感じ。

午後二時半。自宅マンションのドアを開けた中崎は、いきなり「迷惑だ」とはっきり言い切った。何人かの伝《つて》からたどり着いたこの男は、赤城の同級生で、高校の時からつるんで相当悪さをしてきたらしい。今は、佐野市内でバーを経営しているという。二十六歳でバーの経営者——この若さでそんな商売ができるのは、かなりきわどいことをやってきた証拠だ、と一之瀬は決めつけた。それ故、どうしても喧嘩腰にならざるを得ない。

「何が迷惑なんですか？」

「まだ寝てたんでね」遠慮もなしに大欠伸をかます。ほぼ完全なスキンヘッドで、それ故首の太さが目立つ。Tシャツ一枚の上半身も、相当鍛えているのが分かった。

「寝てた？　こんな時間に？」

「そんなのは、こっちの都合なんだよ」

「警察の仕事に時間は関係ないんで」

「警察のお世話になるようなことはしてないんでね。こっちはまっとうに商売しているだけ——」

「あんたの話じゃない。赤城の話だ」一之瀬は中崎の話の腰を折った。

「赤城？」中崎が目を細めた。粘土で作ったような血の気のない顔に、二本の線が入ったようになる。それだけで、この男の赤城に対する現在の感情が理解できた——憎しみ、恨み、嫌悪感。「赤城が何だって？」

「連絡を取りたいんですけどね」

「知らねえな」

「今は、連絡を取り合ってないんですか？」

「あんな奴のことは知らないね」

どうやら深刻なトラブルがあったらしい。しかし何となく、子どもの喧嘩のようにも思える。中崎は左右の足に順番に体重を乗せた。筋肉の固まりのような上半身がゆらゆらと揺れる。一之瀬は、バルーン型の巨大な人形が、風に揺れる様をイメージしてしまった。

「喧嘩でもしたんですか？」

「そんなこと、何で警察《サツ》に言わないといけないのかね」

「赤城さんと連絡を取りたいから」

「名前が分かってるなら、電話番号ぐらい簡単に割れるだろうがよ。何で人に迷惑をかけるのかね」

中崎がいきなりドアを閉めようとしたので、一之瀬はドアの端を摑んだ。思い切り体重をかけて引いたので、中崎がよろけ出して、裸足《はだし》のまま廊下まで出てしまった。

「何しやがる」

「迷惑かけるなよ、坊主」藤島が凄《すご》みを利かせて言った。「どうせお前もろくなことをやっちゃいないんだろうが、それには目をつぶる。赤城という男について教えてくれれば、それでいいんだ。面倒な話じゃないだろうが」

「マジで、俺のことじゃないのか？」探るような目つきで、中崎が藤島を見る。

「ああ、俺らは警視庁の人間だから」藤島が中崎の目の前でバッジを示す。「お前みたいな田舎者が何をやっても興味はないよ。せいぜい、佐野の王様として威張ってくれたまえ。俺たちに必要なのは、赤城の情報でね。東京に出て行った赤城の。知ってるよな？」

中崎の顔が引き攣り、首に太い血管が浮く。腕組みをして、必死に怒りを抑えつけようとした。藤島にずっと「悪い警官」役をやらせておくわけにもいかず、一之瀬は話を引き取った。

「我々はただ、赤城さんについて知りたくて、彼の知り合いを訪ねているだけなんです」

「奴とはしばらく会ってねえよ」

「何かあったんですか？」

「そんなプライベートな事情まで喋る義務はないね」中崎が耳の後ろを掻《か》いた。

「ここで話したことは、絶対に表には出ませんよ」

「女関係の話なんか、警察に言えるかよ」

女を巡るプライベートなトラブル——警察は恋愛相談所ではないから、本当にそういうことなら、無視してもいい。売春絡みとでもなると話は別だが、佐野市で起きた話なら手を突っこむ必要はない。地元の警察にそっと耳打ちして——いや、それすら必要ないだろう。殺しの前では、些細《ささい》な事件などどうでもいい。

「朽木さんが殺されたの、知ってますか」

「ええ？」中崎が、語尾をゆっくり伸ばすような喋り方で言った。顎を前に突き出し、からかわれたのかと疑うように、一之瀬の顔を見やる。「殺された？」

「ほぼ半日前、真夜中です」一之瀬は腕時計をちらりと覗いた。「知らなかったんですか？」

「知らない……」中崎の上唇の上には、汗が小さな玉になって浮いていた。親指でぐっと拭い、それをそのまま、ジャージを穿《は》いた腿《もも》に擦りつける。「奴が殺された？」

「朽木さんをご存知なんですね」

「ああ、まあ……高校の後輩なんでね」

「彼が、赤城さんに誘われて東京へ出て行った話はご存知ですか？」

「さあ、ね」

知っているな、と直感する。そしてやや羨《うらや》むようなその口調に、彼の東京への想いが滲《にじ》んでいるように一之瀬は感じた。本当は中崎も、東京へ出たかったのではないだろうか。しかしそれが叶《かな》わず、一応「青年実業家」——バーを経営しているならそう呼んでもいいだろう——になっても、うじうじとした気持ちを抱いている、とか。

「あんた、高校時代には朽木さんを巻きこんで、悪さをしてたんじゃないか？赤城もその仲間だろう」

　藤島が苛立った口調で突っこんだ。中崎は、藤島が一番嫌うタイプである。中途半端に突っ張ったワル……一之瀬はすっと前に出て、藤島と中崎の間に割って入った。藤島が手を出すとは思えなかったが、念には念を入れて、だ。

「朽木さんがどうして殺されたのか——東京へ出て行ったことと関係あるんじゃないんですか？」一之瀬が質問をぶつけた。

「出て行きたい奴は勝手に出て行けばいいんじゃねえか。俺には関係ねえし」

「あんた、今でも脱法ハーブを扱ってるのか？」藤島が切りこむ。

「はあ？」中崎が目を見開く。「何の話だ、それ。警察だからって、何でも好き勝手に喋っていいわけじゃないだろうが」

「まあ、それを調べるのは地元の警察なんで。我々は関係ない……ただ、あんたたちが高校時代から脱法ハーブの売買に関わっていた話は聞いてますよ。それを地元の警察に言ったらどうなるかな。監視の目が厳しくなって、商売もやりにくくなるかもしれない」

「……脅す気かよ」

　中崎がまた、唇の上を拳で拭い、藤島を睨んだ。どうやらそれほど肝の据わった人間でもないらしい。腕は両脇に垂らし、盛んに手を握ったり開いたりを繰り返している。

「今のは単なる推測です」藤島の質問を引き継ぎ、一之瀬はさらりと言った。「最近、朽木さんと会いましたか？」

「いや。奴が東京へ行ってからは会ってない」

「東京で何をしていたかは知ってますか？」

「知らないね。赤城と組んで何かやっていたかもしれないけど、俺には関係ない話だし」

「その『何か』は、悪い商売ではないんですか？　赤城さんは最近、何をやっているんですか？」

「聞いてないね。いろいろ悪いこともしてたと思うけど――奴はそれしかできないから――詳しい話は知らない」

一之瀬は藤島と顔を見合わせた。悪は悪を知る――この男が嘘をつくとも思えず、やはり朽木は何か悪い商売に引きこまれたと考えるのが妥当《だとう》だろう。藤島が素早くうなずく。

「もっと攻めろ」の合図と受け取って、一之瀬は質問を重ねた。

「そもそも赤城さんは、高校を出てからどうしていたんですか？　東京で就職した？」

「就職って、あんた……」中崎が初めて笑った。声を上げていないだけで、彼にすれば「爆笑」に近かったかもしれない。

「何かおかしいですか」

「ハーブの店で働くのを就職って言えば、就職なのかね？」

「やっぱり赤城は、ずっとその商売を続けていたわけか」一之瀬は、丁寧な言葉遣いをやめた。

「最近は知らないけどな。高校の時だって、噂を聞いただけだから。俺は何もやってないんでね」

嘘だ、とすぐに分かった。これまで話を聴いてきた彼らの同級生は、二人は常につるんで悪さをしていた、と証言している。いわく、「佐野中央高の悪のツートップ」。結局その二人も、卒業後は袂を分かったわけか……しかしその件には突っこまず、一之瀬は中崎に話を続けさせた。

「その店は、高校時代につながりがあった店？」

「だと思うよ」

「名前と場所は分かるか？　オーナーの名前とか」

「俺は絡んでないから、知らないね」

「絡んでなくても、噂としては知ってるんじゃないか？　そういうの、自然に耳に入ってくるんじゃないかね」

「ああー、そうかもしれない……」中崎が耳の後ろを掻いた。

「赤城と話がしたいんだ。あんたが言うように、電話番号を割り出すのは簡単だけど、電話で話すよりも、いきなり直接会って脅してやりたいんでね」

「心の準備ができないうちに」中崎がにやりと笑った。「そういうやり方、警察は好きだよな」

「好きでやってるわけじゃない。効果的だからだ」

「ああいう店って、すぐになくなるんだよな」中崎がうつむき、爪をいじりながら言った。

「特に最近は、警察の締めつけも厳しくなってるだろう？」

「合法的なものじゃないから、当然だ」一之瀬はうなずいた。

「今も昔と同じ場所にあるかどうかは知らないけど、北千住だよ。昔は『アポロ』って名前だったな」

「オーナーの名前は？」

「さあね……」中崎が恍《とぼ》ける。「鵜沢《うざわ》だったかな。よく覚えてないけど」

「なるほど」一之瀬は「鵜沢」の名前を手帳に書きつけ、中崎に向かってにやりと笑いかけた。「ずいぶんはっきりした噂を聞いてるんだね。この辺ではよほど有名な話だったのかな？　まるであんた自身の知り合いみたいに思えるけど」

「おい――」怒気荒く、中崎が一之瀬に詰め寄った。コロンの臭いが混じったむっとする体臭が、鼻を刺激する。「あんた、俺を騙したのか？」

「俺は何もしてない」一之瀬は一歩引いた。こんな男とここでやり合って、トラブルを生む必要はない。今の中崎は、情報を吐き出した後のただの出し殻《だがら》だ。「あんたも、身辺は整理しておいた方がいいよ。今はどうか知らないけど、どこで警察にぶつかるか分からないんだから。世の中は、俺たちみたいに優しい警官ばかりじゃないんだぜ」

「優しい警官ばかりじゃない」車に乗りこんだ瞬間、藤島が笑いを爆発させた。「お前さんも、言うようになったねえ。俺は今まで、一度たりとも自分が優しい警官だと思ったことはないけどな」

「あれは、言葉の綾ですよ」からかわれ、一之瀬は顔が赤らむのを感じた。「取り敢えず情報が分かったんだから、これでよしとしませんか?」

「まあ、そこそこの出来だったな。で、どうする?」

また藤島の方から方針を訊ねてきたので、一之瀬は素早く考えをまとめた。まずは赤城の所在確認。それは東京へ戻らないと無理なのだが、その前に、まだこの街で話を聴ける人間が何人かいる。今日のうちにできるだけ事情聴取を進めて、データを集めておきたい。

その旨を告げると、藤島が携帯電話を取り出した。一之瀬に目配せし、「ここからの赤城の捜索は、特捜に任せよう」と言った。そこも自分で突っこんでみたいところだが、なにぶんにも佐野から北千住までは遠い。一之瀬はうなずき、ハンドルをきつく握った。三十分ほど放置してあった車の中は蒸し風呂のようになっていたので、エンジンをかけてエアコンの風量を最大にする。冷たい風が頬を撫でる快感を味わっているうちに、藤島が話し出した。

「ああ、藤島です。朽木を東京へ誘い出した人間の名前が割れました。赤城。そう、赤城牧郎《まきお》。赤にお城の城、牧場の牧に野郎の郎です。連絡先はまだ割れてないんですが、北千住にある脱法ハーブを扱う店で働いていたという情報があります……いやいや、今もそこにいるのか、店があるのかは分かりません。取り敢えずのとっかかりにはなるんじゃないですか。そうです。店の名前は『アポロ』。でも、それも八年ぐらい前の情報だから、あまり当てにはできませんけど、ちょっと調べてもらえませんか？　ええ、北千住ですから、そんなに脱法ハーブの店があるとは思えない……そうです。渋谷《しぶや》とか池袋《いけぶくろ》、新宿じゃないですかね、多いのは。だからすぐ見つかると思いますよ。はい——ええ、こっちはもう少し、佐野で朽木の情報を調べようと思います。悪い仲間とつるんでいるのが分かりましたから、いい筋になるかもしれないので。はい、分かったら連絡お願いします。できればこっちも赤城には直接話を聴きたいので。今の件ですか？　一之瀬部長の方針でしてね」

またかよ……上の評判を取ろうとしているのか、自分をからかおうとしているのか、藤島の真意が読めなくなっていた。

電話を切った藤島が、「すぐに『アポロ』の件は調べてくれるそうだ」と言った。礼を言ってから、一之瀬は手帳を広げた。次に会う相手は……女性か。もしかしたら、中崎以上にいい手がかりになるかもしれない。朽木が高校時代につき合っていた相手だというのだ。この女性——比留間理恵《ひるまりえ》は地元の大学に進んで、その後市役所に就職している。市役所の方に確認すると、今日は有休を取っているという。夏休みで、どこか旅行にでも出かけているのだろうか。取り敢えず二人は、彼女の家——今も実家住まいだ——に向かった。

「友だちが地元にたくさん残っているのは、我々としてはありがたいですよね」一之瀬は言った。

「一気に話が聞けるからな」藤島が相槌をうった。

「でも、どうして東京へ出ていかないんでしょうね。田舎で十八歳まで育ったら、普通は東京へ行きたくて仕方ないんじゃないかな。就職するにしても、東京の方がずっと有利だろうし」

「どうかねえ。お前さんみたいに東京生まれの東京育ちには、分からない感覚かもしれないぞ」

「そうですか?」一之瀬はシフトレバーを「D」に入れ、車を出した。

「まあ、何だかんだ言ってお前さんの場合は東京が故郷だから、あそこが素晴らしい街だと思いたがるのは分かるよ。だけど、東京は決して住みやすい街じゃないぞ。地方出身者にとっては、やっぱり故郷が一番なんだ」

「そうですかねえ」一之瀬にすれば、首を傾げざるを得ない説だった。

「俺も驚いたんだけどな……十年ぐらい前の高校の同窓会の時だ」

「地元でやったんですか？」藤島は山梨県の出身である。

「ああ。クラスは四十二人だったんだけど、何と三十五人も集まった」

「すごい出席率ですね」同窓会がそんなに大事なのか、と一之瀬は驚いた。

「理由は簡単、ほとんどの人間が地元に残っていたからだ。何故か先生と公務員がやたら多くてね。俺も公務員だけど、東京にいるからちょっと意味合いが違う」

「それはそうですね」

「そんなに地元がいいのかって、不思議に思ったね。で、聴くと『それはやっぱり東京だよ』とか言うわけだよ。でも話が進むうちに、いつの間にか田舎自慢になってね。皆、地元に残って家を継ぐのは当然だと思ってるんだ。中学、高校時代の人間関係をずっと引きずってね……俺だったら、息が詰まって死にそうになるだろうけど、そういう距離感や空気感が心地好い人もいるんだろう」

「でも、未だに東京へ出ていく人は多いじゃないですか」

「確かにな……例えば俺のクラスの四十二人中、東京に住んで働いている人間は、七人しかいない。たった七人かもしれないけど、結局地元の人間はその分減るわけだから、田舎の人口が減るのも当然だな。俺も、東京に住んでいるとは言えないわけだが」

運転に集中したまま、一之瀬はうなずいた。藤島は松戸市に一戸建てを構えている。通勤に便利なので、常磐《じょうばん》線沿線は警視庁職員の「巣」になっているのだ。

「結局地元には地元の良さが、東京には東京の良さがあるってことだろうな」

「七対三ぐらいで東京の勝ちだと思いますけど」

「お前さんも、地元贔屓だねえ」

「しょうがないんじゃないですか、東京生まれだし」

他愛もなく転がる会話に、ふと寂しさを覚えた。藤島は、一之瀬が刑事になって最初の「師匠」である。偏屈なところも皮肉っぽいところもあるのだが、散々世話になり、刑事としての基礎を叩きこんでくれたのは間違いない。その藤島と間もなく仕事ができなくなる――新しい相棒はどんな人になるのだろうと考えると、期待よりも不安の方が大きかった。基本、体育会系の人間ではない一之瀬は、与えられた環境で精一杯頑張るタイプではないのだ。不平も不満も抑え切れなくなる時がある。

大きく環境が変わる――その前に、何としてもこの事件を解決しておきたい。

もっとも、これが終わってもまだもう一つの事件――爆破事件の捜査があるのだ。自分が捜査一課に持って上がるようでは駄目だ、と一之瀬は気持ちを引き締めた。時間が経てば経つほど、手がかりは少なくなり、証人の記憶も曖昧になる。そうなる前に、何とか事件を解決しなければならない。

比留間理恵は幸い、家にいた。午後四時半。ドアが開いて顔を見せた理恵を見て、一之瀬は軽い違和感を覚えた。何というか……清楚《せいそ》な感じなのである。笑顔が似合いそうな丸顔に、肩まで伸ばした髪。化粧っ気はないが、顔には張りと艶《つや》があった。脱法ハーブに手を出すような恋人がいた女――そこから想像していたのは、もっと荒んだ容貌と荒れた態度だった。

家に着く直前に電話を入れておいたのだが、それで不安が解消されるわけでもなく、理恵はおどおどしていた。この様子だと、いろいろやりにくい――一之瀬はまず、彼女の退路を断つことにした。

「今、家に誰かいらっしゃいますか？」

一歩引いて家を見上げる。結構な大きさの一戸建てで、玄関の横にはレクサスが停まっていた。かなり裕福な家だと見当をつける。

「母がいますが……」

「ええと、ちょっとお茶につき合ってもらえませんか」下手なナンパの台詞のようだと思いながら、一之瀬は言った。「我々も、一日中歩き回って、喉が渇いてるんです。今日も暑いですよね」

「お茶だったら、家で出しますけど」

「いえいえ、それでは申し訳ありませんから」

「でも……」

「理恵、大丈夫なの？」

突然、玄関の中から声が聞こえた。少し甲高《かんだか》く、苛立ちが混じった声。ちらりと中を覗くと、五十代半ばぐらいの女性が、硬い表情を浮かべて立っていた。

「大丈夫……」振り返って理恵が言ったが、声はまったく大丈夫そうではなかった。

「あの、話をするなら家の中でどうですか？」母親がサンダルを突っかけて玄関に降りてきた。強情そうな感じではないが、何かと口煩そうだ。

「ご面倒はおかけできませんから」納得させるのは相当難しそうだと思いながら一之瀬は言った。「大した話ではありません。我々もお茶の時間にしたいので、おつきあいしてもらうついでに済む程度の話です」

「私が聞いていたらまずい話なんですか？」

「これは、理恵さんの問題ですから。昔の友だちの話を聴くだけですので、そんなに大袈裟に考えないでいただけますか」

「でも、警察に話を聴かれるなんて……」母親が頬に手を当てた。「私が一緒にいても大丈夫ですよね？」

「お忙しいのに、そんなご面倒をおかけするわけにはいきません」一之瀬は振り返った。

ちょうどいい具合に、家の向かいにファミリーレストランがある。「そこのファミリーレストランにいますので。三十分だけ娘さんをお借りしますけど、問題ないですよね？」

ようやく母親が折れた。理恵は不安そうな、しかしほっとしたような表情を浮かべて一度家に引っこみ、小さなバッグを持って来た。家を出ても、母親がまだ玄関前で見送っていたが、理恵の足取りは妙に軽かった。

冷房の効いた店内に落ち着き、三人ともアイスコーヒーを頼む。藤島が唐突に口を開いた。

「お母さんと上手くいってないんですか？」

「え？」

「ちょっと過保護でしょう、あなたのお母さん」

「まあ、そうですね……」理恵が苦笑を浮かべる。

「うちは息子二人でね。あなたと同い年ぐらいなんだけど、もう家を出て、ほとんど没交渉ですよ。普通、二十歳を過ぎればそうなるんだけどねえ」

理恵がどこか嬉しそうにうなずいた。刑事と会っていることに不安は覚えているだろうが、母親が事情聴取に同席して、あれこれ口を挟んできたらもっと大変だ、とでも考えているのか。

「ところで、夏休みじゃないんですか？」藤島が話を続ける。

「あ、それは八月で……有休が溜まっているんで、少し消化するように言われているんです。今日は一日寝てました」

アイスコーヒーをブラックのまま一口啜ると、理恵の表情が少しだけ緩んだ。藤島が場を和ませてくれたことに感謝しながら、一之瀬は話を切り出した。

「昔の話なんですけどね……あなた、朽木貴史さんと高校時代につき合ってたでしょう」

途端に、理恵の顔が強張った。まずい入り方だったと一之瀬は後悔したが、今のをなしにして一からやり直せるわけでもない。声を低くして話を進める。

「朽木さんが殺された話は、ご存知ですね」

「ニュースで見ました」

理恵も低い声で答える。まるで二人で秘密の話をするように。しかしその調子を聞いて、一之瀬は理恵が現在朽木に対して抱いている感情を読み取った——何も感じていない。つき合っていたと言ってもごく浅いもので、関係も長続きしなかったのではないか、と想像した。

「残念でしたね」

「残念……というか、怖いです。東京はやっぱり、事件が多いんですか？」

「人口が多いですから、仕方ないですよ。比率の問題です」何となく言い訳がましいなと思いながら一之瀬は言った。

「単刀直入にお伺いしますけど、朽木さんとはどういう関係だったんですか？」

「つき合ってたのは確かですけど、三か月ぐらいですよ。入学してすぐに……その後、あの人は悪い先輩たちとつき合いができたんで、怖くなって別れたんです。別れたと言っても、高校生ですから、そんな大変なことはなくて」

自分と朽木の関係の「薄さ」を必死にアピールしたい様子だった。一見素っ気なく思える態度も、そのためにわざと装っているのかもしれない。

「関係ないですけど、仕事は大変ですか？」

「ええ、おかげさまで……おかげさまって言うのも変ですけど、忙しいです」

「我々と同じ公務員仲間、ですよね」

理恵が愛想笑いを浮かべた。既にベテランの社会人、という感じの笑みである。本音を隠し、上辺だけでも相手を納得させる――これは意外に手強い相手かもしれない、と一之瀬は気持ちを引き締めた。

「市役所は市役所で大変でしょう」

「そうですね、いろいろありますから」

「地元で市役所に就職というと、結構な勝ち組じゃないんですか？」

「そんなこと、自分では言えませんよ」理恵の表情が強張る。

「朽木さんは、高校時代に脱法ハーブに手を出していたそうですけど、そういう話、聞いたことはありますか?」一之瀬はすっと話題を変えた。

「私は何もしていませんよ」理恵が話をすり替えた。

「いや、あなたの話じゃなくて——」

「朽木君は、どんどん悪くなっていって。私はそれが怖くて別れたんですから。その後はほとんど口をきかなかったんです。もちろん、卒業してからも」

「何でそんなに急に悪くなったんですかね」

「悪い先輩がいて」

「赤城さんや中崎さん?」

理恵が無言でうなずいた。どうやら「佐野中央高の悪のツートップ」を知らぬ人はいなかったようである。

「そういう人たちに誘われて、自分もどんどん悪くなっていったんですよ。たぶん……つまらなかったからじゃないかな」

「何がですか?」

「全部」理恵がさっと周囲を見回した。「彼の家、食堂なんですよ」

「それは知っています」

「将来どうするかとか考えた時に、嫌になっちゃったんじゃないですか。私にもそんなこと、言ってましたから」

「食堂を継ぎたくなかった？」

「将来の見こみもないし……嫌だったんじゃないんですか」

「そういうことは、二人で話してたんですね」

「子どもが話すことですから、大したことはないですけど」理恵が肩をすくめる。まるで何十年も前の想い出話を語っているような口ぶりだった。

「朽木さんが、東京にいることは知ってましたか」

「……ええ」急に歯切れが悪くなった。

「連絡を取り合ってたんですか？」

「まさか」自分が犯罪に巻きこまれるのではないかと恐れるような、激しい否定だった。

「たまたま聞いただけです」

「どんな風に聞いているんですか？」

「どんなって……」理恵が両手をきつく握り合わせた。「ただ、東京へ行ったっていうだけですよ。別に知りたくもないですし」

「あなた、ちょっと冷たくないですか」一之瀬はまたペースを変えた。

「え？」

「仮にも――三か月だけでもつき合っていた人が殺されたんですよ？　もう少しショックを受けるのが普通じゃないんですか。元彼ということを抜きにしても、とにかく知っている人でしょう」

「だって……何年も前のことですよ。だいたい、しょうがないじゃないですか」

「しょうがない？」理恵の平然とした口調に違和感を覚えながら、一之瀬は訊ねた。「どういう意味ですか？」

「悪いことをしている人は、やっぱり罰を受けるんですよ」厳しい目線、厳しい口調だった。最初に会った時に感じた清楚な印象は、いつの間にか消えている。

「つまり朽木さんは、今も悪さをしていたんですか？」

「東京ではどうか知りませんけど、こっちでは……」理恵が唇を引き結ぶ。言っていいかどうか、迷っている様子だった。

「何か知っているなら教えて下さい」一之瀬はアイスコーヒーのグラスを脇へ押しのけ、身を乗り出した。「どんな人であっても、殺されていい理由はないんです。朽木さんの行動パターンが、今回の事件に関係しているとしたら、どうしても知りたいんですよ」

「私が言ったって、秘密にしてくれます？」

「もちろん」

「仕事場で、変な評判を立てられたら困りますから。朽木君なんかのせいで……」

「なんかのせいで」――きつい一言に、一之瀬は戸惑いを覚えた。仮にも殺されたばかりの人間に対して、こんなに厳しい言葉を浴びせる理由は何だろうか。

それはすぐに明らかになったが。

〈15〉

地元署の刑事課長・江島《えじま》は、人の良さそうな男だった。元々そうなのか、事件の少ない暇な署にいるせいかは分からないが。三階建ての小さな庁舎の中はあまり冷房の効きがよくないようで——省エネかもしれない——自席に座った途端に扇子《せんす》を取り上げて顔を仰ぎ始めた。見ると、デスクには他にも扇子が三本も置いてある。気分によって使い分けているのだろうか、と一之瀬は訝った。

「聞いてますよ、その話は」

江島が二人に座るよう促した。一之瀬は、折り畳み椅子に腰を下ろしながら、話の進め方を考えた。まあ……喋り好きの男らしいから、しばらくこのまま、相手のペースで話させておけばいいだろう。

「二年前かな……そうそう、二年前の春。私が着任したばかりだったから、間違いないね。連続婦女暴行事件……の疑い、ということで」

「立件できなかったんですか?」

「残念ながら。何しろ親告罪だからねえ。何人か、被害者は分かっていて、説得したんだけど、結局誰も被害届を出さなかったんですよ」

「被害届はともかく……事実はあったんですかね」一之瀬は訊ねた。

「俺は今でも、そう思ってるけどね」江島が、勢いをつけて扇子を閉じた。そのままぐっと身を乗り出してくる。「だから今回の件は、天罰じゃないかと思ってる。天網恢恢《てんもうかいかい》疎《そ》にして漏らさずって言うじゃないか。あの諺《ことわざ》は本当だね」

だったら警察官など必要ないことになってしまうのだが——それにしてもこの課長も、人が悪い。かつて連続婦女暴行事件の容疑者として追っていた男が殺されたと知ったら、情報ぐらいは入れてくれればよかったのに。警察官というのは、異常にニュースを気にする人種だし、マスコミの報道はやはり東京中心だから、朽木が殺されたことは、早い段階でアンテナに引っかかっていたはずだ。もしも一言教えてくれたら、この情報にたどり着くために、シャツ一枚を駄目にするほどの汗をかかずに済んだ。

「確証はないんですよね」

「ないけど、こういうのは勘で分かるもんでね。たぶん朽木は、高校生の頃からやってたね。悪い癖は直らなかったってことだろう」

「それだけ長いこと、女性にちょっかいを出してきて、どうして捕まえられなかったんですか？」一之瀬は思わず非難の言葉をぶつけた。藤島が厳しい視線を向けてくるのが分かったが、仕方がない。これで疑問に思わないようなら、刑事というか人間失格ではないか。

「この手の捜査は難しいもんでね。若い人には分からないと思うが、デリケートな問題が多いんだ。無理に突っこんでいくと、被害者をまた傷つけることになる。それにこういう田舎街では、世間体ということもあるからね。世間に知られたくないと考えるのも当然だと思うよ。何しろ、狭い世界なんだから」

納得はできなかったが、一之瀬はうなずいた。自分はここへ喧嘩をしにきたわけではない——そうやって自らを納得させる。

「もしかしたら本人も、自分が疑われていることを分かっていたんじゃないでしょうか」

「うん？」江島が気の抜けた声で言った。「そいつはどういう意味？」

「二年前といえば、朽木さんが東京へ出て行った時期と重なります。こっちで逮捕されるかもしれないと思って東京へ逃げ出した——そういうことじゃないんでしょうか」

「それは分からない。奴《やっこ》さん本人には、一度も直接事情聴取しなかったしな。警察の動きは読めてなかっただろう」

「でも、そういうのは何となく察知できるんじゃないですか？　特に朽木さんは、それまでもそんなに真面目にやってきたわけではないし」江島は脱法ハーブの話を摑んでいるのだろうか、と一之瀬は訝った……いや、知っているだろう。一人の人間をターゲットに定めれば、相手を丸裸にするまでやめないのが警察という組織である。婦女暴行でなくても、脱法ハーブ関係で逮捕してくれていれば——容疑を構築するのは難しいのだが——朽木は死なずに済んだかもしれない。

人を守るために逮捕するというのも変な話だし、朽木という人間に、守る価値があったかどうかは分からないが。

「いずれにせよ、詰め切れなかったのは残念だよ。でも、デリケートな問題でねえ」さほど残念に思っていない口調だった。

「朽木さんのこと、どれぐらい調べていたんですか？　あくまで周辺捜査の段階ですか？」

「ああ。色々噂や評判は拾ってたんだが……まあ、悪評のオンパレードだったね。要するに適当な人間なんだよ。何でも中途半端に手を出しちゃ、投げ出しちまう。その『手を出す』のが悪いことばかりだから、救いようがないわけでね」

「でも、一度も警察のお世話になったことはないんですよね」一之瀬は念押しした。

「そこがまた、妙に悪賢いところがあってねえ」江島がまた扇子——先ほどのとは別のものだった——を開いた。「立件するかどうか、微妙なことばかりだった。喧嘩沙汰にしても、相手に怪我を負わせないように注意してやる。脱法ドラッグの件だって、絶対に足がつかないように振る舞ってるからな。ただ……これだけは言っておくが、あいつは小者だよ。警察が全力を挙げて叩き潰しに行く相手じゃない」

何という言い草だ——勝手に相手を「小者」と決めつけ、それ故捜査する必要はないという言い訳にしている。一之瀬は思わず立ち上がりかけたが、藤島に腕を摑まれ、バランスを崩しながら椅子にへたりこんでしまった。

「で、問題は、奴さんが何で東京へ出て行ったか、ですよね」藤島が訊ねる。「これまた悪い先輩に誘われたと聞いてますけど、その辺、どうなんですか？」

「そのような話はありますけどね、特に裏は取ってないんだ。こっちとしては、害虫が一匹いなくなるだけで大助かりだからね。何も相手を刺激することはないだろう」

この人は駄目だ——一之瀬はうつむいて、そっと息を吐いた。もう定年間際なのだろうが、こんな風にずっと事なかれ主義を貫いてきて、よく所轄の課長にまでなれたものだ。こういう人は、たいていどこかで落ちこぼれるものなのだが……しかし藤島は、そういうことに怒りを感じないのか、怒りを上手に隠しているのか、呑気な調子で続ける。

「赤城っていうのが、その悪い先輩のようですけど……こいつは相当なワルだったようですね」

「まあねえ……ただこいつも、私がこの署へ来るだいぶ前に東京に出てしまっていたから。地元の人間としては助かりますよ。少年係も忙しいし、一々構っていられないからね」

「まったく、ねえ」藤島が話を合わせた。「で、現在の赤城の連絡先なんかは押さえていないんですか？」

「それは……どうかな」江島が立ち上がり、若い刑事——たぶん一之瀬と同い年ぐらいだ——を呼びつける。赤城の連絡先について聞かれて、慌てて自分のパソコンで検索を始めた。赤城が暴れ回っていたのは、彼が警察官になる前かもしれない。赤城に関する情報が載った共有ファイルでもあるのだろうか。若い刑事はすぐに、「データはありません」と答えた。

「しかし、あれですか？　今回の件は、ワルどもの抗争みたいな感じだと考えていらっしゃる？」

江島が扇子を交代させ、探りを入れるように訊ねた。今度の扇子は茄子紺《なすこん》色で、渋い感じ。いったい何のために、扇子を頻繁に取り替えるのか……一之瀬はデスクに乗った扇子を観察したが、色とデザイン以外の違いは分からなかった。

「そうかもしれませんが、まだ判断できるだけの材料がないんですよねえ」藤島が答える。

「まあ、悪い連中がお互いに遣り合うのは構わない……一般市民に迷惑がかからない限り、どうでもいい話ですけどね」

「そうと決めつけちゃまずいんじゃないですか？」一之瀬はかちんときて反論した。「命に変わりはないんだし。それとも、朽木は死んでもいい人間なんですか？」

「女性に被害を与えるような人間は、痛い目に遭って然《しか》り、だよ」江島の目つきが急に鋭くなった。「あんた、性犯罪を軽く見てないか？　誰にも言えずに苦しんでいる被害者がどれだけいるか、考えたことがあるか？　マスコミが喜びそうな、派手な事件ばかり追いかけているようじゃ、もっと大事なことを見逃すぞ」

「まあまあ……」藤島が割って入った。「うちは特殊な署でしてね。管内居住人口ほぼゼロ、繁華街はほんの少しで、後は会社と官公庁があるだけなんですよ。婦女暴行事件の捜査をする機会もないもので、ね」

「ああ……」納得したように江島がうなずく。「東京の、真ん中の真ん中ですか」

「こいつも間もなく本部の捜査一課に行きますから。そこで経験を積むでしょう」

「ああ、それなら期待の星、ということですか」

江島の言い方は皮肉っぽく、一之瀬は気持ちをちくちくと刺激されるのを意識した。だが、ここで遣り合っている場合ではないと気持ちを切り替えて訊ねる。

「今後、婦女暴行事件に関してはどうするんですか？」

「どうもこうも、被疑者――被疑者でもないけど、朽木本人が死んでしまったわけだから、どうしようもないでしょう。被害者には申し訳ないけど、最初に言ったように、親告罪だからねえ……」

何だか逃げている感じがしてならない。もちろん、婦女暴行事件ではデリケートな捜査が必要とされることぐらい、一之瀬にも想像できる。だが、もう少し強引に突っこまないと、犯人は野放しになったままで、さらなる犯行に及ぶ可能性もある。

朽木の印象がさらに悪くなった状態で、二人は署を出た。車に乗りこもうとした瞬間、藤島の携帯が鳴る。

「はい、藤島です……ああ、宇佐美課長」一之瀬に目くばせしてから、車のルーフに腕を置く。だが、午後の日差しで熱くなったルーフに焼かれて、慌てて腕を浮かした。「今、地元の所轄で話を聴いて……はい、朽木は、こっちにいる頃に婦女暴行事件の容疑をかけられていたようですね。いや、立件はされなかったんですけど、相当なワルだったみたいですね……ええ、警視庁の管内でも何か事件を起こしていなかったか、調べておく必要があると思います。被害者の復讐とか……そうですね、それはお願いします。え？」

藤島がちらりと一之瀬の顔を見た。何なんだ……とじれったくなる。電話で話している時は、他の人間にも分かるように相手の言うことを復唱しながら会話しろ、と散々一之瀬には言ったのに、自分でそのルールを無視している。

「『アポロ』の店主が捕まった？　ええ、それで、赤城は……もう働いていないんですか」

ちゃんと復唱してくれた。ほっとして、車の前を回りこんで藤島に近づく。

「で、赤城の居場所は？　ええ……建築？　土木作業員ということですか？」

本当かね、と一之瀬は目を細めた。脱法ハーブを売り買いしていたような人間が、ハードな力仕事をするとは思えない。基本的にドラッグの売買は、濡れ手で粟、なのだ。一度その味を覚えてしまうと、他の仕事は馬鹿馬鹿しくてやれなくなる。汗水垂らして働くなど、最も敬遠したいことだろう。

「分かりました。接触できそうですね？　ええ、できれば我々も……そうですか、岡本が監視中なんですね」

一之瀬を見た藤島が、肩をすくめる。彼も、岡本を買ってはいないのだ。自分のすぐ上のこの先輩は、未だに本部から声がかからない。何となく、いい加減なのだ――今回の監視も大丈夫だろうか、と心配になる。

藤島がルーフに手帳を恐る恐る置き、宇佐美の言葉をメモし始めた。

「まだ電話はしていない？　そうですね、急襲した方がいいでしょうね。ここからだと一時間……」手首を突き出して腕時計を確認する。「一時間半ぐらいかかると思いますが、それまで大丈夫ですか？　ええ……分かりました。じゃあ、岡本にしっかりやるように伝えて下さい」

電話を切り、藤島が「赤城とご対面だ」と告げた。一之瀬は運転席のドアに手をかけながら、「場所はどこですか？」と訊ねた。

「日暮里《にっぽり》・舎人《とねり》ライナーの江北《こうほく》駅……知ってるか？」

「よく分かりませんけど、足立《あだち》区ですよね？」

「ということは、脱法ハーブの店にも近いわけだ」

「何か関係あるんですかね」一之瀬はシートに腰を落ち着けた。

「どうかね」藤島が助手席のドアを閉める。「まあ、何となく、栃木から上京してきた人間が住むには、あの辺——東京の北の方が合ってる感じがするけどな。馴染みやすいんじゃないか？」

「そうかもしれませんね」

同じ二十三区でも、地域によって雰囲気は全く違う。山手線内側のオフィス街的雰囲気、西側の住宅地の雰囲気、南部は工業地帯、北側や東側はぐっとくだけた下町の気配——もっとざっくばらんに言えば柄が悪い。

車を出す前に、一之瀬は場所を確認した。東北道で都内に入り、中央環状線を扇大橋で降りる感じだろうか。あの辺もよく渋滞するし、これからだとちょうど夕方の帰宅ラッシュにぶつかる……逆方向なので、混まないことだけを祈って、一之瀬は車を出した。

赤城の住む四階建てのマンションは、江北駅と環七《かんなな》通りの中間地点付近にあった。ごちゃごちゃとした住宅街で、一戸建ての民家が壁を支え合うように立ち並んでいる。岡本が、電柱の陰に隠れるようにして、マンションを監視していた。藤島が声をかけると、びくりと身を震わせて振り返る。

「脅かさないで下さいよ」唇を尖らせて文句を言った。

「これぐらいで驚くな」藤島が掌で顔を扇いだ。既に午後七時を過ぎているのに、まだ熱波は去らない。

「動き、ありませんよ」岡本が報告する。

「奴はどこで働いているんだ？」

「今は……」手帳を繰った。「虎《とら》ノ門《もん》ヒルズの現場だそうです」

来年新たに生まれる東京の新名所だ。最近の東京は「新名所」ばかりできているが。もしも本当に東京オリンピックが開かれることになったら、この街の風景は一変してしまうだろう。

「で、まだ帰ってこないのか」藤島が時計を見た。「ああいう現場の仕事は、五時には終わるんじゃないのか」

「まだ七時だし……呑んでるかもしれませんよ」

「いいご身分だね」藤島が鼻を鳴らした。「しかし、何でまっとうな仕事をしてるんだ？そういうタイプじゃないはずなんだが」

「その辺の事情はよく分かりませんけど……『アポロ』の店長の話だと、『辞めます』って言って店に来なくなって、それきりらしいですけどね」

「何で勤め先が分かったんだ？」

「律儀《りちぎ》に、毎年『アポロ』に年賀状を送っていたんで」

二人の会話を聞きながら、一之瀬は首を捻った。自分たちが聴いていた赤城のイメージとは何だか違う。間違っても、年賀状を送るようなタイプには思えないのだが。

それから三十分、三人はひたすら待ち続けた。人相の悪い男が固まっていると近所の人たちに怪しまれるので、分散する。藤島と岡本が左右に分かれてマンションの前、一之瀬は少しだけ駅に近い場所に陣取った。マンションに背を向け、じっと通りを凝視する。買い物帰りで自転車を飛ばす主婦、笑いながら駆けていく高校生の女子二人組、まだ仕事が終わらないようで、携帯で話しながら駅の方へ向かって行くサラリーマン……どこにでもある街の光景だが、一之瀬にとっては新鮮なものだった。千代田署では、こういう生活の匂いを嗅ぐ機会はまずない。サラリーマンと観光客が入り混じる、生活感がまったくない街なのだ。

一之瀬は、岡本が手に入れてきた赤城の免許証の写真をもう一度見た。残念ながら、人の顔を覚えるのは得意ではない。一分に一度は写真を見て、しっかり頭に叩きこもうと思っているのだが、なかなかぴんとこなかった。何というか……特徴に乏《とぼ》しい顔なのである。もっと凶暴な表情なのかと思っていたら、ごく普通——眉が細いのが嫌な感じだが、男でもこんな風に眉を整える人間はいる。

しかし、来ない……ガムを口に放りこんだ一之瀬は、いつの間にか頭の中でジミ・ヘンドリックスの「キリング・フロアー」を流し始めていた。張り込み中には実際に曲を聴くわけにはいかないが、暇つぶしは必要で——いつの間にか、こういうことができるようになっていた。

来た？

一之瀬はもう一度、運転免許証の写真を見て、顔を上げた。免許証の写真より髪は伸びており、色も薄い茶髪になっているが、間違いない。特に呑んでいる様子はなく、足取りは普通だった。黒いタンクトップにだぶだぶのカーゴパンツ、クソ暑いのに足元は黒いブーツという出で立ちである。荷物は小さなクラッチバッグだけ。

声をかけるかどうか迷い、一之瀬は見送った。背中を追えば、藤島たちと挟み撃ちにできる。藤島と岡本も電柱の陰から出て、赤城に向かって歩いて来る。

顔は普通だが、気持ちはまだワルのままのようだ。赤城がすぐに刑事の気配に気づいたのか、立ち止まる。一瞬躊躇う様子が窺えたが、結局振り返って駆け出した。一之瀬は慌てて前に立ちはだかったが、赤城が鋭いステップを切って一之瀬を置き去りにする。ヤバい——一之瀬は踵を返し、赤城を追い始めた。だぶだぶのカーゴパンツでは走りにくいはずだが、結構なスピードで走り続ける。次第に引き離され——しかし一之瀬に幸運が舞いこんだ。カーゴパンツのポケットから携帯電話が滑り落ち、硬い音を立てる。赤城が一瞬立ち止まり、携帯を見た。その隙に一之瀬は追いつき、赤城の右腕をがっしりと掴んだ。背は高くないが筋肉質の腕で、ここで格闘になったらまずい……一之瀬は指を腕に食いこませ、力をこめて自分の方へ引き寄せた。

「何すんだよ！」凄んだ声には、さすがに往時のワルの気配が感じられる。

一之瀬は左手で、ワイシャツの胸ポケットから手帳を引き抜こうとしたが、ポケットが左側なので上手くいかない。焦り始めたところで、藤島が——若い岡本ではなく——追いついた。

「はいはい、警察」藤島が手帳を示しながら、赤城の左腕を摑む。

「何なんだよ！」

赤城が怒鳴った。一之瀬は、近くを通りかかる人たちの視線を感じた。まずい……ここで騒ぎになると面倒だ。

「まあまあ、騒がずに」

藤島が宥《なだ》めにかかった。いつの間にか岡本が赤城の背後に回りこんでおり、それを見た藤島が手を離した。赤城が乱暴に左腕を振り、藤島に向かって凄む。もちろん藤島は平然としていた。一之瀬は念のために、彼の腕を摑んだままにした。

「何の用だよ」

「ちょっと話を聴かせて欲しいだけだよ。逃げる理由でもあるのかな？」藤島が皮肉っぽく言う。

「別に」赤城がとぼけた。

「じゃあ、さっさと済ませようか。朽木が殺されたのは知ってるな？」

「はあ？」

赤城が馬鹿にしたような声を上げる。それを聞いて一之瀬は、赤城はこの事件をまだ知らないのだと確信した。

〈16〉

狭い覆面パトカーの中は、四人が入ると急に暑苦しくなる。エアコンもあまり効かずに、あっという間に車内の温度が上がるのを一之瀬は感じた。タオルハンカチを取り出し、額の汗を拭う。

「だいたいあいつは、いい加減なんだ」赤城がぶつぶつとこぼす。

「いい加減っていうのは？」一之瀬は、リアシートで横に座る赤城に訊ねた。むっとする汗の臭いに安っぽいコロンの香りが混じって、かなり刺激がきつい。窓を開けたいという欲望と戦わざるを得なかった。

「こっちがせっかく仕事に誘ってやったのに、いきなりいなくなりやがって」

「それは、ヤバイ仕事だったからじゃないのか」

「まさか」赤城が強い口調で否定した。「何で俺がそんなことをしなくちゃいけないんだよ」

「あんた、脱法ハーブを扱う店で働いていただろう。実際は、高校生の頃から、そういう商売をしていたよな？」

赤城が口をつぐむ。一之瀬は体を捻り、彼の顔を観察した。凶悪ではない――昔の凶悪さが抜けたのではないかと思った。さらに質問を続ける。

「高校生の頃のことは――」

「どうすんだよ。俺を逮捕するのかよ」赤城がひどく慌てた様子で、一之瀬の言葉を遮った。

「そんな暇はない」

その一言で、赤城の肩ががっくりと落ちた。長く息を吐き、両手を揉み合わせる。案外気が弱いようだ、と一之瀬は判断した。そのため、声のトーンを落として続ける。

「あんた、高校を出てから、北千住の『アポロ』で働いてただろう。あそこは脱法ハーブの店じゃないか」

「それはそうだけど……」急に赤城の口調が暗くなる。

「辞めたわけだ」

「ああ」

「どうして」

「あの店でハーブを買った客が、店の前で交通事故を起こして……死んだんだよ」

「ハーブのせいで？」

「一発決めて、いきなり車を運転して……事故を起こすのも当然だよ。直後は完全に意識が飛んでるんだから」

「その事故は……」

「ただの事故」赤城がちらりと一之瀬の顔を見た。「交通事故として処理されたと思う」

まさか、と一之瀬は息を呑んだ。所轄は真面目に捜査しなかったのだろうか。すぐ近くに脱法ハーブの店があることは分かっていたはずで、関連性を疑うのが普通ではないかと思った。もしも単なる交通事故として処理していたら、怠慢としか言いようがない。

「その事故とあんたと何の関係があるんだ？」

「俺だってビビるさ。あんな風になることもあるんだと思って……正直、怖くてすぐに店を辞めた」

「よく簡単に辞めさせてもらえたな」だいたいあの手の店は、ヤクザの息がかかっている。入るのはともかく、足を抜くのは面倒なはずだ。

「そこは何とか」赤城が肩をすくめる。

「それで土木関係の仕事を始めたのか」

「ああ。経験がなくてもできるから……悪くはないよ」

「心を入れ替えたわけだ」

「何とでも言ってくれ」赤城がむっとした口調で言った。「別に俺は……昔のことは昔のことだから。あの頃は良かったとも思わないし、今の仕事がひどいとも感じてない。ちゃんと働いて金を稼いでいるんだから、何も問題ないだろう」

「ないな」一之瀬は認めた。過去の悪事をいちいちほじくり返していたら、刑事が何人いても足りないし、そもそも今回赤城に話を聴きに来たのは、彼の事情が知りたいからではないのだ。「要するに、あんたは土木作業の仕事に朽木を誘ったわけか」

「ああ」

「どうしてまた」

「奴を……悪い方に引っ張りこんだのは俺だから。引きずり出すのも俺の役目じゃないかと思って」

「あんたは、そういう男気があるタイプなんだ」

「責任を感じてただけだから」赤城がぶっきらぼうに言った。「奴は高校を卒業してからもぶらぶらしていた。それでいいわけがないし、悪さを始めるかもしれないだろう？　何かあったら、後味が悪いから。それで、東京へ呼んだんだ。俺が勤めてる会社で仕事を紹介して、それで何とかまともに働いてもらおうと……でも、三か月も保《も》たなかったな」

「何があったんだ?」

「俺とは別の現場で働いてたんだけど、そこに悪い奴がいたんだ。そいつに引っ張られて、結局現場の仕事も辞めて……」赤城が首を横に振った。「その後は、俺も連絡が取れなくなった」

「何で? 彼に嫌われていたのか?」

「さあね。話もしてないから、よく分からない」とぼけた調子ではなく、本当に知らない様子だった。「俺より、その現場で知り合った悪い連中に話を聴いたらどうなんだ?」

「もちろん、そうするよ」

いずれにせよ、朽木は悪い仲間に引きずりこまれたわけか……暗い気分を抱え、一之瀬は今後の仕事の展開を考えた。赤城からできるだけ情報を引き出し、朽木の「悪い仲間」を探す。朽木が誰とつき合っていたか分かれば、自然に犯人に辿り着くのではないだろうか。

「朽木は、殺されたのか?」赤城が小声で訊ねる。

「ああ」

「どんな感じで?」

「内幸町の路上で刺し殺された」

赤城がすっと息を呑む気配が感じられた。顔を見ると、血の気が引いて真っ白になっている。

「刺し殺されたって……」

「全然知らなかった?」

「知らねえよ。一々ニュースなんか見てないし」

「たまにはニュースもチェックしないと」

「そんな時間、ねえよ。こっちは朝早くから夜まで働いてるんだから」

「それは俺たちも同じだけど」

赤城が黙りこむ。拳を顎に押し当てて、何か考えこんでいる様子だった。やがて薄く唇を開くと、「俺のせいかもしれないな」とぽつりと言った。

「どうして? 最近は連絡を取り合ってなかったんだろう?」

「東京に呼んだのは俺だから。もしもずっと栃木にいたら、こんな目には遭わなかったんじゃないかな」

「それは分からない。どこにいても、事件に巻きこまれる可能性はあるんだから」

「とはいえ、さ……何でそんな目に遭ったんだよ」

「それを今調べてるんだ」一之瀬は語気を強めた。「朽木は殺された時に、大金を持っていた」

「額は？」

「それは言えないけど、まとまった額、というよりも大きいぐらいだ」

「まとまった額」のイメージは人によって違うだろうが……十万円とか百万円が妥当な線ではないだろうか。一千万円はそれをはるかに上回る。

「何でそんな金を？　強盗とか？」

「それも含めて捜査している。やばい金かもしれないけど、何か思い当たる節は？」

「まさか」赤城が即座に否定した。「何で俺が知ってると思うんだよ」

「聴いただけじゃないか。そんなにカリカリするなよ……それで、朽木を工事現場から引きずり出した悪い奴の名前は？」

赤城がしばし躊躇った後、口を開いた。ぽつぽつと語られる情報は、今後の追跡をある程度は楽にしてくれそうなものばかりだった。


この捜査はノロノロし過ぎている。一気に進んでいかないが故に、焦燥《しょうそう》感だけが募《つの》った。普通は、どこかで――しかも捜査の初期段階で大きな手がかりが見つかり、事態が一気に急展開することが多いのだが。

渋滞がまだ続く都心部に入ると、一之瀬の苛立ちはさらに深まった。信号待ちの長い渋滞を抜け出せず、いつも持ち歩いているガムを口に放りこんで、何とか焦りと怒りを散らす。緊急走行が許されるような場面ではないから、覆面パトカーに乗っていても何の効果もないのだ。

ちらりとバックミラーを覗くと、岡本が腕を組んで目を閉じていた。車が動く度に体が揺れるが、目は覚めない様子だった。呑気なことで……やる気のない先輩を見ていると、さらに腹が立ってきた。

「ま、今日一日の動きとしては十分じゃないかな」藤島が呑気な口調で言った。

「そうですか?」一之瀬としては疑問をぶつけざるを得ない。遅々として進まない、というのが正直な印象だ。

「そんなに、何でもかんでも一度に分かるわけがないんだから、これでいいんだよ」

「そうですかねえ」

「まあ、焦るな……しかしお前さんも、赤城みたいなタイプの扱いが上手くなったじゃないか」

「いや、まだまだです」一之瀬は首を横に振ってからアクセルを踏みこんだ。五分ほども待たされた交差点を、この青信号で何とか抜け出せそうだ。

「何だかんだ言って、奴は根本的にはまだワルなんだと思う。その手の人間にビビって、まともに話ができない若い警官も少なくないからな」

「ああ……そうですね」数年前、警察学校での講習で、ヤクザへの対処方法を学んだことを思い出す。内容自体はほとんど忘れてしまったが、教官が「最近の若い警察官は、ヤクザに口でも勝てない」と嘆いていたのははっきり覚えている。確かに、ヤクザと遣り合いたくはないよな……と思ったが、残念ながらと言うべきか幸いにと言うべきか、一之瀬は実際にはヤクザと接触する機会はほとんどなかった。千代田署の管内には現在暴力団の事務所もなく、繁華街にも息がかかった店はほとんどないのだ。

「とにかく、明日以降もやることができた。これが一番大事なんだよ。途中で捜査が途切れて、足が止まるのが一番怖い。そういう時には大抵、捜査は長引くか、未解決になっちまうんだよな」

「……そうですね」

「だから、これで良かったんだ。宮仕えの身としては、明日も仕事がある幸運を噛み締めればいいんじゃないかな……それにしても、お前さんも、まあよくやったよ」

「そうですか？」一之瀬は思わず耳を引っ張った。知らぬ間に、ガムを噛むスピードが速くなる。

「刑事になって二年ちょっとか……これで何とか一本立ちだな」

「どうですかね」素直にうなずけない。本当に一人でやれるのか——刑事の仕事は一人でやるものではないが——未だに自信はなかった。

「ま、少しは自信を持ってもいいんじゃないか。調子に乗られると困るが」

「それはないですよ」

「そうかな？　お前さんは、少し調子に乗りすぎる嫌いがあるけど」

「まさか」むきになって否定したが、思い当たる節がないでもない……調子に乗るというか、浮かれてしまうのだ。情けない限りだが、ちょっと仕事が上手くいったり、プライベートでいいことがあると舞い上がってしまうのは事実である。

「まあ、いいけどな」藤島がシートに座り直した。その目は真っ直ぐ、前方の渋滞を見据えている。「どんどん前へ進め。俺なんか、さっさと乗り越えていくんだな」

藤島はどうしてこんなに自分を持ち上げるのか……「卒業」間近になって、気持ちよく送り出してやろうという気になっているのだろうか。

そんなに気を遣ってくれなくてもいいのに。今まで散々くさされた藤島に褒められても、何だか嘘っぽく感じてしまうのだ。小言を言ってくれるぐらいでないと、何だか調子が狂ってしまう。

夜の捜査会議は、普段よりも遅い時間に始まった。一之瀬たちの報告を待つ必要があったからで、立ち上がって状況を説明した一之瀬は緊張を強いられた。

朽木と赤城の関係、赤城の証言……話し終えると、会議室に緊迫した空気が満ちるのを感じた。相澤が例によって疲れた表情を浮かべたまま立ち上がり、一つ深呼吸した。

「明日以降、朽木とつき合いのあった古河大吾《こがだいご》という人間の割り出し、さらに事情聴取を最優先して捜査を進める」担当を割り振り、最後に気合いを入れた。「朽木が悪い連中とつき合っていて、まずい状況に巻きこまれた可能性は高い。まずはこの線を追っていこう」

捜査会議が終わった瞬間、一之瀬は思わず目を閉じた。長い、きつい一日だった……ずっと車を運転していたので、腰と背中に強張りも感じる。腹も減った……この時間からどこかへ食べに行く気にもならず、一之瀬は特捜本部用に用意された弁当を手に取った。冷えた弁当を何とか食べ進める。暑いからこれでいいのだ、と自分に言い聞かせてみたものの、味気ないことこの上ない。ペットボトルのお茶を頼みに、何とか呑みこみ続けた。しかし限界はくる……三分の二ほど食べたところで、唐突に満腹感を覚え、一之瀬は箸《はし》を放り出した。不意に、甘いものが食べたくなる。深雪が作ったクッキーとか。彼女は突然お菓子作りを始める癖があり、一之瀬もよく食べさせてもらっていた。しかし、異様に甘くなる時がある。材料の分量をきっちり量《はか》って作るので、いつも味は同じになるはずなのに、彼女の作るクッキーは、時に歯が溶けそうなほど甘くなる。しかし今は、その甘さが懐かしい。結婚したら、食べる機会も多くなるだろう。太る可能性が高いな……と余計なことをつい考えてしまった。

「よう」

声をかけられ、顔を上げた途端に、一之瀬は口に含んだお茶を吹き出しそうになった。隣の半蔵門《はんぞうもん》署刑事課に勤務する同期の若杉《わかすぎ》——非常に困ったことに気の合わない相手である。こいつがどうして千代田署にいるのだろう。

「何やってるんだ、こんなところで」

「爆破事件の特捜に引っ張られたんだ。お手伝いだよ」

若杉が椅子を引いてきて、一之瀬の前に座った。背が高いので、座っても迫力がある。しかし爆破事件の捜査を手伝っているなら、道場に置かれた特捜本部にいればいいのに。どうして他の本部にのこのこ顔を出すのか。

「いなかったじゃないか」

「今日から呼ばれたんだよ。殺しがあったから、そっちに人手を割かれただろう？　だから、爆破事件の方のお手伝い」

「そうか」鬱陶しいな、という気分が高まってくる。何かと前のめりなこの男とは、水と油とまでは言わないが、一緒に仕事をしたい関係ではない。プライベートでは絶対につき合いたくないタイプだ。

「で、殺しの方はどうよ」

「どうもこうも、捜査は始まったばかりだから」

「お前のことだから、もう犯人の目星をつけてると思ったけど」

「俺一人で捜査するわけじゃない」何言ってるんだ、こいつは……一之瀬は本気で疑わしく思った。人を名探偵扱いするのか。

「へえ」若杉が鼻を鳴らす。「この事件解決を手土産に、本部へ御栄転かと思ったよ」

「まだ決まってないから」一之瀬は釘を刺した。「適当なこと、言わないでくれ」

「人事は、喋った途端に潰れるって言うしな」若杉がにやりと笑う。「で、花の捜査一課へ異動する感想は？」

潰れると言いながら、平然と喋っている。若杉は元々デリカシーに欠ける男なのだが……一之瀬は思わず苦笑した。もしかしたら、ただ記憶力の悪い馬鹿なのかもしれない。

「だから、まだ決まってないし。特に希望してるわけでもないから」

「じゃあ、他にどこか希望している部署でもあるのかよ」

一之瀬は思わず口をつぐんだ。荒っぽい事件の捜査が好きなわけではないが、消去法で考えるとどうしても捜査一課ということになってしまう。こんな理由を人に話したら、せっかく決まっても人事はひっくり返されるかもしれないが。

「そんなことはどうでもいいから、爆破事件の捜査、ちゃんとやってくれよ。どうなってるんだ？」

「さあ、ねえ」若杉が肩をすくめる。「今日来たばかりだから、まだ流れが読めてない……しかし、変な帳場だな」

急に若杉が声を潜めたので、一之瀬は釣られて身を乗り出した。若杉が、急に不安そうな表情になって話し始めた。

「捜査一課と公安一課、上手くいってないみたいだな」

「ああ……その件か」一之瀬はうなずいた。最初に特捜本部の会議が開かれた時点で、すでに意識していた。「何だかギスギスしてるだろう？」

「してる、してる」声はまだ低いものの、若杉の顔は嬉しそうに輝いていた。基本的に、トラブルが大好きな男なのだ。「刑事部と公安部の仲の悪さって、マジだったんだな。噂では聞いてたけど、こんな風に目の当たりにするとは思わなかった」

「そんなにひどいのか？」

「一緒に会議をやってるのに、相手を無視して話を進めるんだから……係長同士の話だけどな。指示も、それぞれ別に出してる。あれじゃ、合同の特捜本部にする意味がないよ」

それで捜査が滞ったら、確かに馬鹿だ。変な意地の張り合いなのだろうが、一之瀬はどちらかに軍配を上げることができない。自分がまだ刑事部の人間ではないからかもしれないが……本部へ上がった途端に、公安部に敵愾心《てきがいしん》を抱く可能性もある。

「今はいいけど、もっと厳しい状況になったら、面倒かもしれないな」若杉が溜息をついた。

「で、実際目処《めど》はどうなんだ？」

「まだ全然。ただ、公安部は手を引きたがっているように見えるけど」

「どうして？」

「犯行声明がないから、過激派じゃないと思ってるみたいだぜ。ゲリラだったら、大抵犯行声明があるだろう」

「必ずあるとは限らないと思うけど」

「いや、あるね」若杉は譲らなかった。「過激派の連中は、自分たちがやったことを世間にアピールしないと意味がないんだから。違うか？」

「まあ、そうだろうけど……」一之瀬は別の意味で、過激派犯行説に否定的だった。最近の過激派のゲリラ事件で、設置型の爆発物を使ったケースはほとんどない。下手をすると死傷者が多数出て、世間の非難を浴びるからではないか、と想像していた。「じゃあ、公安部はタイミングを見て引くのかな」

「その可能性もあるね。一応、捜査したというアリバイを作りたいだけじゃないか。もしも過激派の可能性が出てきたら、また捜査に入ってくるとか」

「それは図々しいな」

「面の皮が厚いみたいだぜ、公安部の連中は」若杉が声を上げて笑った。「ま、こっちはこっちのペースでやるだけだけど」

それで大丈夫なのか、と心配になった。本来、企業爆破事件ともなれば、部の壁を越えて協力しあわねばならない捜査だろう。それをいがみ合いで頓挫させたら、税金の無駄遣いだ。

「まあ、いろいろ大変かもしれないけど、一課に行ったら頑張ってくれたまえ」若杉が偉そうに言った。

「何だよ、それ」

「最近はどうか知らないけど、捜査一課は一応、警視庁の花形部署だからな」

一之瀬としては首を傾げざるを得ない。確かに殺人事件の捜査は派手で、結果も注目されがちである。しかし警察の仕事は基本的に「裏方」であり、どんな部署でも「花形」にはならないのではないか。

若杉が立ち上がる。でかい体そのままに、まだまだ余力十分という感じだった。皇居の西側を管轄する半蔵門署も、千代田署と同様に荒っぽい事件の少ない署なので、力を持て余しているのだろう。基本、体育会系の筋肉馬鹿という一面もあるのだが。

「じゃあな。この事件を一課への手土産にしろよ」

またそれかよ……一之瀬は弁当を片づけながら溜息をついた。あずかり知らぬところで話が流れ、しかも自分では肯定も否定もできない。まるで死刑を待つ囚人のようではないか。死ぬのと異動するのでは、大変な違いではあるが。

〈17〉

またもじりじりと暑い……いや、この暑さは「じりじり」という程度の形容詞では済まない感じがするのだが、残念ながら一之瀬の語彙《ごい》には適当な言葉がなかった。「フライパンの上で焼かれる」というより、「オーブンで蒸し焼き」の感じだろうか。昔は——子どもの頃は、暑さといえば八月が本番、という感じだったのに、最近は七月から——あるいは六月から既に暑い。そこで体力を消耗して、八月をかろうじて乗り切り、九月は惰性で生きる感じの夏が続いている。

一之瀬はハンカチで額を拭った。最近は普通のハンカチではなく、薄手のタオルハンカチしか使っていない。何しろよく汗をかくので、この手のハンカチの方が使い勝手がいいのだ。

午前十時。目指す相手は家にいなかった。どうやら昨夜は帰って来なかったようで、郵便受けには今日の朝刊が刺さったままである。まあ、新聞を読んでいるだけでも評価できるな、と一之瀬は皮肉に考えた。自分も警察官になった時に、先輩たちから散々叩きこまれた——新聞ぐらい読んでおかないと、世の中の動きについていけないぞ、と。

「どうしましょうか」一之瀬は藤島に訊ねた。

「それは自分で決めたらどうかな、一之瀬部長」

「まだ部長じゃありませんよ」一之瀬は目を伏せて、小声でぶつぶつと文句を言った。

「部長じゃなくても、二年も刑事をやってるんだから、自分で考えろ。こういう状況でノーアイディアというのは、いただけないね」

目の前には古河大吾のマンション。特に高級なわけでもなく……築二十年というところだろうか。場所こそ東麻布と一等地だが、家賃は大したことはないだろう。裏の商売で大儲けして、贅沢している感じではない。

「とりあえず……日陰に入りましょうか」

「たまげたね。それが一之瀬部長の判断か」

藤島が皮肉に言ったが、彼も暑さには勝てない様子だった。向かいにあるビルの方へ歩いて行く。何の会社かわからないが、「(株)タカヨシ」と書かれた青い看板が日よけになっている。その下には自動販売機が何台か並んでいて、一之瀬は冷たいお茶に心惹《ひ》かれた。

「ちょっとお茶でも飲みませんか」

「今のはいい判断だ。さすが部長だな」

皮肉にも心が揺れなくなった。二人はそれぞれペットボトルのお茶を買い、同時に呷《あお》った。一之瀬は最近、朝は野菜ジュースしか飲まないので胃は既に空っぽで、冷たいお茶は体に沁《し》み渡るようだった。カロリーゼロだから、エネルギーにはならないが。

「古河は、家にはあまり寄りつかないのかもしれませんね」

「そうだな……家にいても仕事にはならないだろう」

古河大吾は、一時赤城と同じ建設会社に勤めていた。しかし過去には、振り込め詐欺《さぎ》に手を染めていたことがある。二十歳そこその時で、この時は逮捕されたものの、裁判では執行猶予《ゆうよ》判決を受けた。その後、赤城と同じ現場で働き始めて顔見知りになったのだが、赤城曰《いわ》く「あれは本物のワル」。朽木と古河が知り合ったのも、その工事現場だったという。本能的に危険な匂いを感じた赤城は、「古河に近づくな」と朽木に忠告したのだが、朽木は言うことを聞かなかった。本質的には、朽木の方が赤城よりも悪に染まりやすいタイプなのかもしれない。高校時代からそうだったわけで……誰かに誘われると「ノー」と言えない人間はいる。

結局朽木は、現場を無断でサボって姿を消した。赤城は朽木を探したのだが、仕事をしながらできることには限りがある。朽木はいつの間にか引っ越していて、携帯は着信拒否……「正直凹んだ」というのが赤城の感想だった。「せっかく田舎から引っ張り出してやったのに、結局悪い方へ行くんだから」

かつての「悪のツートップ」らしからぬ発言だが、赤城の「ワル」は高校レベルだったのかもしれない。自分が売った脱法ドラッグを使った人間が、交通事故を起こして死んだ——それでショックを受けるのは極めて普通の人間の反応で、一之瀬は彼に対する評価を改めつつあった。悪い人間ではない——いや、かつては間違いなく悪かったのだが、ほぼ更生したと言っていいだろう。もちろん本当にそうなのかどうかは、第三者の話を聞かないと分からないが、今回の捜査の眼目は赤城の正体を暴くことではない。必要な情報が入手できればいいのだ。

お茶を半分ほど一気に飲んで、一之瀬はようやく人心地がついた。何となく空腹も紛れた感じになっている。さて、どうやって古河を摑まえるか……古河は既に、建築関係の仕事はしていない。この家は免許証から割り出したが、赤城と一緒に働いていた頃に住んでいた住所ではない。今のところ情報はほぼゼロの状態で、どこから手をつけたらいいのか分からない。

一つヒントがあるとすれば、女の存在だろうか。赤城は「当時はつき合っている女がいた」と言っていた。新宿のキャバクラに勤める二十二歳の女で、最初は客とキャバ嬢として知り合ったという。店が休みの時にはあちこち連れ歩いていて、赤城も会ったことがあるという。

「そんなにケバくない感じで、店にいない時は普通の女の子という感じ」というのが赤城の印象だった。「もちろん店に出る時は、肌の露出は多いし、派手に化粧してたけど」。実際赤城も、彼女が勤める店に行って、素顔との落差に唖然としたことがあるという。

「吉井麗香《よしいれいか》のところへ行きますか」

「そうだな。他の交友関係がはっきりしないなら、まず女を攻めるか」

一之瀬は手帳を開いた。昨夜、金釘流《かなくぎりゅう》の文字で書きつけた情報を確認する。免許証から調べた自宅の住所は……丸ノ内線の新中野《しんなかの》駅近くだ。出勤の時は、派手な格好で丸ノ内線に乗って来るのか、あるいは店で着替えるのか。風俗関係に詳しくない一之瀬には謎《なぞ》の世界だった。

いずれにせよ夜が遅い商売だから、この時間なら家で摑まえられる可能性が高い。どうせなら寝ているところを急襲して、向こうの頭がぼんやりしている状態のまま話を聞き出すのがいいだろう。

「摑まらなくても、最悪、夜に店に行けばいいですよね」一之瀬はもう一度手帳を見た。「新宿三丁目、ドルフィン」の店名がある。

「それは避けたいなあ」藤島が渋い表情を浮かべて顔を擦った。

「何でですか？」

「風俗に行くと、必ず嫁にばれるんだよ」

「それはまずい――」

「馬鹿、プライベートな話じゃない。仕事だ、仕事。風俗で金を使うほど、給料は貰ってないよ」

正確には「小遣いは貰っていない」だろう。警察官の給料は、階級にもよるが、同年代の公務員に比べて悪くない。一之瀬が警察官になろうと思った理由の一つがそれだ——安定志向。

「何で分かるんですかね」

「女の勘だろうな。あとは匂い——女の子たちがつけてる香水の匂いが残るんだよ。昔はそれに煙草の臭いが混じっていたから何とか誤魔化せたけど、今はそうはいかないね。仕事だって言っても、何だか気まずくなるし」

「分かりました」

「こういう話も参考になるだろう?」藤島がにやりと笑う。「深雪ちゃんはどうなんだ? その辺、鋭くないか?」

「分からないですね。仕事でも、風俗店に行ったことはないし」

「うちの管内はクリーンだからな」藤島がうなずく。「血も涙もない」

確かに……企業と役所の冷たく硬いビルが軒《のき》を並べる街には、温かみが一切ない。自分はこの署で、どれぐらい刑事の基礎——要するに人間を知ることだと思う——を学べたのかと、不安になることもあった。

「とにかく、行くか」

藤島がペットボトルを傾けて一気に飲み干した。一之瀬はそのまま持っていくことにした。今日の暑さを考えると、少しずつこまめに水分を取った方がいいだろう。脱水症状に陥った刑事、は洒落《しゃれ》にならない。

吉井麗香のマンションも、こぢんまりとしたものだった。キャバ嬢の給料というのは、大したことはないのだろうか、と一之瀬はぼんやりと想像した。「鍋屋横丁」という気さくな商店街を抜けた場所にあるマンションは五階建てで、かなり古びている。オートロックでもない——築二十年以上、と一之瀬は見積もった。

中に入りこみ、部屋の前でインタフォンを鳴らしてみる。反応なし。藤島の顔をちらりと見ると、彼は「寝てるんじゃないかな」と言った。

「起こしましょうか」腕時計を見ると午前十時過ぎである。夜中に働いている人間なら、寝ていてもおかしくはない。

「やってくれ」

言われるまま、一之瀬はインタフォンのボタンを乱打した。中で呼び出し音がヒステリックに鳴り続ける。とうとう人差し指が痛くなってやめたが、やはり反応はなかった。

「耳栓をして寝てるってことはないですかね」

「あるいは死んでいるとか」

藤島の言葉に、どきりとした。麗香も、ある意味朽木と繋《つな》がりがある人間と言えるだろう。もしも、警察が関知していないところで大きな事件が動いていたら——他に犠牲者がいてもおかしくはない。嫌な予感がして、一之瀬はドアノブを引っ張ってみた。鍵はかかっている。

二人は玄関ロビーに降りて、郵便受けを確認した。こちらも鍵がかからないタイプで、中を簡単に覗ける。新聞も郵便物もなかった。こういうところには大抵、邪魔なダイレクトメールが入っているものだが、それすらなかった。意外にマメなタイプかもしれない。

「三十分待って、もう一度鳴らそう」藤島が提案した。「もしかしたら本当に、耳栓をして寝ているかもしれないし」

「生きていてくれれば、何でもいいですよ」

藤島が啞然とした表情を浮かべ、一之瀬の顔を見た。

「やれやれだな」

「何がですか」不安になり、一之瀬は訊ねた。

「そんなに皮肉っぽい男に育てた覚えはないけどね」

「この商売をしてれば、誰でも皮肉っぽくなるんじゃないですか」

人間の汚い面を多く見ていれば、どうしてもそうなるはずだ。避け得ないことであるが、せめて自分が皮肉っぽくなっていることだけは意識しておこう、と一之瀬は決めている。

それすら忘れたら、本当に魂がすり減ってしまいそうだ。

二人は隣のマンションの前に移動した。住宅街の中で、しかも今日は車もないので、張り込みはひどくやりにくい。何となく他人の目も気になるのだが、それを意識し過ぎると動きが不自然になる。何か文句を言われたら、バッジを示せばいいだけだ。もっとも一之瀬の場合、張り込み中に、近所の住民に怪しまれたことは一度もない。多分、容貌のせいだと思う。実年齢よりも少し若く見えて、どこか甘い感じがあるのは自分でも意識していた。もっとも、誰かが密かに通報したのか、夜中にパトカーが来てしまったことが一度だけある。バッジを見せてすぐに帰ってもらったが、あの時は冷や汗ものだった。

二十分が過ぎた。日差しは頭の真上から降り注ぎ、くらくらしてくる。せめて遮るものがあればいいのだが、この環境ではそれは望めなかった。たまに掌で顔を扇ぎ、タオルハンカチで汗を拭ってやるぐらいしかできない。一之瀬は頭の中で、ひたすら冷たいものを想像して何とか乗り切ろうとした。水風呂、かき氷、零度近くまで冷えたビール、エアコンの涼風——効果なし。

「参ったね、これは」藤島も弱音《よわね》を漏らし始めた。見ると、顔が少しだけ赤い。五十歳という年齢の割にはタフだが、やはりこの暑さには敵わないようだ。

どこかへ退避すべきではないかと考え始めた時、裏通りから一人の女性がマンションに向かって歩いて来るのが見えた。野球帽を被っているばかりではなく、サングラス、首に巻いたタオル、紫外線よけのアームカバー——去年皇居ランをした時にその存在を知った——で完全武装している。下も長いジャージ。こんな暑苦しい格好で外を出歩かなくてもいいだろうに、と思ったが、彼女は犬の散歩をしているのだった。黒と茶色が混じったミニチュアダックスフントで、彼女が比較的ゆっくりと歩いているのに比して、短い足をフル回転させてほぼ全力疾走になっている。舌を垂らしながらの散歩は、果たして楽しいのだろうか……犬の気持ちは分からないが。

「あれじゃないか」藤島も女性の姿を認め、小声で言った。

「マジで地味ですね」

化粧っ気もなく、長い髪も後ろで無造作に束ねているだけ。普通の女性会社員と言っても通じそうな感じだった。サングラスだけは、サイズの大きいいわゆる「女優サングラス」なので、派手な感じはしたが、今時は普通の女性でもこういうサングラスをかける。何しろ東京の夏の日差しは凶暴過ぎるのだ。

「声、かけますか？」マンションに消えるのを見届けてから、ドアをノックしてもいい。しかし一之瀬は、一刻も早く話がしたかった。そうでないと、こちらが干からびてしまう……。

「そうだな、犬が助けてくれるだろう」

藤島が同意した。犬？　何の話だと思ったが、すぐにピンときた。犬を飼っている人は、愛犬を放り出して逃げ出すようなことはしない。つまり、この場で立ち止まってしっかり話が聴けるということだ。

一之瀬はすっと前に出て、麗香らしき女性の前に立ちはだかった。

「吉井麗香さんですか？」

麗香がすっと顔を上げる。身長は百七十センチ近いだろう。ソールがそれほど厚くないスニーカーを履いていても、一之瀬とさほど身長が変わらなかった。用心しているのか、一言も発しない。一之瀬はすかさずバッジを示した。

「警察です。千代田署の一之瀬と言います。こちらは藤島警部補」

階級を言うと圧力になるのではと思いながら、一之瀬は藤島を紹介した。藤島は一歩下がった位置でうなずくだけだった。お前に任せる——の合図と受け取る。

「警察が何？」

素っ気ないが、荒んだ口調ではなかった。足元で犬が跳ね回り、一之瀬の足に絡みつく。勘弁してくれと思いながら再度確認した。

「吉井麗香さんですね？」

「そうですけど、警察には用事はないはずです」

「あなたのことじゃありません」今のところは。「古河大吾さんに会いたいんですけど、どうやって連絡を取ったらいいですか？　教えて下さい」

麗香が黙りこんだ。サングラスのせいで表情が半分隠れ、本音が窺えない。だが、口紅も引いていない唇が軽く震えるのを一之瀬は見て取った。

「古河大吾さん。知ってますよね」

麗香は口を開こうとしない。沈黙を破るように、犬が盛んに吠えた。麗香が無言でリードを引いたが、犬は吠え止まない。

「どうなんですか？　知っているかいないか、それだけでも教えて下さい」

もちろん知っている、と一之瀬は確信していた。何も言わないのは、「知らない」と嘘をついてそれがばれた時に、面倒なことになるのが分かっているからだろう。かつて警察とかかわったことがあるからではなく、案外頭の回転が速い——想像力が豊かなタイプではないかと一之瀬は思った。

「どうしても、古河さんに話を聴かないといけないんですけどね」

「警察なら、電話ぐらい調べられるんじゃないですか？」

「もちろん」一之瀬はうなずいた。「もう分かっています。でも、電話ではなく、直接話したいので……協力してもらえませんか？」

麗香の唇が薄く開いた。形のいい歯が覗いたが、まだ気持ちが固まらない様子だった。待つ……額を汗が伝い、くらくらしてくる。本当に熱射病になりそうだ、と心配になってきた。

「いつまでもこんな暑いところに立っていると、お互いに具合が悪くなりますよ」

まるで悲鳴を上げているようではないか、と情けなくなる。麗香の方は日差しを防ぐ完全装備の上に、左手にはまだ中身がたっぷり入ったペットボトルを持っている。あの水をほんの少しでも貰えたら——と一之瀬は弱気になった。

「待て」突然、藤島が低い声を上げた。すっと前に出て、一之瀬の脇に並ぶ。

麗香が異変に気づき、慌てて振り返った。犬が走り出そうとして、リードがぴんと張る。麗香は言葉にならない声を上げ、藤島が走り出した。その視線の先には——古河。一之瀬も、麗香の脇をすり抜けるように走り出した。彼女はここでも、まず自らの身を守ることにしたようだ。「逃げて」と一言叫べば、逃亡をほう助することになる。一筋縄ではいかない女だと思いながら、一之瀬は三歩でトップスピードに乗った。

二人は、何も言わずに古河に迫った。何もわざわざ、こちらの存在を知らせる必要はない。しかし古河も、いきなり二人が走って来たら気づかないわけがない。はっと顔を上げると、素早く踵を返して、今来た道を戻り始めた。早い……短距離選手のようなスピードで、あっという間に一之瀬たちを引き離していく。その先は駅——逃げこまれたら追跡は困難だ。何としても、早く捕まえないと。

一之瀬はさらにスピードを上げ、藤島を追い抜いた。革靴なのだが、ずっと履いているので柔らかくなり、その気になればスニーカーのように走れる。幸い、古河の走るスピードはすぐに落ち始めた。瞬発力はあるが、スタミナはそれほどでもないようだ。

「待て！」そこで初めて、一之瀬は声をかけた。しかし古河は振り返らない。そんなことをすればスピードが落ちると分かっているのだ――逃げることに慣れている。

クソ、いい加減に止まれ。一之瀬は腹の中で毒づきながら、必死で呼吸を整えた。まだまだ行ける。去年の皇居ランを思い出しながら、一之瀬は人出が多くなり始めた商店街の中を駆け抜けた。呼吸は次第に楽になり、古河との差も詰まっている。店の人や買い物客が何事かと視線を向けてくるが、気にもならない。今はただ、古河の背中に追いつくことしか考えられなかった。

小さな交差点に差しかかると、突然、左から一台の車が出てきた。ちょうどそこに差しかかった古河に気づき、運転手が急ブレーキをかける。ぶつかる――しかし古河は、ボンネットに両手をつき、器用に車に飛び乗った。そのまま体を横向きにし、一度ボンネット上でバウンドしたものの、器用に乗り越えてまた走り出す。一之瀬は車の前を横切ろうとしたが、動き出した車に塞がれる格好になった。後ろに回ろうとすると、運転手がバックする――相当慌てていたようで、後ろから迫ってきた自転車にぶつかってしまった。金属音と悲鳴が響き、自転車の女性が倒れこむ。運転手が慌ててドアを開けたので、一之瀬はそれにぶつかって、その場で尻もちをついてしまった。

「何やってるんだ！」追いついてきた藤島が、車の前へ回りこんで前方を見渡す。「クソ！

もういないぞ」

一之瀬は、尻と腕に残る痛みを我慢しながら何とか立ち上がった。ボンネット越しに前方を見ると、確かに古河の姿は消えている。

「追え！　ここは俺が何とかする」

そう言われても、走れるかどうか……何とか走り出したが、激しい尻の痛みのせいで、先ほどのようなスピードが出ない。途中、路地を覗きこみながら、結局青梅《おうめ》街道まで出てしまった。途端に、車の洪水に巻きこまれる——クソ、大失敗だ。まさかあんなところで車が出てくるとは。

一之瀬は天を仰ぎ、ぎらつく太陽を睨みつけた。汗が流れ、シャツが背中にも胸にも張りつく。しかし今は、不快感よりも後悔の念の方が強かった。

捜査一課が遠のく……もしかしたら巡査部長への昇進もなくなる？

そんなことを考えてる場合じゃないだろう、と一之瀬は自分に腹が立ってきた。

「大失態だな」

相澤が低い声でぼそぼそと非難した。疲れた口調でそう言われると、自分が情けないというより、相澤に対して申し訳ない気分になってくる。これ以上失敗が重なったら、この係長は倒れてしまうのではないか、と一之瀬は懸念した。もしかしたら秋から、自分の上司になるかもしれないのに——捜査一課にいければの話だが。

「すみませんでした」一之瀬は膝につきそうなほど深く頭を下げた。

「いやいや、年寄りが足を引っ張りまして」藤島が救いの手を差し伸べてくれた。

「ベテランの足が絡んだら、若い奴が助けるのが普通だ。それができないとなると……」

相澤が一之瀬を睨みつけた。「コンビ解消だな、これは」

「いや、自分のミスですから。藤島さんは何も悪くありません」

「美しい師弟愛だね。だけど、捜査には関係ない」

相澤の怒りは、簡単に収まりそうになかった。こういう時に、相手を一瞬で和ませるのも刑事に必要な能力かもしれないが……上手い台詞が思い浮かばなかった。しかし一之瀬の心配をよそに、相澤はいきなり怒りを引っこめた。

「午前中に、古河大吾について調べてみた。七年前の振り込め詐欺——当時はオレオレ詐欺だったな——の時には、出し子のまとめ役程度の役割だったそうだ。それで執行猶予判決で済んだ」

「下っ端から出世したんですかね」藤島は、あっという間に普段のペースを取り戻していた。「少なくとも、何かやっているのは間違いないですよ」

「そうじゃないと、いきなり逃げ出したりしないわけだ」相澤がうなずく。「後ろめたい部分がある……どうかな、振り込め詐欺をやってる連中は、何度も同じことを繰り返す傾向があるが」

「そうですね」藤島も認めた。「味をしめるということもあるでしょう」

「いずれにせよ、馬鹿だね」相澤が吐き捨てた。「女の方は引っ張ってきたんだな？」

「はい」一之瀬は答えた。まだ、二人の普通のペースについていけない。

「徹底的に叩け。古河の普段の居場所を知らないわけがないだろう。何だったら、その女を囮《おとり》に使っておびき出せ」

「それは……難しいと思いますが」一之瀬は反論した。「古河は、我々が吉井麗香と一緒にいるところを目撃していますから、警察が張っていることは予想していると思います」

「女の様子はどうなんだ？」

「かなりしたたかですね。何も喋りません」

「水商売の女は口が固いからな」馬鹿にしたように相澤が言った。

「いや、あれは恋人を庇っているだけだと思いますよ」一之瀬はさらに反論した。

「お前はロマンチストだねえ」相澤が鼻を鳴らす。「そんなもんじゃないぞ。水商売の関係者は計算高いんだ。庇ってるとしたら、何か利益を考えてるからだ」

「それは……とにかく、これから叩きます」

「お前で大丈夫なのか？」相澤が疑わしげな視線を向けてきた。「その手の女は、扱いが難しいぞ。お前みたいな若造は、すぐに呑みこまれちまうだろう」

「いや、しかし——」三度目の反論をしようとして、一之瀬は口をつぐんでしまった。先ほど路上で話した限りでは、有益な情報は一つも引き出せなかったではないか。今は警察署という緊張する環境にいるのだが、それぐらいでは態度は変わらないかもしれない。

相澤がむっつりとした表情を浮かべ、腕組みをした。嫌な沈黙が三人の間に流れる。藤島も、相澤を宥める言葉を失ってしまったようだった。

緊張感が頂点に達した時、相澤の前の電話が鳴った。それで一気に気が抜け、一之瀬はそっと息を吐く。体が弛緩《しかん》し、「気をつけ」の姿勢のままでも、心は「休め」になった。

「はい、相澤……ああ、ご苦労さん」二人をちらりと見やってから、体を捻ってそっぽを向く。「それで？　ああ、なるほど……分かった。こっちから人を出す。住所と、念のために携帯の番号を教えてくれ」

手元の付箋に走り書きしてから、相澤が電話を切った。付箋にさらに何かを書き足してから、はがして一之瀬に渡す。受け取ると、「村上達志《むらかみたつし》」の名前と携帯電話の番号、住所が書き殴ってあった。

「これは……」

「古河が昔つるんでいた仲間だ。振り込め詐欺で一緒に逮捕されて、やはり執行猶予判決を受けている。珍しく更生したらしいな……今は、実家の仕事を手伝っている」

「こいつに、古河のことを聴けばいいんですね」失敗を埋め合わせするチャンスだ。一之瀬は手帳に付箋を貼りつけ、村上という名前を頭に叩きこんだ。

「今度は逃げられないようにな。実家で仕事をしている人間を逃すようじゃ、本当に刑事失格だぞ」

痛い言葉を胸にしまいこみ、一之瀬は千代田署を後にした。

〈18〉

村上の実家は、王子にあるコンビニエンスストアだった。千代田署からだと、ずいぶん遠くまで来た感じがする……狭いようでいて、二十三区もかなり広いのだ。駅前にある巨大なビルを横目に見ながら、北本通《きたほんどお》りを歩いて行くと、五分ほどで目当ての店にたどり着く。

外から店内を覗くと、客はほとんどおらず、レジで若い男が一人、手持ち無沙汰にしていた。この男が村上だろう。よし——この状況なら絶対に逃げられない。

「行きますか」

「どうぞ」藤島が右手を店に向かって差し出した。「若い人優先で」

当然そうなるだろう、と予想していた。一之瀬は意を決して店に足を踏み入れた。予想よりも強く冷房が効いており、汗をかいた体に震えがくる。店内をぐるりと見回し、もう一人店員がいる——飲み物を棚に補充していた——のを確認してからレジに向かった。

村上は大きな男だった——ただし、横方向にだけ。身長は百七十センチぐらいで、縦横がほぼ同じサイズ、という感じである。見慣れた制服も特注ではないか、と一之瀬は訝った。丸く膨らんだ顔にはニキビの痕が目立ち、髪を極端に短く刈《か》り上《あ》げているせいで、地肌が透けて見えている。頭の後ろで肉がだぶついていた。

一之瀬の姿を認めた瞬間、ぎゅっと目を細めた。更生しているとはいえ、たぶん、一瞬で一之瀬を警察官と見抜いたのだろう。ワルは本能的に、警察官の匂いを感じ取るものだ——村上の本質的な部分は変わっていないのかもしれない。

一之瀬はレジの前に立ち、胸の位置で隠すようにしてバッジを示した。もう一人の店員には気づかれたくない。

「千代田署の一之瀬です。ちょっと話を聴かせてもらえますか」小声で切り出した。

「時間、かかりますか?」最初のきつい雰囲気は消え、早くも諦めたような口調だった。

「それは、話の流れ次第ですが」

村上が溜息をついた。何となく甘い香りがする——この太り過ぎは、賞味期限の切れた店の菓子パンを大量に食べているせいではないか、と想像する。

「ちょっと電話してもいいですか」村上が制服のポケットから携帯を取り出した。「ここ、代わってもらわないといけないので。店に一人はまずいんです」

「交代はいるんですか？」

村上が無言で人差し指を立て、天井に向かって二度、上下させた。家の一階部分がコンビニなわけか……究極の職住接近だ。家族は気が休まる暇がないだろうな、と一之瀬は同情した。コンビニオーナーの仕事は大変な激務だ、と聞いたことがある。アルバイトの店員が急遽来られなくなったら、自分でも店に立ち、しかもそれが徹夜仕事になることも珍しくないらしい。

村上が店内に背を向け、電話でこそこそと話し始めた。すぐに電話を終えると、店内に向かって振り返り、「飯島《いいじま》君！」と大声で呼びかける。先ほど飲み物を補充していた若い店員が、慌てて飛んで来た。

「悪いけど、ちょっと店、頼めるかな。すぐにオーナーも来るから」

「分かりました」

村上が制服を頭から脱ぎながら、店の出入り口に向かった。自動ドアが開いた瞬間、制服姿の初老の男が店に入って来る。どうやら父親らしいが、体形は似ても似つかない――ほっそりして、裸になったら肋骨《ろっこつ》が浮き出ているようなタイプだ。しかし、目元だけはよく似ている。

だ。

　「何だ、どうした」ひどく不機嫌な様子で、村上に向かって威嚇《いかく》するように言った。

「ちょっと、こちらの方がね……」村上が、居心地悪そうに体を揺する。制服を脱いでTシャツ一枚なので、余った肉がぶるぶると揺れるのが分かった。

「何ですか、仕事中なんですけど」

　警察です、と言うのがなぜか憚《はばか》られ、一之瀬は父親の顔の前でバッジを掲げた。父親はすぐに理解したようで、村上に向かって「お前、何かやったんじゃないだろうな」と凄んだ。

　息子が反論する前に、一之瀬は「ちょっとお話を聴きたいだけなので」と助け舟を出した。「息子さんのことではありません」ともつけ加える。

「それなら構いませんが……おい、本当に大丈夫なんだろうな」父親は納得していない様子だった。

「何でもないって」消え入りそうな声で村上が答える。相当厳しい父親で、事件を起こした時にはどれだけ激昂《げっこう》したか、容易に想像できる。ただ、それで村上が悪さから手を引いたのは間違いないだろう。結局、親次第で子どもは何とでも変わるものなのだ――二十歳を過ぎても。

「すみませんが、うちの息子は昔、そちらにお世話になったもので」厳しい表情のまま父親が言った。

「その件とはまったく関係ありませんから」一之瀬は嘘をついた。知りたいのは当時の人間関係であり、そういう意味では過去の事件とつながっている話である。

「そうですか……」父親が軽く溜息をつく。「まあ、何か役にたつようなことなら」

「そのために、少し時間をいただきます」

父親が軽く頭を下げ、息子の肩を小突いてから――村上はびくともしなかった――レジの方へ向かった。

店の外へ出た瞬間、村上が吐息を漏らす。

「いつもあんな感じなんですか？」一之瀬は意識して気楽な調子で訊ねた。

「ま、あんな事件があった後は特に。自分が悪かったのは分かってるんで」

「だから、そのことじゃないですからね」少し自分を卑下《ひげ》し過ぎだ、と思いながら一之瀬は言った。あるいは今でも、過去に怯えているのかもしれない。執行猶予がついて刑務所へは行かなかったものの、警察の留置場で過ごした時間はトラウマになっているだろう。

「だったら何なんですか？」村上が不安そうに訊ねる。

「ちょっと落ち着いて話せるところはないですかね」

「じゃあ……そこで」

村上が、コンビニの二軒先にある喫茶店に向かって顎をしゃくった。マンションの一階にある店で、前面がガラス張りになっている。直射日光が強烈に射しこみそうだと想像するだけでうんざりしたが、冷房の力を信じるしかないだろう。

「構いませんよ」

店の中に入ると、きつく冷房が効いて風が回っており、大量に置かれた観葉植物の葉が、どれもかすかに揺れている。店は空いていたが、念のため一番奥、トイレに近い席に陣取る。ここなら背の高い観葉植物が目隠しになって、他の客からは見えないはずだ。ちらりとメニューを見ると、ランチが結構充実している。昼飯抜きでここまで来てしまったので、胃袋が悲鳴を上げていた。しかし何か食べながら話を聴くわけにもいかないので、ここは我慢だ……三人ともアイスコーヒーを頼む。一之瀬は少しでも空腹を誤魔化そうと、普段は使わないガムシロップとミルクを加えた。

「それで……何の話なんですか」村上の方で先に切り出した。よほど、早く話を切り上げたい様子である。

「朽木さんを知ってますか？　朽木貴史さん」

「いや……誰ですか？　知ってないとまずい人ですか」

実直な物言いは信用していい気がしたが、一之瀬はわずかな疑問を残しておくことにした。何と言っても村上は、振り込め詐欺グループにいた人間なのだ。もう堅気になっていると言っても、天性の嘘つきである可能性もある。

「先日、殺されたんです」

「ちょっと」村上がテーブルの端を両手で摑んで身を乗り出す。突き出た腹がつかえてしまい、それほど一之瀬たちには近づかなかったが。「まさか、俺が殺したとでもいうんですか？」

「そうなんですか？」

「冗談じゃない」村上が拳を固め、テーブルを叩いた。体重のせいでテーブルが激しく揺れ、それぞれのアイスコーヒーのグラスが倒れそうになる。「何で俺がそんなことを」

「やってない？」

「やってませんよ。真面目に働いているんだから」

「それならもちろん、それでいいんですよ。聞きたいのは別のことです。最近、古河大吾とは会ってますか？」

「え？」グラスに伸ばしかけた村上の手が止まった。

「古河大吾。当然、知ってますよね？」

「いや……何なんですか、結局昔の話ですか」口をへの字にして村上が抗議した。

「そうじゃないんです。あなたには関係ない」本当に関係していないかどうかは分からないが。「古河に話を聞きたいだけなんです。所在不明なんですよ」逃げられた、という話は隠しておいた。何も警察の失敗を打ち明ける必要はない。

「じゃあ、何なんですか？」

「殺された朽木という人物と古河が、最近つるんでいたという話があるんです」

「そうなんですか?」

「あなた、古河とは全然連絡を取ってないんですか?」

「それは……そうですよ」村上の喉仏が上下した。「確かに、昔は一緒に悪いことをしましたよ。でもあれは、気の迷いだったから……裁判が終わってからは、完全に縁を切りました。つき合っていても、ろくなことがないでしょう」

「古河があなたを誘ったんですか?」

「昔のバイト仲間で……あいつはその頃から悪かったけど」

「昔から知り合いだとしたら、つき合いを断つのは大変だったんじゃないですか? 向こうの方があなたを頼って——何かさせようとして寄って来ることもあるでしょう」

「そういうのは、なかったです」

「本当に?」

「嘘ついてどうするんですか」村上が吐息を漏らした。「ようやく普通の生活に戻ったんですから、もう勘弁して下さいよ」

「別に、あなたの生活を邪魔するつもりはありませんよ」被害者意識が強過ぎるなと思いながら一之瀬は言った。「裁判が終わって刑が確定して……執行猶予の期間も終わったんでしょう?」

「終わってます」

「だったら、警察が一々口を出すことはありません。正直言って、警察もそこまで暇じゃありませんから」

「そうですかねえ。警察は、何回でも来るんじゃないですか？　一度目をつけた人間は、何度も狙われるんじゃないですかね」

「判決が出た後も、警察が接触してきたんですか？」

「同じような事件の捜査で、二度」村上が太いソーセージのような指でVサインを作った。「こっちが何かやってるんじゃないかって疑ってたんですよ。だから親父も、さっきはあんなに怒ったわけで」

「言いがかりですか」

「こっちにすれば、ね」村上がおしぼりを取り上げて指先を擦った。「でも、警察に向かってそんなことは言えないでしょう」

「言いがかりなら言いがかりで、はっきり言えばいいんですよ。主張しないと、ペースを握られますよ」俺は何でこんなことを言っているのだろう……こんなアドバイスはこの場に相応《ふさわ》しくないと思いながら、一之瀬は唇を尖らせた。「話を戻しますが、古河の居場所はご存知ないんですね？」

「知りません」

「そうでしたか……」

「知らないです。携帯は、替えたって聞きましたけどね。俺もそうだけど」

「どうして？」

「何だか縁起が悪くて。留置されてる間に、バッテリーが切れてて……出た時に、そのまま買い替えに行きましたよ」

何となく分かる。気持ちを新たにするためというか、逮捕される前とは違う自分になるため……今や携帯は、人間の脳の延長のようなものだろう。それを変えることで、全てを一変させるつもりだったのかもしれない。

「それで、古河とは連絡も取らなくなったわけですね」

村上が大きな体を揺すってうなずいた。妙に居心地が悪そうに見える。ふいに吐息を漏らし、「腹が減りました」と弱音を吐いた。それで調子が出ないのかもしれないと思い——村上にとって、「食」の優先順位は極めて高いのだろう——一之瀬は「食事にしますか？」と切り出した。言ってしまってから藤島を見ると、かすかにうなずく。何となく手詰まりというか、これ以上は何も出てこないだろうと思っているのかもしれない。何か食べさせれば気が変わるか頭が回るようになって、話が前に進むと読んだのだろうか……確かに人間にとって、食べるのは大事なことだ。腹が減っていては何もできないのも確かだし。ついでに自分たちも食べてしまおう。食べられる時に食べなければ。

カレーなら早いだろうと、一之瀬も藤島も村上に合わせて同じものを頼んだ。ただし、村上は大盛り。一之瀬は思わず藤島と目を見合わせた。この体格なら大盛りは当然かもしれないが、刑事二人を前にして、そんなに食べる気になるのが理解できなかった。

料理が出てくるのを待つ間、藤島がコンビニの仕事の話でつないだ。相当きつい仕事のようで、村上の愚痴のオンパレードになったが、藤島は辛抱強く聞いている。こういうのはやはりベテランならではだな、と一之瀬は思った。相手に弱音を零させれば、距離間は縮まる。

予想通り、カレーは早く出てきた。村上はそれを、丸呑みするような勢いで食べ始める。呆気《あっけ》に取られながら、一之瀬も自然と食べるスピードが上がってしまった。

「ここのカレー、美味いんですよ。よく食べに来るんです」村上の表情が緩んでいた。

「なるほど」どうも一之瀬には、レトルトの味がしたが……村上は量を詰めこむのが専門で、味にはこだわりがないようだ。

村上はデザート代わりにサラダを食べ終え、アイスコーヒーを飲み干した。覚悟を決めたように、低い声で言う。

「古河と会いたいんですよね？」

「ええ」急に村上の口調が変わったことに、一之瀬は気づいた。やはり今までは、腹が減って集中力を失っていたのかもしれない。「何か、情報があるんですか？」

「いや、直接の話じゃないんですけど……昔、一緒にいた仲間がいまして」

振り込め詐欺の、と聞こうとして一之瀬は言葉を呑んだ。露骨に口にすると、また村上が警戒してしまう気がする。

「そいつとは、今でも時々話すんですよ」

「その人は……」

「悪い奴じゃないです。とにかく、今は」村上が顔の前で、巨大な手を振る。風圧が感じられるほどだった。「こいつも、あんなことをやる前からの仲間なんです。でも古河と違って、俺たちは……誘われた方だから」

要するに村上たちは、詐欺グループの中では下っ端の下っ端だったわけだ。それ故、今後やばいことからは手を引こうと、さっさと決めたのではないだろうか。下っ端ならば、受け取った金額もそんなに多くないはずで、「割に合わない」と考えるのも自然だ。

「それで？　その人がどうしたんですか？」一之瀬は先を促した。

「何か、古河がまた動いているっていう話をしていて」

「悪いことを？」

「悪いっていうか、『でかい金になる』っていう話だったんですよ。ただ、そいつも又聞きしただけだから、はっきりしたことは分からないと思うけど」

「又聞きでも、重要な情報ですよ」一之瀬は手帳を広げた。「その人の名前と連絡先、教えてもらえますか？」

平井隆太《ひらいりゅうた》は、派遣社員として、板橋《いたばし》区にある流通倉庫で働いていた。夕方、仕事が終わる時間近くに訪れたので、さほど待たされなかった。

平井は最初から不機嫌だった。一之瀬たちは倉庫の事務所に顔を出し、そこで平井を呼んでもらったのだが、どうやらそれが気にくわなかった様子である。「ちょっと出ましょう」といきなり言って、二人を残したまま、さっさと外に出てしまった。

「困りますよ」振り返るなり言った。軍手を外し、ぴしりと腿《もも》に叩きつける。「警察が来たなんて、変な評判が立ったらどうするんですか……逮捕されてからはまともに仕事もないのに。ここだって、派遣なんですよ。すぐに首を切られちまう」

一之瀬は無言でうなずいた。何とか派遣の仕事でしのいでいるということか……警察の訪問を迷惑がるのも分かる。

「まあまあ」藤島が宥める。「後で会社の方には、あなたには何の関係もないって言っておくから。実際そうなんだし」

「そうなんですか？」平井が目を細める。顎が尖った逆三角形の顔に、大きな目。耳も大きい。どこか、げっ歯類をイメージさせた。小柄で、いかにもすばしっこそうだ。詐欺というより、ひったくりでもやりそうな感じ。ベージュ色の制服の脇の下には、小さな汗染みができていた。倉庫の中は空調が効いているはずだが、それでも一日力仕事をした後ではこうなるのだろう。

「そう。あなたに直接何かの容疑がかかってるわけじゃないから。ちょっと情報が欲しいだけで、それはあなたしか知らないと思うんだ」藤島が続ける。

「そうですか？」平井の表情が少しだけ緩んだ。「それなら、別にいいですけど……」

「仕事はもう終わりなんでしょう？」

「ええ」

「じゃあ、どこか外でお茶でも飲みながら話をしてもいいけど」

「ここでいいですよ。さっさと済ませてもらえますか？　気分がいいものじゃないんで」

三人は、倉庫の巨大な影が作る日陰に入った。倉庫は大きく扉が開いており、そこから冷気がかすかに流れ出していて、だいぶ楽だった。何しろ気温は一向に下がる気配がないのだ。一之瀬は気を利かせて、近くにあった自動販売機でブラックの缶コーヒーを三本買ってきた。平井がひょいと頭を下げて缶を受け取る。

夕方という時間を意識して、一之瀬は前置き抜きで始めることにした。

「古河大吾のことなんだけど……何か金になる仕事がある、と言ってたそうじゃないですか」

平井がコーヒーを吹き出しそうになった。慌てて口元を拭うと、一之瀬に不審そうな視線を向ける。

「何ですか、それ？」

「あなたがそういう情報を知っている、と聞いたんですけどね」

「それはまあ……でも、本人から直接聞いたわけじゃないですよ」

一之瀬はうなずき、先を促した。平井が一つ息をついてから続ける。

「二か月ぐらい前かな……共通の知り合いがいるんです」

「ええ」

「そいつのことは勘弁して下さいよ。例の……一件には全然関係ない奴なんで」

「あなたたちの仲間ではない？」

「違います。とにかく、そいつから聞いたんですよ。古河がニヤニヤ笑いながら、『でかい金になる仕事を見つけたんだ』って言ってたそうです」

「それは何だと思います？」

「さあ……でも、基本的にあの男は詐欺師ですよね」

「だったらまた、振り込め詐欺とか？」

「もしかしたら今度は、自分でグループを組んでやるつもりかもしれませんね」

前回逮捕された時、古河は暴力団に使われているだけだった。平井たち「出し子」のまとめ役——現場監督のようなものだったのだろう。決して金の流れを全て握る立場ではなかった、と一之瀬は聞いている。一度は失敗したものの、やはり詐欺師は詐欺師……それに元締めになれば、一攫千金《いっかく》で大金が手に入ると夢見てもおかしくない。

クソみたいな夢だが。

「実際にやっていたんじゃないんですか？」

「それは分かりません。二か月前に聞いた話だから……ただ、二か月もあれば準備はできちゃうんですよね」自分の経験からか、平井はさらりと言った。

「分かりました」一之瀬はうなずき、最後の質問をぶつけた。「それで、他にこの件について知っている人間は？」

〈19〉

「また振り込め詐欺だな」

相澤が断言した。いつもの疲れた表情に、息切れしそうな話し方。しかし一之瀬は、これが彼の普通の状態だと思うことにした。長年仕事に追われた結果、こんな風になってしまったのだろう。

相澤が刑事たちの顔をぐるりと見回した。夜の捜査会議は、ほとんどの刑事たちが顔を揃え、意思統一を図る場になっている。今夜は、相澤の見解を聴く会になってしまっているが。何だかんだで捜査は進んだと言え、疲れた表情とは裏腹に相澤は饒舌《じょうぜつ》だった。

「要するに、昔の仲間が集まって、また振り込め詐欺を始めた。朽木は古河の誘いで仲間に引きこまれたが、仲間割れか何かで殺された──というところじゃないかな」

「金の問題はどうなりますかね」岡本が呑気な口調で訊ねる。

「君はどう思うんだ」相澤が突然、鋭い視線を岡本に向けた。「人の意見を聴くだけじゃなくて、自分でも考えろ。どうだ?」

「あの、例えば……」岡本が口ごもりながら答える。「詐欺で稼いだ金を持ち逃げしようとして殺されたとか……」

「そう、それしか考えられないだろうな」相澤がうなずいた。

一之瀬は、納得できなかった。朽木を振り込め詐欺グループの人間だと断定してしまうのもそうだし、金を持ち逃げというのもどこか不自然ではないだろうか。今回の件で、振り込め詐欺グループについても少しは学んだつもりだが、意外にしっかりしたピラミッド型の組織を作っているらしい。指示を出すトップの人間がいて、その下に電話をかけて被害者を騙す実働部隊、さらに銀行から金を引き出す「出し子」がいる。それぞれの階層間では連絡が取りにくくなっており、全貌はトップの人間しか知らない。しかも特に経理担当者はおかず、トップの人間が金の流れを一手に握っているのだ。下の人間は、トップの人間が決めた額を報酬として黙って受け取るしかない。

つまり、恐らく下っ端の出し子であっただろう朽木が、一千万円もの金を手にする機会はなかったはずだ。それこそ、首謀者の懐に手を突っこむような真似でもしない限り……ただ、いかに一千万円が大金で魅力的だろうが、そんなことをすれば命が危ないのは誰でも分かる。

「どうだ、一之瀬」

いきなり相澤から話を振られ、一之瀬は軽く動揺した。この係長は、部下から積極的に意見を吸い上げる、珍しいタイプだ……特捜本部の実質的な責任者になる本部の係長は、普通、部下からは報告しか求めない。それをまとめて考えるのは自分の役目、ということなのだろう。意見があれば、報告する時に言うのが普通で、会議の流れを無視するような発言は嫌われる。だからこそ、警察は一枚岩になって進むことができるのだが、逆に危険でもある。間違った方向へ動き始めてしまった時、引き返すのが難しくなる。いい機会だから反論してみるか……一之瀬は唾を呑んで気合いを入れ直し、声を張り上げた。

「今の段階で、振り込め詐欺のグループだと判断するのは性急だと思います」

「だったらどういうことだ？　お前はどう考えるんだ？」

「何らかの犯罪グループだったのは間違いないと思いますが、それが何かは……もう少し材料を揃えて考えたいと思います」

「古河を捕まえていれば、もう少しはっきりした話ができたんだがな」

一之瀬は思わず耳が赤くなるのを感じた。この人は、自分に恥をかかそうとしただけなのか……既に古河を取り逃がしたことはほとんどの刑事が知っている様子で、からかうような視線がまとわりつくのを一之瀬は意識した。結局、それ以上は何も言わずに座るしかなかった。クソ、必ず挽回してやる……。

その後の捜査会議は淡々と、事務的に進んだ。麗香は明日以降も任意で呼んで取り調べ。さらに朽木と古河の周りに集まっていた人間たちを割り出す作業が重要になった。かつての振り込め詐欺グループの人間がやはり関わっているのではと考えた相澤は、既に社会復帰しているグループの人間たちへの事情聴取を強化するよう指示した。ワルは最後までワルというのも悲しい考えだし、村上や平井のように完全に足を洗った人間もいる。一之瀬には、相澤が話を単純化しようとしているようにしか思えなかった。

会議が終わると、藤島が大きく伸びをした。腕時計を見て「九時か……」とつぶやき、一之瀬に視線を向ける。「軽くいくか」と言って、口元に杯を持っていく真似をした。本当はさっさと帰りたかったが、軽いアルコールの刺激も捨て難い。酒でストレスを解消するなど、社会人として「転落」の第一歩なのだが、実際には急激に酒の誘惑に引き込まれていた。

二人は、ガード下の馴染みの飲み屋に腰を落ち着けた。結局誘いに乗ってしまったのだが、まあ、いいだろうと一之瀬は自分を納得させた。警察官は基本的に呑むのが早いから、大抵一時間半ぐらいでけりをつける。そして藤島は、はしごをするタイプではない。

一之瀬は生ビールの大ジョッキを一気に半分ほど干した。普段はそれほどビールを好まないのだが、今日の暑さには参っている。喉が痛くなるような冷たさに、ようやく汗が引くのを感じた。

「今日の嫌なことは、今日のうちに忘れるんだな」藤島が同情するように言った。

「いや、別に……忘れることなんかありませんよ」一之瀬はつい、強がりを言ってしまった。

「だったらいいけど、顔色が悪いぞ」

一之瀬は思わず両手で顔を拭い、「暑かったんです」と言い張ったが、藤島は軽く声をあげて笑うばかりだった。

「そういうのは、刑事になりたての頃と変わってないな」

「そういうのって言うのは……」

「下らないことですぐムキになる癖だ。ムキになるのは悪いことじゃないけど、限度があるぞ。どんなことにも同じように力を入れていたら、そのうち折れちまう。メリハリが大事だ」

「はあ」

「自分の状態を分かっていないのが、お前さんの弱点だな」

「そうですかね」むっとして、一之瀬はジョッキに口をつけた。最初の一口の快感は既に消え失せ、ただ苦い液体が喉を滑り落ちるだけだった。

「ま、意識してムキになるってのもおかしな話だけど……とにかく今日のことは、あまり気にするな」

「してませんよ」つい嘘をついてしまった。「刑事をやってたら、あれぐらいのことはあるでしょう」

「あってはいけないことだけどな」藤島がぽつりと言った。右手を顔の高さに掲げ、ぐっと握ってみせる。「容疑者を捕まえられそうだったら、絶対に逃しちゃいけない。そうしないと、ろくでもないことになるんだ」

藤島には何か苦い経験があるのだ、と一之瀬は悟った。こういう時は、こちらが黙っていても藤島は話す。後輩に教訓を与えるつもりなのだろう。

「十年ぐらい前だったかな。殺しの犯人を追い詰めてたんだ。家を割り出して、そこにいるのも分かっていて、俺は当時の相棒と一緒に張りこんでいた。応援を待って踏みこむ予定だったんだが……そいつがいきなり家から出て来て、俺たちに気づいたんだ」

「――逃げたんですね」

「見事にね。足の速い奴で、後で聞いたら高校時代は短距離の選手だったそうだ……とにかく、まあ、要するに振り切られて、見事に逃げられたわけだよ。そいつがその日の夜、近くで路上強盗をやらかしてね。金も持たないで家を出て、逃走資金に困ったんだろう。六十五歳の女性が襲われて怪我をしたんだ」

一之瀬は思わず息を呑んだ。一種の二次被害とも言える。

「幸い、怪我は軽くて済んだんだが、そういう問題じゃないよな。俺たちが最初に捕まえていれば、第二の犯行は起こらなかったわけだから。それで猛省して、一度見つけた犯人は絶対に逃さないように気をつけてたんだが……あれ以来だったな、今日は」

「すみません……」一之瀬としては謝るしかなかった。「今日のことは……」

「一々文句は言わないけどな。お前さんたちの世代には、『褒めて育てる』しか通用しないから」

「そんなこともないですよ」

「と言いながら、叱られれば凹むだろう?」

「それは、まあ……」実際には「叱られた」経験もほとんどないのだが。それこそ小学生時代からずっと、こんな感じだったと思う。それが当然だと思う人もいるかもしれないが、一之瀬は周りの大人が変に気を遣い過ぎている、と感じていたものである。ただ、叱責されれば萎縮《いしゅく》してしまうのは、自分でも意識していた。

「一度教訓を得たんだから、後はそれをしっかり守ればいいじゃないか。具体的には、ジョギングを再開することだな」

「マジですか」去年の通り魔の一件で、警戒の意味で散々走り――走らされ、自分はやはり運動に向いていないと実感した。走ることの爽快《そうかい》さや効能を語る人にたくさん会ったが、一之瀬としてはまったく実感できなかった。ただ苦しいだけで、あれで快感を得ている人は、自分とは別の人種だ。

「やらないよりはやった方がいい。やっぱり刑事は、体力第一なんだよ……俺は、今日の一件はショックだったね」

「逃げられたからですか？」

「そうだよ。全然追いつけなかったんだぜ？　自分では老けこむ歳じゃないと思っていても、そんなのは希望的な思い込みに過ぎないんだろうな。五十を過ぎると、どうしても基本的な体力がなくなってくる。俺こそ、真面目にジョギングでもしておけばよかったよ。運動して、それがきっちり体に跳ね返るためには、三十代のうちに始めないと駄目みたいだな。四十代に入ってからだと、もう遅い。体力も反射神経も落ちてるから、怪我する危険性の方が高くなるんだ」

「じゃあ、真面目にジョギングでも始めてみますかね」半ば自棄《やけ》になって、一之瀬は言った。

「冗談で言ってるわけじゃないんだぞ、俺は」藤島が、それまでにも増して真剣な口調になった。「体を鍛えておけば、どんなことにも役に立つ。若いなんて思えるのは三十までだ。それからは五年ごとに、衰える節目が来るんだよ」

「イッセイさん、本当に体の方、何かあったんですか？」一之瀬は思わず聞いてしまった。初めて会った時から、藤島が五十の節目をひどく気にしていることは知っていたのだが……異状があるなら、ちゃんと治療してもらわないと。先日、嫌いな野菜を無理に食べていたのも気になる。

「何もないけど、俺の親父は五十二で亡くなったんだ。まったく元気だったんだけど、突然脳溢血でね。まあ、今考えてみれば酒は好きなだけ呑む、煙草も一日二箱空けるヘビースモーカーで、食べる物には気を遣わず、運動もまったくしてなかったんだから、自業自得なんだろうが」

「大抵の人はそうですよ。自分の体になんか、気を遣わない」

「そうなんだろうが、自分の親が死んだ年に近づくと、神経質になるんだよ。根拠も何もない話だけどな」

そんなものだろうか……だとしたら、父親が行方不明の自分の場合、どう考えたらいいのだろう。おそらく生きているとは思うが——たまに母親にだけは連絡がくる——どうしても他人事という感じがしてしまう。中学生の時以来会っていないし、話もしていないわけで……しかも家族を捨てた人間ということに対する恨みもある。そんな父親と自分を比較しろと言われても、まったくピンとこなかった。比較したくもない、というのが本音だったが。

下北沢の駅に降り立った瞬間、アルコールが汗になって抜け出てしまったようだった。まったく、このクソ暑い天気はいつまで続くのだろう。バッグを肩に担ぎ直してから歩き出し、一之瀬は冷蔵庫の中の様子を頭に思い描いた。何もない……明日の朝食用の野菜ジュースさえ、一本もなかったはずだ。仕方ない、少し買い物して帰るか。家に帰る前にコンビニに寄って、野菜ジュースにペットボトルの水、ビールと、手当たりしだいに籠に放りこむ。

夜の腹塞ぎはどうしようか……つい、カップ麺の棚に目がいく。少し酔いが回った状態での麺類は美味いんだよな、と手が伸びかけたが、ふいに深雪の顔が頭に浮かんで引っこめた。結局、野菜のサンドウィッチを選ぶ。彼女はインスタント食品を嫌うのだ。「最近のカップ麺は美味い」と主張しても、「体に良くないから」「味気ないから」と譲らない。自然食派というわけではないが、手作りの食事を好むのは間違いない。確かに実家暮らしの彼女の場合、家に帰ればいつでも温かい食事にありつけるわけで……一人暮らしの自分とは違う。

もっとも今更、実家に戻るつもりにもなれなかった。母親とはどうにもそりが合わないのだ。父親が家を出てから十数年、苦労しながら一緒に暮らしてきたのだから、もう少し親子の細やかな愛情が通じ合ってもいいはずなのに、何故か互いにそんな感じにはならない。距離が生じてしまい、今では実家に顔を出すのは年に数回という有様である。ほんの数キロ離れているだけなのに。路線が違うと東京は違う街になるから、と一之瀬は自分に言い聞かせた。自分は小田急。実家は京王《けいおう》。文化圏が違う、と言ってもいい……東京は結局、鉄道会社によって作られた街なのだ。

大量の買い物を終え、右手に重みを感じながら店を出る。まだむっとするような空気が漂い、額に汗が滲むのを感じた。夏はまだ始まったばかりなのに、いったいあとどれぐらいこの暑さに耐えればいいのか。

藤島との会話を思い出す。あれこれ話したのだが、もしかしたら藤島も結論は分かっていないのではないかと思った。

ミスを一々気にしないこと。

教訓は忘れず、同じミスは繰り返さないこと。

この二つの話が度々出てきたのだが、考えてみれば矛盾している。気にしなければ、ミスは教訓にならないではないか。

しかし話していくうちに、自分がやるべきことだけははっきりしてきた。当面の捜査——殺しの捜査に全力を注ぐ。できれば自らの手で犯人を捕まえたい。それで細かな失点を挽回し、何とか捜査一課へ栄転する際の手土産にしたいのだ。失敗は、成功によってしかカバーできない。「努力を見せる」だけでは何にもならないのだ。

〈20〉

気合いを入れ直して翌日、一之瀬は橋元和樹《はしもとかずき》という男に会いに出かけた。やはりかつての詐欺グループのメンバーで、実質的なナンバーツー。執行猶予判決を受けたが、その後はさらなる悪の道を選び、今は暴力団の構成員になっているという。暴力団員と正面切って対決というのも嫌な感じだが、避けては通れない。一之瀬は意識して背筋を伸ばし、赤《あか》坂《さか》の街を歩いた。

かつてこの街には、暴力団が多く事務所を構えていて、橋元がここに住んでいるのはその名残《なごり》のようなものだろうか……橋元が所属する暴力団の事務所は六本木《ろっぽんぎ》にあり、「出勤」

は徒歩圏内である。

　午前九時。果たしてこの時間、ヤクザは何をしているのだろうと思いながら、一之瀬は古いマンションのドアをノックした。インタフォンもあったのだが、相手に「緊急事態だ」というイメージを植えつけたかった。

　何度かノックを続けているうちに、いい加減拳が痛くなってきた。振り返って藤島の顔を見ると、涼しい表情を浮かべている。続行か……再度拳を振り上げた瞬間、いきなりドアが開く。

「うるせえ！　何時だと思ってるんだ！」

「九時」一之瀬は努めて冷静な声で言って、相手の顔の前に腕時計を掲げて見せた。

　橋元は上半身裸だった。下は白いジーンズ。よく日に焼けていて、贅肉《ぜいにく》はまったく見当たらない。太いチェーンが首周りを飾っていた。何というか……分かりやすいタイプだ、と一之瀬は思った。格好から入る、と言ってもいいだろう。

「誰だよ、てめえは」

「警察」

「サツに用事はないね」

「こっちにはあるんだ」一之瀬は一歩前に出た。

「おっと、そこまでだぜ。任意だろうが、任意」

「そんなものが立て前だってのは分かってるだろう」一之瀬も強硬に出た。「任意に応じなければ強制になるんだよ」

「やれるものならやってみろよ、ええ？」

「やらないよ」一之瀬は肩をすくめた。「留置場が一杯で、あんたを入れておくようなスペースはないんだ」

「馬鹿にしてるのか、ああ？」

やけに「あ行」の多い男だ、と思った。凄む際の語彙が足りない。

「何だよ、留置場に入りたいのか？　あそこはそんなに待遇が良かったのか？」

「ふざけんなよ」

一之瀬を睨みつけてから、橋元はジーンズのポケットからタバコを取り出し、火を点けた。あんなに細いジーンズのどこに、煙草が入る隙間があったのか……一之瀬は素早く手を伸ばし、橋元の口から煙草を奪い取った。

「何すんだよ、ああ？」

やはり「あ行」かと思いながら、一之瀬は煙草の始末に困った。当然ながら捨てる場所もない。

「廊下は公共の場なんだよ。禁煙が普通だろう。吸いたいんだったら、他の場所で吸え」

「返せよ」

「じゃあ、口を開けて」

「ふざけてんのか、てめえ！」

とうとう切れて、橋元が裸足のまま外廊下へ出てきた。しかし一之瀬が眼前に煙草を突き出すと、動きが止まってしまう。何とも弱気なヤクザで……払いのけるぐらいはするかと思っていたのだが。

一之瀬は煙草を指で弾き、玄関の中へ落とした。振り向いてそれを確認した橋元が凄まじい形相で睨んだが、涼しい顔を保つ——そう努力する。煙草を拾い上げた橋元が「挑発してるつもりか？　俺はこれぐらいじゃ怒らないよ」と顔を真っ赤にして言った。

「まあまあ」藤島が割って入る。いつもの役回りだ。一之瀬が挑発し、藤島が宥める。この役目が逆転することは少ない。「若いと血気盛んでいけないね。ここはちょっと冷静にいこうじゃないか」

「何だよ、オッサン」橋元が鼻を鳴らす。「サツに用事はないんだよ」

「いいから、いいから」藤島がさらりと受け流す。「お前さんの家にするか？　それとも外にするか？　クソ暑いから、近くのスタバで、冷たいキャラメルフラペチーノでもどうだ？　奢ってやるよ」

驚いたことに、橋元はその条件を即座に呑んだ。サンダルをつっかけて外に出て、そこで初めて上半身が裸のままだと気づいたのか、「ちょっと待ってろ」の一言を残して家に

い。
　橋元は黒いシャツを引っかけてすぐに出て来た。手には煙草とライターしか持っていな
「単に甘い物好きなのかもしれない」藤島も呆れた様子だった。
「何なんですかね、あいつ」一之瀬は訳が分からず藤島に訊ねた。
引っこむ。

「さて、行こうか」

　先ほどまでの剣呑な気配は消えていた。シャツを着ると大人しくなるのだろうか、と一之瀬は訝った。どうもこのヤクザは、自分の常識では測れないタイプのようである。

　マンションを出て二分ほど歩くと、スターバックスがある。一之瀬はまとめて注文を取った。橋元は本当にキャラメルフラペチーノ――しかもグランデサイズ。藤島はアイスラテ、一之瀬はエスプレッソにした。本当は水が欲しかったが、眠気覚ましにきつい一杯を体に入れるのもいいだろう。

　クソ甘いはずのキャラメルフラペチーノを一口飲むと、橋元の顔がさらに穏やかになった。何と単純な……というより、常に糖分が必要な体質なのかもしれない。その割に、体には余計な脂肪がまったくついていない感じだが。

「単刀直入に聴く。殺された朽木を知ってるか？」

「誰だ、それ？」

「ニュースぐらいチェックしろよ」

「こっちは忙しいんでね」

「しのぎに？」

「でかい声、出すなよ」橋元が凄んだ。

「スタバの客に正体を知られるのが怖いのか？」

「あんた、仕事しに来たのか、俺に喧嘩を吹っかけに来たのか、どっちなんだ？」

「どっちも、かな。ついでにあんたを逮捕できるといいんだが」ゴミは少しでも減らしておいた方がいい。

助けを求めるように、橋元が藤島を見やる。「何なんだよ、この人」と言う声には力がなかった。

「まあまあ。まだ若いんでね、多少前のめりなのは許してくれ」

「最近、こういう刑事さんは珍しいんじゃないか」

「もしかしたら希少種かもしれない。あんたたちも大事にしてやってくれ」

「イッセイさん、いい加減にして下さい」軽い調子の二人の会話に苛つき、一之瀬は思わず先輩に反発してしまった。

「おっと、これは失礼」対して応《こた》えた様子もなく、藤島がひょいと頭を下げる。先輩風を吹かさないのがこの人のいいところなのだが、もしかしたら今の軽い会話も、場を和ませるための演出だったのかもしれない。

　一之瀬は一つ深呼吸し、質問を続けた。

「古河大吾――」

「ずいぶん古い人だね」橋元が一之瀬の言葉を遮り、薄く笑った。

「最近、連絡は取り合ってないのか」

「俺にはもう、関係ない人間だから」

「一緒に商売をしたのに？」

「昔の話だよ」橋元が音を立ててキャラメルフラペチーノを啜った。「俺はこっちの世界に来た……奴がどうしているかは知らない」

「噂も聞かない？」

「うん？」橋元がカップ越しに一之瀬を見た。「奴が何かしたのか？」

「それを知りたいんだ。実は、まんまと逃げられてね」

「それで俺みたいな人間を頼ってきたのか？　何とも情けない話だね、それは」

「警察は、使える物は何でも使うんだよ……どうなんだ？　最近の古河の噂を知らないか？　金儲けを企《たくら》んでいるっていう話があるんだけど」

「さあねえ、奴と仕事をするとツキが逃げていくみたいだし、もう関わり合いたくないんでね」

「関わらなくても、あんたらは情報を食べて生きてるみたいなものじゃないか。何かと噂も入ってくるだろう?」

「まあね」

少し持ち上げてやると、途端に機嫌がよくなる……最初から、こうしておけばよかった。ヤクザを褒めるのには抵抗があるのだが。

「奴に関しては、どんな噂が入ってる?」

「あんたが聞いてる話は、いい線行ってると思うぜ」

「また振り込め詐欺なのか?」

「まさか」橋元が首を振った。「一度失敗したことに、また手を出す馬鹿がいるかよ。どうせ目もつけられてるだろうし」

「そりゃそうだ」

「やるなら別件だろうね。捜査二課が相手じゃないような……」

「その話、どこまで信用できるんだ?」

「噂だよ、噂」にやにや笑いながら橋元が言った。「奴は、こっちには接触してこないからな」

「下手に情報が流れると、利益をかすめ取られるから?」

「俺たちは、危ないことには手を出さないからね」橋元のにやにや笑いが大きくなる。

「警察の皆さんが怖いからさ」

「よく言うよ。だったら最初から、ヤクザになんかなるな」

「こっちは覚悟が違うんだ」

お前の覚悟がどれほどのものだ——また言い合いになりそうになったので、一之瀬は深呼吸した。何とか気持ちを落ち着けると、できるだけ淡々とした口調で話を続ける。

「それで、噂は本当だと思ってる？」

「個人的にはね。別に裏を取ったわけじゃないけど」

「具体的にどんな話なんだ？」

「奴もずいぶん大胆になったもんだね、と」

「どういう意味だ？」一之瀬は目を細めた。

「詐欺とはレベルが違うっていう意味だよ」

「詐欺より上のレベルって何なんだ？」

「手口が、さ。高度って意味じゃないぜ。大胆ということだ」

一之瀬はなおも橋元を揺さぶり続けた。のらりくらりの禅問答には苛々させられたが、それでも話しているうちにヒントを摑んだような気がする。でかい金が動く事件——それなら、調べようがあるではないか。

橋元を解放した後、藤島は不機嫌だった。帰りの電車の中ではずっと口をつぐんでいたが、日比谷駅に着いて地上に上がった途端——千代田署は目の前だ——「あれじゃ駄目だ」と決めつけた。

「何がですか？」

「ヤクザと喧嘩しちゃいかんよ。連中に褒めるべきところは一つもないけど、喧嘩の仕方を知ってるのは間違いない。腕力による喧嘩だけじゃなくて、口喧嘩もだ。そういうペースに巻きこまれてつき合ってたら、時間の無駄だぞ」

「分かってますけど……」ついかっとなったのは、自分でも認めざるを得ない。

「あれも連中の手口なんだ。喧嘩しているうちに、本題から外れてしまう。それじゃ、こっちは仕事にならないんだから。あいつらと話す時は、とにかく冷静でいないといけない。難しい話じゃないだろう？」

「はあ」

「それで？　さっき言ってた金の話って何なんだ」

「ああ」一之瀬は一瞬口をつぐんだ。署に入る前には詳しく話したくない。

「古河がそんなに金儲けの話をしていたなら、奴の銀行の口座でも調べてみたらどうでしょうか」

「そうか……駄目だな、暑さのせいでぼけたかね」藤島ががしがしと頭を掻いた。「そんなのは、基本中の基本だよな。よし、早速やってみよう」

「了解です」

そう……金の話が出た時に、まずこの件を調べるべきだったのだ。本当に巨額の現金だったら、手元に置いておくのは危険である。普通は銀行を利用するはずで、それを調べるのは基本の基本だ。

しかし当然と言うべきか、一之瀬より先に相澤がそれに気づいていた。二人が特捜本部の部屋に入って行くと、ちょうど電話を終えたところだった。

「どうだった?」

大きめの付箋に書き物をしながら、相澤が顔を伏せたまま訊ねる。藤島に肘をつかれ、一之瀬は橋元に対する事情聴取の結果を報告した。何となく緊張してしまったが、取り敢えず古河が「何かでかい仕事」をしようとしていた、あるいは既に着手していたという情報が広がっていたと説明する。

「既に着手していた、だろうな」相澤が付箋をはがし取った。「この一か月だけで、古河名義の口座に三千万円が振り込まれている」

「三千万……」一之瀬は思わず息を呑んだ。

「しかも、一回一千万円ずつ。振り込みは決まって毎週月曜日だった。どうもおかしくないか?」

「定期的に一千万円ですか……それは確かに変ですね」藤島が相槌を打つ。「振り込み元はどこですか?」

「それがまだ、特定できていない。いや、分かるんだが……個人じゃない」

「会社か何かですか」

「だと思う」相澤が付箋を藤島に渡した。

「ええと……『ランディス』、株式会社ですか。何の会社ですかね」藤島が首を捻る。

「それはこれから調べる。しかし、明らかに怪しいだろう」

「そうですね」

一之瀬は、藤島が持った付箋を覗きこんだ。またも極端に読みにくい字の殴り書き……振り込み元の口座は、メガバンクの新宿支店のものだった。口座番号をちらりと見て……何かが引っかかる。どこかで見たことがあるような……しかし、何だっただろう。どうしても記憶がはっきりしない。

「どうした、一之瀬」相澤が訊ねる。

「いえ……」またはっきりしないことを言って怒られるのが嫌で、一之瀬は言葉を濁した。

「言いたいことがあるなら言ったらどうだ」

「特にありません」

「弱気になったな」相澤が鼻を鳴らす。

「そういうわけじゃありませんが」

相澤が藤島に視線を向けた。

「今、銀行に刑事を行かせている。このランディスという会社についても、できる限り調べさせる」

「これは、いい線じゃないですかね」藤島も賛同した。「仲間割れの線、強く出てきたんじゃないですか。実際にこれだけでかい金が出てきたんだから、仲間割れの理由にもなると思いますよ」

「そう言えば……」一之瀬はつい口を挟んでしまった。相澤の厳しい視線は気にかかったが、これは言わずにはいられない。「殺された朽木が持っていた金も、一千万円でしたね」

「そうだな」

「毎週振り込まれていた額と一致します」

「確かにそうだ」相澤がうなずく。「だからこそ、シナリオは簡単に書ける。朽木が、稼いだ一千万円を持ち逃げして追われ、殺されたということだ。たまたま目撃者がいて、殺した人間は金を取り戻せずに逃げるしかなかった、ということだな」

「先週は、入金がなかったですね」藤島が手にした付箋をまた覗きこみながら、一之瀬は言った。

「まさにあの一千万が、その金だったのかもしれない」

「現金ですか……」一之瀬は顎を撫でた。

「何か気になるのか」

「いや、どこから金を引き出したのか、受け取ったのか、いずれにせよ現金で持っていたのは不自然じゃないですか。危険でもありますし」

「入金された金を引き出したのかもしれない。もちろん、古河の口座からじゃないだろうが」

「このランディスという会社の口座からでしょうか」

「そいつも調べてみるか……一之瀬、ついでだから、ちょいと金のことも勉強しろ。ランディスの口座を調べて、金の流れをはっきりさせるんだ」

「分かりました。その銀行は……」

「岡本たちが調べている。奴と連絡を取れ」

「分かりました」

銀行に対する捜査――事情聴取か。何となくやりにくそうな感じがするが、一課でもこういう捜査は避けて通れないだろう。事件の多くは、金が絡んだものなのだから。これも予行演習だと思うことにした。相澤は、実地で自分を鍛えてくれているのだと――そう思わないと、皮肉っぽく強い彼の当たりに耐えられそうにない。

銀行は協力的で、その日の夕方までに、一之瀬はランディス側のデータを手に入れていた。会社の所在地と電話番号は分かったものの、電話は不通。当該住所——新宿だった——を訪ねても、不在だった。マンションの一室なのだが、明らかに幽霊会社である。しかし、会社登記を調べてきた刑事の報告によると、古河が代表取締役になって、今年の五月に作られたばかりの会社だと分かった。二か月前……この時から、古河は大きな商売に向けて準備を整えてきたに違いない。

会社登記の役員欄には、古河以外の名前がある。これまで捜査線上には上がっていない人物が二人……夜も遅くなっていたが、相澤は今夜中に急襲して引っ張る、という方針を決めた。

一之瀬は、取締役になっている田崎宏《たさきひろし》という人間に当たることになった。住所は四谷《よつや》——すぐに現場へ向かう。住所から電話番号も割り出していた。一之瀬はドアの前に立つと、間違い電話を装って連絡を入れた。確かに男の声で「田崎です」という返事……それ以上突っこむと怪しまれるという判断で、電話を切った直後、一之瀬はドアをノックした。念のためということか、相澤はこの現場に四人も配置している。俺一人だと逃げられると思っているのだろう……と情けなくなったが、これは仕方がない。いずれにせよマンションの九階なので、玄関を塞いでしまえば逃げ場はないのだが。

インタフォンを鳴らしてしばらくすると、不機嫌な口調で返事があった。こういう時には嘘も引っかけも駄目だ——一之瀬はきちんと名乗り、相手がドアを開けるのを待った。

目の前に現れたのは、明らかにまだ二十代の男だった。本来はネクタイを締めるべき、きちんとプレスされた白いシャツに、濃紺のスラックスという格好。それだけ見ればスーツの上着を脱いだだけのようでもあるが、シャツの胸元から太い金のチェーンが覗いているのが異質な感じだった。

「何のご用ですか」田崎が慎重に切り出した。

「ちょっと伺いたいことがあります。署までご同行願えますか」

「警察に喋るようなことはないですけど」

「こちらにはあります。準備していただけますか」

余計な説明はせず、一之瀬はそこで黙りこんだ。しばし、無言の綱引きが続く。田崎は目を細め——そうすると悪そうな本音が透けて見えた——一之瀬を睨みつけてきたが、一之瀬は睨み返して反応を待った。

「準備して下さい」重苦しい沈黙が長引いた後、一之瀬は繰り返した。

田崎は何も言わず、ふっと吐息を漏らした。勝った、と思いながら一之瀬はドアに手をかけ、開いたままにした。廊下の奥へ田崎が消えるのを見届けてから振り返り、藤島に向かって「一応、下も固めた方がいいんじゃないですか」と言った。

「そうだな」藤島がうなずき、エレベーターの方へ向かう。部屋の出入り口はドアしかないはずだが、彼も昨日古河を逃したのを痛く思っているのだろう。念には念を入れ、だ。

三分ほどして、田崎が戻って来た。上着を着るわけでもなく――そもそもそういう陽気ではなかった――クラッチバッグを持っただけの軽装である。足元はグッチのビットローファー。何なんだ、こいつは……という妙な不快感がこみ上げてくる。少し昔っぽい青年実業家、といった風情である。

「どうも」憮然とした表情で田崎が言った。

「お手数ですが……」

「お手数だと思うなら、こういうことはやめてもらいたいですね」

「そういうわけにもいきませんので」

「時間の無駄だと思いますよ」田崎があっさりと言った。

そんなことは、やってみないと分からない――一之瀬は心の中で悪態をついた。だいたい、とぼけた人間ほど、何かを隠しているものである。この男が何者なのか、裏で何をやっているのか……絶対に探り出してやる、と一之瀬は心に決めた。藤島に頼んで、自分が直接取り調べをやれるよう、根回ししてもらった。その時、藤島の顔に不安気な表情が浮かんだのは分かったが。一度へマしているから心配するのも分かるが、そこは自分を信用して欲しかった。

しかし三十分後、一之瀬の決心は粉々に砕けていた。

田崎は、これまで会った誰にも増して、のらりくらりの人間だったのだ。

〈21〉

田崎に前科はなかった。

前科があれば――あるいは逮捕されたことがあれば、警察にとってその人物は丸裸も同然である。履歴書に記載された事実だけでなく、生まれ育ちや交友関係、食べ物の嗜好《しこう》まで、完全に把握されるのだ。警察は容疑者に対して、そこまで徹底的に調べ上げる。

しかし前科のない田崎は、完全に白紙の状態だった。本人もそれを意識しているのか、一之瀬の質問に対しても、淡々と答えを返してくるだけだった。聴かれたことには答えるが、自分の本当の姿を晒すつもりはないらしい。

古河とは以前、仕事の関係で知り合って、今も時々会って食事をする仲だ。会社については、二か月前に、古河が「名義を貸して欲しい」と言ってきたので、言われるままに名前を貸した。自分はネット系の広告会社をこぢんまりとやっているだけで、古河とビジネスでの直接のつき合いはない――。

「言われただけで名義を貸すんですか？」一之瀬は「信じられない」と相手に知らしめるために、両腕を大きく開いて訊ねた。

「商売では、そういうこともありますよ」当然、といった感じで田崎が言った。

「古河は、振り込め詐欺で有罪判決を受けた男ですよ。そういう男に名義を貸すのは、心配ではなかったんですか？」

「それは昔の話でしょう」田崎は平然としていた。「執行猶予が終わったら、あれこれ言われるのは筋が違うと思いますが」

「だいたいあなた、古河といつどこで知り合ったんですか？」

「時期的には、執行猶予が終わってからだったんじゃないかな」田崎が顎を掌で撫でた。

「何も問題ないでしょう」

「あなたと接点があるような人じゃないはずですけどね」

「呑み屋では、上下関係もどんな商売をしているかも関係ないですからねえ」田崎が薄い笑みを浮かべる。「気が合うか合わないか、それだけで……彼とはたまたま気が合っただけですよ。実際、助けてもらったこともあるし」

「古河があなたを助けた？　ちょっと考えられないですね」

「うちの商売が苦しい時に、金を融資してもらったことがあります。銀行にも見捨てられた時に……これはありがたい話ですよ。普通、なかなかそういうことはできない。男気があるっていうかね」

「その金が何の金だったか、分かってるんですか？　振り込め詐欺で稼いだ金の残りかもしれないんですよ」

田崎が肩をすくめる。話にならない、とでも言いたそうだった。

「金には印がついてないでしょう。どこから来た金かなんて、誰にも分からないんだから。調べようもないですしね。貰えるものはありがたく受け取っておく、それがビジネスの基本ですよ」

本当にそんなことを考えているとしたら、相当いい加減な男だ。札一枚一枚の出所を調べることはできないにしても、金の流れはある程度は解明できる。疑わないのは、犯罪に加担したも同様だ——そんな風に説教を続けてもいいのだが、田崎には効果がなさそうだった。追及すべきは別のことである。

「あなたが名義を貸した会社が、トンネル会社として使われている可能性があるんですよ」

「そうですか」田崎の口調に揺らぎはなかった。「トンネル会社の意味を正確にご存知ですか？　何も、法的に問題がある会社ばかりじゃないんですよ」

「今回は、あるかもしれない」

「例えば、どんな？」

そこで一之瀬は、言葉に詰まった。正体不明の会社から、出所不明の金が古河の口座に流れこんでいる——どう考えても怪しい状況なのだが、具体的なことは何一つ分かっていないのだ。

「はっきりした容疑がないんだったら、もうよろしいですかね」田崎がクラッチバッグを摑んだ。「こちらも暇じゃないんで。夜になれば仕事が終わりってわけじゃないんですよ……親方日の丸とは違いますからね。今日もまだ、やることがあるので」

一之瀬には、田崎を引き止める言葉も容疑もなかった。

どうにも上手く仕事が回らない。一之瀬は苛つきを何とか抑えつけようと、署を出て歩き始めた。日比谷通り沿いに、帝劇ビルの前に出て、さらに東京會館《かいかん》を通り過ぎる。馬場《ばば》先門《さきもん》の交差点を渡ると、右側は明治生命館……クラシカルな円柱が特徴的なこの建物は戦前の生まれで、地味ながらこの辺のランドマークである。敗戦後はGHQに接収されて極東空軍司令部に利用されるなど、激動の歴史を経験してきた。昭和の建造物として初めて重要文化財の指定を受けた——というのは、千代田署に赴任《ふにん》してきた時に受けた講義で頭に入っている。管内には、まだ歴史的な古い建物も残っており、交番で道案内をする際の目印にもなるのだ。

明治生命館を通り過ぎて右折し、賑やかな丸の内仲通りに入る。既にショップは店じまいしている時間だが、まだ人通りは多く、華やかな雰囲気に浸《ひた》れる。ただし、金持ち気分は味わえない――仲通りはニューヨークの五番街辺りをイメージして整備され、店舗の顔ぶれも五番街と同様、超高級なのだ。一之瀬が手を出せるようなブランドは見当たらない。そもそも、私服は基本的にアメリカンカジュアルで揃えており、ヨーロッパの高級ブランドには興味もないのだが。

そうか……不意に背筋を嫌な寒気が襲った理由に思い至った。極東物流の近くではないか。あの事件の捜査からはすっかり離れてしまったが、どうなっているのだろう。一昨日若杉と話したが、あいつもはっきり情報を把握しているわけではないようだった――というより、実際にいい情報がないのだろう。どうにも嫌な予感がした。このまま、事件は闇の中に消えてしまうのではないか……チャンスがあるとすれば、犯人から会社側に何らかの接触があった時だが、どうも犯人は地中深く潜りこんで、頭を出す気はないらしい。

あるいは、会社が何かを隠しているか。

根拠はないが、どうにもそんな気がしてならなかった。何か探られたくない事情があり、それを隠すために、被害者になった爆破事件についても、警察には協力しない――そんな感じではないかと一之瀬は密かに想像していた。もちろん、根拠はないのだが。

若杉に話しておこうか、とも思った。気が合わないといっても、同期だから、ある程度話の通りは早い。会社側が何か隠している可能性があるから、強く当たれ――いやいや、駄目だ。基本的に筋肉馬鹿のあいつには、デリケートな捜査ができない。本当に会社に「強く」「当たって」、これまでに築き上げてきた信頼関係をぶち壊しにしてしまうかもしれない。

いつの間にか、極東物流の本社前に来ていた。窓ガラスが崩壊した一階のブティックはまだ営業を再開しておらず、ブルーのシートで覆われ、壁の一部は爆発で吹き上がった炎で黒く焦げていたが、その他には特に変わった様子はない。二階から上の割れた窓は、すでに修復されていた。残業している社員がたくさんいるようで、多くの窓には灯《とも》りが灯っている。どうせなら誰かに話を聴いてみるか……しかし今、自分はこちらの特捜には関わっていない。余計なことをすれば、また誰かを怒らせるだろう。

どうすればいい？　どうすれば……焦りと苛立ちばかりが募り、歩くスピードが次第に上がってきた。このままでは、管内を一周するか、そのうち飛び出して隣の銀座署管内に入ってしまう。

こんなことをしている場合ではないのだ。やることがないなら、さっさと家に帰って休むべきである。体調を整えておくのも、刑事の仕事なのだから。足を止め、一つ深呼吸する。ふと、デジタルの数字が目に入った。どこかの店先に出ている時計……末尾の「1」が「2」に変わった瞬間、一之瀬の頭の中で、ある数字が瞬《またた》いた。

「そうか」立ち止まって思わず声を上げてしまい、正面から歩いて来た女性を驚かせてしまう。

ずっと頭の片隅に引っかかっていた数字。それが突然繋がったのだ。一之瀬は、千代田署に向かって走り出した。


「間違いないのか？」

「ご覧の通りです」

一之瀬は自分のデジカメの画面を、藤島の顔につきつけた。藤島が嫌そうな顔で受け取り、画面を覗きこむ。それから自分の手帳を開いて、相澤が午後に渡した付箋と照らし合わせた。

「まあ……数字は一緒だな」渋々といった感じで藤島が認める。

「七桁の番号が一致することなんて、相当の偶然でもないとありませんよ」

「世の中には、偶然っていうのは案外多いんだがな」

「イッセイさん、偶然に頼るタイプじゃないでしょう」

「そうだけど、すぐに飛びつくのは危険だぞ。だいたい、春日はまだ見つかっていないんだから、確認しようがないじゃないか」

まさかここで、春日の存在がクローズアップされるとは……一之瀬はデジカメを受け取り、画面を確認した。春日の部屋を調べた時に撮影した一枚に、デスクに置かれたメモが写っている。そこに残された数字は、古河の口座に大金を振り込んでいた口座と同じものだった。偶然だったら——あまりにも偶然が過ぎる。春日が古河と関係していたという考えは、あまりにも突飛に思えるが、二人の間には何か必ず関係があるはずだ、と一之瀬は確信した。しかし、仮説さえ出せない自分の頭の硬さについては嘆くしかない。

「もう一度、春日の部屋で確認します」

「そうしろ。デジカメの画像は間違いないとは思うが……」藤島が、無精髭の浮き始めた顎を撫でた。「春日を本気で探す必要があるかもしれない」

「ええ。その際は、きちんと人手をかけて、ですね」

「一人でやるのはギブアップか」藤島がからかうように言った。

「ギブアップです」一之瀬は認めた。「春日が行方不明になってから、結構時間が経っています。人手をかけて捜索しないと、捜し出すのは難しいと思いますよ」

「ま、そりゃそうだ」藤島がうなずく。「そこで変に突っ張らないだけ、お前さんも成長したということだな。何でも一人でできるわけじゃないんだから」

「それぐらいは分かってます」一之瀬はうなずいた。自分にできること、できないことの区別——がむしゃらに動いているだけではすぐに限界がくることを、一之瀬は学んでいた。

「春日の口座も調べる必要がありますね」

「そうだな。いずれにせよ明日になるが……とにかく、相澤さんに報告しておけ。ちゃんとこの線の捜査ができるように、説得するんだぞ」会議室の前の方に座る相澤を見ながら藤島が言った。「それも、巡査部長の大事な仕事なんだから」

「分かりました」うなずき、一之瀬は唾を呑んだ。相澤に対する苦手意識は消えないが、やるべき時にはやらなくては——これは仕事なのだから。


春日の口座に不審な点はなかった。少なくとも、巨額の金が流れこんだり出て行ったりという事実はない。

翌朝一番でこの件を調べた一之瀬は、最初の壁にぶち当たったように感じた。少なくとも春日は、金の流れには関与していないのか……。

その報告を聞いて、春日を捜し出す方向に重点が置かれることになった。一之瀬も含めて四人の刑事が担当する。しかし具体的な手がかりがない中での捜索なので、どうしても場当たり的にならざるを得ない。古河の行方も依然として知れず、捜査は昼前までに早くも手詰まりという感じになった。

一之瀬は藤島と一緒に、再度春日の部屋に入っていた。当然のことながら様子は前回訪れた時のままで、デスクの上のメモもそのまま残っている。覗きこんだ藤島が「間違いないな」と言ったが、その後で言葉を失ってしまったようだった。

「事件の筋が何本もありますよね」一之瀬は頭の中を整理しながら話した。「極東物流の爆破事件、社員の春日の失踪。これが一方の線です。もう一方の線が朽木殺しで、朽木とつるんでいた古河が、春日と関係がある可能性がある——もしかしたら、古河の商売って、極東物流に関係あることじゃないですか？」

「例えば」

「企業恐喝」言ってしまうと、急に話が繋がった感じがした。極東物流が爆破の被害に遭った背景に、恐喝があるのでは、という見方は最初からあった。会社側が認めていないだけで……この線は、もう一度きっちり詰めるべきだと一之瀬は判断した。しかし何も材料がない状態で、突っこむわけにはいかない。その時ふと、「Q」の顔が脳裏に浮かんだ。

「ちょっとQに会ってみてもいいですか？　何か情報を摑んでいる様子でしたし」いや……彼は「政治絡み」と言っていた。ただし今のところ、そういう線はまったく出てきていない。

「どうかな」気乗りしない調子で言って、藤島が時計を見た。「連絡を取るにはちょっと早い時間だが」

「今じゃなくてもいいです。夜で……あの人、自分でも調べてみるって言ってましたから、何か分かったかもしれませんよ」

「そうか。じゃあ、お前一人でやってみろ」

「え？」

「俺がいなくても何とかなるだろう。あの人は、何かあれば必ず教えてくれるよ。ただし今日は、ちゃんと場を設けるんだぞ。いい焼酎の揃っている店で、いつもの手土産も忘れずに」

「……分かりました」どうして藤島は一緒に来ないのだろう。何でもかんでもこっちに押しつけなくてもいいではないか。

「和菓子だぞ、和菓子。今日は高いやつにした方がいいな。急な話だし、向こうだって忙しいんだから」

「はい、あの……自腹ですか?」

「これで領収書は切れないだろう。少しぐらいは自腹も覚悟しろ。お前さん、どうせ金を使ってる暇もないだろう?」

それはそうなのだが……店の支払いが気になる。「Q」は焼酎好きで、それも「幻」と言われるような物を特に好む。当然値段は高くなるわけで、一之瀬は財布が悲鳴を上げるように感じた。

まあ、しょうがないか。

ネタ元を一人飼っておくには、それなりに金がかかるものなのだろう。それにQは間違いなく、大事なネタ元なのだ。こちらが普段接触しないような業界のネタをよく知っている。自分たちが同じことを探り出そうとすれば、長い時間がかかってしまうだろう。

五桁の出費になっても仕方がない。一之瀬は覚悟を決めた。

〈22〉

よくこの店を知っていたね、とQはまず一之瀬を褒めた。

「藤島さんに教えてもらいました」一之瀬は素直に言った。知ったかぶりをしても、すぐにばれそうな気がする。

「なるほど。彼とは一度、ここへ来たことがあったな」Qがうなずく。

彼と会う店には二つの条件があった。焼酎「魔王」が置いてあること、そして個室がある――両方の条件を満たす店は、都心部でもそれほど多くない。今夜予約したのは、有楽町のビルの五階にある店で、一之瀬は来るのは初めてだった。事前にスマホで情報を収集し、場所の割に値段はそれほど高くないことが分かってほっとしていた。

この店の個室は完全にドアが閉まるタイプで、少しぐらい大きな声で話していても誰かに聞かれる心配はない。注文を終えると、一之瀬は安心して手土産を差し出した。

「海進堂《かいしんどう》の薯蕷饅頭《じょうよまんじゅう》です」銀座にある老舗《しにせ》の和菓子屋だ。

「ああ、これはこれは」Qの表情が崩れる。「こいつはさっぱりしていて、なかなか美味いんだ。いい店を知ってるね」

「ここも藤島さんに教えてもらいました」Qは甘いもの好き——クソ真面目そうな外見に似合わぬ嗜好だが、それでいてまったく太っていないのも不思議だった。

「彼も、いい店を知ってるからね」Qは上機嫌なままだった。「高い店がいい酒を置いていたり、料理が美味いのは当たり前だ。安くて美味い、それにサービスもいい。そういう店に対する嗅覚《きゅうかく》は、社会人として大事な能力だよ」

「はあ」一之瀬はつい生返事をしてしまった。最近、どこへ行っても説教ばかりされているのはどうしてだろう。巡査部長になるということは、それだけ仕事のハードル——要求水準も上がるということか。

焼酎を一口呑む。お湯割りなのだが、一之瀬にとっては微妙な匂いが鼻をついた。焼酎はどうにも苦手で、克服できそうにない。できれば軽くビールにしたいところだが——今日も暑かった——相手に合わせるのも大事だろう。

「いやあ、やはり『魔王』はいいね」Qは上機嫌だった。

「はあ」またも生返事をしてしまう。

「何だ、焼酎が嫌いなのかね」

「慣れてないだけだと思います」

「焼酎は体にいいんだぞ。後に残らないから二日酔いにもならない」それからQは、延々と焼酎の効能を説き始めた。時折専門用語が自然に混じるところからは、何となく理系の人間のようにも思える、何でもかんでもよく知っている人間もいるものだが。

料理が並んだところで、一之瀬は話を切り出した。

「先週の極東物流の爆破事件のことですが」

「難儀しているようだね」刺身に箸を伸ばしながらQが言った。「マスコミにもまったく続報が流れていない。警察としては、流す情報もないのかな」

「そちらの捜査からは外れているので、何とも言えません」

「馘にでもなったのかね」

あまり笑えない冗談だったが、一之瀬は敢えて声を上げて笑った。おつき合いの笑い……これも社会人に必須だろう。そんなことを考えているうちに、どんどん自分が駄目になっていく感じがする。つき合い、つき合い——いつもこんなことを考えていないと、一人前の社会人としてやっていけないのだろうか。

「別の事件が起きまして、そちらに回されました」

「ほう。千代田署がそんなに忙しいのは珍しいんじゃないか?」

「よくご存知ですね」

一瞬、Qの表情が強張る。まずい——彼の正体に近づくような質問をしてしまったのだと気づき、一之瀬はすぐに謝罪した。警察の事情をよく知っているあなたは何者なのか──そういう意味の言葉だと思われたのではないだろうか。

「まあ……情報の交差点にいると、いろいろな話が入ってはくるんだ。特に、気になることについては、要注意で見ているからね」Qがやけに慎重に答える。

「千代田署が気になるんですか？」

「それは、君や藤島さんがいるからね。知り合いのことが気になるのは当然だろう」さらりと言って、Qが焼酎のお湯割りを呑んだ。ちびちびというわけではないが、彼が酔うのを見たことがない。「それで、今日の用件は極東物流のことか」

「ええ」

「その件、君は関係なくなったんじゃなかったのか？」

「いや、二つの事件が微妙に関係してきたようなんです」

「ほう」グラスを持ったまま、Qが身を乗り出して来た。「それは興味深い」適当に話を合わせているわけではなく、実際に興味を引かれた様子だった。

一之瀬は曖昧に事情を説明し、それはQにもすぐに分かってしまったようだった。

「すみません、これぐらいのことしか言えなくて」

「いや、君たちの仕事では、外に情報を漏らしたら命取りになりかねない」Qが首の後ろを手刀で叩いた。「全部を話してくれる必要はないんだよ」

「では、これぐらいで……とにかく、私が関わっている方の事件が、極東物流の爆破事件に関係があるかもしれないんです」

「なるほど」

「極東物流に関しては、企業恐喝ではないかと思って、結構突っこんだんです。でも、向こうは一切認めませんでした」

「詰めが甘いんじゃないかね、君は」Qが鼻を鳴らす。

「具体的な事実が何もないのに、詰めるも詰めないもありませんよ」

「おっと、失礼」Qがにやりと笑った。「しかし、藤島さんもずいぶん面白く君を育てたものだ」

「面白い？」

「普通、なかなか反論できないものだけどね……ネタ元に対しては」

「すみません」一之瀬は思わず勢いよく頭を下げた。また調子に乗ってやってしまった。

「いやいや、それは構わないけどね。とにかく、警察はまだ深いところまで突っこんでいるわけじゃないんだな」

「そう……だと思います」渋々認める。「政治絡みとおっしゃっていましたけど、その線も追い切れていません。せっかくヒントをいただいたんですが」

「あれはねえ、最初に私が考えていたよりも、ずっと大きな話のようだね。極東物流には、恐喝されてもおかしくない弱みがある」

「何ですか?」一之瀬は身を乗り出した。

「海外だよ、海外。スケールが大きいだろう?」Qが嬉しそうに言った。

「ええ」答えながら、一之瀬は必死で想像した。極東物流は、アジア一帯に物流基地を持っている。そこで何か、トラブルでも起きたのだろうか。

「企業が海外進出する時には、いろいろ問題がつきものだ。もちろん、国内でも同じだろうが、何かの問題に直面した時、海外では露骨に金を要求されることがある。『賄賂』の概念が、我々が考えているのとはまったく違う国もあるということだよ」

「汚職なんですか?」それなら確かに「政治絡み」だ——一之瀬は顔が引き攣るのを意識した。これは捜査二課か東京地検特捜部マター……いや、彼らも海外の事件に手をつけられるわけではないだろう。となると、現地の捜査当局が乗り出しているわけか。しかし、それで上手くいくのだろうか、と一之瀬は心配になった。海外で賄賂の意味合いが違うというのは、よく言われる。ひどいところでは、警察が平然と賄賂を受け取り、捜査を誤魔化すパターンもあるらしい。汚職の捜査のように政治が絡めば、プレッシャーも受けやすいはずで、きちんと捜査が行われるかどうかも疑問だ。

「そういうことだ」Qがさらりと認めた。「立件できるかどうかは、現地の捜査機関の能力とやる気にかかっているんだが、国内で立件される可能性もあるな」

「そんなことができるんですか？」一之瀬は目を剝いた。

「おいおい、しっかりしてくれよ。巡査部長の試験には受かったんだろう？　外国公務員贈賄《ぞうわい》罪については試験に出なかったのか？」

「なかった……ですね」

「正確には不正競争防止法の問題だ。ここに、外国公務員贈賄罪が規定されている」

「はい」一之瀬は素直にうなずいた。こういう話をする段になると、Qは大学の先生のような雰囲気を醸《かも》し出《だ》す。独特の軽みは引っこみ、極めて真面目で冗談を許さない気配を発するのだ。

「この中に、日本国外で規制対象行為を行った日本人については、この法律の適用を受けるという項目がある。刑法第三条は当然覚えているだろう」

「あ、そうですね……」国外で罪を犯した日本人に罪を適用することを規定している。確か十六項目あって……その中に不正競争防止法違反についても入っていただろうか。

「不正競争防止法の中で、刑法第三条に基づいて法律の適用を受ける、という一項目がある。つまり、その気になれば、日本の捜査機関が手をつけることもできるわけだよ」

「例えば、国内の企業が海外で賄賂をばらまいた場合、ですね」

「その通り」Qが箸を一之瀬に突きつける。「ただし、実際に日本の当局が手をつけるかどうかは、現段階でははっきりしていない。様子見だろうな」

「やるとしても、うちの捜査二課ではないですよね」

「もちろん。それならとっくに、君にも情報が伝わっているだろう」

「特捜部ですか」

Qが無言でうなずいた。東京地検特捜部と捜査二課は、密接な連絡を……取り合っているはずがない。明確な規定はないが、「大きな事件」は特捜部が持っていくという暗黙の了解ができているはずだ。それこそ、政治絡みの事件とか。警視庁の捜査二課は、最近はもっぱら詐欺などの経済事件専門である。それこそ、古河たちの振り込め詐欺事件を挙げたのが捜査二課だった。

「でも、実際には動いていない」

「現地の捜査機関が動いてるなら、まずは向こうに任せるのが筋だろうね。それが潰れたら、何らかの形で乗り出すかもしれない。まあ、連中にすれば、潰れるのを狙っているかもしれないよ」

「自分たちで立件できれば、評判が上がるからですか?」

「君は、変なところで読みが鋭いねえ。しかも正直過ぎる」Qが皮肉っぽく笑う。「最近、特捜部も何かと評判が悪いからね。でかい、注目される事件をまとめて、かつての栄光を取り戻したいと思うのは普通だろう」

「分かりますけど、そんなの、捜査の本筋には関係ないじゃないですか」

「ほう、だったら君は、何らかの邪《よこしま》な気持ちを持って捜査に当たったことはないと言い切れるかな？　自分の個人的な手柄のために、軽く組織を裏切ったりしたことはない？」

「いや、それは……」

「別に責めてるわけじゃない」Qが顔の前で手を振った。「むしろ奨励したいことですらあるよ。どんな理由であれ、やる気が起きるならいいと思う。最近は『モチベーション』とか横文字を持ち出して、仕事をしない言い訳をする人間はたくさんいるから。それよりも、がつがつと前向きに仕事をする人間の方がましだね。失敗しても、リカバリーのチャンスはあるし」

「そう、ですね」自分も今、ある意味、リカバリーしようと必死なわけだが。失点のお釣りがくるほどの成功が欲しい。

「マレーシア、だ」

「はい」一之瀬は背筋を伸ばした。

「あそこは、東南アジアの物流拠点の中でも、ひときわ大きな意味を持っている。マラッカ海峡、シンガポール海峡……この二つの海峡が、海運において持つ意味は、未だに大きい」

　この辺の事情はさっぱり分からないのだが、一之瀬はうなずいて先を促した。調子に乗っている時のQには、延々と喋らせておくに限る。どこかに必ず、重大な情報を挟みこんでくるから、こちらは聞き逃さないように神経を尖らせておけばいいのだ。

「今は、中国の力が強い。まあ、華僑《かきょう》の歴史があるから、元々海運関係に強いのは当然かもしれないが、マレーシアの物流拠点を思う通りに握れるかどうかは、ビジネスの最大のポイントになってくる」

「そこで極東物流は……」

「どうしても欲しいポイントがあった。街の名前は……いや、申し訳ない、思い出せないな」本当に申し訳なさそうにQが言った。自分の記憶力を過信しており、それが当てにならなかったことに、リアルにショックを受けている様子である。「とにかく、そこに物流拠点を開くために、極東物流は現地の高官に金をばらまいたというんだな。その額は、日本円にして一億円に及ぶ」

「それ、マレーシアの金でいくらぐらいなんですかね」どれほどの価値になるのか、想像もつかない。

「一説には、一般サラリーマンの月給が、日本の四分の一とも五分の一ともいうようだね」

「ということは……」

「単純に四倍、五倍しただけでは計算できないと思うが、まあ、大金であることは間違いない。現地の感覚を説明できないのは残念だが」

「いや、賄賂として大変な額だということは分かります……想像はできます」

何人に渡ったのかはともかく、そもそも一億円というのが巨額だ。おそらく自分は一生、生で見ることがない額である。国内の汚職事件でも、これだけの額が渡ったケースは稀だろう。

「この件が、現地でぼちぼち漏れてきているようだね」

「ニュースになったんですか？」

「いや、まだそこまではいっていない」首を横に振ってQが焼酎を呑む。「ただ、裏社会ではこういう情報が流れるのが早いから。実際に立件できるかどうかは、本当に分からないんだけどね」

一之瀬は素早く想像を巡らした。マレーシアの現地で囁《ささや》かれる極東物流の汚職事件を、どういう手段を使ってか、古河たちが耳にする。まだ日本では流れていない情報であり、もしかしたら捜査も潰れるかもしれない。しかし、立件されるかどうかということと、事実があるのは別なのだ。この情報を使って古河が極東物流を脅しにかかった——悪くない。いや、かなりいい想像ではないだろうか。

グローバルに展開する企業が、ビジネスのメーンステージである海外でトラブルを起こしたら、それこそ評判はガタ落ちになる。今後の事業展開にも影響するだろう。だからこそ、極東物流はもみ消しに巨額の金を使った——脅しにはまる典型的なパターンである。

「古河という男がいます。元々振り込め詐欺で逮捕されて、執行猶予つきの判決を受けた男なんですが……もしかしたら恐喝事件の主犯格かもしれません」

「小者だね」Qが鼻を鳴らす。

「そうですけど、東証一部上場企業から何千万円も脅し取っていたら、小者とは言えないんじゃないですか？」

「なるほど。それで？」

「——いや、やっぱり小者ですね。それがどうして、マレーシアで起きている汚職事件のことを知ることになったんでしょう。本人は、少なくともこの五年ぐらいは海外渡航歴がないはずなんですが」

「ちょっと、メモした方がいいよ」

「はい？」

「手帳、出して」

言われるままに一之瀬は手帳を開き、ボールペンを構えた。Qが「堤明慶《つつみめいけい》」と名前を告げ、字を教えてくれた。

「現地でちょろちょろ動いている日本人がいてね。向こうの悪い連中ともつき合いがあるようだ。こういう人間から、情報が伝わってきたんじゃないかな」

「たぶん、それで間違いないですね」一之瀬は鼓動が速くなるほどの興奮を覚えた。それを反映して、手帳の字はひどく読みにくくなっている。

「どうしてまた、そんなに自信たっぷりに言えるのかな」

「堤明慶——知っている人間だからです」

古河の振り込め詐欺グループにいた男。執行猶予が明けた後で現在所在不明になっているのだが、マレーシアにいたのか……もちろん、執行猶予の期間が終われば完全に自由になり、自分の意思でどこへでも好きな場所に行けるのだから、誰かに文句を言われる筋合いはないのだが。

もしかしたら、マレーシアに出張することになるのだろうか。一之瀬は心配になってきた。今の東京よりもさらに暑い街へ行く——考えただけでも、頭の中が沸騰《ふっとう》してくるようだった。もっとも、そんな出張が簡単に認められるとも思えなかったが。最近は、警察でも「経費削減」をうるさく言われるのだ。

「それはそれは……もしかしたら、裏で全てつながっているということかな？」Qが嬉しそうに目を細める。

「そんな小説みたいなことは、実際には滅多にないんですけどね」一之瀬は焼酎のお湯割りを一気に呑み干した。喉がかっと熱くなり、一気に酔いが回ってくるのを感じる。

「君……」Qが心配そうに言った。「これから戻るつもりなら、どこかで酔いを覚ました方がいいと思うよ」

彼の言う通りだった。

ペットボトル二本のミネラルウォーター、それにエスプレッソ二杯で、何とか素面《しらふ》の状態に近くなった。藤島が「警察官は酔いを覚ますのも早くないと駄目だ」と言っていたが、先輩たちは皆、こんな風に強引にアルコールを抜いているのだろうか。だったらそもそも、酒を呑む意味がないように思える。

二杯目のエスプレッソを飲み干し、歩いて署に向かう。少し汗をかいて、さらに正気を取り戻そうと思った。

この事件は、思っていたよりも規模が大きいようだ。

となると、一つの疑問が立ち上がってくる。果たして古河たちに、ここまでの計画が立てられただろうか。情報が手に入ったとしても、どうしていいか分からず持て余してしまったのでは？　あの連中は、それほど頭がよくないし、要領も悪い。だからこそ、振り込め詐欺事件でも失敗して逮捕されたのだし。

誰か、裏で糸を引いている人間がいる？　その可能性を思い描くと、父の顔が頭に浮かんでしまう。十数年前の顔であり、今ではだいぶ老けてしまっているだろうが……古河たちのやり方が、何となくギャンブルのような感じがするからかもしれない。父も天性のギャンブラーだ。仕事でその性向に拍車がかかり、最後は一発勝負に出て大きな失敗を犯し、失踪せざるを得なかった。そんな男が、金になりそうな情報を入手した時、どう使うだろう。大胆に企業恐喝——もちろん単なる想像なのだが、あり得ない話ではないように思えた。

この捜査を進めていくと、自分の首を絞めることになるかもしれない。だが、立ち止まる訳にはいかなかった。父に対する気持ちが固まらないから。親子の情がないわけでもないが、それは歳月が流れるに連れ、すっかり薄くなってしまっていると思う。だが、ただ犯罪者を憎む気持ちばかりがあるわけでもなく……実際に「そうだ」と断言されない限り、自分の気持ちがどう動くかは予想もできなかった。

顔を上げろ——自分に言い聞かせる。どうなるか分からないことを想像しても、単なる時間の無駄だ。自分がやるべきことは一つ、一刻も早く、目の前に積み重なった謎をどかして、その下に埋もれている真実を見つけ出すことだ。

〈23〉

「マレーシア？」

そう言ったきり、相澤が絶句した。特捜本部に残っていた刑事たちが気づき、一斉に相澤と一之瀬の方へ寄って来る。これじゃ捜査会議と同じだと思いながら、一之瀬は状況を説明した。もちろん、Qの名前は出さない。

「つまり、本筋は企業恐喝だったのか」相澤が顎を撫でる。

「その可能性が高くなりました」

「しかし、問題はそこに朽木がどう絡んでくるかだ」

藤島が横槍《よこやり》を入れる――いや、これは横槍ではない。単なる確認だ。確かに、極東物流に関する恐喝事件の存在が明らかになったとしても、それが朽木殺しに関係していると決まったわけではないのだから。

「そこは、これから調べなくちゃいけないところですが、まず、極東物流に恐喝の事実を認めさせるのが先ではないでしょうか」一之瀬は提案した。

「それで、金の流れが明らかになれば――」藤島が話を引き取った。「もう少しはっきりと、こっちの事件へも話を持ってこられるかもしれない」

「自分にやらせてもらえませんか？」一之瀬は一歩前に進み出た。無理なことだとは分かっている。他の特捜本部の仕事に首を突っこむなど、無礼千万だ。こちらの捜査に関係していると決まれば別だが、今のところ単なる「勘」であり、まだまだ「事実」とは言えない。同じ署内に特捜がありながら、まったく遠い世界なのだと一之瀬は実感していた。若杉にでも話して、引っ掻き回してもらおうか、とも思う。あいつのことだから、本当に引っ掻き回して、滅茶苦茶になってしまうかもしれないが。

相澤が藤島に目くばせした。藤島が素早くうなずく。相澤が咳払いしてうなずき返した。一之瀬を見て、「まあ、いいだろう」と許可を出す。

よし。刑事の仕事にも色々あるが、取り調べは基本、かつ極めて重要なものである。科学捜査の進化や、防犯カメラの増加などによって、今や犯人に迫る手は二十年前に比べてずっと増えたと言っていい。しかし最終的に被疑者に喋らせるのは、刑事のテクニックなのだ。一之瀬は、取り調べの難しさと面白さが、少しずつ分かり始めてきた。それも、簡単に喋る人間を相手にした時ではなく、なかなか口を割らない人間に喋らせた時には、独特の快感がある。一種のスポーツだ、と一之瀬は捉えていた。

その夜はさらに、爆破事件の特捜本部を交えての打ち合わせが続いた。明日の朝、極東物流の幹部をひそかに署に呼び出し、事情聴取を始める。その対象としては、一之瀬が何度か話を聴いた秋山ではなく、その上の総務担当取締役、水木《みずき》が選ばれた。仮に極東物流が脅迫されていれば、当然社長の耳にも入っているだろうが、実際に責任者として処理したのは水木だろう、という判断である。一方で、海外展開担当の取締役、花岡《はなおか》も呼んで、マレーシアでの汚職事件について突くことになった。

「水木に対して、マレーシアの件も話してしまっていいんですか？」一之瀬は相澤に訊ねた。

「構わない。落とせると思ったら、材料は出し惜しみするな」

「分かりました。汚職の件がもう少し詳しく分かるといいんですが」

「直接確認できるといいんだが、なにぶん遠いからな」相澤が顎を撫でる。

「いや……ちょっと待って下さい」藤島が話に割って入った。「外事二課から、警備対策官でマレーシアに赴任している男がいますよ。渡海《とかい》ってご存知ないですか」

「いや、知らないな……」相澤が首を捻る。「お前、公安部に知り合いなんかいるのか」

「所轄の後輩だったんですよ。ずいぶん奢って、貸しはあるつもりです」

「なるほど」相澤が腕時計を見た。「マレーシアとの時差はどれぐらいだ？　一時間ぐらいじゃないか」

「そうですね。まだ宵《よい》の口《くち》でしょう」

「よし、電話を突っこんでくれ……しかし、明日のために今から情報収集を頼んで、何か分かるものかね」相澤が首を傾げる。

「せいぜい尻を叩きますよ」藤島が近くのデスクに向かい、受話器を取り上げた。

相澤がそれを見やりながら、ふっと息を吐いた。また疲れがひどくなっているように見える。一之瀬は思わず、「お疲れですか」と聞いてしまった。

「疲れてるよ。お前みたいな半素人を相手にしてるとな」

「自分は、素人じゃ……」

「半素人だ」相澤が言い返した。「所轄の刑事課の最年少は、まだまだ素人みたいな存在だよ。もっとも刑事なんて、いつまで経っても完成したプロにはなれないけどな。完成したと思ったら、そこで頭打ちになる」

「そんなものですか？」

「この戦いは、定年まで続くんだ」

実際、定年までそれほど遠くないであろう相澤に言われると、妙に納得できる。確かに満足したらそこで終わりだろうが、定年まで数年というタイミングで、「俺の努力はこの程度だったのか」と気づいてしまったらどうなるのだろう。自分にはまだまだ先の話だが、考えると暗い気分になる。そもそも刑事の「達成感」とは何なのか……。

穴の中に引きずりこまれそうになる気分を救ってくれたのは、藤島の声だった。相手が摑まったのか、普段よりもテンションが高い声で話し始める。

「ああ、俺、藤島だ。久しぶり……何だよ、もう吞んでるのか？　マレーシアの酒はどんな感じだよ……いや、それはいい。そっちへ行ってる暇なんかないから」気楽な調子で喋りながら、一之瀬に顔を向けて「ＯＫ」のサインを出して見せる。「ちょっと聞きたい話があってな。そっちに、極東物流っていう日本の会社の物流基地があるだろう？　ああ、クアラルンプールなのか……去年の暮れにオープンね。そこを巡って、汚職の噂があるんだが、聞いてないか？……聞いてる？」

相澤が椅子を蹴り倒すように立ち上がった。一之瀬も思わず、藤島に近づく。藤島は空いている左手を挙げて、一之瀬の動きを制した。

「なるほど、現地では結構噂になってるわけか。実はな、こっちでやってる捜査の関係で、その話が浮上してきたんだ。どうかな、そっちでもう少し、情報を収集できないか？ポイントは、実際に捜査が行われているかどうかなんだ。そう、当局の関係者に話を聴けないかな。もちろん、はっきりした情報である必要はない。当局が動いているという感触が得られれば、こちらの捜査の大きなポイントになる……そうだ。ちょいとお前の人脈を使ってもらえばいいんだよ。ただし、急ぐんだ。明日の朝までに何とかならないかな？いやいや、無理は承知で言ってる。お前なら、何とかしてくれるだろう。というか、どうせそっちでも呑み友だちを作ってるんだろうが。そういう連中に当たってくれればいいんだよ。そう、領収書はこっちに回してくれてもいい。俺が面倒みる……ああ、千代田署の特捜にいるから、そっちに連絡してくれないかな。分かってるよ、日本に帰って来たら一杯奢るからさ」

電話を切り、藤島が両手を叩き合わせる。その顔には、満面の笑みが浮かんでいた。

「噂が出ているのは間違いないですよ」

立ったままで相澤がうなずく、この一瞬だけかもしれないが、疲労感はすっかり消えていた。藤島も立ち上がり、相澤と向き合う。

「明日の朝までに、もう少し詳しい情報を確保するように、頼みました。できる奴ですから、何か摑んでくると思います」

「期待していいのか?」

「領収書、よろしくお願いしますよ」藤島がにやりと笑った。

「まあ、情報が手に入るなら、俺が自腹で払ってやってもいいよ」相澤が、残っていた刑事たちを見回した。「よし、今日はこれで解散。明日は極東物流の始業時間の午前九時に合わせて動き出す。直接事情聴取に関わらない人間も、バックアップをよろしく頼む」

安堵《あんど》の息をついて、一之瀬は荷物をまとめ始めた。明日は気持ちを巻き直して、ゼロからスタートだ。それなりの歴史を持つ東証一部上場企業の役員から話を聴くことを考えると、興奮すると同時に緊張を覚えたが、これが突破口になるはずだと気合いを入れる。真価を試される時がきたのだ。


予め調べたデータでは、水木は六十歳だった。しかし、最近の六十歳の平均的な印象からすると、ずいぶん老けて見える。おそらく、完全に真っ白になった髪のせいだ。それを見事なまでのオールバックにし、広い額を晒している。ただし、髪が少なくなったわけではなく、元々額が広いようだ。「額が広い奴は頭がいい」——小学校の頃に流布していた噂が頭を過《よぎ》る。油断は厳禁だ、と一之瀬は気持ちを引き締めた。

一之瀬はまず、事実の確認から始めた。生年月日、出身地、現住所……そこまで進めた時、水木の顔色が少しだけ変わった。まずは作戦第一弾が成功だ、と一之瀬はほくそ笑む。わざと素っ気なく、まさに容疑者の人定《じんてい》をするように進めることで、居心地を悪くさせるのが狙いだった。こういう時は、どちらが主導権を取るか、早めに知らせる必要がある。彼の証言を自分の手帳に書きつけながら、一之瀬はしばし沈黙を保った。はっきり喋らないと大変なことになる——それを水木の頭に染みこませるつもりだった。

「会社ではずっと総務畑だったんですか？」

「いや、あちこち……色々担当しています」

「海外への赴任も？」

「前後八年、ですかね」水木がうなずく。この手の情報なら、楽に話せるようだ。「インドネシアとベトナムでした」

「ベトナムは、最近凄いらしいですね。経済発展が著しい」そんな記事を、先日も新聞の経済面で読んだばかりだった。「世界の工場」が中国からベトナムに移りつつある——そんな内容だった。やはり、無理にでも新聞を読んでいると役に立つようだ。誰を相手にしても話の「つなぎ」になるような話題が、自然に頭にインプットされる。

「私が行っていたのは……十五年前ですかね」水木の口調はさらに軽やかになっていた。

「その頃からですよ、ベトナムが注目され始めたのは。ＡＳＥＡＮやＡＦＴＡに加盟して、ＡＰＥＣに参加するようになったのが九〇年代後半ですか……国際社会で新たな役割が見つかった感じですよね」

おっと、余計なことは言わないように……一之瀬は軽くうなずくだけにした。国際関係の用語には疎《うと》いから、下手に話を合わせたらボロが出る。唯一経験的に知っているのはＡＰＥＣで、これは三年前の二〇一〇年――まだ派出所勤務時代だ――に開かれた横浜ＡＰＥＣに特別派遣されて、神奈川県でしばらく仕事していたことがあるからである。しかし、水木に警備の話をしても、話題は転がらないだろう。

「マレーシアはどうですか？」一之瀬は探りにかかった。

「そうですね……昔から海運の拠点ですから、重要な場所です」

「最近は海賊対策も大変らしいですね」昨夜、一夜漬けで仕入れた知識だ。

「被害が増えてますからね。日本の船も襲撃を受けたりしてるんですよ」

「らしいですね。海上保安庁も大変だ」巡視船が哨戒をするなど、日本もこの地域の安全確保のために手を貸している。「そちらは、そういう被害に遭ったことはないんですか？」

「幸い、今のところはないですね」

水木が、居心地悪そうに体を揺すった。一之瀬は無理にペースを上げず、ゆっくりと本題に迫ることにした。情報はこちらの手の内にある――今朝一番で、「ほぼ決定的」な情報が入ってきたのだ。

「やはり、東南アジアで商売をするのは大変ですか?」

「商習慣も生活の風習も違いますからね。向こうに合わせつつ、こちらの要求を通すのは大変ですよ。そのために人材を育成していますけどね」

「例えば、東南アジアの商習慣って、どんな感じなんですか?」

「それは、一言では言えないですけど……独特のものがありますね」何となく歯切れが悪い。

「日本みたいに、根回しと気配り、という感じでもないんですか?」

「それがもっと極端になっている感じもありますよ」水木が苦笑する。自分が散々苦労させられたのを思い出したのだろう。「欧米の契約社会も、あれはあれで日本人には馴染めないものですけど、それとは別の意味で、ね」

「官僚の扱いも難しいんじゃないですか」

「日本の、いわゆるお役所的というのとはちょっと違いますけどね」

今のところ、話はするすると流れている。しかし水木は、どんどん居心地が悪くなっているようだった。何故ここに呼び出されたのか、心の片隅でずっと考えているのだろう。しかし、すぐにその疑問を口に出すようなことはなかった。聞けば、主導権を警察側に取られる、とでも思っているのかもしれない。だったら大きな勘違いだ。警察署に足を踏み入れた時点で、主導権は完全にこちら側が握っている。

「例えばどんな感じですか？　よく、賄賂天国みたいな話も聞きますけど」

「一般的には……どうですかね。私はその手の経験がないので。噂では聞いたことがありますが」

「噂、ですか？」

「噂ですよ」

水木の顔色が白くなる。痛いところに突っこんだのだと確信し、一之瀬はペースを上げた。

「そういう噂は大抵、根拠があるんですよね。適当な嘘が流れているということはありません。日本でもそうですね。『火のない所に煙は立たぬ』って言いますけど、あれは単なる諺ではなくて真実です」

「そうですか？」

「特に事件に関しては、そうですね。私は、汚職関係の捜査は経験していませんけど、先輩たちから話を聞くと、まさにそんな感じのようです」

その時、同席していた藤島の携帯が振動した。すぐに止まったので、メールの着信だと分かる。藤島が体を捻って、一之瀬を見た。重要な情報を転送してくれたのか……顎をしゃくったので、一之瀬はテーブルに置いた自分の携帯を凝視した。すぐにメールの着信を告げる振動が始まる。ちらりと内容を確認して、興奮が表に出ないように一度深呼吸した。それでも水木には、何か状況が変わったことが分かってしまったようで、急に顔つきが固くなる。

「失礼しました。気にしないで下さい」一之瀬は自分の携帯を軽く叩いた。「話を続けます。御社はこれまで、汚職に巻きこまれたことはありませんか？」

「え？」突然話題が変わり、水木の顔色はますます白くなった。

「海外で、の話です」

「まさか……そんなことはありません」即座に否定したが、声に力がない。こちらの暗い狙いを悟ったように、一之瀬と視線を合わせようとしなかった。

「ありますよね」

「何でそんなことをおっしゃるんですか？」

「知っているからです」

「これは……」水木が、狭い取調室の中を見回した。「そんなことを聴くために、私を呼んだんですか？」

「ある意味、その通りです。ただし、我々が捜査するわけではないので、直接的に、という感じではないんですが」

「意味が分からない」水木が力なく首を振った。

「海外で贈収賄事件を起こせば、現地の捜査機関が調べるのが筋、ということです。マレーシアで、日本円にして一億円程度をばらまいたそうですね……物流基地の建設に際して、現地で便宜を図ってもらうために、役人や実力者に対して」

「まさか」

「まさか、じゃないんです」一之瀬は語気を強めた。「噂はだいたい、事実があるから流れるものです――さっき、そう言いましたよね」

「いい加減な噂だってあるでしょう」水木の顔に赤みが差した。耳も赤くなり、必死に怒りを押し殺しているのが分かる。「為にする情報というのもあるんですよ。ライバル社を蹴落とすために、変な噂を流したり……」

「今回の件も、そうなんですか？　マレーシアは東南アジアの物流に関して、極めて重要な場所に位置している。各社とも、少しでも有利に自分のビジネスを進めたいでしょうね。どこかの会社が、御社を蹴落とすために、そういう情報を流したというんですか？」

「どういうことかは分かりません。そんな噂は聞いたこともないです。自分の社に関する情報だったら……聞いていない方がおかしいでしょう。弊社も、情報網は張り巡らしていますから」

「ここで嘘をついても、何かの罪に問われることはないんですがね」一之瀬は溜息をついてみせた。「偽証罪というのは、法廷で嘘をついた場合にのみ、適用されますから。ただ、取り調べでの嘘が分かった場合は、我々の心証が悪くなるんですけどね」

「これが取り調べとは聞いていないですよ」

水木の顔がまた白くなる。赤くなったり白くなったり……何か病気ではないか、と一之瀬は心配になった。

「失礼。確かに取り調べではありません。今のは一般論ですし、容疑者に適用されるものですから。御社は今回、あくまで被害者ですよね」

「それは……」

「爆破事件に関しては、間違いなく被害者でしょう。マレーシアでの汚職に関しては、私は何か言える立場ではありません」

一之瀬は携帯を取り上げた。目の前に掲げ、つい先ほど流れてきた決定的な情報にもう一度目を通す。短いメッセージだが、内容は極めて重かった。

「水木さん、今日出社して、何か聞きませんでしたか？」

「いや……すぐこちらに呼ばれましたからね。報告を受ける時間もなかったですよ」口調に少しだけ皮肉が滲んだが、強がりのようにしか聞こえなかった。

「まあ、海外の事件は、日本に伝わるのが遅れることもありますからね」

「どういうことですか？」

「マレーシアの捜査当局が、御社の現地支社の人を呼んで話を聴いているそうです。まさに今朝から」

　藤島が保証していた通り、渡海の情報収集能力は素晴らしかった。夕べのうちに関係者に話を聴いて、汚職の事実を確認。それも「当局が明日の朝から事情聴取を始める」という、具体的でタイミングも最高の情報だった。それを朝一番で藤島に伝えてきて、さらに今、「事情聴取が始まった模様」という追加情報を送ってくれた。

「まさか……」

「信頼できる情報筋の話です。おそらく今、会社にもこの情報が入っているんじゃないですか。社員が呼ばれれば、現地では当然分かるでしょう」

　水木が、テーブルに置いた自分のスマートフォンをちらりと見た。手を伸ばそうとして引っこめ、助けを求めるように一之瀬を見やる。

「気になるなら、会社に電話して確認していただいて構いません。我々のことは気にしないで下さい」

　言ってから藤島の顔を見る。藤島は素早くうなずいた。後から承認のゴーサイン。ここで水木が電話をかけても、こちらに不利益はない。それにあくまで、汚職の捜査は現地の捜査当局の仕事なのだ。

「どうぞ。気になっていると、話が進まないでしょう」

　水木が恐る恐るスマートフォンを取り上げた。その瞬間に呼び出し音が鳴る。水木がびくりと体を震わせて電話に出た。すぐに立ち上がり、一之瀬に背を向ける。そんなことをしても、話が聞こえなくなるわけではないのだが。

「ああ、私だ……マレーシアの件だな？　ああ。別の筋から聞いた。間違いないのか？　そうか……さらに確認してくれないか？　いや、遅くまではかからない。できるだけ早くそっちへ戻る」

もちろん、早く帰れる。その気になれば三十分以内に、会社の自分のデスクにつけるだろう。もちろん、ここできちんと喋ってくれればの話だが。

会話を終えた水木が、溜息をついて椅子に腰かけた。

「会社からですか？」と一之瀬は訊ねた。

「ええ」

「まさに今このタイミングで、同じ情報が入ったんですね」

「現地はだいぶ混乱しているようです。まだマスコミには漏れていないようですが、その対応もしないと……いや、国内のメディアに対しても」

「それは、しばらく放置しておいてもいいかもしれません。マレーシアの捜査当局は、マスコミに伏せたままで捜査を進めるかもしれませんから。よくあることですよ……ニュースになって情報が漏れると、捜査に支障が出ることもあるでしょう」

「そうですか……」水木がスマートフォンをテーブルに置き、顔を拭った。

「問題は、この件じゃないんです」

「え？」

「先ほども申し上げましたが、我々はこの件を捜査しているわけじゃありません。捜査の一義的な権利はマレーシア側にありますし、そもそも我々は、汚職などの事件を捜査する部署でもないですからね」

「だったら、今日はいったい――」

「御社は被害者です」一之瀬は水木の質問を遮った。「我々が気にしているのは、爆破事件のことです。あの時我々は、御社が脅迫されている可能性も考えていました。過激派なら犯行声明が出るものですし、悪戯にしてはやり過ぎだ……でも御社は、一切認めませんでしたね」

「そういう事実は……」一瞬声を張り上げた水木だが、すぐに萎《しぼ》んでしまった。マレーシア文社の存亡の危機、さらに国内でも叩かれるであろうことを想像して、これ以上嘘はつけないと考えたようだ。

「水木さん、色々な影響を心配するのは分かります。でも、それを最小限にする手はあるんですよ。我々はそれを持っています」

「まさか……警察がマスコミや世論までコントロールできるとでもいうんですか？」

「結果的にはそうなるかもしれません。あの爆破事件……あれが企業恐喝だとしたら、御社には同情も集まります。非難は少しは収まるんじゃないですか？」

「そう上手くいきますか？」

「一種のショックアブソーバーとして」一之瀬はうなずいた。「もちろん、マレーシアの汚職と恐喝事件はまったく別物です。それでも、何もしないでいると、叩かれる一方ですよ。ここは、恐喝されていた事実を認めるべきです。その件が公表されれば、マイナスにはなりません。後は御社の広報の問題ですが、そこは警察が口を出すところではないですからね」

水木がすっと息を呑んだ。一之瀬は適当な言葉を並べ立てたことを悔いながら、彼の言葉を待った。実際には、もっと評判は悪くなるかもしれない。海外での汚職でマイナス十ポイント、恐喝の事実を隠していたことでマイナス五ポイント。さらに——一之瀬はもう一段突っこんで聴くことにした。

「恐喝犯には、もう金を払っていますね？　合計で三千万円。違いますか？」

水木がぴくりと体を震わせる。当たりだ、と一之瀬は確信した。

「恐喝にしては額が大きいですね……御社の規模を考えれば、その程度は普通なんでしょうか？」

「それは、分かりません。相場のようなものがあるのかどうか……」

「どういう内容の恐喝だったんですか？」

「マレーシアの件をばらされたくなかったら、金を払えと。弊社としては、あの件が表沙汰になることは絶対に避けたいんです」

しかし、いずれは表沙汰になったのではないか……マレーシアの捜査当局が摘発し、公表されれば、どうしても世間に明らかになる。いずれにせよ、諸悪の根源は、自社の利益のために賄賂を使った極東物流だ。

「爆破に関してはどうなんですか？　同じ犯人？」

「そうだと思います。脅迫の電話がありましたから」

「それは、爆発が起きる朝のことですか？　それより前に？」

「前日です」水木が息を呑んだ。「金が払われないので、会社を爆破すると……」

「ちょっと待って下さい。金は払っていたんでしょう？　我々は、ある程度金の流れを摑んでいるんですよ」ただし「根本」が分からない。「ランディス」が一種のトンネル会社であり、そこから古河の口座に現金が流れこんでいたことは分かっている。ただし、ランディスの口座に入った金がどこからきたかは、まだ分からないのだ。そこで一之瀬は、はっと思い至った。「もしかしたら、現金で手渡ししていたんですか？」

「ええ……振り込みなどでは証拠が残りますから。犯人側からも、そういう要求がありました」

「よく、そんな現金がありましたね」

「非常時の資金は、常に用意していますよ」

「手渡しは、結構危険なんじゃないですか？」

「それは承知の上です」

「メッセンジャー役は……」と訊ねて、一之瀬は突然ある可能性に思い至り、衝撃に打たれた。「まさか、春日さんじゃないでしょうね。失踪した春日さん」

水木の顔が引き攣る。当たりだったのか……一之瀬の頭の中で、勝手に想像が暴走した。春日は、金を渡すメッセンジャーという大役を仰せつかった。しかし何故か、金は犯人グループの手に渡らなかった——それで犯人グループは激怒し、「お仕置き」のために会社に爆弾を仕かけた。突飛なシナリオにも思えるが、これで全ての筋が合う。

それを説明すると、水木は最後に軽くうなずいた。溜息を洩らし、スマートフォンを指先で突く。二度目の電話はない。

「春日さんは、依然として行方不明ですね？」

「ええ」

「どうして彼をメッセンジャー役に選んだんですか？　しばらく前に、鬱状態で苦しんでいたと聞いています。そういう人に重大な任務を任せるのは、危険じゃないんですか？」

「彼はもともと、非常に優秀な人間なんです。自分の仕事に責任と自信を持ち、常に期待に応《こた》えてきた。問題はギャンブル癖があったことで……」

「会社の方でも、それは分かっていたんですね？　正式に」

「ええ。ただ会社としては、彼に立ち直りのチャンスを与えようとしたんです。借金を返すために、特別ボーナスを出す——そのためには、多少危ない仕事をしてもらわなくてはいけなかった、ということです」

一之瀬は突然怒りを感じた。これでは、金と引き換えに命を預けろ、といわんばかりではないか。民間の会社とは、こんなに簡単に社員を危険な目に遭わせるものだろうか——しかし、取り敢えず会社に対する批判は差し控えた。今は、他にやることがあるし、仮にも被害者である会社を罵るのは、刑事の筋から外れている。

「春日さんが行方不明になっても、捜索願は出そうとしませんでしたね」

「それはお詫《わ》びするしかないんですが……」水木が頭を下げた。「会社としては、事態が表沙汰になるのを絶対に避けなければならなかったんです」

それで見殺しか……また怒りが蘇《よみがえ》ってきたが、何とか気持ちを抑えつける。

「では……取り敢えず、現在の状況を全部喋って下さい。我々は、恐喝犯の逮捕に全力を注ぎます。春日さんも見つけ出します」

「もしかしたら、ですが」水木が慎重に切り出した。

「何ですか？」

「春日は、弊社を裏切ったのかもしれません」

「どういうことですか？」

「連絡が取れなくなった日——火曜日にも、一千万円を渡す約束になっていたんです。しかし、犯人側は『受け取っていない』と激怒して連絡してきた。しかも春日は行方不明です。つまり……」すっと息を呑む。「春日が、一千万円を持ち逃げしたんじゃないかと思われるんですよ」

ワルは、会社や古河だけではなかったということか……そもそもが違法行為であったとしても、春日の行動は褒められたものではない。一之瀬は軽い幻滅を味わいながら、さらにシナリオを先に書き進めた。よし……筋は合うようだ。後で藤島たちと話して、さらに細部を詰めよう。

「これでひとまず終わります」

一之瀬が告げると、水木がほっとした表情を浮かべる。こんなところでほっとされても困るのだが。一之瀬は「いつでも連絡が取れる状態にしておいて下さい。会議で連絡がつかない、というのも駄目です。今後は、この捜査が最優先になりますから」と釘を刺した。水木の表情がまた強張る。

当然、被害者である極東物流への家宅捜索も必要になるだろう。被害者とはいえ、実際に金を渡していたことは、世間体がよくない。叩かれるのを見越して、関係書類を隠してしまう可能性もある。もちろん今、それを通告する必要はないが。証拠湮滅《いんめつ》を助長するようなものである。

疲れた……げっそりして、一之瀬は水木を解放した。もちろん、彼の方が疲れているだろうが。会社へ帰れば、今後の方針を話し合わねばならないだろう。

ただそれは、彼らが犯した罪、そして判断ミスによるものである。警察にもフォローはできない。


「お前さんにしては、えらく乱暴だったな」水木を署の玄関で見送ると、藤島がぽつりと感想を漏らした。

「そうですか？」自分的には平常運転のつもりだったが。

「まあ、ちゃんと喋ったからいいんだが……運も味方したな」藤島が尻ポケットに両手を突っこみ、背筋をぐっと伸ばした。

「渡海さんもすごいですね。こんな短い時間で、きっちり情報を摑んでくるんだから」

「公安の情報収集能力を舐めちゃいけないぞ。あいつらは、情報を食って生きているようなものだから」

「でも、海外で、ですよ？　日本とは条件が違うじゃないですか」

「確かにな。俺も今回の一件では、あいつに対する評価を二段階ぐらい上げた」

エレベーターで特捜本部に戻る道すがら、一之瀬は続けた。

「春日と朽木が関係していた可能性もあると思いますが」

「あるな」藤島が認めた。

「朽木が持っていた一千万円、春日が渡さなかった金額と一致していました。朽木と春日が協力して、金を持ち逃げしようとしてたんじゃないでしょうか」

「つまり朽木は、犯行グループを裏切った」

「分け前が少ないのに不満で、持ち逃げを決めた……そんなところじゃないですかね」

「だったら春日は、どうして消えたんだろう」藤島が首を捻る。「例えば、朽木が犯人側の窓口——現金を受け取る側だったとしようか。あいつがそのまま持ち逃げすれば、犯人側にとっては金が手に入らなかったことになる。それで怒って爆破に及んだ——それは筋としておかしくないよな？　でも、春日はそこにどう絡んでくるんだ？　普通に、いつも通りに金を渡していたら、彼は責任を果たしたことになって、失踪する必要はないと思うんだが」

「二人が組んでいたとか？」

「それは……まだ想像の域を出ないな」

一之瀬としてはうなずくしかなかった。朽木が死んでしまった今、春日を見つけ出さないと、本当のところは分からないだろう。

そう、基本に立ち返った感じだ。春日を捜し出し、あの火曜日に何があったかを聴く

——自分の仕事はそれだ、と一之瀬は心に決めた。

〈24〉

捜査は一気に大きく進展した。

まず、二つの特捜本部が実質的に一つになった。極東物流への恐喝と朽木殺しが結びついていた可能性が高くなり、特捜本部を二つに分けている意味が小さくなったからである。同時に、会社側への事情聴取が拡大した。一応は「被害者」として。それに加えて、犯行グループの追跡。極東物流側は、犯行グループの具体的な氏名を摑んでいなかったが、状況から古河が首謀者として事件に関わった可能性が極めて高いと判断され、古河の追跡が急務になった。さらに、金の流れを専門に洗う班が組織された。

一之瀬は手を挙げて、再度春日の捜索に取りかかることを認められた。希望が簡単に通ったのが意外だったが、藤島に言わせると、「最近は自分の意見を言う奴も少ないから」。驚いた幹部が、つい許可してしまったのではないか、という解釈で、それを聞いて少し腐ってしまった。

その日の午後から、一之瀬は忙《せわ》しなく動いた。まず栃木に飛び、電話で話しただけの春日の両親に事情を説明して、正式に捜索願を出してもらう。今のところ、春日には容疑がかかっていないので、動くためにはそれなりの言い訳が必要だったのだ。取って返して、春日の部屋をもう一度、綿密に捜索する。きっちりやったつもりだったが、他の人間の目が入ると、見逃していた物が見つかる可能性もある。

「しかし、まあ、素っ気ない部屋だな」捜索に加わっていた若杉が感想を漏らした。西日がきつく入りこみ、額には汗が浮かんでいる。「野郎一人の部屋だと、もう少し散らかるもんだと思うけどね」

「それはお前の部屋だけだろう」言いながら、一之瀬は自分の部屋の様子を思い浮かべた。人のことは言えないか……たまに深雪が掃除に来てくれるのだが、すぐにまた物が散らばってしまう。

「何というか、ここには生活臭がないね」若杉が腰に両手を当てて、リビングルームの中を見回す。「本当にここで暮らしてたのか？」

「それは間違いない」よく無事に家賃を払い続けられたものだ、と一之瀬は思った。借金は、本当に二百万円だけだったのだろうか……頼りになるのはパソコンだ。今日、捜索に入った直後に持ち出している。これの解析ができれば、さらに情報が手に入るかもしれない。もっとも最近は、個人情報——通信の記録などに関しては、スマートフォンの方が重要かもしれない。パソコンでメールのやり取りというのは、どんどん時代遅れになっているのではないだろうか。

「ここで何か見つかる可能性は低いんじゃないかな」若杉が言い残して、寝室に消えた。

まったく、こいつは……家宅捜索のように、集中力と持続力が必要な捜査は、本当に苦手のようだ。基本的に筋肉馬鹿だから仕方ないかもしれないが。もっとも、何を探すか分かっていないこの手の家宅捜索は一番難しい。分かっていれば、それは「宝探し」であり、モチベーションも保ちやすい。しかし、漠然と「何か怪しい物を探せ」と言われると、戸惑ってしまうものだ。

実際一之瀬も、何も見つけられずにいた。四人で家宅捜索に入り、最初それぞれの担当を決めて精査、さらに持ち場を交代してダブルチェックを行ったのだが、今のところ春日の行方につながるような手がかりは見つかっていない。両親にも見てもらったが、そもそもこの家に入るのが初めてということで、「異変」があったかどうかすらも分からなかった。

二時間ほどの家宅捜索は、結局収穫なしに終わった。げっそりと疲れを感じた一之瀬は、無言で部屋を出るしかなかった。既に夕方……外の熱気がまた、ダメージに拍車をかける。タオルハンカチを取り出して額を拭い、シャワーを浴びたいなとぼんやり考えていると、若杉に声をかけられた。

「これさ……もう死んでるんじゃないか」

前を歩く両親が振り向く。一之瀬は思わず、若杉の脇腹に肘鉄を入れた。

「聞こえてるぞ」

「ああ……」

さすがの若杉も声を落とした。デリカシーがないにもほどがあるが、彼の気持ちは分からないでもない。一之瀬も、その可能性は考えていたのだ。もしかしたら春日は、古河たちのグループの仲間割れに巻きこまれ、朽木とは別の場所で殺されてしまったかもしれない。

父親が、一人で戻って来た。母親は両手をきつく組み合わせたまま。その場に立ち尽くしている。

「やはり、何かあったんでしょうか？」父親が不安気に訊ねる。栃木で材木店を経営している、いかにも実直そうな男だ。電話で話した時にもそう思ったが、実際に会ってみてその印象はさらに強くなった。

「今のところは、何とも言えません。申し訳ないんですが……」

「いえ、こちらこそご迷惑をおかけして」父親が深々と頭を下げる。

「とんでもないです」一之瀬も慌てて頭を下げた。恐縮されると、こちらの方が申し訳なくなってしまう。

「何か、手がかりはありましたか？」

「残念ですが、部屋の方では何も見つかりませんでした」

　そんなことはない……何か手がかりはあるはずだ。人は簡単に姿を消すことはできない。特に慌てて家を出る時には、必ず何らかの痕跡を残す。こういう時には……教えを乞う人間がいる。


　高城はまた、一人で失踪課の部屋に居残っていた。本当にここに住んでいるのかもしれない……署にはシャワーもあるし、ロッカーに着替えを入れておけば、不可能ではないだろう。

「どうした、青年」高城がにやにやと笑った。「例の行方不明の件、三方面分室に届け出たそうだな」

「ええ。ご両親に正式に捜索願を出してもらいました」一之瀬は、近くの椅子を引いてきて、高城の正面に座った。

　高城が煙草を引っ張り出し、口にくわえた。しかし火は点けず、パッケージに戻してしまう。「最近、煩くてね」ともごもごと言い訳をした。しかし、やっぱり冴《さ》えない人だ……と一之瀬は腹の底で思った。警視庁には色々な人がいるが、だらしなさという点では五本の指に入るかもしれない。ワイシャツもよれよれで、本人がゴミ箱から引きずり出されたばかりのように見える。

　高城は、これまで一之瀬が打った手を全部説明させた。自宅の捜索、携帯電話の追跡、周辺への事情聴取……一々うなずきながら聞いていたが、話し終えると、「まだやってないことがあるな」と結論を出した。

「そうですか？　きちんと全部、手順を踏んでやったと思いますが」

「そんな風に教わったのか？　だとしたら、教えた方が間違ってるな。今の状態じゃ、君を失踪課に引っ張るわけにはいかない」

「別に、失踪課に行きたいわけじゃ……」一之瀬は小声で反論した。こんな地味な部署には興味がない。行方不明者を見つけ出しても、そんなに査定が上がるとは思えないし。

「まあ、いいよ。うちゃ、被害者支援課みたいな地味な部署に、若者が興味を持つわけがないからな」皮肉っぽく笑う。

「いや、まあ、それは……」露骨に言われると、言葉をなくしてしまう。

「春日には借金があるって言ったよな」

「ええ」

「そういう人間は、失踪する時に、それまでの生活との縁を切りたくなる。そうしないと、借金取りに追われる恐れがあるからだ。借金を抱えた人間は、とにかく取り立てが一番怖い。逆に言えば、怖くなければ失踪する必要はないわけだ」

「そう、ですね」

「ただし、失踪したからといって、ギャンブルをやっていないとは限らない」

「まさか」高城の指摘は、すぐには納得できないものだった。逃げ回りつつパチスロとか……想像もつかない。

「いや、そういうケースは意外に多いんだよ。少なくとも俺の経験ではな……習慣を捨てるのは、案外難しいんだ。この男は、何に手を出していたんだ？」

「それこそ、何でも……公営ギャンブルからパチスロまで、ですね」

「ということは、重度のギャンブル中毒じゃないな……本当のギャンブル中毒者というのは、一つだけに集中することが多いんだ。それはともかく、競馬場とか競艇場とかに、知り合いがたくさんいるはずだ。範囲が広いから大変かもしれないが、そこを探すのが手始めになるだろうな」

「はあ」

「何だ、その情けない顔は」

「いや、範囲が広過ぎて、どこから手をつけていいのか、分からないんです」

「まず、仲間を捜すことだな。ギャンブル仲間っていうのは、必ずいるものだよ。春日は今も、そういう人間とつながっているかもしれない」

「分かりました。やってみます」一之瀬は腿を平手で叩いた。げっそり疲れてはいたが、ヒントが見つかったのだから休んでいる暇はない。「ご協力、感謝します」

「いやいや、話すだけならタダだから」高城が顔の前で手を振った。「君も、得なタイプだね」

「何がですか？」

「顔を見ると、何か教えたくなるんだよなあ」

それはもしかしたら、自分があまりにも物を知らないように見えるからだろうか。

特捜本部に取って返した一之瀬は、「春日のギャンブル仲間を当たりたい」と藤島に相談した。

「それは、筋としては悪くないけど、どこに当たればいいのか、当てはあるのか」

「それはまだですけど……春日の借金のことを知っている人間が極東物流の社内にもいますから、まずそこから当たってみます」

「人手がいるぞ。お前一人でやってたら、いつまで経っても終わらない」

「それはそうなんですけど……」自分だけの手柄にしたい、という気持ちは強かった。失点を取り戻すための勲章が欲しい。

「失踪課にも応援を頼むか。連中はプロだし、こういう事情なら手を貸してくれると思うよ。普通の失踪人捜しだけじゃなくて、事件絡みの失踪についても調べるから。よく、当該部署と衝突してるけどな」

「そうなんですか？」

「ああ。連中には連中の矜持《きょうじ》もあるだろうから。軽く見てると痛い目に遭うぞ。今までも、失踪課の地道な捜査からでかい事件につながったこともあるし」

「そうなんですか？」

「特に、高城な……あいつを見た目だけで判断しちゃいけない」

「でも、冴えないオッサンですよね」

「教えを乞うておいて、そういう言い方はないだろうが」藤島が厳しい表情を作る。「礼儀を忘れたら、この業界は駄目だ」

「……分かりました」

　高城がそれほどできる男とは、どうしても思えない。だが、藤島が言うなら、間違いはないだろう。そもそも、まったくできない男だったら、警視になどなれないはずだ。

「分かったら、さっさと動け。他の人間の割り振りに関しては、俺が調整しておくから」

「了解です」

　一之瀬はまた署を出た。出たり入ったり、まことに忙しない限りだが……刑事をやっている以上、これは仕方ないことだろう。まずは極東物流に攻め入る。何度か会ったことのある人間を摑まえて、話を聴くつもりだった。

自分にはツキがある、と一之瀬は確信した。簡単に、春日が出入りしていた店を割り出せたのだから。実際に春日と一緒に行ったことがある、という証言だから間違いない。

この件についての情報源は、十万円の貸し借りから春日と絶縁した市川信太だった。春日の「馴染みの店」を知っているかと聴いた時に、彼は思い切りばつの悪そうな表情を浮かべたのだった。

「ああ……知ってます」そして、一緒に行ったことがある、と認めたのだった。

十万円を貸す二か月ほど前、春日に「面白い店がある」と誘われて行ったのが、歌舞伎《かぶき》町にあるカジノバーだったという。もちろん金を賭けるのはご法度《はっと》だが、それでも異様に興奮している春日の姿は記憶に残った。その時に、ギャンブル癖に気づいていれば……というのが市川の言い分だった。

「よく行く店だったんですかね？」

「常連だと思いますよ。他の客や店の人と、気軽に話してましたから」

逃走中もギャンブルは忘れない——高城の言う通りだとすれば、この店に当たってみる価値はある。カジノバーで金が儲かるわけでもなく、単にギャンブルの興奮を楽しむだけかもしれないが、裏で金銭のやりとりが行われている可能性もある。

一之瀬は早速、その店に向かった。歌舞伎町のまばゆいネオンは疲れた目にきつかったが、これも仕事だと思って何とか我慢する。酔客を避けて歩きながら、こういう繁華街を管轄する署に赴任した同期たちは大変だろうと同情した。もちろん千代田署も、有楽町という繁華街を抱えているのだが、あそこの客はどことなく上品だ。大手企業のサラリーマンが多いせいかもしれない。

しかし、空振り。少なくとも、店員も客も、誰も春日の顔を知らなかった。基本的に現金決済だということで、カードを使った記録も残っていない。

空振りか……一之瀬は気を取り直し、店の外に出てスマートフォンでカジノバーの検索を始めた。都内でもそれほど多いわけではなく、少なくとも新宿近辺なら、一晩で回り終えるだろう。しかし、新宿が外れだったら……都内各地を調べ始めたら、数日はかかるかもしれない。その間にも、手がかりはどんどん遠ざかっていく。

結局、新宿駅を中心にして、立て続けに三軒のカジノバーを調べた。いずれも当たりなし。しかも最後の店では、強面《こわもて》の支配人に凄まれ、言葉を失ってしまった。何も喧嘩腰で来ることはないのだが、「警察に話を聴かれるようなことはない」と頑なに証言を拒否された。逆にそれで、何かあるのではと疑ったのだが……目の前で分厚いドアを閉められてしまうと、もう一度開ける気力を失う。次は、若杉でも連れて来ようか、と本気で考えた。あいつだと、一悶着起こすかもしれないが、それで相手を威圧して話を聴き出せるかもしれない。

そんなことを考えているようでは駄目だ……情けない結果に溜息を漏らしながら、最後の店に向かう。歌舞伎町の外れ、都営地下鉄の東新宿駅に近い一角で、この辺に来ると急に、ギラギラした雰囲気が薄れる。

ビルの地下一階にある店に入ると、意外な明るさに驚かされた。もっと薄暗い、胡散臭《うさんくさ》い雰囲気を想像していたのだが……イカサマ防止で明るくしているのだろうか、と想像してしまった。店の中央にはルーレット台。さらにブラックジャックやポーカーに使うらしい卓が二つある。壁際には、スロット台。ルーレット台に二人の客がついていたが、それ以外の客はカウンターやテーブル席で呑んでいる。

一之瀬はカウンターに近づき、中でグラスを磨《みが》いていたバーテンダーにバッジを示した。こういうことには慣れているのか、顔色一つ変えずにうなずくだけだった。

「人を捜しています」

「こちらでお役に立てることですか？」

「春日さんと言うんですが……常連かもしれません」一之瀬は手帳を開き、免許証から起こした写真を示した。

「ああ、はい」バーテンダーが表情も変えず、軽い口調で認める。「よくいらっしゃいますよ」

当たりだ。一之瀬は内心の興奮が顔に出ないように気をつけながら話を続けた。

「最近は？」

「ええと……一昨日ぐらいにいらっしゃいましたね」

「一昨日ですか？　間違いないですか？」高城の言った通りだ。ギャンブラーは、何をしていてもギャンブルから離れられない。しかし、春日はまだ東京にいるのだろうか。

「いや、そう突っこまれても」バーテンダーの表情が初めて崩れた。「正確には分かりません」

カードの記録でも調べてもらえれば……と思ったが、失踪中の人間がカードを使うはずもない。姿を隠していたければ、痕跡が残るようなことはしないだろう。ということは、銀行のキャッシュカードも使えず、いずれ春日は干からびて出て来るしかなくなるはずだ。ただ、それまで待てない。

「思い出してもらえませんか？　その時の様子も」

「いや……いつも通りだったと思いますけど。ルーレットでちょっと遊んで帰られましたよ。そう言えば、いつもより短かったですけどね」

「ここ、金は？」

「はい？」バーテンダーの顔が引き攣る。

「現金は扱ってないんですか？」

「何言ってるんですか。うちは違法な商売はしてませんよ」

「春日さんは、払いを溜めてませんでしたか?」

「うちは、つけは利きませんよ」

「ちょっと他のお客さんに聞いてみてもいいですか?」

「いや、それは……」バーテンダーが渋い表情を作った。「ご迷惑になるので」

「迷惑にならない程度にします」

「しかし……あ」バーテンダーが急に間抜けな声を上げた。体を折り曲げるようにして一之瀬に顔を近づけ、「ご本人がいらっしゃいました」と告げる。

心の中で「ビンゴ」と叫びながら、一之瀬は、すぐに振り向いて確認したいという欲求を何とか抑えた。ここで声をかけたら、店に迷惑がかかるかもしれない。

「ちょっと静かにしていて貰えますか?」

高鳴る鼓動を感じながら声をかけると、バーテンダーはこういうことにも慣れているのか、黙ってうなずくだけだった。目の前に何もないと不自然に見えるので、取り敢えずウーロン茶を頼む。先に千円札を出して会計してもらい、ちびちびと呑んで喉を潤しながら、五分待った。

それから立ち上がり、店内をゆっくりと見て回る振りをした。春日は、ブラックジャックのテーブルの脇に立ち、人のゲームを見守っている。どうも今夜は、自分でプレーに参加する気はないようで——金がないのかもしれない——羨ましそうな視線を注ぐだけだった。

　それが、一之瀬には意外だった。仮にも自分の意思で失踪した人間である。もっと追い詰められ、深刻な様子ではないかと思っていたのに、ただ羨ましそうに人のプレーを見るだけ——高城の言っていたことは正しかった、と痛感する。ギャンブル中毒者は、どんな状況でもギャンブルから逃れられないのだ。あのオッサン、ただぼうっとしているだけではなかったのだな……警視にまでなる人間は、やはりどこか抜きん出た部分があるのだろう。

　カウンターに戻り、一之瀬は頭の中で作戦を転がし始めた。今すぐ応援を呼ぶ、というのが一番効率的で間違いのない作戦だ。しかしそれでは手柄として弱い……自分一人で春日を特捜本部に連れて行くのが一番効果的である。多少危険は伴うだろうが、春日の落ち着いた様子を見た限り、暴れたり逃げたりするとは考えにくい。

　よし、何とか一人で春日に対処しよう。そのためには尾行、そして事情聴取の上で連行するのが一番いい手順である。タクシーや電車で連れて行くわけにもいかないから、覆面パトカーを用意しないと。誰かに持ってきてもらうことも考えたが、それでは手柄を分け合うことになってしまう。積み重なった失敗を一気に挽回し、堂々と胸を張って巡査部長の研修に行き、その後捜査一課に異動するには、何としても自分だけの手柄にしなければならない。

まずはきちんと尾行して、今どこにいるのかを確認だ。間違いなく、ホテルかどこかに泊りこんでいるはずである。それから覆面パトカーを調達しよう。

春日は結局、三十分ほどしか店にいなかった。その間、顔馴染みらしい客と会話を交わすこともあったが、ほとんどの時間は他人のゲームを羨望の視線で眺めるだけだった。

店を出たところで尾行を始める。春日は新宿駅に向かい、中央線に乗って四谷で降りた。新宿通りを皇居方面に向かって歩き始め、上智《じょうち》大を過ぎたところで左に曲がる。細い路地で、すぐに入ったビルは……ウィークリーマンションだろう。なるほど、東京でしばらく身を隠していようと思ったら、こういう場所が一番いい。目立たないし、とにかく安い。前にある捜査で調べた時に、一日当たりの宿泊費は四千円から五千円と分かったのだ。山手線の内側でこれより安いホテルを探すのは難しいし、逃亡が長期に及ぶことを想定すれば、まず費用について心配するだろう。最初から、都内のウィークリーマンションを虱《しらみ》潰《つぶ》しにしていけば、いずれ行き当たったかもしれない。ただ、都内にどれだけウィークリーマンションがあるかを考えると、単なる時間の無駄になっていた可能性もある。一之瀬は自分の幸運を心の中で祝福した。

外で観察していると、春日がマンションの中に消えた直後、二階の一室の窓に灯りが灯った。あの部屋か……一之瀬は位置関係を頭に叩きこんで、すぐに走り出した。幸いここからだと、新宿通りから内堀通りを通って、千代田署はすぐ近くである。時刻も遅いから道路も空いているはずで、上手く行けば二十分で往復できる。

すぐにタクシーを摑まえ、千代田署へ向かう。十分かからなかった。無人の刑事課へ飛びこみ、覆面パトカーのキーを摑むと、すぐにまた飛び出した。やはり特捜本部で報告すべきではないかとも思ったが、その考えをすぐに振り払う。これはあくまで自分の事件だ。四谷のウィークリーマンションまでは十二分。予想より二分ほど遅れただけだった。気合いは十分。暑さによる疲労も、いつの間にか消えている。

幸い、二階の部屋の灯りはまだ灯っていた。一気に踏みこむか——そう、待つ意味はない。覆面パトカーのダッシュボードで、デジタル時計が「10：59」から「11：00」に変わった。よし、切りがいい。刑事には、何かと験《げん》を担ぐタイプが多いのだが、自分もそれに染まってしまったのだろうか。

パトカーを降りて、マンションに足を踏み入れる。かなり古い物件で、オートロックでないのは幸いだった。そのまま階段で二階まで上がり、ドアの前に立つ。一つ深呼吸して、ドアをノックした。返事はないのでは……と半ば諦めのような気持ちもあった。春日はここに籠城しているようなもので、ドアを開けるとは思えない。

だが三十秒後、ドアは開いた。一之瀬は、春日本人と、五十センチほどの空間を挟んで対峙《たいじ》した。

〈25〉

春日は慌てた様子は見せなかった。むしろほっとした感じで、一之瀬を見て、笑みさえ浮かべる。

「よくここが分かりましたね」

強引に足を突っこんでドアを開けておく必要はないな、と思いながら一之瀬はうなずいた。

「歌舞伎町のカジノバーで待っていたんです。今夜、あそこへ行きましたよね」

「ああ……どうしてもちょっと、空気に浸りたくなって」

「ギャンブルの？」

春日が無言でうなずく。会話が上手く転がっていることに安心しながら、一之瀬は次の手を考えた。なるべく春日を安心させて、この部屋でできるだけ話を聴き出そう。それから署へ連行——という手順だ。ただし春日には具体的な容疑がかかっているわけではないから、留置はできない。居場所を確認した上で、今夜は放免することになるだろう。無意識のうちに左手を尻の方に回し、手錠を確認する。これを使うようなことはないと思うが……。

「最初に申し上げておきますが、あなたは何かの容疑に問われているわけではありません」あくまで今のところは、だが。

「そうですか……」

「ただ、あなたが極東物流への恐喝事件の中で、どんな役割を果たしたかは分かってきています。この事件の全貌を明らかにするために、警察に協力して貰えませんか？」

「え？」

「最初から、警察に行っておけばよかったんですよね」

「内幸町で男性が殺された事件があったでしょう？」

「ええ。あの件も捜査していますよ」

「あの時に、どうしていいか分からなくなってしまって。本当はあの時点で、警察に駆けこむべきだったんですよね。でも、そうすべきなのかどうか分からなくて、ただ時間が経ってしまって……あ、話をするのはここでいいですか？」

「取り敢えず、聴かせて下さい。その後、署に来てもらうことになります。遅くなりますが、了承してもらえますか？」

「構いません」

春日が露骨にほっとした表情を浮かべているのが意外だった。実際に、どうしていいか、自分でも分からなくなっていたのだろう。一之瀬は期せずして、救いの手を差し伸べてしまったことになる。

部屋は、質素なホテルのようだった。六畳ほどの部屋の左側にはベッド。右側の壁には細長いテーブルがしつらえられており、椅子の正面には鏡、その横には液晶テレビが置いてあった。廊下に近い方は作りつけのキッチンになっていたが、使っている形跡はない。マンションの部屋もそうだった、と思い出す。元々春日は、まったく料理をしないタイプなのだろう。

「どうしますかね……座る場所もないんです」申し訳なさそうに春日が言った。

「よければ、ベッドに腰かけて下さい。私はメモを取る必要もあるので」言って、一之瀬はさっさと椅子を引いて座った。バッグの中からICレコーダーを取り出し、録音の許可を求める。

「いいですよ」諦めたように春日が言った。「証拠、みたいなものですか?」

「念のための記録です」

春日がうなずいたので、一之瀬はテーブルの端にICレコーダーを置いた。相当な高性能で、この距離でも春日の声を拾ってくれるはずだ。

「決まった手順ですので、最初に住所氏名生年月日、それに勤務先を喋ってもらえますか」

春日がベッドに腰を下ろし、一つ吐息をついてから話し始めた。落ち着いた口ぶりで、動揺は感じられない。どうしていいか分からないというのは本当だっただろうし、今はむしろほっとしているのではないだろうか。少なくとも、「話を聴く」と言う相手が目の前にいるのだから。

春日の身元確認を終えたところで、一之瀬は本題に入った。ICレコーダーの録音ランプが赤く点灯しているのを見てから、切りこむ。

「極東物流が、古河大吾たちのグループから恐喝を受けているのは間違いないですね？」

「古河大吾という人が犯人かどうかは知りませんけど……それは確かです」

「脅しの材料は、マレーシアでの汚職事件ですね？」

「それについては、詳しい事情は知らないんですよ」春日が慌てて否定した。「事情は知らされないままで……引き受けたので」

「会社側は、恐喝に屈して金を払うことになった。証拠が残らないように現金で手渡し、ということになったんですね。あなたが、その運び役に指名されて……どうしてですか？何故、こんな危険な仕事を引き受けることになったんですか？」

「それは……知ってるんでしょう？」

「分かっているとは思いますけど、あなたの口から直接教えてもらいたいんです」

春日が長々と息を吐いた。ベッドの上で背中を丸めているので、体がぐっと小さくなってしまった感じがする。

「借金があって……社内でも色々問題になって、そのせいでこんなことになったんです。この仕事をきちんとこなせばボーナスを出す、やらなければ馘、ということです」

会社に首根っこを押さえられたわけか……その辺りの事情までは、水木は明かさなかった。もちろん会社を守るためだろうが、何となく気に食わない。あそこまで告白しておきながら、なおも小さな嘘――隠し事をしているとは。会社とは、そこまでして守らなければならないものだろうか。気を取り直して話を進める。

「とにかくあなたは、会社の条件を吞んだ」

「吞まざるを得なかった、ということです」春日が微妙に訂正した。「にっちもさっちもいかなくて……とにかく馘にならずに借金が返せれば、人生を立て直せると思ったので」

「債務整理という手もあったと思いますよ」

「それも考えましたけど、弁護士に頼む手間を考えると……それでまた、金もかかるでしょう」

まだ突っこむことができた。ギャンブルをやめられずに借金がかさんだ人間は、いわば穴だらけなのだ。どれだけ言い訳しても、ミスばかりが目についてしまう。引き返すタイミングはいくらでもあったはずなのに、見えない大金に目がくらんでしまったのか……しかし、ここで説教するのは自分の仕事ではない、と一之瀬は己に言い聞かせた。今のところ彼は、大事な証人なのである。ここで全部吐き出させた上で、新たに正式に調書を取る――そうやって事件の全容を解明する糸口を作らなくてはならない。

「会社の指令について、詳しく教えて下さい」

「簡単な話です。一週間に一度、月曜日に現金を所定の場所に運んで相手に渡す――それだけですよ」

「それが三回――四回続いたわけですね？　最終的に何回になる予定だったんですか？」

「五回です」

「五千万、ですね」

「いや……いくらだったのかは、私も知らなかったんです。会社からは知らされていなかったし、毎回持っていく現金には、ちゃんと封がしてありました。開ければ、相手に工作を疑われる可能性があるから、手をつけないように、と厳命されていたので」

「金額は、重さで分かりませんでしたか？」

「大まかには……でも、一千万円の現金を、直接手で持つ機会なんてないでしょう？」

「あなたの会社では、扱う金額も大きいのでは？」

「それはそうですけど、パソコンの画面か書面上でしか見ないものですからね。一千万円の札束で、だいたい一キロになるのは知ってましたけど」

「怖くなかったですか？　一千万円もの現金を手で運ぶなんて経験、滅多にないでしょう」

「現金商売の人は、そういうことも多いんでしょうけど……正直、怖かったです。ちょっと前に、五百万円が奪われる路上強盗事件があったの、知ってますか？」

「金町《かなまち》の方でしたね」ニュースでも大きな扱いになっていた。何軒かの飲食店を経営する男性が、各店から売り上げを回収して自宅へ戻る途中に襲われ、現金を奪われた上に、現在も意識不明の重体になっている。犯人はまだ捕まっていない。

「ええ。あれを知ってから、マジでビビりました。こっちはいつも、昼間の受け渡しだったから、まだ通り魔に襲われる可能性は少なかったと思うけど……いつの間にか、金の入ったバッグを胸のところで抱えるようになりました」春日が胸に両手を引きつける。

「受け渡しは、どんな風にやっていたんですか？」

「毎回違う場所、違う時間でした。会社が交渉していたんでしょうけど、こっちには一切事前に知らされないで。月曜日に、いつも会社の外で役員に会って現金を渡されて、行く場所と時間を指定されたんです」

「例えば、どんな場所でした？」

春日が一瞬目を瞑ってから答えた。「一回目が新宿の喫茶店、二回目が神保町《じんぼうちょう》の古本屋の前、三回目が渋谷の銀行のロビーでした」

「相手は？」

「いつも同じ人でした」

「名前は？」

「それは……」春日が言い淀み、唇を舐めた。

「知ってるんですね」

「何度も会いましたから」

「教えて下さい。大事なことです」

一之瀬は食い下がったが、春日は口を開こうとしなかった。ここが、自分にとってのマイナスポイントになると想像しているのだろう。一之瀬はこの問題を先送りにすることにした。今のところ話は上手く流れているから、厳しい質問を集中させて頓挫させるわけにはいかない。まずは全体像を摑んで、細かい話はその後だ。

「受け渡しは、どんな感じで行われたんですか？」

「ただバッグごと渡して、そのまま立ち去るだけでした」

「確認もせずに？」

「喫茶店や古本屋の前でバッグを開けて中身を確かめたら、明らかにおかしいでしょう。銀行の中だったら不自然じゃないかもしれないけど……」春日の口調にかすかに皮肉が滲む。「とにかくこっちは、黙って渡すだけだったから」

「それで何も問題は起きなかったんですか？」

「なかったと思いますよ。それで会社からは次の指示が来るだけで……会社側と犯人グループの間で、どんなやり取りをしていたかは分かりません」

「あなたに指示していたのは……」

「いつも水木専務です。あの人が、今回の問題の総責任者ですよ。当然、役員クラスじゃないと対応できないんでしょうね」

「しかし……警察に届けようという気にはならなかったんでしょうか。むざむざ大金を犯人に渡して」

「よくは知らないけど、マレーシアでの一件がばれるよりはいいと思ったんじゃないですか」春日が白けた口調で言った。「会社って、そういうものですよ」

「結果的には、ばれることになりますけどね」

「え？」

「今日、マレーシアの捜査当局が強制捜査に入ったそうです。現地の社員の人が呼ばれて事情聴取を受けたようですよ」

「クソ！」いきなり激昂して、春日が立ち上がった。ベッドがぎしりと嫌な音を立てる。

「何なんだよ、それは。だったら俺のやったことは無意味だったのか？」

「結果的にそうなりますね」一之瀬は意識して低い声で答えた。「そもそも、そうなることは予想できていたはずです。それなのに犯人の要求に屈してしまったのは、会社の危機管理としてはどうかと思いますよ」

「俺は、いったい……」

「あなたには、具体的な容疑がかかっているわけではありません」一之瀬は繰り返し、冷静に指摘した。「とにかく落ち着きましょうか。狭い部屋であなたが立っていると、ますます狭苦しくなりますよ」

春日は一瞬一之瀬を睨みつけたが、すぐに気持ちを落ち着かせたようだった。ベッドに腰を下ろし、両手で顔を何度か拭うと、すっかり元の表情に戻っていた。元々冷静で、きちんとした男なのだと一之瀬は判断する。ただ一点の問題がギャンブル癖だが、これはある種の病気のようなもので、仕方ないと思う。ただ、このギャンブル癖が春日の生活を変え、まずい事態に追いこんでしまったのは間違いない。人は、金の問題に仕事が絡むと、がんじがらめになってしまう。そこにつけこまれたら、拒否するのは難しいだろう。

「この仕事に関して、あなたはどう思っていたんですか？」

「最初は仕方ないと思いましたよ。馘になるわけにはいかないし、臨時ボーナスが出れば借金も全部清算して、やり直せそうだったし……でも、途中から何か馬鹿らしくなってきたのは事実です」

「馬鹿らしい？」

「何て言うんですかね」春日が両手を組み合わせ、ぐっと力を入れた。うつむき、頭の中で言葉を転がしているようだった。「結局全部、会社側が悪いわけじゃないですか。詳しい事情は知りませんけど、海外で悪いことをして、それを知っている相手から脅されて金を払う——自業自得でしょう？　そういうことの片棒を担がされているのは、正しいのかなって」

「悪いことをしている人間の命令を聞いているうちに、自分も悪くなった感じがしてくる……」

「そうなんです」春日がはっと顔を上げた。「この件に関して、会社は被害者かもしれないけど……でも、元々は会社が悪いわけですから。それなのに、会社の命令に従わざるを得ない自分は何なのかって思いましたよ。それは、金を全額渡し終えれば、自分の役目は終わる。でもたぶん、ほっとできないだろうな、と思いました。一生背負っていくかもしれないって」

「そんな会社でずっと働くのはきつくないですか？」

「きついですよ」春日の顔から血の気が引いた。「あの……言い訳みたいに聞こえるかもしれないけど、聞いてもらえますか？」

「どうぞ」一之瀬は両手を春日に向かって差し出した。「そういうのを聞くのも刑事の仕事なので」

春日がすっと息を吸った。それから一気に背筋を伸ばし、一之瀬の顔を真っ直ぐ見る。強い決意が窺えた。どんな話が飛び出してくるのかと、一之瀬は思わず身構えた。

「うちの会社、パワハラ体質なんですよ」

「そうなんですか？」

「古い会社のせいかもしれないけど、体育会系の雰囲気が残ってましてね。ミスに対しては厳しいし、とにかく上からの締めつけがきつい。『吊し上げ』っていうのがあるんですよ」

「どういうことですか？」一之瀬は思わず眉をひそめた。

「各セクションで、だいたい月曜日の朝に朝礼があるんですけど、そこで目標達成率が低かった人が名指しで非難されるんです。皆の前で、ですよ？　今時、そういうのは流行らないでしょう。ブラック企業そのままですよ。それで調子をおかしくして辞める人間が、年に一人、二人ぐらいはいますね」

「あなたも、そういう目に遭ったことがあるんですか？」

「あります」春日の声のトーンが落ちた。「だから、海外から日本へ引き戻されたんだし」

そう言えば春日は、海外勤務の経験もあったはずだ。いわば会社の花形部署からバックアップ部門へ——物流として面白いのは、やはり「外」での仕事だろう。彼にすれば「干された」感覚が強いはずだ。

「海外勤務の時に何かあったんですか？」

「いや……それは勘弁して下さい」春日が右手を思い切り振った。「警察の人にも――警察の人が相手だから言えないこともあるんですよ」

「まさか、今回のマレーシアの一件と同じような話じゃないでしょうね」

春日が、頰が窪《くぼ》むほどきつく口をつぐむ。絶対に喋らない、という強い意思が透けて見えたが、ほどなく吐息を漏らすと、「海外での仕事は、日本風にやれない部分が多いんですよ」と打ち明けた。

「役人に金を渡さないと仕事が進まないとか？」

「文化が違うんです……これ以上は勘弁して下さい」

「分かりました。もう一つ、確認させて下さい。あなたは三回、現金を運んだ。でも、四回目は運んでいない」

「運びました」春日がすかさず訂正する。

「失礼……相手に渡していない、というのが正確ですね」一之瀬はすぐさま訂正した。

「それで犯人側が『約束が違う』と怒って、会社に爆弾を仕かけた。あなたが持っていたはずの一千万円はどこに消えたんですか？　それにあなたは、金を渡すはずだった火曜日以降、会社に出社せずに姿をくらましている。ずっとこのウィークリーマンションに姿を隠していたんですか？」

「そうです」

「先週の火曜日に何があったんですか？　それがこの事件の最大の謎なんです」

春日がまた両手を組み合わせた。あまりにもきつく握ったせいか手が白くなり、顔も強張っている。やはりこれが、この事件——特に爆破事件の核なんだと確信する。

「どうなんですか、春日さん？」

「それは——」

一瞬躊躇した後、春日が口を開く。それまでとは違うペース、声色で語られた事実に、一之瀬は啞然とするしかなかった。そんなことがあるのか？　形を変えたストックホルム症候群——監禁された被害者が、犯人側に感情移入してしまう——と言えるのではないか？　こんな事例は、巡査部長の昇任試験の勉強をしている間にも出くわさなかった。実際に日本でそういうケースがこれまであったかどうかも分からない。

春日が話している間、一之瀬はＩＣレコーダーを何度も確認した。電池切れでストップしていないか……早くこの会話を終えて聞き直したいと思った。きちんと録《と》れているかどうか、確認しないと。しかし話を急かすわけにもいかない。

一之瀬は時折相槌を打ちながら、先を促し続けた。この春日の心理状態を理解できる日が来るのかどうか……予想もできなかった。

「よく話してくれましたね」覆面パトカーの運転席に落ち着き、一之瀬は春日を褒めた。時刻は既に夜中の十二時。これから春日の処遇をどうするかは、難しいところである。特捜本部に誰か残っていれば相談できるのだが、さすがにこの時刻だと、もう人はいないはずである。

「何か……空っぽになった気分ですよ」春日が自虐的に言った。

「全部吐き出したら、そんな気分になりますよ」

「これはやっぱり、問題になるんですよね？」探るように春日が訊ねる。

「分かりません」一之瀬は正直に答えた。「少なくとも私は、こういうケースを扱ったことがないので。周辺の調査をしながら、検討することになります。でもあなたにはあなたの事情があったんだから、その辺りは考慮されると思いますよ。今後、また同じような事情聴取が続きますが、きちんと話してもらえますね？」

「ええ、それは……ちゃんと」

一度きちんと打ち明けたので、気持ちが落ち着いたのかもしれない。何度も同じことを聴かれ、いずれは鬱陶しい気分になるだろうが。一之瀬としては、当面は十分だった。ICレコーダーにきちんと録音されたのは確認している。これが最初のとっかかりになり、今後の捜査はスムーズに進むだろう。

エンジンをかけ、窓を少し開ける。ようやく耐えられる程度の温度にまで下がった空気が流れこみ、一之瀬は軽く呼吸を整えた。いつの間にか、ジョギングした後のように鼓動が弾んでいたのだ。これだけの話を一気に聴き出したのだから、興奮するのも当然だよな。たぶん今晩は眠れないだろう、と考える。

シフトレバーを「D」に入れ、アクセルを踏む。千代田署までは十分程度で戻れるはずだ。この時間だったら、もっと早いかもしれない。今はとにかく、一刻も早く署に着いて、春日の待遇を決めてしまいたい。藤島や相澤に報告した時の、彼らの驚く声を想像すると愉快だったが、やらねばならないことはまだまだある。

新宿通りに出て、ゆっくりとスピードを上げる。慎重に、慎重に——こういう時こそ、落ち着かねばならない。助手席の春日を見ると、頬杖をついて暗くなった街をぼんやりと見ている。悩むのは当然だろう。自分から出頭せず、警察に見つかって……全てを打ち明けたものの、これからどうなるかが全然分からないのだから、不安になるのが自然だ。せいぜい、気を遣ってやらないと。

そう考えた瞬間、一之瀬は激しい衝撃に襲われた。思わずハンドルから手を放してしまうほど強烈だった。

〈26〉

ハンドルを摑んだ一之瀬は、何とか車のコントロールを取り戻そうと焦った。しかし、ハンドルの自由が利かない。さらにアクセルを踏んでも、まったくスピードが乗らなかった。追突されたのは理解できたが、次にどうしたらいいかが分からない——頭の中では車の運転に関する手順が高速に、アトランダムに流れていく。横に座った春日を見ると、真っ青な顔で手足を突っ張り、必死に姿勢を立て直そうとしている。

「大丈夫ですか！」呼びかけても返事がない。

クソ、とにかく停まって被害を確認しないと……しかしブレーキを踏んだ瞬間、二度目の衝撃が襲った。体がシートから浮き、シートベルトが思い切り伸びるような衝撃——事故ではない。誰かが背後からわざとぶつけてきたのだ。

頭の中で警鐘が鳴り響き、ガンガンと痛みが襲ってくる。怪我したのか？　分からないし、確かめている余裕もなかった。

強引に左側にハンドルを切り、細い路地に車を突っこむ。今はとにかく、一刻も早く追手から逃げないと……覆面パトカーを捨てて走って逃げる自分たちを、襲撃してきた車が追いかける様子を想像しながら、一之瀬は必死にアクセルを踏んだ。やはり、スピードが出ない。シフトレバーをいじってみたが、同じことだった。相当深刻なトラブル……とにかくこのまま、行けるところまで行くしかない。交通量の多い新宿通りで襲撃されたのだから、必ず目撃者がいたはずだ。誰かが一一〇番通報してくれれば――それを待っていられない。一之瀬は必死に、ワイシャツの胸ポケットからスマートフォンを取り出した。

次の瞬間、三回目にして最大の衝撃が襲った。天地がひっくり返り、首に鈍い痛みを感じると同時に、全身が痺《しび》れて動かなくなる。死ぬのか、と思った。ひっくり返った車の中に閉じこめられ、火でも点けられたら――こんなに乱暴に襲撃する連中だから、それぐらいのことはしそうである。考えろ、この危機を脱する方法はあるはずだ。

それより春日は……横を向こうとしたが、体が言うことを聞かない。俺は死にかけている？　冷や汗が全身を濡らすのを感じた。生ぬるい風と、オイルの臭いが体を舐めていく。薄れゆく意識の中、一之瀬は生まれて初めて死の臭いを嗅いだ。

「やめろ！」

「やめてくれ！」

春日の悲鳴に続いて、鈍い衝撃音が聞こえる。一度……二度……何が起きているか分からぬまま、一之瀬は何とか意識を集中しようとした。自分が生きているらしいことは分かったが、体の自由が利かない。周囲を見回そうにも、首を動かすこともできないのだ。深刻なむち打ち、いや、頸椎《けいつい》が折れた？　頭に血が上る……不自然な姿勢で逆さになっているのだ。何とか右手を動かす。取り敢えずシートベルトだけでも外さないと……スマートフォンはどこへ行った？　すぐに救援が必要なのに、見当たらない。慣れ親しんだ覆面パトカーの車内が、突然見慣れぬ空間に変身してしまったようだった。

何もできない。

一之瀬はまた目を閉じるしかなかった。

次に気づいた時、目の前には暗い空間があった。ああ、やはり……死んだのだろうかと考える。その瞬間、どっと涙が溢れてきた。鼻が詰まり、息が苦しくなる。まだまだやること、やりたいことがたくさんあったのに……特に深雪の顔を思い出すと、涙が止まらなくなってしまう。こんなことなら、もっと早くちゃんとプロポーズしておくべきだった。いや、そんな状態で自分が死んだら、彼女に足枷《あしかせ》をつけることになる。さっさと忘れて幸せになって欲しい——。

「大丈夫なんですか、こいつ」

聞き慣れた声が耳に響く。藤島？

「痛みはあると思いますよ。ちょっと薬を増やしましょうか？」もう一人の男の声は、初めて聞くものだった。

「いや、放っておいて下さい。少し反省してもらわないと」

「医者としては、それは推奨できませんね」

「話を聴かなくちゃいけないんですよ。痛み止めが入ると、ぼんやりするでしょう」

「そうするのが痛み止めの役目なので……だけど、いいんですか？」

「構いません。話を聴き終わったら、気絶させてもいいので」

「医者としては、それはお勧めできませんね」

何なんだ、二人のこのやり取りは。生きているのか死んでいるのかも分からない自分の前で、漫才を始めなくてもいいではないか。

突然、藤島の顔が目の前に迫った。慌てて身をすくめたが、藤島の無表情――いや、実際は相当怒っている――は変わらない。

「まったく、とんでもないことをやらかしてくれたな」

「すみません……」考えるよりも先に謝ってしまう。情けない限りだが、今回の件に関しては言い訳できない。

一之瀬は何とか体を起こそうとした。その瞬間、左肘に鋭い痛みが走る。頭にも……恐る恐る右手を伸ばして頭に触れると、ネット型の包帯で覆われているのが分かる。左腕は……ギプスで固められていた。もしも左腕が動かなくなったら、ギターが弾けなくなってしまう。今更上達しても、何にもならないのだが。

呻《うめ》きながら、何とか上体を起こす。藤島は助けてくれなかった。呼吸が荒くなり、自分に対する怒りがこみ上げてくる。

「今、何時ですか?」

椅子を引いて座った藤島が、「四時」とぽつりと告げる。

「午前……ですよね」

「ああ、まだ夜も明けていない」藤島の口調はぶっきらぼうで、最大の怒りを抱えているのが分かった。「まったく、何てことしてくれたんだ」

「すみません」うなだれると、頭にガンガンと痛みが走る。

「左肘は骨折。頭は……大したことはないな。今のお前さんには、守るべき脳みそもないだろうが」

「ですよね」つい、自虐的に応じてしまう。

「いったいどういうつもりだったんだ。状況が分からなくて、現場は大混乱してるぞ。半蔵門署にも迷惑をかけてる」

一之瀬は、何とか記憶を整理しようとした。事故後のことについてはまったく思い出せないが、その前のことはよく覚えている。過去最高の昂揚感《こうよう》を得ていたことも。春日の居場所を割り出し、じっくりと話を聴き出したこと、その後覆面パトカーで千代田署へ連れていこうとしたこと——理路整然と話せたが、藤島の表情は変わらない。

「最悪の失敗だな」

「分かってます」

「いや、分かってない。手柄が欲しかっただけだろう?」

一之瀬は唾を呑んだ。喉仏が上下するだけでも、はっきりした違和感を覚える。

「今回の事件で、お前さんは何度か小さい失敗をした。俺もだがな……お前さんの人生は、大きく揺れ動いている時だ。昇進は決まっているし、異動もあるだろう。そういうタイミングでヘマをして、ミソをつけたくない——そんな風に考えたんだろう」

「……はい」

「それは自然だ。そんな風に考えもしない奴がいたら、逆に見込みがないとも言えるしな……お前さんの問題は、基本の基本を無視したことだ。無駄だと思えるかもしれないが、事故を起こさないためには『ホウレンソウ』は絶対に必要なんだ。一人で突っ走った時点で、もう失敗だったんだ。動向を把握してなかった俺にも責任があるけどな」

言葉もなかった。藤島の指摘は一々正しい。自分一人の手柄にしたくて、連絡も報告もせずに突っこんでいったのは間違いないのだから。

「これは大問題になるからな。覚悟しておけよ」

「……どうなるんですか？」まさか、巡査部長への昇進取り消しとか。それ以外にも様々な処分が考えられる。馘になることはないだろうな……春日が抱いていたのと同じ不安が、にわかに一之瀬を襲った。大抵の人は、仕事と金を奪われれば存在価値を失う。

「知るか」藤島の言葉は乱暴だった。「こんなひどい話、俺も初めてだから。どうなるか、想像もつかない」

「馘、ですかね」恐る恐る聞いてみた。

「知らん」藤島が吐き捨てる。「ただ、お前さんにとって幸いなのは、警察は身内に甘い組織ということだ。外に漏れなければ、処分は軽くなるかもしれない。マスコミを騙すのはそれほど難しくないだろうしな。参考人を連行中に襲撃された——それは事実だし、それ以上のことを説明する義務もない」

「そうですか……」しかしいずれ、事実はばれるのではないか、と一之瀬は恐れた。興味を持った記者がいれば、遠慮なく突っこんでくるだろう。

「上は、直接お前に事情聴取すると言ってる。監察も出てくるだろう。覚悟しておけよ。ただ、今は俺が簡単に話を聴くことにして押し切った。一応、怪我人だからな」

「すみません……あの、春日は……」

「死んだ」

短い一言で、一之瀬は銃弾で撃ち抜かれたような衝撃を受けた。まさか、あの襲撃で……。

「車で襲撃した後、犯人たちは春日を引きずり出して殴り殺したんだ。現場に、凶器のバールが残っていた。お前は、重要な証人を守ることもできなかったわけだ」

目の前が真っ暗になる。二十七年間の人生で最悪のヘマだ。ほとんどの警官が、これほど大きなミスを犯すことなく、無事に定年まで勤め上げるだろう。しかし自分は、二十代で決定的なミスを犯してしまった。挽回のチャンスはもうないかもしれない。自分から辞表を提出すべきではないか。

「辞める、なんて言うなよ」一之瀬の気持ちを読んだように藤島が忠告した。「自分の失敗は自分でカバーしろ。ただし今後は、絶対にホウレンソウを怠らないようにするんだ。それに、俺がカバーする」

「藤島さんに尻拭いをしてもらうのは、筋違いですよ」

「阿呆」藤島が声を荒らげた。「お前さんは結局、まだ半人前なんだ。何でも自分でできると思うな。それに……俺はまだ、お前さんの相棒だから。尻拭いをするのは当然なんだ。よく覚えておけ」

唾を呑む。まだ見捨てられていない、自分にはチャンスがあると思った。そのチャンスをもたらしてくれるのは……一之瀬は記憶をひっくり返した。

「俺の荷物はどうなりました？」

「現場から引き揚げたよ」藤島がロッカーに向かって顎をしゃくる。「汚れてるけど、バッグは無事みたいだぞ」

「中にICレコーダーが入っているか、確認してもらえますか？」

藤島が不機嫌な表情を浮かべて立ち上がり、ロッカーの扉を開けた。乱暴にバッグを引っ張り出し、中に手を突っこむ。すぐに、まったく無傷のICレコーダーを取り出した。

「これが何なんだ？」

「最後の切り札です」


夜が明けてから、母親と深雪が揃って病室に顔を出した。薬のせいもあって半覚醒状態だった一之瀬は、最初、母親がひどく怒っていること、深雪が泣いていることしか分からなかった。やっと意識がはっきりしても、深雪にかける言葉もない。深雪は、普通に仕事に行くようなブラウスにジャケット姿だったが、母親は白いカットソーの上に薄手のカーディガンを引っかけただけの軽装だった。化粧っ気もないせいか、普段にも増して不愛想で笑顔の欠片《かけら》もない。一人で家を支えてきた歳月が、笑いを奪ってしまったのだろう。

「まったく、何やってるの、あんたは」

母親の怒りは本物のようだったが、言い訳する気力もなかった。今や全身がずきずきと痛み、そのせいで急速に意識がはっきりしてくる。

「こんなことで怪我して……」

「話は聞いたのか？」

「藤島さんっていう人が、詳しく教えてくれたわ。恐縮してたけど、申し訳ないのはこっちよ。仕事中に、人に迷惑かけて」

大怪我をして、身動きが取れない息子に言うべき台詞とは思えない。まったく、この人は……しかし、口喧嘩する勇気もなかった。深雪の顔を見やる。つき合うようになってから長いが、こんなに泣きじゃくる彼女を見るのは初めてだった。それだけで申し訳なく、返せない債務を負ってしまったと意識する。

「とにかく、退院したらきちんと皆さんに謝って」

「分かってるよ」

「本当に分かってるかどうか、怪しいけど……馬鹿は馬鹿だから、どうしようもないわね」

何もそこまで言わなくても、と思ったが、どんな反論をしても母親には通用しないのは分かっている。結局母親は、三十分にわたって、悪口に類する多彩な語彙を披露し、ようやく満足したようだった。深雪はその間、ほとんど口を開かないまま。彼女に話しかけようと何度も試みたのだが、その都度母親に邪魔されてどうにもならなかった。立ち上がった母親が、深雪に声をかける。

「怒ったらお腹が減ったわ。深雪ちゃん、どこかに朝ごはんでも食べに行きましょう」

「はい、でも……」

「勝手なこと言うなよ」一之瀬は思わず言った。

「もう九時よ」母親が左腕を突き出し、腕時計を強調した。

何を言っても、母親に勝てるわけがない。一之瀬は溜息をついて、うなずくしかなかった。一緒に食事をしながら、母親が彼女にあれこれ自分の悪口を吹きこむのではと考えると、身震いしてしまう。二人は元々仲がよく、それ自体はいいことなのだが、こういう状況では考えものだ。ショックを受けている息子の恋人を慰めるならともかく、この母親はまったく逆のことをしそうである。

「深雪」

外に出て行こうとする深雪に、ようやく声をかけることができた。振り向いた彼女の表情は強張っていたが、それでも辛うじてうなずいてくれた。大丈夫、大丈夫だから——何も言わない彼女に向かってうなずき返しながら、一之瀬は彼女の心中を都合よく解釈していた。


断続的な眠りは、時折痛みに中断させられ、一之瀬は時が経つに連れて疲労が募るのを意識した。このまま何もなく、八時間ぶっ続けで眠れれば、少しはましな状態に戻れるのに……今の自分はボロ布のようなものである。散々使われてぼろぼろになり、ゴミ箱へ捨てられたような。

しかし、そのような状態からは、半ば強引に引きずり出されることになった。昼前、千代田署刑事課長の宇佐美が、見知らぬ男二人を連れて、病室を訪れたのである。二人ともクソ暑いのに律儀にネクタイを締めて、上着を腕にひっかけている。普段一緒に仕事をする刑事たちとはまったく違う雰囲気に、一之瀬はにわかに緊張が高まるのを感じた。

「すみませんでした」反射的に謝ってしまう。

宇佐美は引き攣った表情を浮かべたまま、「監察の方が事情聴取したいということだ。できるだけ正確に、昨夜のことを話してくれ」と言った。

それから一時間、一之瀬はできるだけ落ち着こうと心に決め、事情聴取に応じた。それが元々のやり方なのか、監察の二人も極めて冷静で、一之瀬を非難することもなく、淡々と事実関係の確認を進めるだけだった。

しかしその一時間は、確実に一之瀬を消耗させた。自分の馬鹿さ加減を、他人によって再認識させられたが故に……どれだけ身勝手で思い上がり、自分の力を過信していたかが分かる。あるいは事態を甘く見ていたか。

終わって十二時過ぎ。用意された昼食を無理やり食べる。途中、吐き気に悩まされたが、取り敢えず全部食べ終え、しばらく横になっていると、少しずつ力が戻ってくるのを意識した。また、医師が説明にきてくれて、怪我はそれほど大したことがないのが分かった。骨折箇所は左肘ではなく、橈骨《とうこつ》――前腕の長い方の骨の肘関節に近い部位の単純骨折であり、回復にはさほど時間がかからないだろう、ということだった。頭の怪我はガラスか何かでできた切創で、こちらも傷が塞がれば心配はいらない。念のために頭部の検査も行ったが、特に異状は認められなかったという。全身打撲《だぼく》ともいえる状態ではあるが、全体に症状は軽い。医師は、「これで歩けないとか言うのは、根性が足りないせいだ」と豪快《ごうかい》に笑い飛ばした。

好き勝手なことを言ってくれると憤慨する一方、ひとまず安心する。同時に、また暗い気分が襲ってきた。自分は大した怪我ではなかった……おそらく、助手席に座っていた春日も、事故直後は同じだっただろう。ということは、何とか助けられたのではないか。素早く車から引きずり出し、逃げていたら、殴り殺されるようなことにはならなかった……自分が殺したようなものではないか。

突然、サイドテーブルに置いたスマートフォン――これも無事だった――が鳴り出して、びくりとする。誰からの電話かも確認せずに取り上げて耳に当てると、慣れ親しんだ声が頭に響いた。

「生きてるか?」

「城田……」

「凹んでるな」城田は、笑っているように聞こえた。笑っている場合ではないのだが。

「まあ、当たり前か。話は聞いたよ……これで凹まない方がおかしい」

「完全なミスだ。独りよがりの失敗だから、言い訳しようがないよ」

「ずいぶん弱気だな」

「お前は……自分のミスで人を殺したことがあるか？」

「ないよ」城田があっさり言った。「ないから同情もできない。お前の気持ちが分かるなんて、絶対に言えないな」

安易に慰めの言葉を貰わなかったことで、少しだけほっとした。今の自分に必要なのは、そういうものではないと思う。だったら何なのかは、自分でも分からないのだが。

「聞いてくれるか？」

「当たり前だよ、そのために電話したんだから。それで、どうなってる？　やばい感じなのか？」

「もちろんやばいよ。ちょっと前に監察の第一回の事情聴取を受けた」

「仕事が早いね、警視庁は」電話の向こうで城田が溜息をついた。「今は、話していても大丈夫なんだろう？」

「ああ」

「何があったのか、教えてくれ」

同じ話をするのは三度目か……藤島と、監察。三度目ともなると、スムーズに話せるはずなのに、今回が一番上手くいかなかった。よく知っていて、心を許せる間柄であるが故に。こういう人間に恥を曝《さら》け出《だ》すには、大変な勇気がいる。自分でも気づいていない弱い部分を意識させられることになるのだ。

話し終えた時には、へとへとになっていた。城田がしばし沈黙する。若杉と違って、脊《せき》髄《ずい》反射で軽く言葉を吐くようなタイプではないのだ。浅草生まれの生粋の江戸っ子の癖に、何となく東北人のような慎重さと粘り強さを持った男である。それは、福島へ行く前から感じていたことだった。

「で？」

「でって、何が？」

「動けるのか？」

「どうかな……ここへ来てから、一度もベッドから降りてないし」

「じゃあまず、ベッドを降りて膝の屈伸運動から始めろよ。動けるなら、やれること――やるべきことがあるだろう？」

「……ああ」城田の言葉が素直に頭に染みてきた。この結論は、自分の中でとうに出ていたのだと思う。ただショックのせいで、しっかり言葉にできなかっただけだ。

「犯人を逮捕すること。それでしか、亡くなった人に報いることはできない」

「分かってる」

「分かってるなら、さっさとそこを抜け出すんだな。いつまでも寝てると、本当に病人になっちまうぞ」

その通りだ。

電話を切って、一之瀬はベッドから抜け出した。左腕は少し動かしただけでも、まだ鋭い痛みに襲われる。頭の傷は……髪がばさばさになるほど頭を振ったりしなければ、心配いらないだろう。全身ががたがたという感じで、動かすと軋《きし》み音がするようだったが、これはずっと寝ていて体が強張ったからだ、と自分に言い聞かせることにした。

ロッカーにかかっていた服を改める。ズボンはぐしゃぐしゃ、ワイシャツは治療の名残か、左袖が切り落とされている。さすがにこれでは、身動きが取れない……一之瀬は深雪に助けを求めた。事情を話すと、すぐに着替えを取りに行ってくれることになった。

自分の気持ちは彼女にしっかり通じているのだ、と一之瀬は一安心した。

〈27〉

夕方、特捜本部に顔を出すと、相澤がいきなり立ち上がった。

「何してるんだ、お前」

「復帰しました」一之瀬は努めて冷静を装った。本当に復帰できるかどうか、まだ自信はない。ゆっくりと相澤の席に歩み寄り、気をつけの姿勢を取った。左腕を吊ったままなので、どうにもしまらない「気をつけ」になってしまったが。

「馬鹿言うな。お前は謹慎中だぞ」

「聞いてませんよ」実際、処分について具体的な話は何も出ていないのだ——朦朧《もうろう》としているうちに言い渡されたのかもしれないが。

「いや、俺はちゃんと指示した」

「私は聞いてません」ここで引いたら負けだと思いながら、一之瀬は強硬に言い張った。

「だいたい、正式な処分が出ていないのに謹慎というのも変じゃないですか」

「屁理屈をこねるな!」相澤が低い声で脅しつけてきたが、例によって顔には疲れが滲んでいるので、迫力がない。

「復帰させて下さい」一之瀬は一転して、深く頭を下げた。「仕事をさせて下さい」

「駄目だ、駄目だ」相澤が激しく首を振る。「俺は、何回もチャンスはやらない。本当は、一度失敗しただけで外したいぐらいなんだからな」

「わかってます。自分がヘマをしたことも認めます。でも、この事件には最後まで関わらせてもらいたいんです」

「勝手な理屈を言うな」

「一之瀬！」

呼ばれて振り返ると、藤島が口をポカンと開けて立っていた。慌てて一之瀬に駆け寄ると、頭から爪先までじっくりと眺め回す。

「お前さん、死にそうだぞ」

「大丈夫ですよ」一之瀬は思い切り腕を上げて見せた——右腕だけだが。「普通に動けますから」

「そうは見えないがな」

「藤島、もう少しきちんと言ってやってくれ」相澤が苦言を呈した。「怪我人が特捜にいても、足手まといになるだけだぞ」

「それはありません」一之瀬はすぐに否定し、繰り返した。「普通に動けますから」

「一之瀬、ちょっと引っこんでろ——それより、飯、食ったのか？」

「はあ、いや……」突然何を言い出すのかと思い、曖昧な返事をしてしまった。確かに病院で出された昼食は食べた。ただし、胃潰瘍《いかいよう》患者用の食事ではないかと思われるほど柔らかく少量で、とっくに胃から消えてしまっている。

「ちょっと飯を食ってこい。エネルギーを補充しないと、もたないぞ」

ということは、仕事をやらせてくれる気はあるわけか……藤島の顔を凝視したが、本音が読めない。元々、内心を読ませてくれない人なのだが。

「いいから、行け」

「イッセイさん……」一之瀬はつい、すがるように言ってしまった。

「怪我人がいると邪魔だ」

仕方なく、署を後にする。夕方で街は賑わい始めていたが、夕飯には少し早い時刻である。ガード脇の喫茶店でピザトーストでも食べて小腹を満たそうかと思ったが、そんなものではとても足りない気がした。結局、その喫茶店のすぐ近くにある行きつけのラーメン屋に入り、つけ麺を頼む。腹を凹ませないと店の奥にも入れないような狭い店だが、さすがに客はまばらな時間帯で、カウンターに楽に座れた。ここではいつもつけ麺の「中」なのだが、今日は「大」にする。どうせ値段は同じなのだし……普段は、食事の時にも腹一杯にならないように気をつけているのだが、今日ばかりは胃に負担がかかってもしっかり食べるつもりだった。食べれば気合いが入るというのも、単純極まりない話ではあるが、実際そうなのだから仕方がない。胃が空っぽでは、どうにもやる気が起きないのだ。

しかし……左手が使えないのにはまいった。右手だけでも食べられるだろうと思ってつけ麺にしたのだが、一之瀬はいつも、左手でスープの椀を持ち上げる癖がある。今回はそれができずに「犬食い」になってしまった。そうやって食べている人も多いのだが、何となくだらしない感じがして、食事が進まない。それに何故か、味の濃さが気になる。強烈な魚介味の奥に豚骨のくどさが入りこんでいるのが味の特徴で、いつもはこの濃さが美味いのだが、今日は無理だった。やはり、知らぬ間にダメージを受けているのだろうか……着替えを持ってきてくれた深雪が心配していたが、頭の怪我は、後から症状が出ることもある。もっとも、そんなことを一々気にしたら、大人しく寝ているしかない。

ギブアップ。結局、麺は三分の一ほど残ってしまった。そもそもこの店の麺はうどんのような太さで、普段でも結構腹に溜まるのだが……いつもは頼むスープ割りをどうしようかと迷っているところで、携帯が鳴った。藤島。これなら食事を残した言い訳になる――急な仕事なのだ――と思いながら、一之瀬は席を立ち、引き戸を開けながら電話に出た。

「飯、食ったか？」

「ええ」

「よし、戻って来い。仕事だ」

一之瀬は、動かない左手のせいでバランスを崩しながら、走り出した。

「古河の居場所が分かった」

「マジですか」

藤島の言葉に、一之瀬は反射的に言ってしまった。藤島の表情が急に険しくなる。彼は「マジですか」と訊ねられるのが嫌いなのだ。真剣な仕事の話でわざわざ冗談を言う必要はない、というのが彼の言い分である。

二人は廊下で話していた。一之瀬が特捜本部に足を踏み入れた瞬間、藤島に無事な右腕を摑まれて連れ出されたのである。一之瀬が復帰することは、できるだけ仲間内にも隠しておきたいらしい。

「今夜、急襲をかける」

「どこにいたんですか、奴は」

「アジトだ。津田沼《つだぬま》だよ」

「わざわざ千葉に、ですか？」

「わざわざって言うほど遠くないだろう。都内へ出るにも便利だし、家賃も安い」

「何で分かったんですか？」

「話すと長くなるんだが」一之瀬に説明するのが本当に面倒なようだった。「昨夜お前を襲った車から割れた、ということで勘弁してくれ。一段落したら説明してやるよ」

「あの車は……」

「当然、逃げた。ただし近くに防犯カメラがあって、ナンバーがはっきり写っていたんだ。しかもバンパーとヘッドライトが壊れた状態で走っていたから、現場近くで警戒していた交通機動隊員の追跡を受けた」面倒臭そうにしていたのに、結局藤島は説明してくれた。

「それで捕まったんですか?」

「いや」藤島が力なく首を振った。「その交通機動隊員は、取り敢えず様子見で追跡を始めたんだが、振り切られたんだ。その間、本部への連絡も中途半端な状態だった」

一之瀬は、すっと背筋が伸びるのを感じた。ヘマをしたのは自分だけではなかったのか……交通部の連中は、ブレーキランプが片方壊れただけの車でも、簡単に「整備不良」で停める。今回、自分たちを襲った車は派手に壊れていたはずだから、もっと警戒して然るべきだったのではないだろうか。

「車は何だったんですか?」

「ポルシェ・カイエン」藤島が皮肉な笑みを浮かべた。「重量級だから、こっちの覆面パトカー程度じゃ太刀打ちできない。ついでに、交通機動隊のパトを振り切るのも簡単だっただろうな。何しろV8ターボで五百馬力だ」

「都内だと持て余しますよね……」

「ロシアのマフィアが好きそうな車だな」藤島がにやりと笑う。「そういうのを気取っていたのかもしれないが、自分たちの車を使ったのが運の尽きだよ。何というか……所詮《しょせん》素人じゃないのかな。詰めが甘い。とにかく昨夜からこの車の追跡をして、津田沼のアジトまでたどり着いた。犯人グループの他の人間も出入りしているようだから、一網打尽にできるんじゃないか」

「行きます」一之瀬は一歩前に出た。

「分かってる。焦るな」藤島が両手を前に突き出して一之瀬を止めた。「現場には連れていってやる。ただしそれまでは、特捜本部に入るな」

「え？」

「お前がやったことで、激怒している刑事だっているんだよ。そういう連中の前にわざわざ顔を出して、喧嘩をふっかけられたら楽しいか？」

「いや……」捜査一課には、未だに「猛者《もさ》」がいる。面罵されたら、絶対に反論できない。一之瀬は、ぐいぐいくるタイプには基本的に弱いのだ。

「取り敢えず、刑事課で大人しくしてろ。二、三時間暇潰しをするぐらい、何でもないだろう」

「……分かりました」その先に仕事が待っているとすれば、体を休めておくのも手だ。

「色々すみませんでした」

「こいつはでかい貸しだからな」

「分かってます」

「電話する。とにかく、大人しくしてろよ」

うなずき、踵を返して階段へ向かう。そうだ、ちょうどいいから、録音した春日の証言をテープ起こししておこう。あの証言は、重要な証拠になるはずだ。

その思惑は、あっという間に頓挫した。パソコンの前に座ってみたものの、右手一本では思うようにキーボードが使えない。左腕を吊っている包帯を外して、左手をキーボードに添えてみたのだが、打つたびに鋭い痛みが脳天に響いて、手が止まってしまう。軽傷という話だったが、あの医者の診察は正しかったのだろうか……。

仕方なく、一之瀬は外へ出た。刑事課にいると誰が入って来るかわからないから、びくびくして過ごすことになる。少し時間を潰すなら、署の近くでお茶でも飲みながらでいいだろう。日比谷シャンテの別館にスターバックスが入っているから、あそこで濃いエスプレッソを飲んで、眠気を吹き飛ばそう。苦みを思い出しただけで、気分は上向いてきた。

ところが署を出た途端、一番会いたくない人間に出くわしてしまった。東日《とうにち》新聞の一方面担当警察回り、吉崎《よしざき》。相変わらず、もさっとした格好である。少し見ない間に太ったようで、よれよれのワイシャツははちきれそうだった。そのまま二泊の出張に行けそうな巨大なバッグのせいで、体が左側に傾いでいる。

「おやおや。名誉の負傷ですか」

吉崎が皮肉っぽく言った。一之瀬は黙りこまざるを得なかった。新聞記者には余計なことを喋ってはいけない──しかもこの怪我は、自分のヘマの結果によるものだ。いずれはマスコミにも知られてしまうかもしれないが、今は避けたかった。

「何してるんですか？」

「ああ、応援で」

「応援？」いつの間にか異動していたのだろうか。だったらありがたい話だが……しつこい上に皮肉っぽいこの記者は、どうにも苦手だ。刑事と記者という関係でなくても、友だちにはなりたくない男である。

「本部に上がったんでね」少し誇らしげな口調だった。

「警視庁クラブですか？」

「そう。六月から一課担なんだ」

左腕が自由に使えたら、両手で頭を抱えこんでいただろう、と一之瀬は思った。自分が捜査一課に上がったら、またこの男と顔を合わせることになるわけか……何とも気が重い。かといって、「取材するな」とは言えないわけで、なるべく会わないように気をつけるしかないだろう。

「それで？　千代田署は、ずいぶん大騒ぎになってるようじゃないですか」

「そうですか？」一之瀬はとぼけた。気をつけないと言葉尻を捉えられてしまう。

「またまた……あなたもおとぼけが得意だから」

「そんなこともないですよ」

「そうかな……今まで結構、騙されたと思うけど」

「まさか」一之瀬は声を荒らげた。「人を騙すようなことはしないので……刑事ですから」

「刑事だから、記者には嘘をつくこともある」真面目な表情で吉崎が言った。「そうしないと、情報がだだ漏れになるし」

「そう思うなら、突っこまないで下さい」

「それが仕事なんでね」吉崎がバッグを担ぎ直した。「ま……怪我が治ったら、酒でもどうですか？　あなたの栄転祝い、しましょうよ」

どうしてそれを、と聞きかけ、一之瀬は言葉を呑んだ。警視庁クラブの記者ともなると、巡査──巡査部長クラスの異動まで摑んでいるのか？　警部以上なら公表されている──新聞記事になるのだ──から分かって当然だが。いや、分からず適当にカマをかけているだけかもしれない。

「あなたと酒を呑む理由はないので」一之瀬は「全面拒否」の構えに出た。

「まあ、いいけど……少しは楽しいこともないと、こんな商売、やってられないんじゃないですか」

「私には、楽しいことしかありませんけどね」

反射的に嘘をついてしまった。今「楽しい」などと本当に思えたら、明らかに軸がずれている。この事件での自分は失敗してばかりで、今も苦しんでいるのだから。そう……この件は長く尾をひくだろう。もしかしたら自分が警察を辞める日まで。ミスで人を一人殺してしまったのだから、取り返しようがないのだ。人の命だけは……本来、警察は誰かを守るために存在しているというのに、これでは本末転倒である。

「明日の朝刊はどうするんですか？」

「どうかな。記事は先輩たちが書くんで……俺は単なる使いっ走りだから」

「それで、馴染みの千代田署に来たわけですか」

「ここにいれば、何かネタが拾えそうだから。俺の勘だと、今晩あたり何かが起きそうなんだよね」

茫洋とした外見に騙されてはいけない。この男は案外鋭く、警察の裏をかいたりするのだ。

余計なことは言わないのが一番……難敵から逃げ回って隠れるのも、賢い作戦なのではないか。

〈28〉

津田沼を含む習志野市《ならしの》は、千葉の交通の要衝である。鉄道は京成線《けいせい》、新京成線、総武本線、さらに京葉線が走り、道路も千葉街道、京葉道路、東関東自動車道が通って、東京と千葉を結ぶ要《かなめ》になっている。

古河のアジトである古びたアパートは、総武本線と京成線の間の住宅街にあった。周辺には真新しい一戸建てや巨大なマンションが立ち並ぶ新興住宅地で、昭和の時代から生き残っているようなアパートだけが、異質な気配を放っている。

一之瀬は、藤島と一緒に覆面パトカーで待機していた。すでに偵察部隊はアパートの前で張り込み、動きを見張っている。古河の姿は確認できたが、他にも何人か、人がいるようだった。人数が確定できないと突入は無理だろうと、一之瀬は藤島から聞かされていた。

「突入しても大丈夫じゃないですか？　相手は素人でしょう」

「そうやって無茶して、失敗した奴がいるな」

一之瀬は耳が赤くなるのを意識した。自分は「突入」したわけではないと言いたかったが、どんな言葉も言い訳になってしまう。結局、口をつぐむしかなかった。ハンドルを抱えて前屈《まえかが》みになった藤島が、前を向いたまま続ける。

「日本の警察は無理をしないんだ。誰も傷つけないで逮捕、が原則だからな。アメリカの警察みたいに、すぐに発砲して犯人を撃ち殺すのは信じられないよ……あれでどうやって、事件をまとめるのかね。お前さん、そのうち研修でも申しこんでみたらどうだ？　向こうで勉強してこい」

「アメリカに、ですか？」

「そういう制度もあるから。視野を広げるのは大事じゃないかな」

今はとても、そんなことは考えられない。だいたい自分に、そんなことを申し出る権利があるとも思えなかった。

それにしても静かだ……午後九時の住宅街は、こんな感じだっただろうか。時折、家路を急ぐサラリーマンの姿が目につくぐらいで、人気はほとんどない。この位置からは、アパートは直接見えないので、逆に想像をたくましくせざるを得なかった。何人もの男が、狭い部屋の中で額を寄せ合って、次の作戦を検討する——しかし、連中に「次」はあるのだろうか。

春日は何故殺されたのか。一番あり得る可能性は、春日が古河のグループと独自につながっていたことだ。彼の告白を聞くと、そういう想像もぼんやりと浮かぶ……どこまで本当のことを言っていたのか、今となっては確認しようがないが、古河たちにとって春日は「裏切り者」になったのかもしれない。だから自分たちで落とし前をつける――チンピラの発想だが、そもそも古河たちはチンピラレベルの悪党ではないだろうか。たまたまでかい恐喝のネタが手に入ったからこんな犯行に走っただけで、基本的には小者ではないか、という気がしていた。

藤島が、左手を耳に押し当てる。無線で何か情報が入ったか……一之瀬は今回、無線すら与えられていなかった。現場にいてもいいが、余計なことは一切するな、というお達しである。十分な情報がなければ、かえって混乱して失敗することもあるのだが……と考えたのは我ながら正論だと思ったが、それでも相澤に反論はしなかった。できなかった。ここはとにかく大人しく……ひたすら頭を下げて、上空を行き交う銃弾を避けるしかない。あらゆる人間が、銃口を自分に向けている気がしてならない。

「十分後に突入だ」藤島が緊張した声で告げる。

「はい」

「今、一人アパートに入って行った。これで、少なくとも中に三人いるのは分かった。三人を同時に逮捕できれば、ほぼ一網打尽だろう。それほど大きなグループとは思えない」

それで大丈夫なのだろうか、と一之瀬は不安になった。先ほど藤島が部屋の間取り図を見せてくれたのだが、狭い1DKである。六畳の部屋が二つ、という感じだ。そんなところで乱戦になったら、怪我人が出かねない。ましてや発砲などしたら、味方を撃ってしまう恐れもある。

「まあ、心配するな」一之瀬の気持ちを読んだように、藤島が言った。「面倒なことにはならないだろう。突入すれば、すぐにギブアップするよ。銃でも持っていればともかく、今のところそういう情報はない」

情報がないだけで、事実とは限らないではないか、と一之瀬は思った。もしも銃を隠し持っていたら……一応、突入する刑事たちは銃で武装しているのだが、何が起きるか分からない。

一之瀬は首を横に振った。ヘマのせいか怪我のせいか、どうにも弱気になっている。どうしても、失敗した時のことを考えてしまうのだ。しかしこれは、上層部がぎりぎりで立てた作戦である。自分よりはるかに場数を踏んでいる相澤たちが検討し、ゴーサインを出したのだし、現段階で、自分にこれ以上の作戦を考えつけるとは思えなかった。それに余計なことを言ったら、「口出しするな」と一喝されるのがオチだろう。

しかし、何とかこの逮捕劇には参加したい。城田の言葉が蘇る。「犯人を逮捕すること。それでしか、亡くなった人に報いることはできない」――まさにその通りだ。しかし、手負いの自分に何ができるかと考えると、暗澹たる気分になってしまう。せいぜい、足を引っ張らないように、遠く離れたところで見守るしかないのではないか。

「俺は……どうしましょうか」

「俺の背中にくっついてろ。くれぐれも、余計なことはするなよ」

「……分かりました」情けない話だが、仕方がない。とにかくここは、藤島の指示に素直に従っておこう。

「よし、配置に着くぞ」

　藤島が声をかけ、車のドアを押しかけた。車の冷房による保護を失い、例によってむっとする熱気に襲われる。夏はまだまだこれからなのに……一之瀬は外に出て、大きく深呼吸した。落ち着け。絶対に慌てるな。ベテランが大量に投入されているのだから、失敗するわけがない。自分はせめて、逮捕の瞬間を見届けよう。

「俺たちはどこですか？」

「アパートの裏手——窓がある方だ。あくまでバックアップだからな」

　派手な逮捕劇は、本部の刑事たちに任せるということか……がっかりしたが、それが顔に出ないように気をつける。とにかく自分には、あれこれ口を挟む権利などないのだから。ただ、この現場で逮捕を見届けるだけ——そう考えると悔しさがこみ上げ、涙が滲んでくるようだった。この期《ご》に及んで何もできないのか。昨夜の失敗が全てだった。無事に春日を特捜本部に連れて帰れれば、あと数時間早くこの逮捕劇は始まっていたかもしれないし、事件の全体像はもっとはっきりしていたはずである。

後悔しても何にもならないと分かってはいた。しかし、後悔しないで前を向くほどの心意気や開き直りは、今の自分にはない。

藤島が地図を広げ、街灯の下で素早く確認した。畳んでワイシャツの胸ポケットにしまうと、大股で歩き出す。歩いて三分ほどで、命じられた待機場所に到着した。ここからでもまだ、アパートは建物の角が見えているだけである。あくまでバックアップ、念には念を入れるということに過ぎないのだな、と実感する。

藤島が、電柱に体をくっつけるようにしてアパートを見た。すぐに身を離し、「お前さんも見てみろ」と指示する。藤島と同じようにしてみると、少しはっきりとアパートの様子が見えるようになる。

「古河たちが借りているのは、こっち側の角部屋だ」

言われるままに目を凝らす。ベランダはなく、窓があるだけ……かすかに明かりが漏れているが、斜めの角度から見ているので、人の動きがあるかどうかは分からない。ふいに黒い影が窓を横切ったが、すぐに見えなくなった。鼓動が高鳴り、どうしても視線がそちらに吸い寄せられてしまう。しかしすぐ、藤島に肩を叩かれて釘を刺される。

「お前さんは、バックアップのバックアップだ」

がっくりきたが、実際そうなんだよな……ここで何かあるとは思えないが、何かあってもあくまで藤島が先に行くのが筋だ。だいたい自分は、片腕しか使えないのだから、役に立つとは思えない。

　腕時計を見る。既に五分が経過して、突入まで残り五分になっていた。緊張する……自分ではどうしようもなくとも、間もなく複数の罪を犯した人間が逮捕されるのだ。できれば古河の取り調べを任せてもらえないだろうか——たぶん、無理だろう。これだけヘマをしでかして、ようやくこの現場に置いてもらっているだけなのだから、そんな重要な仕事を任せられるわけがない。

　そっと溜息をついた瞬間、藤島がはっと身を強張らせるのが分かった。左手を耳に当て、無線の指示に耳を傾けている。一之瀬は思わず前に出て、藤島の正面に立った。藤島が右手を上げ、一之瀬の動きを制する。

「ちょっと待て……何かあったぞ」

「何なんですか」

「分からない。現場も混乱している」

「正面に回ってみましょうか」

「駄目だ」藤島が厳しい顔つきで首を横に振る。「指定された場所を守るのが俺たちの仕事だ」

　守ると言われても……何もない場所をどうやって「守る」のか。しかし一之瀬は、すぐに異変に気づいた。

「藤島さん、窓！」

短く叫ぶ。藤島もすぐに異常を察したのか、アパートの窓を見上げた。

「クソ、奴だ」

窓が細く開き、そこから古河が身を乗り出している。鉄製の小さな手すりがあるだけなので、そこから下へ飛び降りるのも難しくないだろう。しかし、まずい……アパートの窓に面した部分にも人は配置してあるのだが……しばらく前に現場一帯を見てきた時の光景を思い浮かべる。隣の民家との間に塀があり、そことアパートの間は、人一人がようやく通れるぐらいの細い隙間になっていたはずだ。民家の近くから窓を見張っていた連中は、すぐには近づけないだろう。一方古河は、その路地を走り切れば、公道に出られる。今夜は多人数の刑事を配しているが、完全に道を塞げるものでもあるまい。

「まずいな……」

藤島が舌打ちする。古河は慎重に周囲を見回していた。二階の窓から地面までは、三メートルほど。飛び降りれば怪我をしかねない。一度ブロック塀に飛び移ってから降りた方が、危険は少ないだろう。ただしその時、路地側へ降りるか隣家へ行くか——判断は難しいところだ。誰か近くで張っている人間がいないか、必死で目を凝らしているのだろう。いや、誰かいることは既に分かっているはずだ。気づいたからこそ、窓から脱出を図ろうとしているのだし。

藤島が無線に向かって、短く報告した。

「古河が窓から脱出しようとしている——声をかけないように」

「脅せば、中へ引っこむんじゃないですか」一之瀬は思わず反論した。

「籠城されたら、話が全然違ってくる。特殊班を呼ばなくちゃいけなくなるぞ」

「じゃ、どうするんですか」

「黙って外に出させて、その場で押さえるしかないだろう。だから声をかけないように言ったんだ」

それで大丈夫なのだろうか……しかし、他に妙案が浮かぶわけではないし、今の自分は意見を言える立場とも思えない。

「ちょっと移動するぞ」

小声で言って藤島が動き出した。どうやら、路地の片側を塞ぐつもりらしい。他の刑事たちが同じように考えているかどうか……いきなり作戦に「穴」が生じる感じである。

小走りで藤島の後を追いながら上を見上げると、古河が窓枠を蹴って飛び出し、ブロック塀の上に降り立ったところだった。しばらく危なっかしく揺れていたが、何とかバランスをとると、路地側に改めて飛び降りた。

「跳んだぞ!」藤島が叫ぶ。振り返って、「気をつけろ!」と一之瀬に忠告する。

言われるまでもない。一之瀬は緊張が高まり、喉のすぐ下で鼓動が激しくなるのを感じた。片腕が不自由な状態ではどうにも走りにくく、息も上がってくる。藤島の背中が急に遠くなった。クソ、これじゃ足を引っ張るばかりだ。

古河の姿は既に消えていた。「待て！」と誰かが叫ぶ声が聞こえたので、取り敢えず捕まらずに逃げているのは分かる。まさか、全員で古河を追い始めていないだろうな、と心配になった。警察官はまず、音がした方へ駆けつけるように教育される。とにかく現場の近くへ行け、ということだ。その習性は刑事になっても抜けるものではない。張りこんでいた刑事たちが全員アパートの裏に殺到してしまったら、部屋に籠《こも》っている連中は、表から楽に逃げられるではないか。事前に立てた作戦は崩れてしまい、組織的に行動するのは難しい。しかも警察官という人種は、アドリブが苦手なのだ……規律に従う時には強い能力を発揮するが、「自分で何とかしろ」と言われると足が止まってしまう。

「いたぞ！」

また誰かの切羽詰まった声。これだけの人数で張っていて、たった一人を逃すわけにはいかない。しかし古河は、足が速かったのだと思い出す。身のこなしも軽かったし、トリッキーな動きで翻弄《ほんろう》されたら、追い切れないかもしれない。駅か大きな道路に近づき、タクシーを拾えば、取り敢えずの脱出は完了する。第二のアジトを用意してあるとは思えないが、しばらくは時間を稼げるだろう。

警察としては、逮捕のタイミングが遠のく一方だ。

藤島の背中がついに見えなくなる。自分は何と役立たずなのか……とにもかくにも、一之瀬は藤島が消えた方向へ向かった。

突然、藤島がよろけて後ろ向きに路地から出て来る。何かあったのか？ 嘘だろう？ 一之瀬は思わず目を見開いた。藤島は右肩を左手で押さえて、苦悶の表情を浮かべている。街灯の光の下、左手の指の隙間から血が流れ落ちているのが見えた。刺されたのか？

冗談じゃない。一之瀬は力を振り絞ってダッシュし、藤島と古河の間に立った。古河は右手にナイフを持ち、爛々《らんらん》と目を輝かせている。もしかしたらこいつは、人を刺すこと自体に快感を覚えるようなタイプなのか？ だとしたら、ますます厄介だ。しかし、藤島を置いて逃げるわけにはいかない。

「一之瀬、どけ！」

「どきません！」古河の顔を正面から見据えたまま、一之瀬は藤島の命令を拒否した。声が震えるのを意識したが、ここでは絶対に壁になるつもりだった。しかし、藤島も何をしているのか……拳銃を持っているのだから、こう着状態になっている今こそ抜くべきではないか。撃たなくてもいい。銃口を見せて、古河の動きを止めるべきだ。

いや、無理か。藤島は右肩を怪我していた。おそらくナイフで切りつけられたのだろうが、銃を持てないぐらいの重傷かもしれない。

「どけよ」低い声で古河が言った。

「駄目だ。諦めろ」一之瀬は両手を広げた。ギプスのはまった左腕が右腕ほど上がらないことに気づいたが、仕方がない。

「お前、怪我してるじゃないか。それで俺を止められるのか」

「お前のせいで怪我したんだよ」

「ああ……あのパトカーに乗ってた刑事か。ご苦労さんだね」からかうように古河が言ったが、額には汗が浮かんでいる。猛暑の中、走ってきたせいだけではあるまい。この男にも焦りと恐怖があるのだ、と一之瀬は自分に言い聞かせた。

「諦めろ。この辺は警察官だらけだぞ。絶対に逃げ切れない」

「お前を殺せば、もう少し逃げられそうじゃないか」

「無理だな」一之瀬は無理に笑おうとしたが、顔が引き攣り、失敗してしまった。「だいたい、後ろにもう人が来てる」

古河が一瞬振り向いた。そのタイミングを狙って突進したが、古河は素早く正面を向き、腰だめの位置からナイフを繰り出してくる。ここは賭けだ——一之瀬は古河の動きを予想していた。左腕を低く下ろし、腹の位置で構える。ナイフの動きに応じて位置を微調整した。刃先がギプスに触れる——包帯が切り裂かれたが、一之瀬は思い切り腕を振るった。首から腕を吊るしていた包帯が吹き飛ぶ。ナイフがギプスに突き刺さる感触——同時に左腕に鋭い痛みを感じたが、そんなものはどうでもいい。ギプスのおかげで、被害は最小限で済むはずだ。

気づくと、目の前の古河は素手になっていた。顔色は蒼く、ナイフを探してあちこちを見回す。自分の右手の方へ吹っ飛んで、アスファルトの上に落ちているのを見つけた。慌ててそちらへ走り出し、飛びつこうとしたが、一之瀬の動きの方が速い。背後から襲いかかり、右手で襟首《えりくび》を捕まえる。激しく暴れて縛《いまし》めから逃れようとしたので、一之瀬は勢いをつけて押し出すように手を離した。古河がバランスを崩し、前のめりに転びかける。一之瀬はさらに背後から、ギプスで固めた左腕を後頭部にぶつけていった。硬いギプスでの攻撃は、丸太をぶつけたも同然だっただろう。古河が前方に吹っ飛ぶ格好でアスファルトに倒れこんだ。ナイフは、彼の手から一メートル先。一之瀬は古河の背中にのしかかり、右腕一本で彼の右手をひねり上げた。古河の悲鳴がアスファルトの上を這う。

「イッセイさん、手錠！」

叫んだが、藤島は予想したよりも重傷のようで、道路にへたりこんだまま動けなくなってしまっている。クソ、援軍はまだか……一之瀬は必死に古河の腕をひねり上げ続けた。右手一本なのであまり力が入らないが、両手だったら絶対に肩を脱臼させていただろう。しかし、この姿勢は長くは続かない……自分にも大きな負担がかかるのだ。早く、援軍を……心の中で悲鳴をあげながら、一之瀬は何とか左腕を動かし、わずかに自由になる指先を使って、ベルトから手錠を外そうとした。しかし、こんな無理な姿勢のままでは望みは叶わない。とにかく今は、何とか古河を押さえこんでおくしかないわけだ。

しかし古河も、痛みと重圧から立ち直った。左腕一本で、腕立て伏せのような体勢で自分の体を持ち上げる。一之瀬はバランスを崩し、古河の腕を離してしまった。まずい――一メートル先にはナイフがある。もう一度襲われたら、今度は逃げられない。

そう思った瞬間、耳元で鈍い音が響き、古河の動きが止まった。彼の体が自由を失い、どさりと道路に落ちる。一之瀬は何とか事態を把握しようとした――若杉。古河の頭の方に立ち、でかい靴――二十八センチは楽にあるだろう――で古河の頭を踏みつけている。乱暴な……どうやら、正面から古河の頭を蹴りつけたらしい。

若杉がしゃがみこみ、古河の両腕を後ろに回して手錠をはめた。

「怪我は？」若杉の声にはまだ余裕があった。

「俺より、藤島さんが」

「やばいな」舌打ちして、若杉が藤島の方へ飛んで行く。藤島が「大丈夫だ」と言っているのが聞こえたが、声の調子からすると、とても大丈夫そうではない。

いつの間にか、一帯は刑事たちに埋め尽くされていた。これだけの人数が、どこにいたのだろう……。

「一之瀬」

顔を上げると、目の前に相澤が立っていた――これまで見たことがないほど疲れた表情を浮かべている。

「お前も手錠をはめろ」

「いや、しかし……」

「いいから、やれ」

言われるままに、一之瀬はベルトから手錠を抜き、古河の右腕にかけた。これで、一之瀬も逮捕に参加したことになる。表彰の基準だ。何なんだ……意味が分からない。まさかこれで、数々のミスが帳消しになるわけでもあるまいに。

手錠を離し、一之瀬はようやく立ち上がった。はっと気づいて、藤島に駆け寄る。若杉に支えられてかろうじて立っている藤島の顔面は蒼白《そうはく》で、ワイシャツの右袖は血で赤く染まっていた。

「イッセイさん……」かける言葉もない。一之瀬は自分でも分かるほどはっきりと動揺していた。

「何だ。お前さんが怪我したわけじゃないだろう」

「だけど……」

「心配するな。かすり傷だ」

とてもそうは見えない。反射的に一之瀬は、奥さんに申し訳ない、と考えた。家族に心配をかけてしまう。これも、自分がしっかりバックアップできなかったせいだ。能無し、という言葉が脳裏に浮かぶ。

「救急車を――」

「もう呼んだ」若杉が平然とした口調で告げる。「心配するな。それよりお前こそ、大丈夫なのか？」

言われて、一之瀬は左腕を上げてみた。一応、ちゃんと動く。しかし、新たな痛みが生じていた。骨折の鈍い痛みとは別の、鋭い痛み……見ると、左の手の甲に血が伝っている。グラスファイバー製のギプスは相当硬いのだが、それでもナイフの切っ先は腕にまで達したのだろう。たぶん、ギプスも巻き直しだ。痛みよりも、医者の面倒臭そうな表情を思い浮かべると、うんざりしてしまう。

「まあ……無事に済んで良かったな」

「無事じゃないでしょう。イッセイさんは怪我してるし」

「警察官の負傷は、怪我人のうちに数えちゃいけないんだ」

まだ強がりを言えるぐらいだから、大したことはないだろう、と一之瀬は判断した。それにしても、後で奥さんに対しては、自分が土下座しなければならないだろうが。

「お前さんの仕事は、これで終わりじゃないからな」

「え？」

「全員パクったかどうか、確認して……古河の取り調べがあるだろうが」

「俺がやるんですか?」

「他に誰がやるんだ?」藤島が、蒼白い顔に笑みを浮かべた。「お前さんも手錠をかけたんだろう? だったら取り調べをする権利も義務もある。それとも、古河と勝負するのが怖いのか」

「まさか……」強がったが、声がかすれてしまった。

その時、救急車のサイレンの音が遠くから聞こえてきた。ほっとして、若杉に手を貸し、藤島を民家のブロック塀によりかかる形で座らせる。一之瀬は彼の前で蹲踞《そんきょ》の姿勢をとった。そうすると左腕の怪我に加えて頭も痛くなってくるが、何とか堪える。

「お前さんも一緒に乗って行け」藤島が一之瀬の左腕を見ながら言った。

「俺は大丈夫ですよ」

「どうせ今夜はもう、取り調べはできない。俺と一緒に、病院に一泊するのもいいんじゃないか」

「お断りします。俺は家で寝ますよ」

「まあ……好きにしろ」藤島が目を閉じる。

そのまま死んでしまうのではないかと心配になり、「イッセイさん!」と叫んだ瞬間、藤島が目を開けた。

「でかい声出すな。生きてるよ」

「ああ、いや……」どうして簡単に気持ちを読まれてしまうのだろう。一之瀬は乾いた唇を舐めた。

「女房に話す時に、適当に作り話を考えるから。お前さんも話を合わせてくれよ」

「どうするんですか？」

「分からないが……心配かけるわけにはいかないから。あいつが一番心配しないような嘘をつく。ばれないように気をつけてくれ」

「分かりました」

「それと……感謝の気持ちを忘れるな」

「感謝、ですか」

「最終的にお前さんがこの現場に出るのを了承したのは、相澤さんだからな。自分の特捜本部にいる人間がヘマをしたわけだから、あの人にも失点を挽回したいという気持ちはある。でもそれ以上に、お前さんのことを心配してるんだぞ」

「嫌われてるのかと思いました」

「好かれてはいないだろうな」藤島が苦笑する。「それでも相澤さんには、若手を何とかしたいという気持ちが強いんだ。これからの警視庁は、お前さんたちの肩にかかってるんだからな。失点を挽回するチャンスをくれたんだ。もう一踏ん張り頑張って、何とかマイナスをプラスに変えろ」

「分かりました」

藤島が立ち上がろうとしたので、一之瀬は慌てて肩を貸した——自分も中途半端な力しか出せなかったが。それでも、藤島はこんなに軽かっただろうかと驚く。藤島を救急車に乗りこませたところで、若杉が現れた。

「俺も一緒に行ってやろうか？」

「何で？」

「お前も病院行きだから」若杉がにやりと笑う。

「どういう意味だ？」

「お前は、甘やかされてるからな」若杉が皮肉っぽい笑みを浮かべる。「周りから支えてもらって……何でそんなに過保護にするのか、俺には分からない。ひ弱だな、ひ弱」

何が過保護だ……現場に叩きこまれて、鍛えられているだけの話ではないか。しかし、と思い直す。本当に厳しく当たられているとしたら、謹慎を言い渡されているはずだ。もしかしたら本当に特別扱い——だとしても、上層部が何故そんなことを考えるのか、一之瀬には想像もつかなかった。

藤島の治療より、一之瀬の治療の方が時間がかかった。何しろ、せっかく固定したばかりのギプスを外して怪我の手当てをし、それからまたギプスをするかどうかで医者が悩んでしまったのだ。怪我の治りのためにはギプスをしない方がいいが、骨折した腕を固定するにはどうしても必要——結局、怪我の部分は除いてギプスを固定したので、そこだけ穴が空いているようになった。怪我そのものはごく浅く、それほど気を遣うような感じではなかったが、何とも落ち着かない。

真新しいギプスをはめられて処置室から出ると、藤島は既に治療を終えて、ベンチに座っていた。横には妻の朱里《あかり》。これはまずい——まだ心構えもできていないのに、頭を下げるタイミングが来てしまった。

朱里は藤島と同い年なのだが、外見は十歳ほども若い。しかし今夜は顔色が悪く、実年齢に近いように見える。一之瀬を認めると慌てて立ち上がり、頭を下げた。一之瀬は思わずその場で立ち止まり、最敬礼してしまった。

「よせよ、二人とも」藤島が苦しげに言った。「知らない仲じゃあるまいし」

「すみませんでした」一之瀬は頭を下げたまま言った。藤島がどんな具合に説明したかは分からないが、とにかく謝っておかないと。

「こちらこそ」朱里が消え入りそうな声で言った。「怪我させちゃって、ごめんなさい」

「あ、いや、これは前からで……つまり、昨夜怪我したので」自分でも滑稽《こっけい》なほど、声が裏返ってしまう。顔を上げ、藤島の前に立って訊ねる。「怪我はどうだったんですか？」

「大したことはない。全治二週間だそうだ。もうちょっと重傷なら休めるんだが、警察はこれぐらいでは休ませてくれないだろうな」

いつもの軽口が戻っている。実際に大したことはないのだろうと、一之瀬はほっとした。右肩が盛り上がっているので分厚く包帯を巻かれているのは分かるが、真新しいワイシャツに着替えているので、重傷には見えない。顔色も悪くなかった。

「本当に、ご迷惑をおかけして」朱里が謝った。

「とんでもないです」一之瀬はまた朱里に向かって頭を下げた。「自分が怪我していなければ、こんなことには……」

「今回はお前さんの責任じゃない」藤島が立ち上がった。「入院する必要はないそうだから、俺はこのまま家に帰る……お前さんはどうする?」

「帰りますよ」そう言って腕時計を見た瞬間、既に真夜中に近いことに気づいた。京成線にしろ総武線にしろ、これから乗っても家には辿りつけまい。東京駅まで戻れば千代田署へ歩いて行けるが、あそこで眠れるかどうか……人目が気になり、一晩中寝返りを打つ羽目になりかねない。

「無理だろう」藤島がにやりと笑った。「今夜は俺の家に泊れ。ここから松戸まで、この時間だと車で一時間もかからないから」

「いや、それじゃ申し訳ないですから」

「今からタクシーなんか使われた方が迷惑なんだよ。経費削減の折、そんな贅沢は許されない。お前さんも、自腹で家までタクシーで帰る気はないだろう」

「はあ」一体いくらかかるのか。一万円か、二万円か……藤島の家に泊めてもらっても、ちゃんと眠れるかどうか分からなかったが、結局甘えることにした。

そう言えば去年、藤島の家に遊びに行った時には、食事の途中で呼び出されたのだった。何となくそれ以来足が遠のいていたのだが、またお世話になるのもいいかもしれない。

そういうこと——職場の人間とのプライベートなつき合いを面倒に感じなくなっているのに気づき、一之瀬は密かに驚いた。


〈29〉

慌ただしい夜になった。藤島の家に着いたのが午前一時過ぎ。風呂も使わずに寝て六時起き、大急ぎ、かつ慎重にシャワーを使って、久しぶりにしっかりとした和食の朝食を食べさせてもらう。布団に潜りこんでから一度も目覚めなかったせいか、短い睡眠時間だったのに、疲れはすっきり取れている。もっとも、電車に揺られているうちに、嫌でも左腕の痛みを意識させられ、それだけで疲れが戻ってきてしまったのだが。

藤島は、少しゆっくり出勤するという。ということは、今日はバックアップなし、一人きりの戦いだ。藤島は「分かってるだろうな」と脅しのような言葉をかけてきた。もちろん分かっている。古河と直接対決だ。

午前八時半からの捜査会議にぎりぎり間に合い、一番後ろの席に滑りこむ。相澤はほとんど寝ていないのか、またも朝から疲れた様子だったが、それでも何とか声を張り上げて話をまとめにかかった。

「昨夜、古河大吾他二名を、習志野市内のアパートで確保した。本格的な取り調べを今日から始める。他に、アジトになっていたアパート、本人たちの住居の家宅捜索も開始する。このため、機動捜査隊にも応援を貰うことにした。家宅捜索部隊は、午前九時に出発。本日中に捜索を完了させること。割り振りは後ほど行う。古河たちの取り調べに関しては――」

相澤の視線が一之瀬を捉えた。一之瀬は、左腕を庇いながら立ち上がった。勝負……二人の間で火花が散る。しかしすぐに相澤が折れた。一つ溜息をつくと、「じゃあ、お前が古河の担当だ」と言った。

ほっとして息を吐きながら、一之瀬は腰を下ろした。どうしてこんなに簡単に話が通ってしまったのだろう。いや、そもそも希望さえ言っていない。藤島が根回ししてくれたのだろうか……しかし彼も、一介の警部補に過ぎない。権力という点では、あくまで一人の中間管理職である。仕事のやり方に関して、それほど大きな力を及ぼすことはできないはずだ。

一之瀬は、背後で何か大きな力が働いているのでは、と想像した。昨日の朝は馘も覚悟したのに、今日は何事もなかったかのように新しい仕事を与えられている。こんなことは、普通はあり得ないはずだ。正式に謹慎処分を食らっていてもおかしくないのに。警察という巨大組織には、自分が知らないことがまだいくらでもありそうだ。

「で？ どう攻める」

実際に取り調べに入る前に、若杉は打ち合わせを要求してきた。自分で直接古河と相対するわけでもないのに、早くも前のめりになっている。

「流れだな」

「そんないい加減なことでいいのかよ。それが千代田署のやり方なのか？」

「最初に、喋りたいだけ喋らせる。適当につき合って、そのうち矛盾を見つけるつもりだ。理路整然とした説明なんか、絶対にできないんだから」

「それじゃ、時間がかかって仕方ないだろう」若杉が鼻を鳴らす。「一番大事なポイントをさっさと聴けよ」

「それが、あり過ぎて困る」一之瀬は肩をすくめた。「事件が複雑過ぎるから」

「物事は何でも、シンプルにするのが一番だけどな」

若杉が、珍しく理に適ったことを言った。もっともなのだが、この事件に関してはそういう訳にはいかない。しかし一之瀬には、切り札があった。一番効果的なポイントでそれを使う——タイミングの見極めこそ、この取り調べで最も大事なことだった。

古河は不貞腐れ、左腕を椅子の背に引っかけ、体を斜め横に倒すように座っていた。取調室に入った途端、若杉が舌を鳴らして睨みつける。しかし古河はまったく応えていない様子で、あらぬ方を見つめていた。一之瀬はゆっくりと席に着きながら、古河の様子を観察した。左目の脇が赤くなっているのは、夕べの格闘の名残だろう。グレーのTシャツにジーンズというラフな格好で、短く刈り上げた髪を逆立てている……が、それが少し薄い頭頂部を隠すためだとすぐに気づいた。朽木殺しの現場での目撃証言と一致する。

「取り調べを始めます。あなたは、恐喝容疑で逮捕されています」

淡々と事実を告げながら、一之瀬は警察の底力と動きの速さに、今更ながら驚いていた。昨日の日中のうちに極東物流に被害届を出させ、脅迫電話の通話記録などから、実際に脅迫していたのが古河と確定、逮捕状を取っていた。わずか数時間の捜査であり、もしも爆破事件があった直後に極東物流側が脅迫の事実を認めていたら……と思わずにはいられない。早く古河の身柄を確保できていれば、朽木も春日も殺されずに済んだかもしれない。

「名前と住所、職業を言って下さい」

「そんなの、何で今さら知る必要があるんだよ」不貞腐れた口調で古河が言った。「全部分かってるんだろう？」

「手続き上のことなので」

「古河大吾……」

低い声で古河が供述を始めた。基礎データを確認し終えると、一之瀬は逮捕状の事実の確認から始めた。

「あなたは、六月二十日、最初の脅迫の電話を極東物流に対してかけた。マレーシアでの汚職事件の情報を元に脅しをかけ、口止め料として現金五千万円を奪うことを画策、六月二十四日、七月一日、八日の三回に渡って、一千万円ずつを現金で受け取った。間違いありませんか？」

「さあね」

「古河！」記録席についていた若杉がいきなり大声を張り上げ、立ち上がった。「てめえ、いい加減にしろよ。もう証拠は固まってるんだから、とぼけるだけ時間の無駄なんだ！」

「若杉……」一之瀬は低い声で忠告した。「まだ始まったばかりだぞ」

「しかし……」

「座れよ」頭が痛くなってくる。こんなに気の短い男だっただろうか。あるいは、早く「いい警官、悪い警官」作戦をやりたいのか。一人が脅し、一人が宥める——しかしあれは、容疑者によって効果に差が出る。古河のように、一度逮捕され、有罪判決を受けた人間は、警察のやり方に慣れているから、こちらの狙いも簡単に読めるだろう。この作戦は、そんな人間に通用する手ではない。

若杉が、不承不承といった感じで腰を下ろす。背後から古河を睨みつけたが、古河は気づかないのかまったく気にもならないのか、頭の後ろで手を組んでいた。

「その翌週、十六日の火曜日にも現金を受け取ろうとして、受け取れませんでしたね」

「どうだったかな」

「その問題は後回しにします」一之瀬は即座に話題を変えた。「あなたの個人口座に、ランディスという会社から定期的に一千万円が振り込まれています。そしてこのランディスという会社の代表取締役は、あなたですね。何をしている会社なんですか？」

「まあ、色々。呑み屋でもやろうと思って、まず会社を作ったから」

「そういう実態がないのは分かっています。要するにトンネル会社でしょう？」

「計画中ってことだから」古河が小指で耳を穿《ほじ》った。「最初に会社を作っても、何も問題はないと思うけど」

「計画中の割には、ずいぶん大きな額が流れこんでいる」一之瀬は指摘した。「週に一回、一千万円ずつ。何も仕事をしていないのに、これだけの金額が動くのはあり得ない。別の仕事をしていたんですか？」

「ああー」古河が間の抜けた声を上げた。にやりと笑い、両手を揃えてテーブルの上に置く。「何だよ、やっぱり警察は、全部お見通しってわけか」

「いや、まだ分からないことがある。恐喝よりももっと悪い話かもしれない」一之瀬は丁寧な口調を捨てた。

「へえ」

「それを教えて欲しいんだ」

「教えてって言われてもねえ。自分が不利になるようなことを、ぺらぺら喋る人間はいないぜ」

「不利だ、ということは分かってるわけだ」

瞬時に古河の耳が赤くなる。この男は……大胆なのは間違いない。海外で流れた裏情報を元に、東証一部上場企業を脅迫しようと思い至り、それに半ば成功したのだから。しかし基本的には、頭の悪い男なのだろう。突き続ければ、ぼろぼろと本音を喋りそうだった。

「十六日の火曜日、極東物流は間違いなくメッセンジャーに金を託した。しかしその金は、あんたたちには渡っていない」

古河が黙りこむ。太い腕を組んで、じっとデスクを見つめた。これ以上喋れば、さらにボロを出す、と悟ったようだ。

「ところが二十一日、日曜日の夜中に、あんたたちの仲間の朽木が殺された。しかも彼は、現金一千万円を持っていた。毎回、極東物流からあんたたちに渡っていたのと同じ金額だった。これは偶然なのか？」

「さあね」

「朽木が、その金を持ち逃げしようとしたんじゃないのか？」

「知らないね」

「要するに仲間割れだ。一千万円を持ち逃げされたら、ダメージが大きい。経済的にも、あんたの下らないプライド的にも」

「何の話だよ」古河が上目遣いに一之瀬を睨みつけた。

「あんたから見れば裏切り者かもしれないけど、あれはやり過ぎだ。極東物流のメッセンジャー役だった春日さんを殺したのも、意味が分からない。しかも俺と一緒にいる時に、車を襲撃して」

古河の唇が開きかけた。あの襲撃をどう思っているのか……上手くやった、と内心ではほくそ笑んでいるに違いない。だからここで、一之瀬を嘲《あざけ》って馬鹿にしたいと思っているはずだ。だが一言でもそんなことを口にすれば、決定的な証拠を自ら与えてしまう。

「喋る気はない？」

「ないね。あんたらは、適当なことを言ってるだけだろう」

「それが、そうでもないんだ」一之瀬は、ずっと手に握っていたＩＣレコーダーをテープルに置いた。「あんたが喋らなくても、ここにちゃんと証拠がある。これを聞いただけで、あんたの仲間は観念して自供するだろうし、裁判でもあんたを有罪に追いこむ証拠になるんだ」

一之瀬はICレコーダーを摑んで顔の高さに持ち上げた。古河の目が細くなり、疑いの視線を向けてくる。

「聞くか？　聞けば、どうして自分が絶体絶命のピンチにあるか、頭の悪いあんたにも分かるはずだ」

「勝手にしろ」

「じゃあ、勝手にさせてもらう」

一之瀬は再生ボタンを押した。いきなり自分の声が大きな音量で流れ始めたので、慌ててボリュームを絞る。

「どうなんですか、春日さん」

「それは——」

「もう少し大きな声で喋って下さい」

ここで春日が、背筋をすっと伸ばしたのだ、と一之瀬は思い出した。まるでこれまでの人生を反省し、新たにやり直そうとでもいうように。

「朽木さんと落ち合って、相談しました」

「何をですか？」

「この金——会社が払った金を……」

「持ち逃げする？」

無音。この時、春日はうなずくだけだった。一之瀬は強引に彼に喋らせた。

「記録のためもありますので、ご自分の言葉できちんと言ってもらえますか？」

「会社の金を、そのまま二人で持って逃げようと。山分けするつもりでした」

「実際に、あなたは受け取ったんですか？」

「まだです。朽木さんが一時安全な場所に隠して、ほとぼりが冷めた頃に落ち合って分け合うつもりでした」

「ほとぼりを冷ます……そのためにあなたは姿を消したんですか？」

「そうです」

「かえって危険だったのでは？」

「朽木さんは大丈夫だ、と言っていました。絶対安全な隠し場所があるからと」

「しかし彼は、殺されましたよ」

またも無音。しかもそれはかなり長く続いた。春日が唇を嚙み、じっとうつむいていた姿が脳裏を過る。

「だからずっと……隠れていざるを得なくなって」

「そもそもどうして、金を持ち逃げしようなんて話になったんですか」

「馬鹿らしくなったんです」急に春日の声がはっきりとする。「会社に言われるままに動いて。こんなの、おかしいじゃないですか」

「でもあなたは、これで借金を返せると思ったから引き受けたんでしょう?」

「それはそうなんですけど、本当に馬鹿馬鹿しい……会社のいいなりの人生なんて、下らないじゃないですか」

「そんなことを、朽木さんと話し合ったんですか?」

「何度か会って……最初は、お互いに用心していました。犯人と被害者なわけだから。でも、彼はいつも、何となく怯えたような感じに見えて。たぶん、やりたくない仕事を無理にやらされて、自分と同じ立場なんだろうって想像したんです。それで、三回目の金の引き渡しの時に、思い切って聞いてみたんですよ」

「何をですか?」

「こんな使いっ走りのようなことをして、いくら貰えるんだって」

「いくらだったんですか?」

「五十万」

沈黙。自分もその額について考えたのだ、と一之瀬は思い出した。非常に危険な橋を渡って手にするのが、サラリーマンの平均月収より少し多い程度の額。全体で五千万円を脅し取る計画だったわけだから、わずか百分の一だ。

「私が受け取るボーナスも、百万円でした。毎回心臓が止まるんじゃないかって思うほど緊張して、しかも後ろめたい気持ちがあって、それで百万ですからね。借金返済の足しにはなるとしても、割に合わないような気がしていたんです。会社にまんまと利用されている感じでもあったし。自分の事情を打ち明けて、長々と話しこみました」

「現金一千万円を抱えたまま？」

「考えてみればそうでした」春日が苦笑した。「危険ですよね。でもその時は、そんなことは考えもしなかったので」

「結局、意気投合したわけですね？　二人とも上手く利用されているだけで、結局はゴミのような扱いをされていると……そういうことでいいですか？」春日が声を出して返事をせず、うなずくだけだったので、一之瀬は確認を求めた。

「……はい」

「それで、持ち逃げしようという話になったんですね？」

「次の——四回目の受け渡しに使われる一千万円を」

「ずいぶん簡単な話ですね」

「自分でも驚きました。こんな大金を持って逃げるなんて……というか、それをあっさり決めてしまったことが」

「朽木さんを信頼していたんですか？」

「信頼していたかどうかは……分かりません。ただ、自分と同じ臭いはしていたので」

「生まれも育ちも仕事も、全然違いますよ」

「いや……そういうのは関係ないんです。人に利用されて終わるだけの人生……そういうのって、ある程度の歳になると予想できるじゃないですか。人に踏みつけられて生きるのは、もう嫌だったんです」

「大抵の人の人生は、そういう感じですが」

「そうかもしれませんけど……」春日が言い淀む。「普通は、俺みたいに借金まみれになったりしないでしょう？」

それは自己責任だ、と考えたのを思い出す。自分勝手な理屈でそんなことを言われても……しかし春日は引かなかった。

「山分けして五百万……それで人生をやり直せるかどうかは分かりませんでした。借金を返して、残った金では新しい生活を始められない……でも朽木さんが、東南アジアならそれだけの金で十分やっていける、と言い始めて」

「東南アジア——例えばどこですか？」

「タイとか。しばらくは遊んで暮らせるし、その間に適当な仕事を探せば何とかなるって。

それに、会社は追いかけてこないだろうという計算もありました」

「まさか。持ち逃げしたら、業務上横領になりますよ」

「だけど会社が、警察に告発すると思いますか？　恐喝されているのに、警察に相談もしない会社ですよ？　何より体面を大事にするから。そういう体質はよく分かっているから、どこかへ逃げても深追いしないはずです」

考えが甘い……いくら何でも、社員が会社の金を持ち逃げしたら、執拗に追跡を始めるはずだ。ましてや極東物流は、東南アジア各地に太いパイプを持ち、人材も置いている。どこへ逃げこんでも、春日を見つけ出すぐらい、簡単だろう。もちろん春日も、現地勤務の経験があるから、身を隠す方法は既に考えていたのかもしれないが。

「それで、四回目の引き渡しの時に、実際に金を持って逃げることにした……しかし、どうして朽木をそんなに信用したんですか？　犯人グループの一員ですよ。あなたにとっては、本来敵でしょう」

「朽木さんの方で、信頼できるように保証をくれたんです」

「保証？」

「彼の個人データを全部教えてくれました。運転免許証から、実家の住所、電話番号、その他にも色々……あと、自分たちが使っている銀行の口座番号とか。もしも裏切ったら、そういうのを調べて追跡すればいいって言ってましたよ」

「それを信じたんですか？」

「実際に調べてみたら、データは全部本当だったので。普通、何かやろうとする人間は、自分のデータを隠しますよね？　それを教えたんだから、それなりの覚悟はある、と分かったんです」

「それで、火曜日に金を朽木に託して……いつ山分けするつもりだったんですか？」

「日曜の深夜です」

「まさに彼が殺された日ですよね？　もしかしたらあなた、あの近くにいたんですか？」

「いました」

　春日が喉仏を上下させたのを思い出す。ショックが蘇ってきたのだろう。

「その現場を見てたんですか？」

「見てました……ちょっと離れてですけど。すぐに逃げました」

「犯人グループの他の人に、あなたの存在が分かっていると思ったから？」

「朽木さんと金の受け渡しをしている時、監視されている感じがしました。だから、自分の顔や名前は割れているかもしれないって……朽木さんを刺し殺した相手と目が合った瞬間、殺されると思いました。だから必死で逃げて……その後はずっと、身を隠していたんです」

「気が気じゃなかったでしょう」その割には、平気な顔でカジノバーに出入りしていたのだが。この男のメンタリティも、一之瀬には理解できなかった。

「本当に、死ぬと思いました。いつかは居場所もばれて、連中が殺しに来るだろうって……金を持ち逃げすることを知っていたかどうかは分からないけど、殺人の現場を目撃したのは間違いないんだから……あなたに見つけられた時は、正直ほっとしました。少なくともこれで、殺されるようなことはなくなっただろうし」

「警察に出頭すればよかったじゃないですか」

「それは……そこまで気持ちが固まらなかったので」


結局その読みは甘かったのだ。この時春日は、自分の人生があと数十分で終わるとは考えてもいなかっただろう。

一之瀬はICレコーダーを止め、じっと古河の顔を見た。どうだ、これが決定的な証言で、お前らは二件の殺人事件でも起訴される——古河が突然笑い出した。突き抜けたように乾いた笑いで、一之瀬は思わず椅子に背中を押しつけてしまった。追い詰められて、笑うしかなくなったのか？　しかし彼の表情を見ると、そんな感じでもない。

「ふざけてるのか？」一之瀬は脅しにかかった。

「まさか……警察も馬鹿だな、と思ってさ」

「何だと、この野郎！」

　若杉が立ち上がり、後ろから古河の肩を摑んだ。古河が体を揺すって縛めから逃れるのと、一之瀬が「やめろ」と忠告するのと、ほぼ同時だった。若杉は自席に戻る気にはなれない様子で、古河の後ろに立って、彼の後頭部を睨みつけている。

「簡単に騙されて、それでよく仕事になるな」古河が腕を組み、馬鹿にしたような表情を浮かべて一之瀬を見た。

「騙されたって、春日さんが俺を騙したっていうのか？」

「あいつは天性の詐欺師だったんだな。今初めて分かったよ」

「春日がスパイ？」相澤が眉を吊り上げた。

「はい」気をつけの姿勢を取ったまま、一之瀬は答えた。「スパイというか、立派な共犯だと思います」

「どういう意味だ」遅れて出勤してきた藤島も話に加わった。

「もちろんまだ、裏は取れていません。古河の供述がそうだというだけですから、捜査はこれからです……最初に、マレーシアでの汚職の情報を嗅ぎつけた後、古河はさらに情報をはっきりさせるべきだと考えたんです。案外慎重な男なんですね……その時に白羽の矢を立てたのが、春日でした」

「ちょっと待て」相澤が額を揉んだ。「いきなり、スパイとしてリクルートしたのか？

何の伝もなしに？」

「いや、元々伝はあったんです」これを認めるのは、一之瀬としてはひどく嫌だった。周辺捜査が不十分だったのを、自ら認めることになる。「春日と朽木は、以前からつながっていたんです」

「全然関係なさそうだが」

「共通項はギャンブルです。二人は新宿のカジノバーの常連で、顔見知りだったんですよ。しかも同郷ですから、話も合ったんでしょう。その店の名前は分かっていますから、確認は可能だと思います」

「それで？」相澤が先を急かした。

「古河が極東物流を恐喝しようとして仲間を集めた時、その話題になったそうです。春日に借金があることも、その時には分かっていました。それで、朽木経由で春日に接近し、会社の情報を探るように頼みました。それで、恐喝のネタをより確実にするつもりだったんですね」

「つまり、春日も最初から恐喝に一枚嚙んでいたわけか？」

「ええ……もちろん春日には謝礼も渡りました。古河たちにとって予想外だったのは、会社側がたまたま、春日をメッセンジャーとして使うようになったことです。それだけだったら、古河たちにとっては偶然の幸運だったんでしょうが、結局春日は朽木と組んで、古河たちを裏切ろうとした」

「それで連中はまず朽木を、その後で春日を始末しようとした？　けじめなのか？」

「そういうことです」一之瀬はうなずいた。「この辺は、共犯者たちに確認すれば、裏は取れると思います。首謀者の古河が認めていますから、その事実をぶつければ落ちるでしょう」

「分かった。指示しよう」相澤がすかさず受話器を取り上げた。

一之瀬はゆっくり深呼吸した。古河の証言を全面的に信用していいかどうかはまだ分からない。春日に責任を押しつけようとしている印象もあったのだ。春日に対しても申し訳なく思う。守る手はあったのではないか……しかし、自分は春日を「完落ち」させられなかったのでは、との悔いも残る。本当のことは、古河の口からではなく、春日から聞きたかった。そうすればもっと用心して、彼が死ぬこともなかったのではないか。

「あ、それともう一つ」ふいに思い出した。相澤への報告はまだ終わっていない。

「何だ」相澤が受話器を置いた。

「去年の企業恐喝未遂事件……あの件なんですが、あれも古河の犯行です」

「何だと？」相澤が目を見開く。

「自供しました。金の受け渡しが不調に終わった後で警察は手を引きましたけど、実際にはほとぼりが冷めた頃にまた会社を恐喝して、現金を受け取っていたんです」

「何でそんなことまで喋ったんだ、あいつは」

「車です」

「車？」相澤の眉が寄った。

「ええ。あいつらが使っていたポルシェ・カイエン……中古でも、相当高いでしょう。どうしてそんな車を手に入れる金があったのかと思って追及したら、あっさり認めました。他にも余罪があるかもしれません」藤島と、V8ターボがどうこうと話し合った記憶が、頭を過ったのだ。

「そうか……分かった。ご苦労」

一之瀬は一礼して、相澤から離れた。一つ溜息をつき、道場の一番後ろまで下がる。壁に背中を預けて、道場の中をぐるりと見回した。藤島が近づいて来て、「お疲れ」と短く声をかける。一之瀬はすばやくうなずいたが、何か言葉を返す余裕はなかった。

「本当に疲れたか？」

「そう、ですね……ICレコーダーで春日の証言を録音しておいたのは正解だったんですが、事実は一枚奥にあったんですね」

「そういうことだな……しかしまさか、春日が最初からこの件に噛んでいたとはね」

「だけど、それでよかったんじゃないか？」声をかけてきたのは若杉だった。

「よかったって、何が」

「考えてみろよ。お前は、参考人をむざむざ見殺しにしたんだ」

若杉の遠慮会釈ない言葉が胸に突き刺さる。それは事実なのだが、何もこんなに露骨に言わなくても……。

「お前は引きずるタイプだから、どうせ散々悩んできたんだろう？　大事な関係者が、自分のせいで死んでしまったって……でも、これで少しは気が楽になるんじゃないか？　要するに、ほぼ犯人グループの人間だったような男が死んだだけじゃないか」

若杉の言葉を頭の中でこねくり回す。そう……参考人を死なせてしまったら大きなマイナスである。正式な処分はともかく、市民の命を守るという、本来の警察官の役割と正反対の結果になってしまったのだから、生涯《しょうがい》重荷として背負い続ける覚悟を決めていた。それが犯人だったら——いずれ逮捕され、裁かれていたかもしれない。そういう人間に、むやみな同情をかけるべきではない。特に春日の場合、根幹にギャンブル癖という、彼自身の問題を抱えていたのだから。

しかし、犯罪者だからといって、誰かに殺されていいわけではない。自分の責任で人が一人死んだという事実は、永遠に消えないだろう。

「少しは楽になれよ。いつまでも抱えこむようなことじゃないぜ」

「そういう問題じゃないんだ！」

一之瀬は思わず声を張り上げてしまった。若杉と藤島の、驚いたような視線が突き刺さる。そういう問題じゃない……もごもごともう一度つぶやき、一之瀬は特捜本部を出た。どこかで一度頭を冷やしたい。もっとも、ヒートアイランド化した千代田署の管内に、頭を冷やせる場所があるとは思えなかったが。日比谷公園だって、憩いの場にはならない。

〈30〉

炎熱地獄はまだ続く……八月十三日、この日の東京の最高気温は、実に三十五度に達した。最後に三十度を下回ったのはいつだっただろう。もはや記憶にないほどで、梅雨明けが宣言される前から、毎日体が茹《う》だっていたような感じである。

東京を離れても事情は同じだった。いっそ北海道か沖縄に行くのがいいかもしれない。札幌が二十度台後半なのは当然として、那覇も東京とさほど気温が変わらないのだから。毎朝、テレビの天気予報を見る度に溜息が出てしまう。

古河たちが起訴されたので、特捜本部の仕事も一段落した。そのタイミングで一日休みを取って、春日の墓参りに行こう、と言い出したのは藤島だった。今までも被害者の墓へ参ったことはあるが、正直、今回は気が進まなかった。まだ「自分が殺した」という意識を引きずっていたから。しかし藤島は、「けじめをつけるべきだ」と強硬だった。それに、間も無く巡査部長の研修が始まる。そうなったら一か月は身動きが取れなくなるから、今のうちに墓参だけでもしておくべきだ、と。

そこまで言われて、一之瀬も結局腰を上げた。そう、やはりけじめは必要だろう。このまま愚図愚図と一人で思い悩んでいても、一歩も前に進めない。

春日の墓はいわゆる公園墓地にあり、緩やかな丘陵《きゅうりょう》に、階段状に墓が立ち並んでいる。上の方へ行くのに、石の階段を上がっていかねばならないのは、高齢者には不親切な設計だ、と一之瀬は考えた。もちろん、自分たちにも。階段を一段上がるだけで、汗が吹き出てくる。

新しい墓かと思っていたら、結構古い墓石だった。家族の墓に入れたのだろうか……墓前に供えられた花はすっかりしおれているが、この暑さでは仕方ないだろう。一之瀬はしゃがんで花を供え、線香を上げた。藤島も隣で両手を合わせる。一之瀬は左腕を吊り、藤島の右肩も完全には回復していなかったので、二人ともぎこちない動きになってしまった。線香の匂いが流れ出して鼻を刺激し、一之瀬はかすかな頭痛を意識した。あの襲撃から二十日足らず……左腕の骨折は順調に回復しているのだが、時折頭痛が襲うのには困っている。いつも一瞬のことで、すぐに痛みは引いていくのだが。

「さて、帰るか」藤島が立ち上がった。

「短いけじめですね」

「うん？」

「いや……墓参りなんて、そんなに時間がかかるものじゃないですよね」

「お前さんが、相手に何も言うことがなければ、な」

ある。春日を罵りたい——その気持ちは強かった。最後の最後、死ぬ直前に話した春日の言葉には嘘があったのだから。その後の関係者の取り調べで、爆破の起きる二か月前から、春日は古河たちと接触していたことが分かった。しかも、春日が古河たちと一緒に写っている写真が出てくるに及んで——念のためにと撮影していた用心深い人間がいるのだ——春日は間違いなく共犯だったと確定されるに至った。春日と朽木が以前から知り合いだったことも、馴染みのカジノバーでの裏づけ捜査で明らかになった。

春日はどうして最後まで、本当のことを話してくれなかったのだろう。一之瀬の心は複雑に揺れ動いた。自分が刑事として無能なせいもある。初対面の人間でも、信用させて本音を引き出す能力を持っていたら、あんなことにはならなかったかもしれない。「参考人」ではなく「犯人グループの一人」を発見だったら、間違いなく応援を呼んでいた。ただの参考人と容疑者では重みがまったく違う。

藤島の足が止まった。気づいて慌てて歩調を合わせ、彼の視線の動きを追う。ちょうど急な階段を上りきった夫婦が、一息ついているところだった。春日の両親。一之瀬は助けを求めて藤島の顔をちらりと見た。藤島はうなずくだけだった。正面から対峙しろ、ということか——そう、この対面は避けては通れない。特捜本部から両親への事情説明はあった——謝罪ではない——が、一之瀬は謝らなければならないと心に決めていた。ただ、どうしても踏ん切りがつかなかっただけである。墓参を兼ねたこの小旅行がいい機会だとも考えたが、勇気が出なかった。

それが、こんな形で出会うとは……責任を果たしていない自分に対する天罰ではないか、と一之瀬は思った。

向こうも気づいて、深々と頭を下げる。一之瀬は左腕を右手で押さえたまま、返礼した。どちらからともなく近づき、もう一度頭を下げ合う。藤島が先に切り出した。

「今回は、こんなことになってしまって残念です」

「わざわざ墓参りに来てくれたんですか？」父親が疲れた声で言った。六十歳ぐらいだろうか……額には汗が滲み、そこに白髪が張りついている。

「はい、むしろ遅れまして……申し訳ありません」

藤島が頭を下げたので、一之瀬も慌てて合わせる。顔を上げると、小柄な母親が早くも泣き顔になっているのが分かった。一之瀬は唇を噛み、何とか感情の揺らぎを抑えた。しかし藤島に背中を押され、その努力が危うく崩壊しそうになる。それでも何とか踏みとどまり、一歩を踏み出した。父親の目を真っ直ぐ見て、「息子さんが襲撃された時、車を運転していたのは私です」と打ち明けた。

一瞬間が空き、蟬の声が静けさの中に満ちてくる。それが次第にうるさくなり、一之瀬は痛みを我慢しながら頭を振った。

「私がもう少ししっかりしていれば、こんなことにはならなかったと思います」

「あなた、その腕は……」父親の質問が宙に消える。

「はい、その時に」

「申し訳ありません」父親が、膝につきそうな勢いで頭を下げた。横では、母親も同じようにしている。

「いや、謝るのは私の方で……」一之瀬は戸惑った。こんな反応は予想してもいなかったのだ。殴りかかられるだろうと考えていたのに――気が抜けたわけではないが、足元から急に地面が消えたような頼りなさを感じる。

「とんでもない。刑事さんに怪我させてしまって、ふざけた話です。私たちにも責任はありますよ」

「ご主人、それは考え過ぎです」藤島が助け舟を出してくれた。「世間がどんな風に言うか知りませんけど、東京で仕事をして、一人暮らしだったわけですから、ご両親の責任が問われるようなことはありません」

「でも、ギャンブルのことも知っておくべきでした」

「ああ、それは……」藤島が言葉に詰まる。

「経過は関係ありません。私が引き起こした結果は……消えませんから」一之瀬はもう一度頭を下げた。一つ言葉を吐く度に、心の傷が一つ増える。

「どうか頭を上げて下さい」父親が震える声で言った。「私たちもまだ、心の整理がつきません。でも息子が会社を裏切って、悪いことをしていたのは間違いないようですから……刑事さんに謝ってもらうことはないんです」

「しかし──」

肘──無事な方の右肘だ──を小突かれ、一之瀬は藤島の顔を見た。藤島が真っ直ぐ両親の顔を見たまま、続ける。

「そう言っていただけると、大変助かります。しかし、こちらに不注意があったのは間違いないので、その件についてはお詫びさせていただきます」

口を開きかけた父親が唇を引き結んだ。頭の下げ合いにはゴールがないと気づいたのだろう。このまま日が暮れるまで、互いに「こちらが悪い」と言い続けても、何も生まれない。もう一度軽く頭を下げると、妻の手を引いて歩き始めた。一之瀬と藤島は狭い通路の脇にどき、二人が通り過ぎる時に軽く一礼した。両親が墓石の前にたどり着いたのを見届け、藤島が「行くぞ」と短く言う。

一之瀬は藤島に続いて階段を降りた。途中で足を止めて周囲を見回すと、自分が思ったよりも深い緑の中にいるのが分かった。

春日はここを出て、東京で仕事をし、暮らしていて幸せだったのだろうか。あれだけ追い詰められ、最後は殺されてしまったのだから、とても幸せとは言えなかったと思うが……彼はどこで、自分の転落が止まらないと悟ったのだろう。あるいは、最後の最後まで、何とか生き残ってやり直せると思っていたのか。

哀れだ、と思った。それでもなお、自分には罪があると一之瀬は意識している。春日の心を完全に開かせることができなかったのは、未熟さ故だったのか、生来の甘さのせいなのか。

小山《おやま》から乗った帰りの東北新幹線の中で、藤島はいきなり居眠りを始めた。話し相手もおらず、スマホを眺めて時間潰しをする気にもなれずに、一之瀬はぼんやりと車窓を眺めていた。何だか冴えない休日になってしまい、これならわざわざ墓参りなどに行かなければよかったとも思う。両親に会って謝罪したのに、気持ちはまったく晴れなかったし。

「おっと」藤島が低い声で言って、いきなり姿勢を正した。「完全に寝てたな」

「着いたら起こしますよ」

「いや、いい。最近、昼間にうたた寝すると、夜眠れなくなるんだ。年かね」

「まさか」

「いや、五十になれば、さすがに終わりから数えた方が早いから……いい加減、前に出るのはやめて、お前さんたちの世代に任せたいね」

「任せてもらっていいんですかね」一之瀬は両手を握り合わせた。「自信、なくなりました。これから上でやっていけるかどうかも」

「まあ、いずれにせよ上に行くんだから、自信がないとか言っても、誰も助けてくれないぞ」

「本当に上に行けるんですか?」正式な処分はまだない。後から爆弾を落とされる方が嫌なのだが、誰かに聞けることでもなかった。

「変更はないと聞いてるよ。お前さんが気にしてもしょうがないだろう。然るべき人が、露払いをしてくれるから」

「露払いって……」

「お前さんが真っ直ぐ歩けるように、ちゃんと準備してくれるっていうことだ」

「然るべき人って、誰なんですか? イッセイさんですか?」

「俺にはそんな力はないよ。今度の異動では別の部署になるだろうし」藤島が苦笑する。

「ま、とにかく偉い人とだけ言っておく。お前さんは何も心配しないで、一生懸命仕事をすればいい」

「何か……大丈夫なんですかね、俺」

「何が?」

「何だか大きな陰謀に巻きこまれているみたいなんですけど。特別扱いされているような感じもしますし」

「特別扱いなんてものがあるかどうか分からないけど、もしもそうなら、せいぜい図々しく利用しておけ……なあ、警察の中で何をしていくか、もう決めたか？」

「いや……まだですね」

「いずれは、自分がどんな足跡を残していくべきか、自然に分かるようになる。要するに、どんな仕事を専門にやっていくか、覚悟を決めるわけだ。今はそのことだけを考えて、準備しておけばいいんじゃないかな——まずは、しっかり研修を受けることだ。巡査部長の研修は長いし、眠くなるんだよ」

「眠くなったら、肘を突いて痛みで目を覚まします」

「結構だね」藤島が短く笑う。「研修が終われば即異動だ。身辺を整理して、準備しておいた方がいい」

「……やっぱり一課ですか」

覚悟ができない。自分にそんな資格があるのかどうか……むざむざ春日を殺されてしまったのは大失態である。仮に内示があっても、断るべきではないか、という弱気もあった。刑事になって二年以上、自分はまったく成長していないのではないか。

「他に行く場所があるか？　素直に喜んでおけよ。見込みのない人間は、本部へは絶対に呼ばれないから。お前は、自分が失敗したと思ってるかもしれないけど、上はそうは見ていないっていうことなんだ。一生所轄回りで終わるのは嫌だろう？」

「はあ、まあ……そうですね」

「だから胸を張れ——もう一つ、朗報がある」

「何ですか」藤島が言うと、あまり嬉しい知らせには思えなくなってきたのだが。

「半蔵門署の若杉も、一緒に捜査一課に上がるらしいぞ」

「マジですか」

「ああ、大マジだ。同期がいた方が、何かと心強いだろう。捜査一課には、俺みたいに優しい人間はいないからな」

「それ、全然朗報じゃないですよ。あんな筋肉馬鹿と一緒になっても」

「若杉にも、一つはいい点があると思うな」

「まさか」

「あいつはタフだ。鈍いだけかもしれないが、何も気にしないで突き進む姿勢は学ぶべきだと思うね」

冗談じゃない。ようやく気が合うようになってきた藤島とは別れ、この先は若杉に悩まされることになるとは。自分の行く道は、絶対に真っ直ぐ歩けるようにはなっていないのだ、と一之瀬は確信した。

巻末エッセイ
かつてこんなに奪い合う警察小説はなかった

若竹七海

うちの母がファンなのである。

そもそも、子どもの頃からうちには、母が図書館から借り出してきた国産ミステリが積んであった。わたしが松本清張《まつもとせいちょう》、森村誠一《もりむらせいいち》、高木彬光《たかぎあきみつ》といった俗に「社会派推理小説」と呼ばれる作品に親しむようになったのは、まぎれもなく母の影響だ。父の転勤で我が家が福岡で暮らしていた頃、同じ団地に夏樹静子《なつきしずこ》が住んでいた、というのが母の自慢だったりもする。

固有名詞が覚えられないという理由で海外ミステリは読まないものの、後期高齢者に片足かけた現在でも、日本のミステリは大好きでよく読む。そこでわたしは読み終わった国産ミステリを母に送るようになった。すると、読み終わった頃、電話が来る。素人《しろうと》が身内相手に言う感想だから、遠慮がない。直木賞やらアンケートで人気一位を取った作品であっても、お気に召さなければ、

「途中までは面白かったのに、なんなのあの終わり方」

「このあいだ〇〇って本、送ってくれたけど、アレあんた面白かったの？」

「へーえ。世の中の人は、ああいうのがいいんだ」

一刀両断を通り越して、木《こ》っ端《ぱ》みじんである。

ところが最近、ご機嫌良く電話がかかってくるようになった。毎度、内容は同じ。こうだ。

「堂場《どうば》瞬一《しゅんいち》って面白いわねえ。続きはないの？」

言うまでもなく、わたしだってもちろん堂場瞬一作品が好きだし、手元に置いて読みかえしたい。それが、たまたまダブってしまった本を送ったら、この始末だ。

しかしまあ、つまらないミステリを送ってダメ出しされるよりはいい。わたしは泣く泣く、とっておきの堂場瞬一をちびちびと蔵出しするようになった。それでも、一番好きな警視庁追跡捜査係シリーズだけは秘匿《ひとく》しておいたのに、先日大失敗をやらかした。母から、たいそうな剣幕の電話がかかってきたのである。

「大友鉄《おおともてつ》がとんでもない目にあう話の続きがない！」

アナザーフェイスのシリーズ五冊目『凍る炎』は、主人公の大友鉄が危機にさらされるという衝撃的なラストシーンで幕切れとなる。で、その事件の捜査を追跡捜査係のシリーズ五冊目『刑事の絆』が引き継ぐ。海外ドラマのCSIトリロジーやFBI失踪者特別捜索班とCSIのクロスオーバーなどを彷彿とさせる、出版社の垣根を越えた、ファンにはたまらない趣向だが、うっかりそれを忘れて『凍る炎』を送ったらしい。おかげで、追跡捜査係シリーズをまるまる母に上納するはめになってしまった。

それにしても、わたしはどうして堂場瞬一作品が好きなのだろう。

初めての出会いは、たぶん、刑事・鳴沢了《なるさわりょう》シリーズの一作目『雪虫』だったと思う。行きつけの本屋のめだつところに置いてあって、おや、知らない作家だな、と手に取ったのだ。これは警察小説だが、主人公が一匹狼だし、どちらかと言えばハードボイルド、私立探偵小説に近いたたずまいのお話だった。

率直に言って、わたしは日本のハードボイルド（と、くくられることが多い作品群）をあまり好かない。主人公の男は固ゆでどころか温泉卵みたいなやつで、じめじめと過去にこだわり、下手な警句を吐き、都合のいい女とすったもんだあり、と安手の演歌みたいな「おっさん向けのロマンス小説」になっている気がするからだ。『雪虫』がそうだったわけではないが、なんだかジェイムズ・クラムリーみたいにウエットな話だな、と当時のわたしは思い、シリーズを続けて読もうとはしなかった。

しかし数年後、警視庁失踪課・高城賢吾《たかしろけんご》シリーズの一作目『蝕罪《しょくざい》』が再び、行きつけの本屋のめだつ場所にあって、事態は急変した。本好きなら覚えがあろうが、ときどき、本のほうが読者を見込んで、強烈に呼び止めることがある。家につれて帰れ、と。で、買って読んだ。一流の捜査員だったのに、娘が突然行方不明になったショックで廃人寸前になり、場末の部署にとばされた男の話だ。

同僚もはみ出し者ばかり、上司は組織内政治に熱中、本人はデスクに隠した酒で大量の頭痛薬を流し込み、成長した娘の幻と脳内会話しちゃう。どんだけ、と言いたくなるほど悲惨な設定……なのに、重くも暗くもないんですね。

高城賢吾というキャラクターがいいのだ。辛すぎる目にあって、それでも周囲を観察し、状況を把握する能力は失っておらず、世界との距離のとり方が絶妙。一人称で漏らす感想や同僚との会話などに、わざとらしくないユーモアがある。こういう主人公、いそうで案外、日本のミステリシーンでは珍しい。

さらに、先が読めそうだな、と思ったら別の事件や情報をぶつけてかく乱するストーリー展開。読者の想像に任せられるシーンは大胆に省略し、キャラクターの構築に必要だと思ったら綿密に描き込む、そのメリハリ。うーん、センスがいい。

わたしの場合、自分で作品を書いているときには、他の日本作家の新刊は絶対に読めない。書けないストレスで、人様の作品がより良く見えたり、より悪く見えたり、いちいち引っかかってしまうからだ。しかし、堂場瞬一作品は、どんなにややこしい原稿と格闘しているときでも、自然と手に取れる。愛読している海外ミステリを読むときのような安心感を得られるのだ。

　要するに、大人のミステリ。作者のしたり顔や、泥臭さや、押しつけがましさが鼻につくことのない、洗練されたエンタテインメントなのだと思う。後になって、堂場瞬一が海外ミステリを相当に読みこなしていることを知って、ものすごく納得したものだ。近年、現在の日本ミステリはすごい、海外ミステリなんかもう読まなくていい、てなことを言うひともいるらしいが、いやいやどうして、まったく違う文化、違う精神構造のキャラクターとして「物語の中で生きる」経験を多く積んだ人間と、そうでない人間のスケールや感性が同じわけがない。

　さすが、わたしのようなすれっからしの読者を呼び止めるだけのことはある。堂場瞬一、おそるべし。

　という次第でわたしは堂場作品にハマり、新作を待ちこがれるようになった……と言いたいが、それは嘘。実際には待つどころか、次々に発表される作品に追い立てられるという、贅沢《ぜいたく》ながらもたいへんな状況だ。もうじき百作ですか。このクオリティで、この冊数。

すごい。さすがに全部は読み切れないが、これだけはおさえておこうというシリーズだけでも、片手では足りないほどある。

そのひとつが〈刑事の挑戦・一之瀬《いちのせ》拓真《たくま》〉シリーズ。本書はその『ルーキー』『見えざる貌《かお》』に続く、シリーズ三作目にあたる。

失敗して、誰かに責められるのが死ぬほど嫌い、という今時の若者・一之瀬拓真が、震災直後、所轄《しょかつ》の刑事課に配属されるところからシリーズはスタートした。安定を求めて警察に就職し、なんとなく刑事になった一之瀬。頭は悪くないし、想像力も行動力もあるが、いらないところでハリキリすぎたり、ものごとを近視眼的に見る癖が抜けない。さらに、父親が失踪中という周囲に内緒のハンデがあり、『見えざる貌』では、その父親が犯罪の片棒を担いでいるかもと怯える展開もある。

本書では、その「犯罪の片棒」の続きかもしれない企業爆破事件が起き、一之瀬は教育係のベテラン刑事・藤島《ふじしま》や、ライバル署にいる同期・若杉《わかすぎ》とともに捜査本部に投入され、捜査にあたる。刑事になって三年、慣れてきたせいもあってか、本部や先輩刑事、若杉に対しても内心でダメを出し、自分なりに目星をつけた線を追おうとする（その過程で失踪課の高城賢吾が特別出演！　なんと室長に出世）のだが、その結果、ちょっと、いや相当にひどすぎる失敗をやらかしてしまう。要するに、この坊や、かなり残念な主人公なのだ。

聞くところによると、この三冊目でシリーズの第一シーズン「所轄・新米篇」が終わり、次回からはなんと「捜査一課篇」の第二シーズンに突入するらしい。仕事に慣れ、自信を持ち始めた頃に取り返しのつかないことをしでかす、なんて誰にでも起こりかねないことだが、プラスよりマイナス評価で査定されがちな警察組織で、ハンデまみれの一之瀬が順当に出世していく理由はなにか。そこにどんな思惑が隠されているのか。なによりこんなコが、指導してくれる藤島と別れ、捜一でやっていけるのか。

読み終わっても、なんだかあれこれ心配で、気になってしかたがない。さらに本書を読んだ母から、またしてもものすごい剣幕で続きを求める電話がかかってくるんじゃないか、とこちらも気にはなるのだが……。

（わかたけ・ななみ　作家）

この作品はフィクションで、実在する個人、
団体等とは一切関係ありません。
本書は書き下ろしです。

中公文庫

誘《ゆう》 爆《ばく》

——刑事《けいじ》の挑戦《ちょうせん》・一之瀬拓真《いちのせたくま》

2015年5月25日 初版発行

著 者 堂《どう》 場《ば》 瞬一《しゅんいち》

発行者 大橋 善光

発行所 中央公論新社
〒100-8152 東京都千代田区大手町1-7-1
電話 販売 03-5299-1730 編集 03-5299-1890
URL http://www.chuko.co.jp/

DTP ハンズ・ミケ
印 刷 三晃印刷
製 本 小泉製本

Published by CHUOKORON-SHINSHA, INC.
Printed in Japan ISBN978-4-12-206112-5 C1193

各書目の下段の数字はISBNコードです。978－4－12が省略してあります。

中公文庫既刊より

と-25-32
ルーキー　刑事の挑戦・一之瀬拓真　堂場瞬一
千代田署刑事課に配属された新人・一之瀬。起きる事件は盗難ばかりというビジネス街で、初日から若い男性が被害者の殺人事件に直面する。書き下ろし。
205916-0

と-25-33
見えざる貌　刑事の挑戦・一之瀬拓真　堂場瞬一
千代田署刑事課そろそろ二年目、一之瀬拓真。管内で女性ランナー襲撃事件が発生し、捜査に加わるが、なぜか女性タレントのジョギングを警護することに⁉
206004-3

と-25-1
雪虫　刑事・鳴沢了　堂場瞬一
俺は刑事に生まれたんだ――鳴沢了は、湯沢での殺人と五十年前の事件の関連を確信するが、父は彼を事件から遠ざける。新警察小説。〈解説〉関口苑生
204445-6

と-25-15
蝕罪　警視庁失踪課・高城賢吾　堂場瞬一
警視庁に新設された失踪事案を専門に取り扱う部署・失踪課。実態はお荷物署員を集めた窓際部署だった。そこにアル中の刑事が配属される。〈解説〉香山二三郎
205116-4

と-25-16
相剋　警視庁失踪課・高城賢吾　堂場瞬一
「友人が消えた」と中学生から捜索願が出される。親族以外からの訴えは受理できない。その真剣な様子にただならぬものを感じた高城は、捜査に乗り出す。
205138-6

と-25-31
沈黙の檻　堂場瞬一
沈黙を貫く、殺人犯かもしれない男。彼を護り、信じる刑事。時効事案を挟み対峙する二人の傍で、新たな殺人が発生し――。哀切なる警察小説。〈解説〉稲泉連
205825-5

と-25-34
共鳴　堂場瞬一
元刑事が事件調査の「相棒」に指名したのは、ひきこもりの孫だった。反発から始まった二人の関係は調査を通して変わっていく。〈解説〉久田恵
206062-3